Θέλω να μεγαλώσω ξανά

Αναδείξτε τον καλύτερο εαυτό σας αλλάζοντας αντιλήψεις και ανακατασκευάζοντας συμπεριφορικά πρότυπα.

Translated to Greek from the English version of
I Wanna Grow Up Once Again

"Το βιβλίο του Sumit Goel είναι πολύ σχετικό και μας συνδέει με τον εσωτερικό μας εαυτό- μας οδηγεί σε ένα ταξίδι της δικής μας εξέλιξης."

– Anupam Kher

Dr. Sumit Goel

Ukiyoto Publishing

Όλα τα παγκόσμια εκδοτικά δικαιώματα κατέχονται από

Ukiyoto Publishing

Δημοσιεύθηκε στις 28 Αυγούστου 2023

Πνευματικά δικαιώματα © Varghese V Devasia

ISBN 9789360162658

Όλα τα δικαιώματα διατηρούνται.

Κανένα μέρος της παρούσας έκδοσης δεν επιτρέπεται να αναπαραχθεί, να μεταδοθεί ή να αποθηκευτεί σε σύστημα ανάκτησης, σε οποιαδήποτε μορφή με οποιοδήποτε μέσο, ηλεκτρονικό, μηχανικό, φωτοτυπικό, ηχογραφημένο ή άλλο, χωρίς την προηγούμενη άδεια του εκδότη.

Τα ηθικά δικαιώματα του συγγραφέα έχουν κατοχυρωθεί.

Πρόκειται για έργο φαντασίας. Τα ονόματα, οι χαρακτήρες, οι επιχειρήσεις, οι τόποι, τα γεγονότα, οι τοποθεσίες και τα περιστατικά είναι είτε προϊόντα της φαντασίας του συγγραφέα είτε χρησιμοποιούνται με φανταστικό τρόπο. Οποιαδήποτε ομοιότητα με πραγματικά πρόσωπα, ζωντανά ή νεκρά, ή πραγματικά γεγονότα είναι καθαρά συμπτωματική.

Το παρόν βιβλίο πωλείται υπό τον όρο ότι δεν θα δανειστεί, μεταπωληθεί, εκμισθωθεί ή κυκλοφορήσει με οποιονδήποτε άλλο τρόπο, χωρίς την προηγούμενη συγκατάθεση του εκδότη, σε οποιαδήποτε μορφή βιβλιοδεσίας ή εξώφυλλου εκτός από αυτό στο οποίο έχει εκδοθεί.

www.ukiyoto.com

Για τους Dr. Sunil και Madhur Goel

... Ποιος ξεκίνησε το ταξίδι και την ανάπτυξή μου

... Ζεις στη μνήμη μου

Για τους Anamika, Mohit, Samreedhi, Samidha και Sparsh Goel

... Ποιος συνέβαλε στην ανάπτυξή μου

... Ζεις στην καρδιά μου

Για τις Aditi Rane, Namrata Jain, Preksha Sakhala, Krisha Pardeshi, Niyati Naik, Komal Ranka

... Ποιος υποστήριξε την ανάπτυξή μου

... Φωτίζεις τη ζωή μου

Για όλους εσάς

... Θα αναπτυχθούμε μαζί

Ο Anupam Kher μιλάει ...

"Έγραψα ένα βιβλίο για το life coaching επειδή η ζωή μου έγινε το δικό μου σημείο αναφοράς για το πώς να ζω."

Οι αντιλήψεις μας μας καθορίζουν. Οι αντιλήψεις μας καθορίζουν τα μοτίβα μας στη ζωή. Απλά, αλλάξτε τις αντιλήψεις σας για τον εαυτό σας και τη ζωή, θα σπάσετε τα μοτίβα της συμπεριφοράς σας και θα δημιουργήσετε μια ζωή που εσείς επιλέγετε για τον εαυτό σας.

Ρωτήστε τον εαυτό σας - Τι μαθαίνω από αυτή την κατάσταση; Πώς με έχει μεταμορφώσει; Πώς έχει αναδιαμορφώσει την αίσθηση του σκοπού μου; Τι με δίδαξε για τη ζωή;

Όταν προσπαθείτε, κινδυνεύετε να αποτύχετε. Όταν δεν προσπαθείς, την εξασφαλίζεις.

Να θυμάστε, η θλίψη και οι αντιξοότητες δεν είναι κάτι που πρέπει να περιφρονήσετε ή να φοβάστε- εμπλουτίζουν τον ανθρώπινο χαρακτήρα. Μας εμπνέουν με πυγμή και κάνουν τη ζωή να αξίζει να τη ζούμε. 'Η ζωή δεν είναι να επιβιώνεις από την καταιγίδα, αλλά να χορεύεις στη βροχή.' Ζώντας κάθε στιγμή, θα πρέπει να βιώνουμε τη θλίψη σε λυπηρές στιγμές και την ευτυχία σε ευτυχισμένες στιγμές.

Ανακαλύψτε τον εαυτό σας και ακολουθήστε την καρδιά σας. Μην απελπίζεστε, αλλά εμπνευστείτε από τη ζωή. Και αναζητήστε μέσα σας αυτή τη σπίθα έμπνευσης. Μην τη δανείζεστε. Λίγη ενδοσκόπηση θα σας πάει πολύ μακριά στο δρόμο της αυτογνωσίας. Μόλις ξεκινήσει η διαδικασία, θα αρχίσετε να βρίσκετε τις απαντήσεις στα περισσότερα προβλήματά σας, αντί να αισθάνεστε καταδιωκόμενοι.

Δείτε τις δύσκολες στιγμές ως μια καμπύλη μάθησης στη ζωή σας. Η προθυμία να μάθουμε από τις ανατροπές μας είναι η κρίσιμη διαφορά μεταξύ των επιτυχημένων ανθρώπων και των όχι και τόσο επιτυχημένων.

Θέλω να μεγαλώσω ... για άλλη μια φορά!

Η ζωή δεν είναι αυτό που νομίζουμε ότι είναι και δεν εξελίσσεται πάντα σύμφωνα με τα σχέδιά μας. Η ζωή είναι αυτό που την κάνουμε εμείς. Κάθε δοκιμασία μας διδάσκει πολύτιμα μαθήματα. Οι σκέψεις και η νοοτροπία μας καθορίζουν σε μεγάλο βαθμό το πώς αντιλαμβανόμαστε αυτό που μας περιμένει. Δώστε λοιπόν στον εαυτό σας αυτή την ευκαιρία. Κάντε την όπως εσείς θέλετε να είναι. Μην αφήνετε το φόβο να κυριαρχεί στο χώρο του μυαλού σας. Εξάλλου, είμαστε οι κύριοι του εαυτού μας.

Η ανθεκτικότητά μας στη ζωή μπορεί να δυναμώσει μόνο όταν αγκαλιάζουμε την αλλαγή και διαχειριζόμαστε θετικά αυτές τις προκλήσεις, αντί να κρύβουμε και να αγνοούμε τις ευκαιρίες που μπορεί να φέρει η αλλαγή στη ζωή μας.

Μαθαίνοντας από το παρελθόν, αναπροσαρμόζοντας, επαναξιολογώντας και προσαρμοζόμενοι στο καινούργιο, θα μας πάει πάντα μπροστά με ανανεωμένο κέφι και θα μας εμφυσήσει μια νέα όρεξη για ζωή. Όλοι επιθυμούμε να ζούμε ευτυχισμένες, ικανοποιητικές και επιτυχημένες ζωές. Για να το πετύχουμε αυτό, πρέπει να κατανοήσουμε ενεργά πώς και πότε πρέπει να προσαρμοστούμε, τι πρέπει να αφήσουμε πίσω μας και από ποια μαθήματα πρέπει να πάρουμε μαθήματα, ώστε να κάνουμε τις απαραίτητες αλλαγές.

Ως εκ τούτου, *αλλάξτε την αντίληψη- σπάστε το μοτίβο!*

Το βιβλίο του Sumit Goel είναι ένα πολύ σχετικό βιβλίο που μας συνδέει με τον εσωτερικό μας εαυτό. Μας ταξιδεύει στην εξέλιξή μας. Με την πρώτη ανάσα, την πρώτη κραυγή ξεκινάμε το μεγάλο μακρύ ταξίδι που ονομάζεται Ζωή. Καθώς μεγαλώνουμε, προσπαθούμε να κατανοήσουμε τη ζωή μας, τον εαυτό μας και τον κόσμο γύρω μας. Αυτές οι κατανοήσεις είναι οι αντιλήψεις μας. Η αντίληψή μας γίνεται πραγματικότητα για εμάς και η ιστορία της ζωής μας. Οι αντιλήψεις μας οδηγούν στα πρότυπα συμπεριφοράς μας. Και τις περισσότερες φορές, αυτά τα πρότυπα συμπεριφοράς είναι κάτι που δυσκολευόμαστε να σπάσουμε. Και έτσι, ακολουθούμε την ίδια ρουτίνα ζωής μέρα με τη μέρα. Βρίσκουμε τους εαυτούς μας παγιδευμένους σε βρόχους, στη ζωή.

Οι ιστορίες είναι διαφορετικές, οι καταστάσεις είναι διαφορετικές, αλλά τα μοτίβα μας παραμένουν τα ίδια.

Όταν κοιτάμε πίσω στη ζωή μας, μερικές φορές ευχόμαστε να τα ζήσουμε όλα από την αρχή. Αυτό το βιβλίο σας οδηγεί σε ένα ταξίδι μεταμόρφωσης μέσα από τα τρία βήματα της συνειδητοποίησης, της αποδοχής και της δράσης.

Νομίζω ότι αν γελάτε με τα προβλήματά σας και λέτε σε όλο τον κόσμο τι πήγε στραβά, δεν σας φοβίζει τίποτα. Όταν κάνεις αυτό που αγαπάς και έχεις βαθύ πάθος γι' αυτό, κάθε μέρα μοιάζει με διακοπές και μια μέρα που περνάς καλά.

"Ας ερωτευτούμε τη διαδικασία να γίνουμε η καλύτερη εκδοχή του εαυτού μας".

    Όπως λέω πάντα ...

        Το καλύτερο πράγμα για σένα είσαι ΕΣΥ!

        Η καλύτερη μέρα σας είναι σήμερα!

        Συνιστώ ειλικρινά ...

        Θέλω να μεγαλώσω... για άλλη μια φορά!

        Αλλάξτε την αντίληψη και σπάστε το μοτίβο

        Anupam Kher
        Διεθν
        ής ηθοποιός,
        συγγραφέας,
        ομιλητής
        κινήτρων

Ας αρχίσει το ταξίδι

"Στο άπειρο της ζωής όπου βρίσκομαι, όλα είναι τέλεια, ακέραια και ολοκληρωμένα."

– Louise Hay Όλοι θέλουμε να ζήσουμε τα όνειρά μας και να δημιουργήσουμε τη ζωή που θέλουμε.

Συμβαίνει όμως αυτό με τον τρόπο που θέλουμε;

Ως παιδιά, είχαμε τόσες πολλές φιλοδοξίες. Δεν μας ένοιαζε αν ήταν πρακτικές ή μη. Απολαμβάναμε να παίζουμε αυτούς τους ρόλους με πάθος. Μπορούσαμε να παίξουμε αυτό που επιθυμούσαμε να είμαστε.

Αλλά, καθώς μεγαλώναμε, δεν νιώθαμε ... ότι αν ήταν δυνατόν ... αν μπορούσαμε να γυρίσουμε τη ζωή μας πίσω και να πούμε στον εαυτό μας - ***Θέλω να μεγαλώσω ... για άλλη μια φορά!***

Τότε τι μας εμποδίζει τώρα;

Είναι τρομακτικό να σκεφτόμαστε τι θα συμβεί αν ακολουθήσουμε την καρδιά μας, όταν αυτό δεν φαίνεται πολύ πρακτικό. Είναι τρομακτικό να εγκαταλείπουμε την ασφαλή, προβλέψιμη ύπαρξη της ρουτίνας της ζωής. Είναι τρομακτικό να κάνουμε αυτό που νομίζουμε ότι δεν μπορούμε να κάνουμε. Είναι τρομακτικό να σκεφτόμαστε ότι μπορεί να αποτύχουμε. Είναι τρομακτικό όταν δεν είμαστε σίγουροι από πού να ξεκινήσουμε.

Συχνά αμφισβητούμε το νόημα ή τον σκοπό της ζωής μας. Έχουμε "αποκαρδιωτικές" σκέψεις που μοιάζουν να έρχονται από το πουθενά. Νιώθουμε διαφορετικοί από τους άλλους ανθρώπους. Η έλλειψη σύνδεσης με τα συναισθήματά μας μας ξεχωρίζει και μας διαλύει. Όταν τα συναισθήματά μας απομακρύνονται, νιώθουμε ένα αίσθημα κενού σαν να λείπει κάτι μέσα μας, αλλά δεν μπορούμε να προσδιορίσουμε τι είναι αυτό και δυσκολευόμαστε να συνδεθούμε. Προσπαθούμε να σταματήσουμε να είμαστε ο εαυτός μας, για να ενταχθούμε σε μια ομάδα, στην κοινωνία γενικότερα. Θέλουμε να κάνουμε φίλους, να είμαστε μέρος των κοινωνικών κύκλων. Αλλά καταλήγουμε να αισθανόμαστε μόνοι.

Παρά τη διασύνδεσή μας μέσω του Διαδικτύου, πολλοί από εμάς αισθανόμαστε παραδόξως πιο απομονωμένοι από ποτέ. Ο δρόμος προς την ολοκλήρωση, την ικανοποίηση και την ενδυνάμωση δεν είναι τόσο απλός όσο το να διαβάσουμε μερικές θετικές σκέψεις. Σε πολλούς από εμάς, ακόμη και σε εκείνους που έχουν διαβάσει όλα τα βιβλία αυτοβοήθειας, έχουν πάει σε σεμινάρια και έχουν εξασκηθεί στις τεχνικές, νιώθουν ότι κάτι δεν πάει καλά.

Είναι επειδή κοιτάμε προς τα έξω για βοήθεια.

Έτσι ζούμε: Πηγαίνουμε στο σχολείο, σπουδάζουμε, κάνουμε μια δουλειά που δεν μας αρέσει, παντρευόμαστε, κάνουμε παιδιά, αποταμιεύουμε για τη σύνταξη και σιγά σιγά τα παρατάμε. Θα μπορούσαμε να το παίξουμε εκ του ασφαλούς. Αλλά αυτό δεν είναι ζωή, αυτό είναι απλώς ύπαρξη. Αλλά δεν θέλουμε να ζήσουμε έτσι.

Όλοι ήμασταν κάποτε παιδιά και έχουμε ακόμα αυτό το παιδί που κατοικεί μέσα μας. Συσσωρεύουμε τις παιδικές μας πληγές, τα τραύματα, τους φόβους και το θυμό μας. Είναι σημαντικό να θυμόμαστε ότι οι γονείς μας έκαναν ό,τι καλύτερο μπορούσαν με το επίπεδο πληροφοριών, εκπαίδευσης και συναισθηματικής ωριμότητας που είχαν. Αλλά ακόμα, στο βαθύτερο μέρος μας, νιώθουμε ότι *"κάτι δεν είναι εντάξει". Καθώς μεγαλώναμε, νομίζαμε ότι είχαμε αφήσει πίσω μας τις συναισθηματικές μας αποσκευές. Νομίζουμε ότι είμαστε ώριμοι, ότι έχουμε μεγαλώσει. Όμως, σε κάθε καμπή της ζωής μας, η εσωτερική μας φωνή εξακολουθεί να μας λέει - Θέλω να μεγαλώσω ... για άλλη μια φορά!*

Αυτό το βιβλίο θα μπορούσε να είναι το καλύτερο δώρο για τα παιδιά. Αλλά, δυστυχώς, είναι πολύ νωρίς για να μπορέσουν να αφομοιώσουν την πρόθεση του βιβλίου.

Το βιβλίο αυτό προορίζεται για τους εφήβους και τους νεαρούς ενήλικες, οι οποίοι βρίσκονται στην κατάλληλη στιγμή να ζήσουν τη ζωή και να "μεγαλώσουν" για να γίνουν αυτό που επιλέγουν να γίνουν.

Το βιβλίο αυτό προορίζεται για όλους εμάς τους 'ώριμους', που νιώθουμε ότι έχουμε ζήσει τη ζωή μας. Λοιπόν, όχι ακριβώς, έχουμε ακόμα πολύ δρόμο μπροστά μας.

Αυτό είναι για όλους εμάς ... 'εμάς τους ανθρώπους!'

Αυτό το βιβλίο είναι ένα *'εσωτερικό ταξίδι'* στο πώς έχουμε ζήσει τη ζωή μας μέχρι τώρα ... και πώς επιλέγουμε να ζήσουμε από εδώ και πέρα!

Καθώς επιλέγουμε να ταξιδέψουμε μέσα από αυτό το βιβλίο, πρέπει να αφιερώσουμε χρόνο για να σταματήσουμε και να προβληματιστούμε.

Την πρώτη φορά που θα διαβάσουμε αυτό το βιβλίο, θα μας κάνει να κοιτάξουμε μέσα μας. Θα υπάρξει ένα σημείο στο βιβλίο, όπου ο καθένας από εμάς θα νιώσει ... *Αυτή είναι η ιστορία μου!* Η πρόθεσή μου είναι να δημιουργήσω ευαισθητοποίηση.

Όταν έχουμε επίγνωση των αντιλήψεων και των μοτίβων μας, θα υπάρχει μια εσωτερική παρόρμηση να διαβάσουμε ξανά αυτό το βιβλίο. Η πρόθεση είναι η Αποδοχή.

Η τελική πρόθεση είναι η δράση.

Δεν χρειάζεται να βρούμε το μονοπάτι μας "εκεί έξω". Περιμένει ήδη μέσα μας, περιμένοντας να ξεδιπλωθεί. Το μόνο που πρέπει να κάνουμε είναι να κάνουμε το πρώτο βήμα.

Επιλέγουμε να ξεκινήσουμε τώρα.

Όπως εύστοχα το θέτει ο Anupam Kher ... Η καλύτερη μέρα σας είναι σήμερα!

Θα κάνετε το πρώτο βήμα;

Ολομόναχος

Είμαι ολομόναχος, αποκλεισμένος σε ένα νησί

Αισθάνομαι ότι οι αγαπημένοι μου είναι έτοιμοι να φύγουν από το χέρι μου

Είμαι ολομόναχος, χαμένος στο σκοτεινό δάσος

Αισθάνομαι ότι τα συναισθήματά μου είναι υπό κράτηση

Είμαι ολομόναχος, περιπλανώμενος στον καταγάλανο ωκεανό

Αισθάνομαι ότι η καρδιά και η ψυχή μου έχουν χάσει τη σύνδεση

Είμαι ολομόναχος, κάθομαι και ατενίζω τον ουρανό

Αισθάνομαι ότι έχει γίνει το χόμπι μου να κλαίω

Είμαι ολομόναχος, στέκομαι στο πλήθος

Αισθάνομαι ότι θέλω να κριτικάρω τον εαυτό μου δυνατά

Είμαι ολομόναχος, μπερδεμένος με το παζλ των σκέψεων

Αισθάνομαι ότι είμαι αποπροσανατολισμένος από κάθε είδους περισπασμούς

Είμαι ολομόναχος, η καρδιά μου πονάει από πόνο

Αισθάνομαι ότι η αυτο-παρακίνηση μου πηγαίνει χαμένη

Είμαι ολομόναχος, τα πρησμένα μου βλέφαρα με στεγνά μάτια

Αισθάνομαι ότι δεν θα ξαναβρώ ποτέ το δρόμο μου ακόμα κι αν προσπαθήσω

Είμαι ολομόναχη, η ελπίδα μου έχει χαθεί

Αισθάνομαι ότι βρίσκομαι σε ένα σκοτεινό τούνελ χωρίς την ακτίνα του ήλιου

Είμαι ολομόναχος, κουβαλάω μια ραγισμένη καρδιά

Νιώθω ότι η κατάρρευσή μου είναι έτοιμη να ξεκινήσει

Είμαι ολομόναχος, δεν υπάρχει ούτε δικαιολογία ούτε λόγος

Νιώθω ότι είμαι ένα απαίσιο άτομο

Θα είμαι για πάντα ολομόναχος

Μακάρι **να ήθελα να μεγαλώσω...** *για* **άλλη μια φορά.**

Ευχαριστίες

Η ιστορία του καθενός από εμάς είναι η ιστορία της ανθρωπότητας.

Κάποιες ψυχές μας εμπνέουν με την ύπαρξή τους.

Αναγνωρίζω όλους όσους συνάντησα σε αυτή την υπέροχη ζωή, κάθε ιστορία που με ενέπνευσε, κάθε κατάσταση που με λύγισε για να με βοηθήσει να ξαναχτίσω τον εαυτό μου. Εκφράζω την ευγνωμοσύνη μου σε όλους σας και ελπίζω ειλικρινά ότι αυτό το βιβλίο εξυπηρετεί τον ψυχικό του σκοπό.

Ο Anupam Kher είναι ένας θεσμός από μόνος του - πολυτάλαντος και πολύπλευρος, ηθοποιός, συγγραφέας και πραγματικός παρακινητής, που εμπνέει με τις πράξεις του. Η υποστήριξή του διπλασιάζει τον ενθουσιασμό μου.

Η Kashvi Gala και η Niyati Naik υπήρξαν επίμονα οι πυλώνες υποστήριξης από την αρχή της δημιουργίας αυτού του βιβλίου μέχρι τη δημιουργία του. Αναγνωρίζω τη λογοτεχνική τους συμβολή στο παρόν βιβλίο.

Η Komal Ranka υπήρξε γνήσια φίλη, παρακινητής και κριτικός, κρατώντας με πάντα συγκεντρωμένη.

Aditi Rane, Namrata Jain, Preksha Sakhala, Krisha Pardeshi για τη γνήσια υποστήριξή σας, όταν τη χρειαζόμουν περισσότερο.

Parizad Damania, Jenil Panthaki, Divya Menon, Roopali Dubey, Vipin Dhyani, και σε πολλούς ανθρώπους που με ευλόγησαν και προσευχήθηκαν για μένα και μοιράστηκαν τη ζωή και τις εμπειρίες τους!

Ανεξάρτητα από την πηγή, εκφράζω την ευγνωμοσύνη μου σε όσους ανώνυμα συνέβαλαν σε αυτό το έργο μέσω συμβουλών, διδασκαλιών, άρθρων, ιστολογίων, βιβλίων, ιστοσελίδων και εμπειριών.

Η ομάδα Ukiyoto Publishing αξίζει ένα χειροκρότημα για τον επαγγελματισμό, την ταχύτητα, την πειθαρχία, την οργάνωση και τη θετικότητά της!

Danke! Dhanyavad! Gracias! Merci! Σας ευχαριστούμε!

Περιεχόμενα

Τμήμα 1: Αντιλήψεις	1
Μεγαλώνοντας…	2
Αντιλήψεις	14
Αντιλήψεις της μοναξιάς - "Psych-Alone"	20
Psych-Alone: "Εγώ" της καταιγίδας	25
Psych-Alone: Είμαι καλά	32
Psych-Alone: Δεν μπορώ να πω όχι	38
Psych-Alone: Δεν είμαι αρκετά καλός	44
Psych-Alone: Εγώ φταίω	52
Alone: Είμαι μια αποτυχία	58
Psych-Alone: Συγγνώμη	67
Psych-Alone: Είμαι ψεύτης	73
Ενότητα 2: Μοτίβα	84
Μοτίβα	85
Μοτίβα Εσωτερικού Παιδιού	89
Μοτίβα του Εσωτερικού Παιδιού Μοτίβα	97
Εσωτερικός διάλογος και χρονικό άλμα	100
Σκέψου-Ελευθερίες	116
Πλάνη της δικαιοσύνης	127
Αποσύνδεση	134
Παραμορφώσεις	138
Ιδιαιτερότητα	143
Τα χαρακτηριστικά του Εσωτερικού Παιδιού	148
Διερεύνηση των μοτίβων μας	155
Τμήμα 3: Αλλάξτε το Αντίληψη, σπάστε το μοτίβο	166
Το Σύμπαν είναι μια Σκέψη!	167
Το ταξίδι του μετασχηματισμού	173
Σκανδάλες	181
Γιατί δεν το κάνουμε	192
Κρατηθείτε … Αφήστε το	204
Αναποδιές και εξουθένωση	215

Σπάζοντας μοτίβα	224
Απλά κάντε το ...	230
Ηθοποιός - Παρατηρητής - Σκηνοθέτης - Παραγωγός	240
Ενσυνειδητότητα: Η ζωή σε μια αναπνοή	249
Άλλαξε την αντίληψη και έσπασε το μοτίβο	259
Όλα εντάξει!	265
Μια νέα αρχή	266

Τμήμα 1: Αντιλήψεις

2 Voglio crescere ancora una volta

Μεγαλώνοντας...

"Γιατί σε κάθε ενήλικα κατοικεί ένα παιδί που ήταν, και σε κάθε παιδί βρίσκεται ο ενήλικας που θα γίνει".

"Η παιδική ηλικία δεν διαρκεί ποτέ. Αλλά όλοι αξίζουν μία."

"Είναι ευκολότερο να χτίσεις δυνατά παιδιά παρά να επισκευάσεις σπασμένους ανθρώπους."

"Όλοι μας είμαστε προϊόντα της παιδικής μας ηλικίας."

– Michael Jackson

Μεγαλώνοντας ... Το πρώτο έτος

Η παιδική ηλικία είναι σαν ένας καθρέφτης, ο οποίος αντανακλά στη μετά θάνατον ζωή τις εικόνες που του παρουσιάζονται για πρώτη φορά. Το πρώτο πράγμα συνεχίζεται για πάντα με το παιδί. Η πρώτη χαρά, η πρώτη λύπη, η πρώτη επιτυχία, η πρώτη αποτυχία, το πρώτο επίτευγμα, η πρώτη περιπέτεια ζωγραφίζει το προσκήνιο της ζωής του.

Η έκφραση συναισθημάτων είναι το πρώτο εργαλείο που διαθέτουν τα μωρά για να επικοινωνήσουν μαζί μας. Εκφράζουν τα συναισθήματά τους μέσω της στάσης του σώματός τους, της φωνής τους και των εκφράσεων του προσώπου τους από τη γέννησή τους. Οι στάσεις αυτές μας βοηθούν να προσαρμόσουμε τη συμπεριφορά μας στη συναισθηματική κατάσταση του μωρού. Καθώς ένα παιδί μεγαλώνει, εξελίσσεται μέσα από διάφορα συναισθηματικά και κοινωνικά ορόσημα. Από τη ζωή στη μήτρα της μητέρας του μέχρι τη διαδικασία του τοκετού και ξεκινώντας ως νυσταγμένο νεογέννητο, το παιδί σύντομα γίνεται άγρυπνο, ανταποκρίνεται και ενδιαφέρεται να αλληλεπιδράσει με τους ανθρώπους γύρω του.

Η ικανότητα των μωρών να διαφοροποιούν τις συναισθηματικές εκφράσεις αναπτύσσεται κατά τους πρώτους έξι μήνες της ζωής τους. Κατά τη διάρκεια αυτής της περιόδου, έχουν προτίμηση στα χαμογελαστά πρόσωπα και στις χαρούμενες φωνές. Πριν από τους έξι μήνες, μπορούν να διακρίνουν την ευτυχία από άλλες εκφράσεις όπως ο φόβος, η θλίψη ή ο θυμός. Από τους επτά μήνες και μετά, αναπτύσσουν την ικανότητα να διακρίνουν διάφορες άλλες εκφράσεις του προσώπου.

Ο 1ος μήνας

Τα νεογέννητα περνούν μεγάλο μέρος του χρόνου τους κοιμώμενα. Τους αρέσει να τα παίρνουν στα χέρια τους και ενθουσιάζονται όταν τα αγκαλιάζουν. Περνούν από διάφορες καταστάσεις εγρήγορσης. Η ήρεμη κατάσταση εγρήγορσης είναι όταν το παιδί είναι αγκαλιά και ακίνητο, όταν κοιτάζει τα μάτια μας, ακούει τη φωνή μας, προσλαμβάνει το περιβάλλον του και συνηθίζει το περιβάλλον. Η ενεργητική κατάσταση εγρήγορσης είναι όταν το μωρό κινείται συχνά, κοιτάζει γύρω του και κάνει ήχους. Οι άλλες καταστάσεις εγρήγορσης είναι το κλάμα, η υπνηλία και ο ύπνος. Το κλάμα είναι ο μοναδικός τρόπος επικοινωνίας του παιδιού στην αρχή. Το κλάμα αυξάνεται σταδιακά τις πρώτες εβδομάδες της ζωής.

Ο 2ος μήνας

Το παιδί αρχίζει να δείχνει χαρά, ενδιαφέρον και αγωνία μέσω των εκφράσεων του προσώπου του. Κουνάει το στόμα, τα φρύδια και τους μύες του μετώπου με διαφορετικούς τρόπους. Οι εκφράσεις του προσώπου του παιδιού αντανακλούν τα συναισθήματα που νιώθει εκείνη τη στιγμή και δεν είναι ποτέ σκόπιμες. Κατά τους πρώτους δύο μήνες, το παιδί δείχνει μεγάλο ενδιαφέρον για τα πρόσωπα των φροντιστών. Η ικανότητά τους να διατηρούν οπτική επαφή αυξάνεται σταθερά. Έχουν μια έντονη προτίμηση στο να κοιτάζουν τα πρόσωπα σε αντίθεση με τα άψυχα αντικείμενα. Το παιδί μπορεί να προσπαθήσει να μιμηθεί τις χειρονομίες του προσώπου των φροντιστών του ή να ανοίξει το στόμα του πολύ διάπλατα. Αυτό σημαίνει ότι το παιδί συνειδητοποιεί ότι υπάρχουν ομοιότητες μεταξύ αυτών και των άλλων ανθρώπων γύρω του. Καθώς μεγαλώνουν, η μίμηση γίνεται ένα κρίσιμο εργαλείο για την εκμάθηση νέων συμπεριφορών. Μας παρακολουθούν και μαθαίνουν από αυτό που κάνουμε. Αρχίζουν επίσης να ενδιαφέρονται για τις συζητήσεις των ανθρώπων και για το πώς οι άνθρωποι εναλλάσσονται ακούγοντας και μιλώντας. Κάνουν ήχους όταν τους μιλάμε και περιμένουν να τους απαντήσουμε. Μάλιστα, αν το παιδί κλαίει, μπορούμε να του αποσπάσουμε την προσοχή απλά μιλώντας του. Είναι πιθανό να είναι η στιγμή που θα ξεσπάσει το πρώτο τους "αληθινό" χαμόγελο! Χαμογελούν πλέον ως απάντηση στο χαμόγελό μας. Έτσι αρχίζει η επικοινωνία πρόσωπο με πρόσωπο.

Ο 3ος μήνας

Το κλάμα του παιδιού αρχίζει τώρα να εξασθενεί. Οι συνεδρίες χαμόγελου γίνονται όλο και πιο ζωηρές και χαρούμενες. Όταν τα πράγματα γίνονται πολύ έντονα συναισθηματικά, σταματούν να κοιτάζουν και απομακρύνονται για λίγα λεπτά. Αυτό είναι η αποστροφή του βλέμματος και δείχνει ότι το επίπεδο διέγερσης του παιδιού είναι υψηλό. Αρχίζουν να βγάζουν ήχους κάθε φορά που είναι χαρούμενα και ικανοποιημένα. Απολαμβάνουν να μας μιμούνται και να τα μιμούμαστε εμείς.

Ο 4ος μήνας

Το παιδί βελτιώνεται στο να επικοινωνεί αυτό που χρειάζεται. Σηκώνουν τα χέρια τους στον αέρα για να μας ενημερώσουν όταν θέλουν να τα πάρουμε. Εμείς, με τη σειρά μας, καταλαβαίνουμε καλύτερα τι σημαίνουν οι κραυγές τους. Περίπου αυτή την περίοδο, το παιδί παρατηρεί τις εκδηλώσεις συναισθημάτων μας, όπως τον τόνο της φωνής μας, τις εκφράσεις του προσώπου και τη γλώσσα του σώματος. Μιμούνται τις εκδηλώσεις συναισθημάτων που βλέπουν. Αν επιδεικνύουμε αρνητικά συναισθήματα, μπορεί να αντιδράσουν με διαφορετικούς τρόπους. Για παράδειγμα, αν δείξουμε θυμό, αναστατώνονται- αν δείξουμε θλίψη, απομακρύνονται και αλληλεπιδρούν λιγότερο- και αν δείξουμε φόβο, γίνονται φοβισμένα. Αν οι άνθρωποι γύρω τους διαφωνούν ή τσακώνονται, αρχίζουν να λαμβάνουν τα ανησυχητικά συναισθήματα γύρω τους.

Ο 5ος μήνας

Ένα άλλο υπέροχο ορόσημο αρχίζει να συμβαίνει αυτό το μήνα: το πρώτο γέλιο του παιδιού. Επίσης, αρχίζουν να δείχνουν μια διαφορά στον τρόπο με τον οποίο αντιδρούν σε άγνωστους ανθρώπους. Μπορεί να ανέχονται έναν ξένο, αλλά μπορεί να συμπεριφέρονται ήσυχα γύρω από αυτό το άτομο. Προτιμούν να βρίσκονται γύρω από ανθρώπους που γνωρίζουν. Το παιδί είναι πλέον σε θέση να δείχνει το θυμό και την απογοήτευση μέσω των εκφράσεων του προσώπου του. *Είναι θυμωμένοι "στη στιγμή" και όχι θυμωμένοι μαζί μας.* Αν τους προσφέρουμε κάτι να φάνε που δεν θέλουν, απομακρύνουν το κεφάλι τους με ένα αηδιασμένο βλέμμα στο πρόσωπό τους. Το παιδί επικοινωνεί μαζί μας όταν δείχνει πώς αισθάνεται. Αν επικοινωνούν θλίψη ή απογοήτευση, πρέπει να τους λύσουμε το πρόβλημα. Αν απογοητευόμαστε από τη στεναχώρια τους, πρέπει πρώτα να ηρεμήσουμε εμείς οι ίδιοι και μετά να τα ηρεμήσουμε πιο αποτελεσματικά. Αν είμαστε ευαίσθητοι στα συναισθήματά τους, μακροπρόθεσμα, θα μπορούν να αντιμετωπίσουν καλύτερα τα αρνητικά συναισθήματα, θα συμπεριφέρονται πιο συνεργάσιμα και θα είναι πιο υγιή ψυχικά.

Ο 6ος μήνας

Το παιδί μιμείται περισσότερο τις πράξεις και τα συναισθήματά μας. Αν χειροκροτήσουμε, προσπαθεί να το κάνει κι εκείνο. Αν χαμογελάσουμε, χαμογελάει κι εκείνο. Αν συνοφρυωθούμε, δείχνουν λυπημένα ή μπορεί ακόμη και να αρχίσουν να κλαίνε. Απολαμβάνουν να βγάζουν τη γλώσσα τους όταν το κάνουμε εμείς. Το παιδί αρχίζει να γυρίζει το κεφάλι του όταν φωνάζουμε το όνομά του. Αρχίζουν να ακολουθούν το βλέμμα μας και να δίνουν προσοχή σε αυτό που κοιτάμε. Αυτή είναι η αρχή της κοινής προσοχής, δηλαδή της ικανότητας του παιδιού να συντονίζει την προσοχή του με τη δική μας. Όταν τα πράγματα γίνονται πολύ έντονα συναισθηματικά, κάνουν πολλές ενέργειες εκτός από το να αποστρέφουν το βλέμμα τους. Μπορεί να γυρίσουν το κεφάλι τους, να λυγίσουν την πλάτη τους, να κλείσουν τα μάτια τους, να τρομάξουν, να κοιτάξουν κάτι άλλο, να στραφούν προς εμάς, να αρχίσουν να πιπιλίζουν, να χασμουριούνται, να κάνουν νοήματα ή να αρχίσουν να κλαίνε. Αυτές είναι ενδείξεις ότι το παιδί έχει επηρεαστεί.

Ο 7ος μήνας

Αυτόν τον μήνα, το παιδί αρχίζει να δείχνει ένα άλλο σημαντικό συναίσθημα - τον φόβο. Μπορεί να αναστατωθεί αν δει έναν ξένο να πλησιάζει ή αν ακούσει έναν ξαφνικό, δυνατό θόρυβο. Εμείς, με τη σειρά μας, μπορεί να γίνουμε αρκετά προστατευτικοί και να δείξουμε φροντίδα προς το παιδί αν το δούμε να φοβάται. Ένας καλός τρόπος για να τραβήξουν την προσοχή μας είναι να κάνουν κάποιον ήχο. Το κρυφτούλι γίνεται ένα εξαιρετικό παιχνίδι για να παίξετε με το παιδί!

Ο 8ος έως 10ος μήνας

Το παιδί δείχνει τώρα εκφράσεις προσώπου που αντιστοιχούν σε όλα τα βασικά συναισθήματα: ενδιαφέρον, χαρά, έκπληξη, θυμό, θλίψη, αηδία και φόβο. Αυτά τα συναισθήματα μπορεί να βιώνονται ένα προς ένα, αλλά πιο συχνά αναμειγνύονται σε πολλούς διαφορετικούς συνδυασμούς. Για παράδειγμα, αν ακούσει έναν δυνατό και ξαφνικό θόρυβο, μπορεί να δείξει έκπληξη και φόβο με το να τρομάξει και να δείξει φοβισμένο. Μέχρι αυτή την ηλικία, το παιδί μπορεί να αισθάνεται θυμό, αλλά δεν μπορεί να είναι "θυμωμένο με κάποιον". Γύρω στους εννέα μήνες, μόλις αρχίζουν να μπορούν να ερμηνεύουν τις πράξεις των ανθρώπων. Συντονίζονται με τα συναισθήματα των άλλων ανθρώπων. Μπορούν πλέον να διαβάσουν τα πρόσωπά τους και να καταλάβουν πώς αισθάνονται. Συνεχίζουν να απολαμβάνουν να αντιγράφουν τις χειρονομίες και τα συναισθήματα των άλλων ανθρώπων. Η κοινή τους προσοχή βελτιώνεται συνεχώς και πλέον μπορούν να δείχνουν ένα αντικείμενο και να βεβαιώνονται ότι τους το δίνουμε. Η κοινή προσοχή είναι ζωτικής σημασίας για την κοινωνική ανάπτυξη και την εκμάθηση της γλώσσας. Κάποια μπορεί να φαίνονται λίγο πιο σοβαρά ή λιγότερο χαλαρά με τους ξένους, άλλα δείχνουν δυσφορία. Το άγχος για τους ξένους αναπτύσσεται επειδή πλέον όχι μόνο μπορούν να διακρίνουν τη διαφορά μεταξύ οικείων και άγνωστων ανθρώπων, αλλά έχουν αναπτύξει και μια αίσθηση φόβου. Ο φόβος μπορεί να ενεργοποιήσει το σύστημα προσκόλλησής τους και το δείχνουν αυτό προσπαθώντας να μείνουν σωματικά κοντά μας. Δεν θα παρηγορηθούν εύκολα από κανέναν άλλον. Αν δεν είναι σίγουροι για το τι κάνουν, θα αναζητήσουν σε εμάς επιβεβαίωση.

Ο 11ος και ο 12ος μήνας

Προς το τέλος του πρώτου έτους του παιδιού, γίνεται πιο ανεξάρτητο. Θέλουν να τρέφονται μόνα τους και να κάνουν άλλα πράγματα μόνα τους. Στους 12 μήνες, εξακολουθούν να βιώνουν τα συναισθήματα πλήρως και με μεγάλη ένταση. Ωστόσο, καθώς μεγαλώνουν, μαθαίνουν να ρυθμίζουν τα συναισθήματά τους. Αυτό σημαίνει ότι θα αρχίσουν να βιώνουν τα συναισθήματά τους πιο ήπια. Θα βρουν τρόπους να αντιμετωπίσουν εποικοδομητικά τα συναισθήματά τους. Για παράδειγμα, αν είναι φοβισμένα, μπορεί να μην κλαίνε και να μην συγκλονίζονται όπως θα έκαναν όταν ήταν νεότερα. Αντ' αυτού, θα στραφούν σε έναν οικείο φροντιστή για καθησυχασμό.

Κάποια στιγμή κατά τους δύο τελευταίους μήνες, το παιδί είναι πιθανό να πει τις πρώτες του λέξεις. Με την πάροδο του χρόνου, και στο δεύτερο και τα επόμενα χρόνια, αρχίζουν να επικοινωνούν λεκτικά. Πρόκειται για ένα νέο επίπεδο επικοινωνίας, με λέξεις. Μέχρι το παιδί να μιλήσει την πρώτη του λέξη, έχει ήδη επίγνωση περίπου 15000 λέξεων!

Κατανόηση των σχέσεων γονέων-παιδιών

Η σχέση μεταξύ γονέα και παιδιού είναι ένας μοναδικός δεσμός που καλλιεργεί την ολιστική ανάπτυξη και εξέλιξη του παιδιού. Θέτει τα θεμέλια για τη συμπεριφορά, την προσωπικότητα, τα χαρακτηριστικά και τις αξίες τους. *Οι στοργικοί γονείς δημιουργούν στοργικά παιδιά.* Τα παιδιά μαθαίνουν και αναπτύσσονται καλύτερα όταν έχουν ισχυρές, αγαπημένες και θετικές σχέσεις με τους γονείς και τους άλλους φροντιστές. Οι θετικές σχέσεις με τους γονείς βοηθούν τα παιδιά να μάθουν για τον κόσμο.

Δεν υπάρχει φόρμουλα για να πετύχεις αυτή τη σχέση γονέα-παιδιού σωστά. Αλλά αν η σχέση μας με το παιδί μας βασίζεται σε ζεστές, τρυφερές και ανταποκρινόμενες αλληλεπιδράσεις τις περισσότερες φορές, το παιδί θα νιώθει αγάπη και ασφάλεια. Από την έρευνα για διάφορα στυλ ανατροφής μέχρι τη δοκιμή διαφορετικών γονικών πρακτικών, κάνουμε πάντα το κάτι παραπάνω για να βεβαιωθούμε ότι μεγαλώνουμε ευτυχισμένα και επιτυχημένα παιδιά. Αλλά ανεξάρτητα από το στυλ που επιλέγουμε να χρησιμοποιήσουμε, στο τέλος της ημέρας, εξακολουθεί να καταλήγει στο είδος της σχέσης που έχει κάθε γονιός με τα παιδιά του. Όσο ισχυρότερη είναι η σχέση γονέα-παιδιού, τόσο καλύτερη είναι η ανατροφή.

Ρόλος γονέα

Μέσα από τις σχέσεις αγάπης και υποστήριξης μεταξύ γονέων και παιδιών διαμορφώνονται τα θεμέλια για μελλοντικές υγιείς σχέσεις. Το να εκτιμώνται ακριβώς γι' αυτό που είναι, βοηθά στην οικοδόμηση της αυτοεκτίμησης των παιδιών μας.

Διατροφή Ρόλος

Φροντίδα είναι η φροντίδα των βασικών αναγκών του παιδιού, όπως τροφή, υγεία, στέγη, ένδυση κ.λπ., καθώς και η παροχή αγάπης, προσοχής, κατανόησης, αποδοχής, χρόνου και υποστήριξης.

Μέσα από τα λόγια και τις πράξεις μας, επικοινωνούμε στα παιδιά μας ότι τα αγαπάμε και τα αποδεχόμαστε. Είναι σημαντικό να καταλάβουμε ότι οι γονείς πρέπει να τα απολαμβάνουν και να τα αποδέχονται όπως είναι. Να τα αφήσουμε να είναι όπως είναι και όχι όπως εμείς θέλουμε να είναι. Η υγιής φροντίδα κάνει τα παιδιά να νιώθουν καλά με τον εαυτό τους, να νιώθουν αξιαγάπητα και άξια φροντίδας, να νιώθουν ότι τα ακούνε, να νιώθουν ότι τα καταλαβαίνουν και να γίνονται έμπιστα. Νιώθουν ότι μπορούν να αντιμετωπίσουν δύσκολες καταστάσεις και να αντιμετωπίσουν προκλήσεις επειδή είμαστε εκεί για να τα υποστηρίξουμε.

Η υπερβολική φροντίδα είναι να είμαστε υπερβολικά προστατευτικοί και να εμπλεκόμαστε υπερβολικά στη ζωή τους. Τα παιδιά γίνονται εξαρτημένα και χάνουν τις δεξιότητες αντιμετώπισης. Υποθρεπτική φροντίδα είναι να είμαστε συναισθηματικά απόμακροι και να μην συμμετέχουμε επαρκώς στη ζωή τους. Τα παιδιά νιώθουν ότι δεν τα αγαπούν και έχουν προβλήματα εμπιστοσύνης.

Δομή Ρόλος

Η δόμηση συνίσταται στην παροχή κατευθύνσεων, στην επιβολή κανόνων, στη χρήση πειθαρχίας, στον καθορισμό ορίων, στην καθιέρωση και την τήρηση των συνεπειών, στη λογοδοσία των παιδιών για τη συμπεριφορά τους και στη διδασκαλία αξιών.

Στόχος είναι να βοηθηθούν τα παιδιά να αναπτύξουν κατάλληλη συμπεριφορά και αυξημένη ανάπτυξη, ωριμότητα και ικανότητα. Η υγιής δόμηση κάνει τα παιδιά να αισθάνονται την αίσθηση της ασφάλειας ότι θα υπάρχουν κανόνες όταν δεν μπορούν να ελέγξουν τις παρορμήσεις τους. Μαθαίνουν να διαχειρίζονται τις απογοητεύσεις και τις απογοητεύσεις, ανακαλύπτουν ότι ο κόσμος δεν περιστρέφεται ολοκληρωτικά γύρω τους, μαθαίνουν υπεύθυνη συμπεριφορά, μαθαίνουν από τα λάθη τους, αποκτούν εμπειρία στη λήψη αποφάσεων και γίνονται πιο αυτάρκεις και ικανοί.

Η υπερβολική δόμηση είναι το να είναι κανείς άκαμπτος και να χρησιμοποιεί σκληρή πειθαρχία. Τα παιδιά μπορεί είτε να γίνουν παθητικά είτε να επαναστατήσουν. Υπο-διάρθρωση είναι να κάνουμε τις προσδοκίες και τους κανόνες μας ασαφείς και ασυνεπείς. Τα παιδιά νιώθουν σύγχυση και δεν μαθαίνουν να είναι υπεύθυνα.

Η υγιής "ενηλικίωση" περιλαμβάνει τη διεξαγωγή και των δύο ρόλων με τη σωστή ισορροπία μεταξύ τους τη σωστή στιγμή και με τον σωστό τρόπο.

Μοτίβα γονέων

Η καλή διαπαιδαγώγηση είναι ευθύνη κάθε γονέα και δικαίωμα κάθε παιδιού. Υπάρχουν διάφοροι λόγοι για τους οποίους ένας γονιός μπορεί να είναι συναισθηματικά αμελής, από το να μην έχει απλώς ένα καλύτερο πρότυπο από την παιδική του ηλικία μέχρι το να μην έχει αρκετούς συναισθηματικούς πόρους λόγω υπερβολικής εργασίας ή φόρτου εργασίας, να παλεύει με το πένθος του ή μια σειρά από άλλα σενάρια. Οι γονείς μας μπορεί να ακολουθούν αυστηρά ένα συγκεκριμένο μοτίβο ή ίσως ένα μείγμα πολλών και μπορεί να κυμαίνονται από το να είναι πολύ υγιείς και στοργικοί κάποια στιγμή μέχρι το να είναι δυσλειτουργικοί.

Αυταρχικοί γονείς

Όλοι οι αυταρχικοί γονείς είναι συναισθηματικά παραμελητικοί, καθώς επιλέγουν πάντα τους κανόνες και τις οδηγίες τους από το να αναζητούν, να γνωρίζουν και να κατανοούν το παιδί τους.

- Εστιάζουν στους κανόνες, είναι περιοριστικοί και τιμωρητικοί.

- Μεγαλώνουν τα παιδιά τους με μικρή ευελιξία και υψηλές απαιτήσεις.

- Θέλουν τα παιδιά να ακολουθούν τους κανόνες, αλλά δεν τείνουν να ακούνε τα συναισθήματα και τις ανάγκες τους.

- Δεν ανέχονται καμία απόκλιση από τους κανόνες, τα πρότυπα και τους τρόπους λειτουργίας τους.

- Απαιτούν ακλόνητη και αδιαμφισβήτητη συμμόρφωση.

Παιδιά αυταρχικών γονέων

- Τα παιδιά που μεγαλώνουν από αυταρχικούς γονείς μπορεί είτε να επαναστατήσουν ενάντια στην εξουσία είτε να γίνουν υπερβολικά υποτακτικά από φόβο για επιπτώσεις, ντροπή ή εγκατάλειψη.

Γονείς τελειομανείς

Οι τελειομανείς γονείς πιστεύουν ακράδαντα ότι τα παιδιά τους πρέπει πάντα να τα καταφέρνουν καλύτερα. Αντιλαμβάνονται τα παιδιά τους ως αντανάκλαση του εαυτού τους.

- Γίνονται πολύ απαιτητικοί με τα παιδιά τους.

- Παρακινούνται από κάτι περισσότερο από τις κοινωνικές αντιλήψεις γι' αυτούς και την οικογένεια.

- Πολλά παιδιά με υπερβολικές επιδόσεις έχουν τελειομανείς γονείς.

- Αυτοί οι γονείς δεν είναι ποτέ ικανοποιημένοι, πιέζουν πάντα και πολλές φορές πέρα από τις δυνατότητές τους.

Παιδιά τελειομανών γονέων

- Τέτοια παιδιά συχνά μεγαλώνουν για να γίνουν οι ίδιοι τελειομανείς.

- Θέτουν εξωπραγματικά υψηλές προσδοκίες για τον εαυτό τους.

- Έχουν φτωχή συναισθηματική νοημοσύνη και ωριμότητα.

- Δυσκολεύονται επίσης να διαχειριστούν τις αποτυχίες και παλεύουν με το αίσθημα του άγχους ότι δεν είναι αρκετά καλά.

Κοινωνιοπαθείς γονείς

Οι κοινωνιοπαθητικοί γονείς είναι πιο συνηθισμένοι και συχνά είναι πιο ασαφείς και λιγότερο εμφανείς. Τείνουν να έχουν καλές δουλειές, οικογένειες με τέλεια εμφάνιση και είναι υπεύθυνοι.

• Φαίνονται απόλυτα συνηθισμένοι, αλλά στερούνται συνείδησης και ενσυναίσθησης.

• Ίσως να είναι λεκτικά και σωματικά βίαιοι.

• Δυσκολεύονται να παραδεχτούν τα λάθη τους και έτσι ρίχνουν το φταίξιμο για όλα στο παιδί.

• Χειραγωγούν συναισθηματικά και πληγώνουν λεκτικά και συναισθηματικά το παιδί και συμπεριφέρονται σαν να μη συνέβη τίποτα.

Παιδιά κοινωνιοπαθών γονέων

• Το παιδί τείνει να φοβάται, να αγχώνεται και να μπερδεύεται.

• Δυσκολεύεται να προστατεύσει τον εαυτό του και να θέσει τα κατάλληλα όρια από το φόβο των αντιποίνων.

• Κουβαλούν φορτία ντροπής και ενοχής και αισθάνονται ανήσυχα, ανασφαλή και φοβισμένα.

•

Επιτρεπτικοί γονείς

Αυτό που οι επιτρεπτικοί γονείς αποτυγχάνουν να δουν είναι ότι τα παιδιά χρειάζονται κάποια δομή, κάποιους κανόνες και κάποια όρια μέσα στα οποία και με βάση τα οποία να αυτοπροσδιορίζονται.

• Να έχετε μια πιο παθητική στάση όσον αφορά την ανατροφή των παιδιών.

• Θεωρούνται "κουλ" γονείς.

• Δεν επιβάλλουν σχεδόν καθόλου κανόνες και περιορισμούς στα παιδιά τους.

Παιδιά επιτρεπτικών γονέων

• Το παιδί αδυνατεί να μάθει υγιείς μηχανισμούς αντιμετώπισης, πειθαρχία και επιμονή για να ανταπεξέλθει στις απαιτήσεις του πραγματικού κόσμου.

• Δυσκολεύονται να θέσουν όρια και περιορισμούς για τον εαυτό τους ή τους άλλους στην ενήλικη ζωή.

Ως ενήλικες, δυσκολεύονται να δουν με ακρίβεια τον εαυτό τους, τα δυνατά τους σημεία, τις αδυναμίες τους και το τι πρέπει να επιδιώκουν.

Ναρκισσιστές γονείς

Οι ναρκισσιστές γονείς αισθάνονται ότι ο κόσμος περιστρέφεται γύρω τους. Συνήθως όλα αφορούν τις ανάγκες του γονέα αντί του παιδιού.

• Εμφανίζονται μεγαλοπρεπείς και με αυτοπεποίθηση, αλλά πληγώνονται εύκολα και είναι συναισθηματικά αδύναμοι.

• Βλέπουν το παιδί ως προέκταση του εαυτού τους.

• Μπορεί να είναι τοξικές για την ανάπτυξη του παιδιού και βιώνονται ως πληγωτικές, απαιτητικές και δύσκολες στο να τις ευχαριστήσει κανείς.

• Μπορεί να είναι αρκετά εκδικητικοί όταν αμφισβητούνται ή όταν αποδεικνύεται ότι έχουν άδικο και επιφέρουν σκληρή κρίση και τιμωρία στα παιδιά τους.

Παιδιά ναρκισσιστικών γονέων

• Ως ενήλικες, δυσκολεύονται να προσδιορίσουν τις ανάγκες τους και να διασφαλίσουν ότι αυτές ικανοποιούνται.

• Αισθάνονται ότι οι ανάγκες τους δεν αξίζουν να ικανοποιηθούν, είναι υπερβολικές ή είναι πολύ απαιτητικές από τους γύρω τους.

• Αισθάνονται άβολα στις στενές σχέσεις.

Απόντες γονείς

Οι απόντες γονείς είναι εκείνοι που δεν είναι παρόντες στη ζωή του παιδιού. Αυτό μπορεί να οφείλεται σε διάφορους λόγους, όπως θάνατος, ασθένεια, πολλές ώρες εργασίας, συχνά ταξίδια για λόγους εργασίας ή διαζύγιο.

• Οι μονογονείς, οι χήροι ή οι επιβαρυμένοι λόγω της φροντίδας άλλων μελών της οικογένειας δεν είναι διαθέσιμοι για το παιδί.

• Οι περιορισμένοι οικονομικοί πόροι μπορεί να κάνουν τον γονέα να υπερεργάζεται ή να εργάζεται εκτός σπιτιού, ακόμη και για μήνες και χρόνια, οπότε το παιδί πρέπει να φροντίζει τον εαυτό του.

• Αυτοί οι γονείς μπορεί να είναι καταβεβλημένοι από τη θλίψη τους για την απώλεια κάποιου σημαντικού προσώπου και να μην είναι σε θέση να επικεντρωθούν σε οτιδήποτε άλλο εκτός από τον πόνο τους.

Παιδιά απόντων γονέων

•   Καταλήγουν να μεγαλώνουν μόνοι τους. Το μεγαλύτερο παιδί μπορεί επίσης να αναθρέψει τα μικρότερα αδέλφια.

•   Δεν συζητούν τα οδυνηρά συναισθήματά τους, καθώς δεν θέλουν να επιβαρύνουν περαιτέρω τον γονέα με τη δυστυχία τους.

•   Γίνονται υπερβολικά υπεύθυνα. Ως παιδιά, φαίνονται σαν ενήλικες, υπερφορτωμένοι με την ανησυχία και το άγχος για την οικογένειά τους.

•   Είναι πολύ καλοί στο να φροντίζουν τους άλλους γύρω τους. Έχουν όμως μεγάλη δυσκολία με την αυτοφροντίδα.

Καταθλιπτικοί γονείς

Οι καταθλιπτικοί γονείς είναι σαν τους απόντες γονείς. Είναι τόσο χαμένοι στη συναισθηματική τους αναταραχή που απλά δεν είναι εκεί για το παιδί.

•   Δεν είναι σε ψυχική κατάσταση για να γίνουν γονείς του παιδιού τους και να είναι ευαίσθητοι στα συναισθήματα του παιδιού.

Παιδιά καταθλιπτικών γονέων

•   Τα παιδιά μεγαλώνουν νιώθοντας ότι πρέπει να συμπεριφέρονται τέλεια για να μην κάνουν τους γονείς τους να αισθάνονται χειρότερα.

•   Θέτουν πολλές απαιτήσεις από τον εαυτό τους και δεν είναι σε θέση να συγχωρήσουν τα δικά τους λάθη.

•   Δεν ξέρουν πώς να τραβήξουν την προσοχή με θετικούς τρόπους, καθώς η καλή τους συμπεριφορά συχνά περνούσε απαρατήρητη. Η κακή συμπεριφορά κέρδιζε την προσοχή, ακόμα και αν ήταν αρνητική, ήταν καλύτερη από το τίποτα.

•   Ποτέ δεν μαθαίνουν πώς να αυτοεξυπηρετούνται σωστά και υποφέρουν ως συνέπεια και μπορεί να στραφούν σε εθιστικές συμπεριφορές.

Εθισμένοι γονείς

Οι εθισμένοι γονείς είναι ως επί το πλείστον χαμένοι στην εθισμένη τους κατάσταση - ίσως αλκοόλ, ναρκωτικά, εργασία, μέσα κοινωνικής δικτύωσης, τυχερά παιχνίδια και άλλα.

• Παραμελούν το παιδί τους όταν ικανοποιούν τον εθισμό τους.

• Δεν δίνουν σχεδόν καθόλου προσοχή, όταν το παιδί την έχει ανάγκη.

• Στέλνουν έμμεσα ένα συγκεχυμένο μήνυμα στο παιδί εξαιτίας της κυμαινόμενης συμπεριφοράς τους.

• Μπορεί να είναι εγωιστές και αμελείς και αυτό να εναλλάσσεται με τη φροντίδα και την αγάπη την επόμενη στιγμή.

Παιδιά εθισμένων γονέων

• Το παιδί αισθάνεται ανησυχία και νευρικότητα.

• Τείνει να είναι ανήσυχο, να φοβάται τις αλλαγές και το μέλλον, να μην είναι σίγουρο για τον εαυτό του και την επίδραση που έχει στους άλλους και γενικά να είναι ανασφαλές.

• Είναι πιο πιθανό να αναπτύξουν τους δικούς τους εθισμούς.

Όταν μεγαλώνει σε τέτοιες οικογένειες, το παιδί δεν έχει άλλη επιλογή από το να γίνει γονιός του εαυτού του και πολλές φορές των αδελφών του. Οι οικογένειες μπορεί να αντιμετωπίζουν δυσκολίες και περιορισμένους πόρους και το παιδί απλώς δεν έχει καλή φροντίδα. Μπορεί να είναι υπερβολικά υπεύθυνα και να δυσκολεύονται να καταλάβουν τι θέλουν ή τι χρειάζονται. Αυτό τα αφήνει με **αντιλήψεις και μοτίβα να αισθάνονται μόνα, άδεια και αποσυνδεδεμένα**. Δυσκολεύονται να υπερασπιστούν τον εαυτό τους, να μιλήσουν για δύσκολα θέματα από φόβο μήπως αναστατώσουν την οικογένεια και συχνά δυσκολεύονται να φροντίσουν τον εαυτό τους ή ακόμη και να νιώσουν ότι οι ανάγκες τους είναι έγκυρες και αξιόλογες.

"Ένα παιδί σπάνια χρειάζεται μια καλή συζήτηση όσο μια καλή ακρόαση".

"Πέρασα όλη μου την παιδική ηλικία ευχόμενος να ήμουν μεγαλύτερος και τώρα περνάω την ενήλικη ζωή μου ευχόμενος να ήμουν νεότερος."

"Ως ανθρώπινα όντα, όλοι μας ωριμάζουμε σωματικά από την παιδική ηλικία στην εφηβεία και στη συνέχεια στην ενηλικίωση, αλλά τα συναισθήματά μας υστερούν".

Αντιλήψεις

"Δεν υπάρχει αλήθεια. Υπάρχει μόνο αντίληψη".

"Υπάρχουν πράγματα που είναι γνωστά και πράγματα που είναι άγνωστα, και στο ενδιάμεσο υπάρχουν οι πόρτες της αντίληψης".

"Όταν αλλάζουμε την αντίληψή μας, η εμπειρία μας αλλάζει".

"Η αντίληψή σου για μένα είναι μια αντανάκλαση του εαυτού σου".

"Δεν έχει σημασία τι κοιτάς, αλλά τι βλέπεις".

Η αντίληψη είναι μια διαδικασία μέσω της οποίας τα πάντα σε αυτόν τον κόσμο ερμηνεύονται και κατανοούνται. Η αντίληψή μας βασίζεται στις σκέψεις και τις πεποιθήσεις μας, οι οποίες στη συνέχεια καθορίζουν τον τρόπο με τον οποίο σκεφτόμαστε και, συνεπώς, τον τρόπο με τον οποίο ενεργούμε.

Η αντίληψη είναι ο τρόπος με τον οποίο κάτι θεωρείται, κατανοείται ή ερμηνεύεται. Είναι το σύνολο των διαδικασιών που χρησιμοποιούμε για να δώσουμε νόημα σε όλα τα ερεθίσματα που μας παρουσιάζονται. Οι αντιλήψεις μας βασίζονται στον τρόπο με τον οποίο ερμηνεύουμε αυτές τις διαφορετικές αισθήσεις. Η διαδικασία της αντίληψής μας αρχίζει με τη λήψη ερεθισμάτων από το περιβάλλον μας και τελειώνει με την ερμηνεία αυτών των ερεθισμάτων.

Όταν πρόκειται για τον ίδιο μας τον εαυτό, υπάρχουν δύο τύποι αντίληψης: *τον τρόπο με τον οποίο βλέπουμε τον εαυτό μας και τον κόσμο μας και τον τρόπο με τον οποίο μας βλέπουν οι άλλοι.* Η μόνη αντίληψη που ελέγχουμε είναι η δική μας. Το πώς αντιλαμβανόμαστε τον κόσμο μας επηρεάζει τη στάση μας, η οποία με τη σειρά της επηρεάζει αυτό που προσελκύουμε. Αν αντιλαμβανόμαστε έναν κόσμο αφθονίας, οι πράξεις και η στάση μας προσελκύουν την αφθονία. Αν αντιλαμβανόμαστε τη ζωή μας ως έλλειψη αυτών που χρειαζόμαστε, ανησυχούμε περισσότερο για τη διατήρηση αυτών που έχουμε παρά για την απόκτηση αυτών που θέλουμε και χρειαζόμαστε. Ο εγκέφαλός μας επεξεργάζεται αυτόματα αυτό για το οποίο ανησυχούμε ως απειλή. Αυτό, λοιπόν, αλλάζει την αντίληψή μας και ακόμη και τη χημεία του σώματός μας.

"Η στιγμή που αλλάζετε την αντίληψή σας είναι η στιγμή που ξαναγράφετε τη χημεία του σώματός σας."

Η αντίληψη δεν έχει να κάνει με το τι συμβαίνει, αλλά με το τι προσέχουμε και μετά με τον τρόπο που το ερμηνεύουμε και τελικά με το πώς ενεργούμε ή αντιδρούμε σε αυτό.

Συμπληρώστε τη δήλωση - Η ζωή είναι_____.

Η ζωή μπορεί να είναι μια πρόκληση, μια περιπέτεια, μια δοκιμασία, βαρετή, απαίσια, βασανιστική, υπέροχη ή οτιδήποτε άλλο. Από εμάς εξαρτάται πώς θα συμπληρώσουμε αυτό το κενό. Το ερώτημα είναι ... είναι η ζωή στην πραγματικότητα μια πρόκληση ή μια περιπέτεια ή οτιδήποτε άλλο νομίζουμε. Η πραγματικότητα είναι ότι δεν υπάρχει πραγματικότητα. Έχει να κάνει με την αντίληψή μας για το τι είναι η ζωή για εμάς. *Η αντίληψή μας γίνεται πραγματικότητα για εμάς.* Και διαμορφώνουμε τις αντιλήψεις μας, αυτές οι αντιλήψεις γίνονται η δική μας εκδοχή της πραγματικότητας και αυτή γίνεται η ιστορία της ζωής μας.

Χαρούμενη ή λυπημένη, συναρπαστική ή βαρετή, προκλητική ή ηττοπαθής, ερμηνεύουμε κάθε στιγμή που περνάμε σε αυτόν τον κόσμο. Και ο κόσμος μας είναι αυτό που λέει το μυαλό μας ότι είναι. Έτσι, τελικά οι σκέψεις, οι πεποιθήσεις και οι συμπεριφορές μας ασκούν την πιο ισχυρή επιρροή στην αντίληψή μας για τη ζωή μας.

Αν αντιλαμβανόμαστε τη ζωή μας να είναι όπως την επιθυμούσαμε, αν οι αντιλήψεις μας είναι ενδυναμωτικές, αυτό θα εκδηλώσουμε. Αλλά, αν όχι, η αντίληψη πρέπει να αλλάξει. Μόλις αποφασίσουμε να αλλάξουμε τις σκέψεις μας, τότε πρέπει να αποφασίσουμε να κάνουμε τα βήματα δράσης για να το κάνουμε να συμβεί. Έτσι, αν βρεθούμε αντιμέτωποι με μια δύσκολη κατάσταση στην ημέρα μας, ρωτήστε – *αντιλαμβάνομαι τις λύσεις και την επιτυχία ή αντιλαμβάνομαι τα προβλήματα και την αποτυχία;* Η επιλογή είναι πάντα δική μας.

Στάδια αντίληψης

Η αίσθηση και η αντίληψη είναι πρακτικά αδύνατο να διαχωριστούν, επειδή αποτελούν μέρος μιας συνεχούς διαδικασίας. Η αντίληψη επεξεργάζεται τα αισθητηριακά ερεθίσματα και τα μετατρέπει σε εμπειρία. Η διαδικασία της αντίληψης είναι ασυνείδητη και συμβαίνει εκατοντάδες χιλιάδες φορές την ημέρα. Η αντίληψη πραγματοποιείται σε πέντε στάδια: διέγερση, οργάνωση, ερμηνεία-αξιολόγηση, μνήμη και ανάκληση. Καθώς αντιλαμβανόμαστε, ο εγκέφαλος επιλέγει ενεργά, οργανώνει και ενσωματώνει τις αισθητηριακές πληροφορίες για να κατασκευάσει ένα γεγονός.

Επιλογή του ερεθίσματος

Κάθε στιγμή της ζωής μας, είμαστε εκτεθειμένοι σε έναν άπειρο αριθμό ερεθισμάτων. Αλλά ο εγκέφαλός μας δεν δίνει προσοχή σε όλα αυτά. Το πρώτο βήμα της αντίληψης είναι η συνειδητή ή ασυνείδητη απόφαση για το ποιο ερέθισμα θα προσέξουμε. Επικεντρωνόμαστε σε ένα ερέθισμα, το οποίο γίνεται το ερέθισμα που παρακολουθούμε.

Η επιλογή είναι η διαδικασία με την οποία προσέχουμε ορισμένα ερεθίσματα στο περιβάλλον μας και όχι άλλα και επηρεάζεται από τα κίνητρα, τα κίνητρα, τις παρορμήσεις ή τις ορμές μας για να ενεργήσουμε με έναν συγκεκριμένο τρόπο. Η επιλογή συχνά επηρεάζεται από έντονα ερεθίσματα.

Φαινόμενο κοκτέιλ πάρτι: Είναι το φαινόμενο κατά το οποίο εστιάζουμε επιλεκτικά σε ένα συγκεκριμένο ερέθισμα και φιλτράρουμε τα άλλα ερεθίσματα με τον ίδιο τρόπο που ένας επισκέπτης ενός πάρτι μπορεί να εστιάσει σε μια μόνο συζήτηση σε ένα θορυβώδες δωμάτιο ή να παρατηρήσει ότι το όνομά του λέγεται σε μια άλλη συζήτηση. Η επιλεκτική προσοχή εμφανίζεται σε όλες τις ηλικίες. Τα μωρά αρχίζουν να στρέφουν το κεφάλι τους προς έναν ήχο που τους είναι οικείος. Αυτό δείχνει ότι τα βρέφη παρακολουθούν επιλεκτικά συγκεκριμένα ερεθίσματα στο περιβάλλον τους.

Οργανισμός

Η οργάνωση, το δεύτερο στάδιο της αντιληπτικής διαδικασίας, είναι ο τρόπος με τον οποίο οργανώνουμε νοητικά τις πληροφορίες σε λογικά και εύπεπτα μοτίβα. Η ικανότητα εντοπισμού και αναγνώρισης είναι ζωτικής σημασίας για τη φυσιολογική αντίληψη. Χωρίς αυτή την ικανότητα, οι άνθρωποι δεν μπορούν να χρησιμοποιήσουν αποτελεσματικά τις αισθήσεις τους. Η οργάνωση βοηθά στην αντίληψη των πραγμάτων ως μονάδα.

Μόλις επιλέξουμε να προσέξουμε το ερέθισμα, αυτό ενεργοποιεί μια σειρά αντιδράσεων στον εγκέφαλό μας. Ο εγκέφαλος κατασκευάζει μια νοητική αναπαράσταση του ερεθίσματος, που ονομάζεται αντίληψη. Ένα διφορούμενο ερέθισμα μπορεί να μεταφραστεί σε πολλαπλές αντιλήψεις, που βιώνονται τυχαία. Ενώ η τάση μας να ομαδοποιούμε τα ερεθίσματα μας βοηθά να οργανώνουμε τις αισθήσεις μας γρήγορα και αποτελεσματικά, μπορεί επίσης να οδηγήσει σε λανθασμένες αντιλήψεις.

Τα αντιληπτικά σχήματα μας βοηθούν να οργανώσουμε τις εντυπώσεις για τους ανθρώπους με βάση την εμφάνιση, τους κοινωνικούς ρόλους, την αλληλεπίδραση ή άλλα χαρακτηριστικά, ενώ τα στερεότυπα μας βοηθούν να συστηματοποιήσουμε τις πληροφορίες, ώστε οι πληροφορίες να είναι ευκολότερο να εντοπιστούν, να ανακληθούν, να προβλεφθούν και να αντιδράσουν.

Ερμηνεία-Αξιολόγηση

Μετά το στάδιο της επιλογής του ερεθίσματος και της οργάνωσης των πληροφοριών, το επόμενο και ζωτικής σημασίας βήμα είναι η ερμηνεία με τρόπο που να βγάζει νόημα χρησιμοποιώντας τις υπάρχουσες πληροφορίες μας. Αυτό σημαίνει απλώς ότι παίρνουμε τις πληροφορίες που έχουμε αντιληφθεί και οργανώσει και τις μετατρέπουμε σε κάτι που μπορεί να κατηγοριοποιηθεί. Αυτό συμβαίνει συνεχώς και ασυνείδητα. Τοποθετώντας διαφορετικά ερεθίσματα σε κατηγορίες, μπορούμε να κατανοήσουμε καλύτερα και να αντιδράσουμε στον κόσμο γύρω μας.

Μόλις οι πληροφορίες οργανωθούν σε κατηγορίες, τις τοποθετούμε στη ζωή μας για να της δώσουμε νόημα. *Η ερμηνεία των ερεθισμάτων είναι υποκειμενική, πράγμα που σημαίνει ότι τα άτομα μπορούν να καταλήξουν σε διαφορετικά συμπεράσματα για τα ίδια ερεθίσματα.* Η υποκειμενική ερμηνεία των ερεθισμάτων επηρεάζεται από ατομικές αξίες, ανάγκες, πεποιθήσεις, εμπειρίες, προσδοκίες, αυτοαντίληψη και άλλους προσωπικούς παράγοντες. Η προηγούμενη εμπειρία παίζει σημαντικό ρόλο στον τρόπο με τον οποίο ένα άτομο ερμηνεύει τα ερεθίσματα. Διαφορετικά άτομα αντιδρούν διαφορετικά στα ίδια ερεθίσματα, ανάλογα με την προηγούμενη εμπειρία τους από αυτά τα ερεθίσματα.

Οι ελπίδες και οι προσδοκίες ενός ατόμου σχετικά με ένα ερέθισμα μπορούν να επηρεάσουν την ερμηνεία του.

Αν πιστεύω ότι είμαι ελκυστικό άτομο, μπορεί να ερμηνεύσω τα βλέμματα από αγνώστους (ερέθισμα) ως θαυμασμό (ερμηνεία). Ωστόσο, αν πιστεύω ότι δεν είμαι ελκυστικός, μπορεί να ερμηνεύσω τα ίδια βλέμματα ως αρνητικές κρίσεις.

Μνήμη

Τα στάδια της διέγερσης, της οργάνωσης και της ερμηνείας-αξιολόγησης ακολουθούνται από την αποθήκευση των ερμηνευμένων και αξιολογημένων πληροφοριών, γνωστή ως μνήμη. Πρόκειται για την αποθήκευση τόσο της αντίληψης όσο και της ερμηνείας-αξιολόγησης. Το μυαλό μας είναι κατά 10% συνειδητό και κατά 90% υποσυνείδητο. Αυτός ο υποσυνείδητος νους είναι η τράπεζα μνήμης που αποθηκεύει όλες τις θετικές και αρνητικές αναμνήσεις.

Ανάκληση

Ορισμένα ερεθίσματα μπορούν να ανακαλέσουν τη μνήμη που έχει αποθηκευτεί στο υποσυνείδητο στη συνειδητή κατάσταση. Όταν εμφανίζονται παρόμοια ερεθίσματα, συμβαίνει ολόκληρος ο κύκλος της επιλογής, οργάνωσης και ερμηνείας-αξιολόγησης των ερεθισμάτων, με βάση ένα παρόμοιο γεγονός του παρελθόντος. Αυτό προστίθεται στην ήδη αποθηκευμένη μνήμη του προηγούμενου συμβάντος. Αυτό ενισχύει τη μνήμη παρόμοιων γεγονότων, η οποία τελικά γίνεται μοτίβο. Τα ερεθίσματα μπορούν στη συνέχεια να ανακαλέσουν εύκολα τις αναμνήσεις πίσω, από προηγούμενα γεγονότα.

Μελέτη περίπτωσης

Ο Ραχούλ ήταν 5 ετών. Μια μέρα, ο πατέρας του τον μάλωσε μπροστά σε κάποιους καλεσμένους στο σπίτι επειδή ήταν πολύ ντροπαλός και δεν μπορούσε να απαγγείλει ένα ποίημα που ήξερε. Κλειδώθηκε στο δωμάτιό του, δεν έτρωγε φαγητό και έκλαιγε. Σε εύθετο χρόνο, επέστρεψε στην κανονική του ζωή και ίσως και να το ξέχασε.

Άρχισε να μεγαλώνει και να γίνεται έξυπνος μαθητής και έγινε το κατοικίδιο του δασκάλου του. Αλλά μια μέρα, απλά του κόπηκε η γλώσσα όταν του ζητήθηκε να εξηγήσει κάτι στην τάξη. Ένιωσε αμήχανα, γύρισε στο σπίτι του, κλειδώθηκε στον εαυτό του και έκλαψε. Ως ενήλικας, άρχισε να αποφεύγει τις κοινωνικές συναθροίσεις και τα πάρτι. Απλώς δεν του άρεσαν και δεν ήξερε καν γιατί. Ήταν ήσυχος και έλεγε στον εαυτό του - δεν είμαι αρκετά καλός. Είμαι αποτυχημένος. Δεν μπορώ να εκφραστώ μπροστά σε άλλους.

Ας το κατανοήσουμε αυτό με βάση την κατανόηση των αντιλήψεων.

Τι συνέβη - Στον Rahul είπαν να απαγγείλει ένα ποίημα μπροστά σε καλεσμένους. Αυτό είναι το ερέθισμα. Αυτό το ερέθισμα οργανώθηκε και επεξεργάστηκε από τον εγκέφαλο. Δεν μπορούσε να απαγγείλει. Αυτό ερμηνεύτηκε από τον Rahul ως αμηχανία, μπροστά στους άλλους. Αυτό οφειλόταν στην έμφυτη φύση του να είναι ντροπαλός καθώς και στην ευαισθησία του στην αγανάκτηση.

Αυτό που συνέβη στην πραγματικότητα ήταν ότι ο πατέρας του Rahul του είπε να απαγγείλει ένα ποίημα, το οποίο δεν μπορούσε να απαγγείλει.

Αυτό που επεξεργάστηκε ήταν ότι τον μάλωσαν μπροστά στους άλλους. Αυτό διατηρήθηκε στο υποσυνείδητο του Rahul. Την επόμενη φορά που συνέβη ένα παρόμοιο γεγονός ή ερέθισμα, μπροστά στο δάσκαλο ή σε μια κοινωνική συγκέντρωση, έγινε ανάκληση του υποσυνείδητου παρελθόντος και συνέβη μια παρόμοια αντίληψη ότι ντράπηκε και του κόπηκε η γλώσσα μπροστά σε κόσμο.

Αυτό που πραγματικά συνέβη τότε καθίσταται ασήμαντο. Αυτό που αντιλήφθηκε ο Rahul έγινε η πραγματικότητά του. Και αυτό που αντιλήφθηκε ο Rahul μετά από μια σειρά τέτοιων γεγονότων ήταν ότι - δεν είμαι αρκετά καλός. Είμαι αποτυχημένος.

"Δεν βλέπουμε τα πράγματα όπως είναι, τα βλέπουμε όπως είμαστε εμείς".

"Οι άνθρωποι βλέπουν αυτό που θέλουν να δουν και αυτό που οι άνθρωποι θέλουν να δουν δεν είναι πάντα η αλήθεια".

"Η πραγματικότητα είναι τελικά μια επιλεκτική πράξη αντίληψης και ερμηνείας".

"Μια αλλαγή στην αντίληψη και την ερμηνεία μας επιτρέπει να σπάσουμε τις παλιές συνήθειες και να ξυπνήσουμε νέες δυνατότητες για ισορροπία, θεραπεία και μεταμόρφωση".

Αντιλήψεις της μοναξιάς - "Psych-Alone"

"Αυτό που συμβαίνει μέσα μας είναι πιο σημαντικό από αυτό που μας συμβαίνει".

Οι γονείς μας εκπαιδεύτηκαν να είναι γονείς καθώς μεγάλωναν;

Προσπαθούσαν να εξισορροπήσουν το παρελθόν και το μέλλον τους, την οικογένειά τους και την κοινωνία, το καλό και το κακό τους;

Προσπαθούσαν να μας κάνουν το αντίγραφό τους ή το αντίθετο;

Ήμασταν τα κανάλια για τους ανεκπλήρωτους στόχους, τις φιλοδοξίες και τις επιθυμίες τους;

Είχαν θεραπευτεί εσωτερικά όταν αποφάσισαν να μας φέρουν σε αυτόν τον κόσμο;

Καθώς μεγαλώναμε...

Μήπως οι γονείς μας δεν μας αγαπούσαν;

Δεν νοιάζονταν για εμάς;

Μας παραμέλησαν;

Λοιπόν, η απάντηση είναι - Όχι, ή ίσως Ναι - δεν ξέρουμε, δεν μπορούμε να κρίνουμε, δεν μπορούμε να επαληθεύσουμε ή να επιβεβαιώσουμε την πρόθεση, την πράξη ή την εκδοχή τους για την πραγματικότητα.

Μπορεί να μας έχουν παραμελήσει ή όχι.

Αλλά θα μπορούσαμε να νιώσουμε παραμελημένοι. Και αυτό είναι σημαντικό. Όλα ξεκινούν με το αίσθημα της παραμέλησης όταν το χρειαζόμαστε περισσότερο.

Όλα έχουν να κάνουν με τις αντιλήψεις μας καθώς μεγαλώνουμε. Η αντίληψη της Μοναξιάς είναι το αίσθημα της μοναξιάς, το αίσθημα ότι κανείς δεν μπορεί να με καταλάβει, κανείς δεν μπορεί να δει τον πόνο μου, είμαι ολομόναχος.

Η μοναξιά δεν είναι το να είσαι μόνος, είναι το αίσθημα ότι κανείς δεν νοιάζεται. Είναι μοναχικό συναίσθημα όταν κάποιος για τον οποίο νοιάζεσαι γίνεται ξένος.

Καταρρέω και κανείς δεν το ξέρει, δεν έχω κανέναν να μιλήσω και είμαι μόνος.

Θέλω απλώς να νιώσω ότι είμαι σημαντική για κάποιον.

Το ονομάζω "Σύνδρομο ψυχικής μοναξιάς".

Είναι ο κυκλώνας που υπάρχει μέσα στον εσωτερικό μας εαυτό.

Ο Κυκλώνας που υπάρχει στο εξωτερικό περιβάλλον είναι μια μεγάλης κλίμακας αέρια μάζα που περιστρέφεται γύρω από ένα ισχυρό κέντρο χαμηλής ατμοσφαιρικής πίεσης, το οποίο έχει σπειροειδείς ανέμους προς τα μέσα.

Παρομοίως, η "Ψυχική Μοναξιά" υπάρχει στο εσωτερικό μας περιβάλλον, γύρω από την αντίληψη της μοναξιάς μας, συγκεντρώνοντας εμπειρίες και δημιουργώντας αντιλήψεις, που στροβιλίζονται σπειροειδώς γύρω μας σε όλη μας τη ζωή

Αυτό που πραγματικά συμβαίνει όταν αισθανόμαστε μόνοι είναι ότι έχουμε εγκαταλείψει τον εαυτό μας. Έχουμε σταματήσει να φροντίζουμε τις δικές μας βασικές ανάγκες, δεν εκτιμούμε τον εαυτό μας, δεν ακούμε τις δικές μας σκέψεις και δεν φροντίζουμε τον σωματικό, συναισθηματικό ή πνευματικό μας εαυτό. Αυτό είναι το σύνδρομο της ψυχικής μοναξιάς. Το "εγώ" έχει εγκαταλείψει το "εγώ".

Το αίσθημα της Ψυχικής Μοναξιάς είναι στην πραγματικότητα μια αόρατη, ανεπαίσθητη, μη μνημονεύσιμη παιδική εμπειρία.

Βιώνεται όταν νιώθουμε ότι οι γονείς μας απέτυχαν να ανταποκριθούν αρκετά στις συναισθηματικές μας ανάγκες όσο μεγαλώναμε. Οι γονείς μας πιθανόν να προσπάθησαν το καλύτερο δυνατό, κατά την αντίληψή τους. Δεν πρόκειται για το τι είναι σωστό και τι λάθος, ούτε για το τι είναι καλό και τι κακό. *Είναι η αντίληψή μας και οι προσδοκίες μας.*

Η εμπειρία της παραμέλησης είναι διαφορετική από την εμπειρία της κακοποίησης. Η κακοποίηση είναι μια γονική πράξη- η παραμέληση είναι η παράλειψη ενός γονέα να δράσει.

Πιθανώς απέτυχαν να παρατηρήσουν και να ανταποκριθούν κατάλληλα στα συναισθήματά μας. Είναι μια πράξη παράλειψης, δεν είναι ορατή, αισθητή ή αξιομνημόνευτη. Η παραμέληση είναι το παρασκήνιο και όχι το προσκήνιο. Είναι ύπουλη και παραβλέπεται ενώ κάνει τη σιωπηλή της ζημιά. Κατά ειρωνικό τρόπο, ακόμη και οι γονείς παραπονιούνται - Κάνουμε ό,τι μπορούμε για τα παιδιά μας, παρέχοντάς τους φροντίδα. Αλλά δεν μπορούμε να καταλάβουμε τι πάει στραβά.

Είναι επειδή πιθανόν να πέρασαν τα ίδια συναισθήματα καθώς μεγάλωναν.

Αυτό συμβαίνει στα περισσότερα σπίτια, στα περισσότερα παιδιά, κάθε μέρα. Πολλά τέτοια σπίτια είναι στοργικά και στοργικά με κάθε άλλο τρόπο. *Πολλοί γονείς που παραμελούν συναισθηματικά δεν είναι συνήθως κακοί άνθρωποι* ή γονείς που δεν αγαπούν. Πολλοί από αυτούς προσπαθούν όντως να κάνουν ό,τι μπορούν για να μεγαλώσουν καλά τα παιδιά τους. Η αποτυχία των γονέων να ανταποκριθούν δεν είναι κάτι που μας συμβαίνει όταν είμαστε παιδιά. Αντίθετα, είναι κάτι που δεν συμβαίνει σε εμάς ως παιδί. Πολύ αργότερα, καθώς μεγαλώνουμε, αισθανόμαστε ότι κάτι δεν πάει καλά, αλλά δεν ξέρουμε τι είναι. Ψάχνουμε στην παιδική μας ηλικία για απαντήσεις, αλλά δεν μπορούμε να δούμε το αόρατο. Έτσι, εύκολα υποθέτουμε και καταλήγουμε στο συμπέρασμα ότι κάτι δεν πάει βασικά καλά με εμάς – *Εγώ φταίω, είμαι διαφορετικός, δεν είμαι αρκετά καλός.*

Συναισθήματα συνδρόμου ψυχικής απομόνωσης

• Δεν ξέρουμε τι είμαστε ικανοί να κάνουμε, τις δυνάμεις και τις αδυναμίες μας, τι μας αρέσει, τι θέλουμε και τι μας ενδιαφέρει.

• Νιώθουμε ένα αίσθημα κενού ή μουδιάσματος.

• Δυσκολευόμαστε να πούμε τι αισθανόμαστε.

• Είμαστε απλά ανίκανοι να μιλήσουμε για τα προβλήματά μας.

• Αρχίζουμε να κατηγορούμε τον εαυτό μας. Ντρεπόμαστε για τον εαυτό μας. Ο θυμός συσσωρεύεται και αρχίζουμε να αισθανόμαστε ένοχοι για τα πάντα. Πηγαίνουμε κατευθείαν στην ενοχή και τη ντροπή κάθε φορά που συμβαίνει ένα αρνητικό γεγονός στη ζωή μας.

• Νιώθουμε πάντα ότι κάτι δεν πάει καλά στη ζωή μας, αλλά δεν μπορούμε να εντοπίσουμε τι είναι αυτό.

• Παραμελούμε τον εαυτό μας.

• Νιώθουμε μοναξιά και μοναξιά, ακόμη και όταν περιτριγυριζόμαστε από άλλους.

• Νιώθουμε ότι δεν ανήκουμε, ακόμη και όταν είμαστε με φίλους και οικογένεια.

• Νιώθουμε ότι δεν θα μπορέσουμε να αξιοποιήσουμε τις δυνατότητές μας, στην εργασία ή στην προσωπική ζωή.

• Φοβόμαστε ότι θα γίνουμε εξαρτημένοι από τους άλλους.

• Αποφεύγουμε τις συγκρούσεις.

Σε μικρότερη ηλικία, δεν είμαστε αρκετά ώριμοι για να καταλάβουμε και δεν έχουμε εκπαιδευτεί να εκφραστούμε. Έτσι, εν αγνοία μας και ασυνείδητα καταπιέζουμε τα συναισθήματά μας προς τα κάτω. Τα παιδιά που νιώθουν συναισθηματικά παραμελημένα δυσκολεύονται να κατανοήσουν τα δικά τους συναισθήματα ως ενήλικες. Αυτό αφήνει ένα κενό, που οδηγεί σε συναισθήματα αποσύνδεσης, ανεκπλήρωσης ή κενού.

Ο τρόπος με τον οποίο αντιλαμβανόμασταν τον εαυτό μας ως παιδί καθορίζει τον τρόπο με τον οποίο συμπεριφερόμαστε στον εαυτό μας ως ενήλικες. Αν λάβαμε συναισθηματική επικύρωση από τους φροντιστές μας στην παιδική ηλικία, είμαστε γενικά σε θέση να την παρέχουμε στα δικά μας παιδιά. Όσοι δεν την έλαβαν αρκετά οι ίδιοι, δυσκολεύονται να την προσφέρουν ως γονείς.

Πώς συνέβη αυτό;

Όταν νιώθαμε μόνοι και παραμελημένοι, ο νεαρός εγκέφαλός μας έχτισε ένα τείχος για να αποκλείσει τα συναισθήματά μας. Με αυτόν τον τρόπο μπορούσαμε να τα αγνοήσουμε και να τα καταπιέσουμε. Με αυτόν τον τρόπο ο θυμός, ο πόνος, η θλίψη ή η ανάγκη μας δεν θα ενοχλούσαν τους γονείς μας ή εμάς τους ίδιους. Τώρα, ως ενήλικες, ζούμε με τα συναισθήματά μας στην άλλη πλευρά αυτού του τοίχου. Είναι αποκλεισμένα και το αισθανόμαστε. Κάπου βαθιά μέσα μας νιώθουμε ότι κάτι δεν πάει καλά. Κάτι λείπει. Αυτό μας κάνει να νιώθουμε άδειοι, διαφορετικοί από τους άλλους ανθρώπους και κατά κάποιο τρόπο, βαθιά ελαττωματικοί.

Έχοντας πάει στους γονείς μας για συναισθηματική υποστήριξη και επιβεβαίωση ως παιδί, συχνά επιστρέφουμε οδυνηρά με άδεια χέρια και μόνοι. Έτσι, τώρα μας είναι δύσκολο να ζητήσουμε από οποιονδήποτε οτιδήποτε και φοβόμαστε να περιμένουμε υποστήριξη και βοήθεια από οποιονδήποτε. Δεδομένου ότι μεγαλώσαμε με μικρή επίγνωση των συναισθημάτων, νιώθουμε πλέον άβολα κάθε φορά- έντονα συναισθήματα προκύπτουν στον εαυτό μας ή σε οποιονδήποτε άλλον. Κάνουμε ό,τι μπορούμε για να αποφύγουμε εντελώς τα συναισθήματα, ίσως ακόμη και τα θετικά.

Νιώθοντας ελαττωματικοί, άδειοι και μόνοι και χωρίς επαφή με τα συναισθήματά μας, νιώθουμε ότι δεν ανήκουμε πουθενά. Είναι δύσκολο να ξέρουμε τι θέλουμε, τι αισθανόμαστε ή τι χρειαζόμαστε. Είναι δύσκολο να πιστέψουμε ότι έχει σημασία. Είναι δύσκολο να νιώσουμε ότι έχουμε σημασία.

Το σύνδρομο "Μόνος στο σπίτι" - Το αόρατο παιδί

Μερικές φορές οι γονείς είναι τόσο απασχολημένοι με τον ιστό των αγώνων τους που δεν είναι σε θέση να παρατηρήσουν τι αισθάνεται το παιδί. Αυτό συμβαίνει όταν ο γονέας δεν παρακολουθεί τις συναισθηματικές ανάγκες του παιδιού. Αυτό περιλαμβάνει το να μην παρατηρεί τα συναισθήματα του παιδιού και να μην τα επικυρώνει, να μην δείχνει αγάπη, ενθάρρυνση ή υποστήριξη. Το παιδί τότε προσαρμόζεται στην κατάσταση κρύβοντας τα συναισθήματα, τις αποτυχίες και τα επιτεύγματά του και τείνει να γίνει αόρατο. Αυτό είναι το σύνδρομο του "Μόνος στο σπίτι". Τέτοια παιδιά συνήθως δεν μοιράζονται τίποτα με τους γονείς τους, τόσο τα καλά όσο και τα κακά, τείνουν να είναι μυστικοπαθή και σιωπηλά και συνήθως δεν έχουν στενούς φίλους. Το αόρατο παιδί νιώθει μοναξιά, ακόμη και όταν περιβάλλεται από ανθρώπους.

Πρόκειται για άτομα που συχνά περιγράφουν την παιδική τους ηλικία ως "καλή" και δεν είναι σε θέση να εντοπίσουν κάποιο σοβαρό έλλειμμα ή τραύμα που θα μπορούσε να εξηγήσει τη θλίψη, την κατάθλιψη, το άγχος ή οποιοδήποτε άλλο παράπονο.

Η αποφυγή των συγκρούσεων γίνεται ένα εύκολο εργαλείο για να παραμείνουν αόρατοι. Πρόκειται για μια απροθυμία να διαφωνήσουν και να τσακωθούν και μπορεί να είναι επιζήμια για μια σχέση μακροπρόθεσμα. Όχι μόνο εμείς και οι κοντινοί μας άνθρωποι δεν είμαστε σε θέση να λύσουμε τα προβλήματα αποφεύγοντάς τα- επιπλέον, ο θυμός, η απογοήτευση και ο πόνος από άλυτα ζητήματα συσσωρεύονται και συσσωρεύονται, για να ξεσπάσουν αργότερα με μεγάλο τρόπο. Νιώθουμε τόσο άβολα με τις συγκρούσεις ή τις διαφωνίες που κρύβουμε τα προβλήματα κάτω από το χαλί αντί να τα συζητάμε.

"Θέλουμε οι άλλοι να μας ακούνε γιατί θέλουμε να μας ακούνε και να μας καταλαβαίνουν.

Όταν οι άλλοι δεν ακούνε, νιώθουμε ότι είμαστε μόνοι, ανάξιοι προσοχής, και αυτό πονάει.

Ακόμα χειρότερα, μελέτες έχουν δείξει ότι ο πόνος του να νιώθεις μόνος είναι χειρότερος από το να σε εκφοβίζουν".

Ο βουδιστής πνευματικός ηγέτης Thich Nhat Hanh είπε ότι "η κραυγή που ακούμε από τα βάθη της καρδιάς μας προέρχεται από το πληγωμένο παιδί μέσα μας".

Psych-Alone: "Εγώ" της καταιγίδας

"Οι λέξεις "είμαι" είναι πανίσχυρες.

Δηλώνουμε στο σύμπαν ποιοι είμαστε".

"Είμαι ο πιο σοφός άνθρωπος εν ζωή, γιατί ξέρω ένα πράγμα, και αυτό είναι ότι δεν ξέρω τίποτα".

— Socrates

"Ο χρόνος σας είναι περιορισμένος, γι' αυτό μην τον σπαταλάτε ζώντας τη ζωή κάποιου άλλου.

Μην παγιδεύεστε από το δόγμα - το οποίο είναι να ζείτε με τα αποτελέσματα της σκέψης άλλων ανθρώπων."

— Steve Jobs

"Η ζωή δεν είναι να βρεις τον εαυτό σου. Η ζωή έχει να κάνει με τη δημιουργία του εαυτού σου."

— George Bernard Shaw

Δεν πρέπει να έχω τις δικές μου απόψεις.

Με τιμωρούσαν όταν προσπαθούσα να μιλήσω ή να ενεργήσω διαφορετικά.

Μου είπαν ότι η εκδήλωση συναισθημάτων όπως ο εκνευρισμός, ο θυμός και το άγχος δεν είναι καλό.

Δεν πρέπει να κλαίω γιατί μόνο οι αδύναμοι άνθρωποι κλαίνε.

Με μάλωναν, με τιμωρούσαν ή με έκλειναν μέσα επειδή δεν υπάκουα.

Είμαι υπεύθυνος για τους γονείς μου και την ευτυχία τους.

Ποτέ δεν ήμουν τυχερός να παίρνω αγκαλιές και φιλιά.

Μεγαλώνοντας... με καταιγίδα

Η διαδικασία της "ενηλικίωσης" του παιδιού σπάνια γίνεται με τον τρόπο που οι γονείς είχαν σχεδιάσει ή ονειρευτεί. Ποτέ δεν νιώθουμε άνετα με το παρελθόν μας, ποτέ δεν είμαστε ικανοποιημένοι με τον τρόπο που μεγαλώσαμε. Ως εκ τούτου, το αίσθημα – *Θέλω να μεγαλώσω ξανά!*

Αυτή η διαδικασία της ενηλικίωσης ξεσηκώνει θύελλα στη ζωή του αναπτυσσόμενου παιδιού, το οποίο βιώνει και αισθάνεται πράγματα που ξεπερνούν το επίπεδο της κατανόησής του και τα οποία είναι πέρα από τον έλεγχό του. Μια ελεγχόμενη ανατροφή συχνά περιλαμβάνει ενεργητικές τιμωρίες και ανταμοιβές (η προσέγγιση "καρότο και ραβδί"), απόρριψη, υπό όρους "αγάπη", νηπιοποίηση, άδικα πρότυπα και πολλά άλλα.

Παιδοποίηση

Ένα παιδοποιημένο άτομο είναι ένα άτομο το οποίο έχει αντιμετωπιστεί ως παιδί, παρόλο που η ηλικία και η διανοητική του ικανότητα δεν είναι αυτή ενός παιδιού. Αυτή η μεταχείριση ονομάζεται νηπιοποίηση. *Είναι όταν οι γονείς αντιμετωπίζουν το παιδί τους μικρότερο από την πραγματική του ηλικία ή όταν ασκούν υπερβολική κριτική στις ικανότητες του παιδιού τους.* Αντιμετωπίζουν το παιδί τους σαν να είναι ανίκανο να χειριστεί τις ευθύνες που αρμόζουν στην ηλικία του. Το αναπτυσσόμενο παιδί αρχίζει να αισθάνεται λιγότερο ικανό, ικανό και αυτάρκες από ό,τι είναι στην πραγματικότητα. Αυτό είναι πιο συνηθισμένο από όσο μπορούμε να φανταστούμε. Αυτό συμβαίνει με τους υπερβολικά ανήσυχους γονείς και εκείνους που δεν εμπιστεύονται τα παιδιά τους.

Αυτό έχει ως αποτέλεσμα το παιδί να παραμένει εξαρτημένο, παθητικό και χωρίς κίνητρα, παρόλο που οι γονείς το έκαναν με καλές προθέσεις. Το παιδί που "φροντίζουν" στην πραγματικότητα μένει κάτω από το επίπεδο της ωριμότητας.

Κάντε το σωστά. Μπορεί να το σπάσετε. Πρέπει να τρώτε αυτό και να κάνετε εκείνο. Δεν θα είστε σε θέση να το χειριστείτε. Εμείς ξέρουμε τι είναι καλύτερο για εσάς.

Το παιδί που μεγαλώνει, δυστυχώς, μαθαίνει να βασίζεται υπερβολικά στους άλλους. Καθώς μεγαλώνουν σε σχέσεις ενηλίκων, τείνουν να είναι εξαρτημένα και επιρρεπή στη χειραγώγηση.

Αποδοκιμασία

Ο τρόπος με τον οποίο ένας γονέας κοιτάζει ένα παιδί και οι ερωτήσεις που κάνει μπορεί να μεταφέρουν αποδοκιμασία. Όταν οι γονείς τείνουν να αποδοκιμάζουν κάθε απόφαση που λαμβάνεται χωρίς τη δική τους συμβολή ή έγκριση, προσπαθούν να εκπαιδεύσουν τα παιδιά τους να περνούν κάθε απόφαση πρώτα από τους γονείς. Αυτό δημιουργεί και ενισχύει την πεποίθηση ότι το παιδί δεν μπορεί να πάρει τις δικές του αποφάσεις.

Παρεμβολή

Ορισμένοι γονείς πιστεύουν ότι έχουν το δικαίωμα να παρεμβαίνουν στην ιδιωτική ζωή των ενήλικων παιδιών τους. Η παρέμβαση αυτή μπορεί να περιλαμβάνει ακόμη και το σαμποτάρισμα των σχέσεων των παιδιών τους ή να τους λένε με ποιον να βγαίνουν και τι επιλογές καριέρας να κάνουν. Για τα παιδιά αυτά, η παρέμβαση αυτή δημιουργεί συγκρούσεις σε όλους τους τομείς της ζωής τους, καθώς οι γονείς τους ανακατεύονται στις φιλίες και τις ερωτικές σχέσεις.

Υπερβολική κριτική

Τα επιζήμια σχόλια χρησιμοποιούνται για να υπονομεύσουν την αυτοπεποίθηση του παιδιού, συχνά με το πρόσχημα ότι το βοηθούν. Οι επιλογές ένδυσης, η αύξηση του βάρους, η επιλογή καριέρας ή συντρόφου και άλλες πτυχές της ζωής γίνονται αντικείμενο της κριτικής ματιάς του γονέα.

Τιμωρία

Τα παιδιά τιμωρούνται συνήθως για τις αταξίες τους, για τη μη υπακοή τους, για το ψέμα ή ακόμη και για την αλήθεια που κάνει τους γονείς να νιώθουν άβολα. Το ξύλο, το χαστούκι, το κλείδωμα, η σωματική τιμωρία δεν λειτουργεί καλά για να διορθωθεί η συμπεριφορά ενός παιδιού. Το ίδιο ισχύει και για το να φωνάζετε ή να ντροπιάζετε ένα παιδί. Η τιμωρία, για λόγους διόρθωσης ή πειθαρχίας, είναι ο σκληρός τρόπος ανατροφής του παιδιού. Το παιδί μπορεί να κάνει κάτι που δεν αρέσει στον γονέα, οπότε το παιδί τιμωρείται επειδή είναι "κακό".

Το παιδί, τότε, δεν έχει άλλη επιλογή από το να τιμωρηθεί. Το παιδί αρχίζει σταδιακά να πιστεύει ότι πρέπει να είναι κακό, παρόλο που μπορεί να μην έχει κάνει τίποτα κακό. Ασυνείδητα και σιωπηλά, το παιδί εσωτερικεύει και μαθαίνει να κατηγορεί τον εαυτό του, με αποτέλεσμα να δημιουργούνται χρόνιες ενοχές. Πιστεύει ότι είναι "κακό" και του αξίζει να υποστεί μια τιμωρία.

Επιβράβευση

Παρόλο που οι ανταμοιβές θεωρούνται συναρπαστικές, οι ανταμοιβές μπορεί να λειτουργήσουν ως δωροδοκία με αρνητικές επιπτώσεις μακροπρόθεσμα. Ο γονέας μπορεί να φαίνεται ότι "παρακινεί" το παιδί ανταμείβοντας το για αυτό που θέλει να κάνει το παιδί. Δεν είναι όμως έτσι. Το παιδί μπορεί να μην καταλαβαίνει τη σημασία της εργασίας, αλλά να ωθείται να την κάνει με αντάλλαγμα την ανταμοιβή.

Ο γονέας μπορεί να "ανταμείψει" το παιδί με μια σοκολάτα για μια εργασία ρουτίνας που έκανε το παιδί. Το παιδί μαθαίνει ότι στη ζωή, οτιδήποτε χωρίς ανταμοιβή δεν αξίζει τον κόπο. Οι γονείς πρέπει να εξηγήσουν τη σημασία της εργασίας με τρόπο που να την καταλαβαίνει το παιδί και όχι με τη γρήγορη δωροδοκία για να γίνει η εργασία.

'Ισχύουν οι όροι'

Πρόκειται για παθητική τιμωρία. Το παιδί τιμωρείται αγνοώντας το. Όταν το παιδί συμμορφώνεται και εκπληρώνει και ικανοποιεί τις ανάγκες των γονέων, τότε μόνο εκείνο παίρνει το ποσοστό αγάπης και προσοχής που του αναλογεί. Οι πραγματικές ανάγκες, τα συναισθήματα και οι προτιμήσεις του παιδιού ακυρώνονται και το παιδί μαθαίνει να μην είναι ο εαυτός του.

Μη ρεαλιστικές προσδοκίες και άδικα πρότυπα

Είναι πολύ συχνό φαινόμενο τα παιδιά να αντιμετωπίζουν προσδοκίες που είναι μη ρεαλιστικές και υπερβαίνουν κατά πολύ τις δυνατότητές τους. Μερικές φορές το παιδί αναμένεται να φροντίσει ένα άρρωστο μέλος της οικογένειας ή ένα μικρότερο αδελφό. Εδώ το παιδί γίνεται γονέας, το παιδί που δεν έχει βιώσει καν τις χαρές της παιδικής ηλικίας αναγκάζεται να υποφέρει το βάρος της ενηλικίωσης. Πρόκειται για αντιστροφή των ρόλων. Αυτό το παιδί εμφανίζεται πιο ώριμο από τα άλλα παιδιά, αυτάρκες, ένα παιδί που μεγάλωσε πολύ νωρίς. Αυτό έχει ως αποτέλεσμα το παιδί να θυσιάζει τα όνειρα και τις ανάγκες του και να αρχίζει να νιώθει μόνο του και υπερβολικά υπεύθυνο.

Επιπτώσεις της καταιγίδας... Μέσα

- Να νιώθεις μόνος και να μην έχεις κανέναν να φροντίσεις.

- Ανάπτυξη χαμηλής αυτοεκτίμησης και αυτοεκτίμησης.

- Αισθάνεστε χαμένοι, μπερδεμένοι, άσκοποι, με αμφιβολίες για τον εαυτό σας.

- Χωρίς αυθεντικούς στόχους, ενδιαφέροντα, φιλοδοξίες και κίνητρα.

- Νιώθουμε άδειοι χωρίς κανέναν γύρω μας να επικυρώνει την ύπαρξή μας.

- Σοβαρή έλλειψη της αίσθησης του εαυτού μας.

- Ελλιπής αυτοφροντίδα, αυτοτραυματισμός, αυτοϊκανοποίηση, ικανοποίηση των ανθρώπων, αναζήτηση αποδοχής.

- Κανένα εγγενές κίνητρο για να κάνουμε τα περισσότερα πράγματα ή οτιδήποτε.

- Αποκινητοποίηση για να κάνουμε πράγματα που στο παρελθόν οδηγούσαν στο αίσθημα του πόνου.

- Παθητικότητα και εξάρτηση.

- Ανάγκη για παρακίνηση.

- Αγνόηση των συναισθηματικών μας αναγκών.

- Ψέματα, σιωπή, ψεύτικο χαμόγελο, απογοήτευση, θυμός.

- Εθισμοί και νευρώσεις.

- Ψυχολογικές ή/και σωματικές ασθένειες.

- Δυσκολία στη διατήρηση υγιών σχέσεων.

- Σωματική παραμέληση, διατροφικές διαταραχές (ανορεξία, παχυσαρκία), διατήρηση ανθυγιεινής διατροφής, προβλήματα ύπνου και εφιάλτες.

"Είμαι καλά"

"Δεν μπορώ να πω όχι"

"Δεν είμαι αρκετά καλός"

"Εγώ φταίω"

"Είμαι αποτυχημένος"

"Λυπάμαι"

"Είμαι ψεύτης"

Το κοινό στις παραπάνω δηλώσεις είναι ότι όλες είναι σε πρώτο πρόσωπο, δηλαδή "εγώ".

Όλα συνδέονται και σχετίζονται με εμένα, τον εαυτό μου.

Πρόκειται για αντιλήψεις που έχουμε σχηματίσει για τον ίδιο μας τον εαυτό. Όλα έχουν να κάνουν με το συναίσθημα που υπάρχει μέσα μας.

Όλα έχουν να κάνουν με το "εγώ" της καταιγίδας, μιας καταιγίδας που συνεχίζει να στροβιλίζεται και να στροβιλίζεται μέσα στον ίδιο μας τον εαυτό και μας καθορίζει, τον πυρήνα του εαυτού μας, τον τρόπο που βλέπουμε τον κόσμο, τους ανθρώπους και τα γεγονότα γύρω μας και τις αντιδράσεις μας απέναντι σε αυτά.

Ο τρόπος που βλέπω τον εαυτό μου είναι αυτό που πιστεύω ότι σκέφτονται οι άλλοι για μένα. Όλα έχουν να κάνουν με την αντίληψη που νομίζουμε ότι είναι η πραγματικότητα!!!

Παραδόξως, μπορεί να μην έχουμε καν επίγνωση της καταιγίδας μέσα μας καθώς μεγαλώνουμε, όπως ακριβώς το μάτι της καταιγίδας. Συχνά δεν είμαστε σε θέση να αναγνωρίσουμε την ανατροφή μας ως προβληματική, ακόμα και στην ενήλικη ζωή μας. Έτσι, μας είναι αδύνατο να κατανοήσουμε τη γένεση του "Εγώ" της καταιγίδας!

Παραθέτοντας ένα ποίημα του *TCA Venkatesan, Ph.D.*

Βγήκε έξω και κοίταξε,

Το πρόσωπό της ήταν ήρεμο,

Το μυαλό της φλεγόταν,

Μαινόταν μέσα της, μια καταιγίδα.

Το εσωτερικό της μάτι στο κέντρο,

Κρύβοντας από όλους τον θυμό,

Το εξωτερικό της μάτι φλέγεται,

με τη δύναμη ενός θυελλώδους ανέμου,

έτοιμη να τινάξει τα πάντα στον αέρα.

Χρειαζόταν μια διέξοδο,

για να αφήσει τα συναισθήματά της να ξεχυθούν,

Να αφήσει τα λόγια της να μιλήσουν αληθινά,

Οι σκέψεις της να ξεχυθούν.

Προσπαθώντας να ακουστεί,

Τα λόγια της ήταν μόνο εμπόδιο,

Πώς αφήνει τον κόσμο να το μάθει,

χωρίς να τους παραπλανήσει.

Για να τους κάνει να καταλάβουν,
ότι έχει μόνο καλές προθέσεις,
Αν τα λόγια της είναι κάτι άλλο,
δεν είναι αυτό που επέλεξε να πει.
Τα λόγια της δεν είναι δικά της,
από γεγονότα που δεν είναι υπό έλεγχο,
Διαμορφώνονται από άλλους,
που έχουν πάρει το φόρο τους.
Μόνο τα βαθιά της συναισθήματα,
Αυτές οι εσωτερικές σκέψεις είναι δικές της,
Αλλά όταν βγαίνουν προς τα έξω,
αλλάζουν σε κάτι άλλο.
Έχει πάρει πολλά,
Αλλά έχει θυσιάσει τόσα πολλά,
που βλέπει τι πήρε,
Μπορεί να δει τι έδωσε πίσω;
Ποιος θα την καταλάβει,
Ποιος θα της σταθεί,
Ποιος θα αντέξει την καταιγίδα,
Ποιος θα ταξιδέψει μαζί της;
Ποιος θα μπει μέσα,
Ποιος θα δει μέσα της,
Ποιος θα δει την ηρεμία,
όταν η καταιγίδα μαίνεται έξω.
Πρόσωπο ήρεμο, μυαλό φλεγόμενο,
Βγήκε έξω και κοίταξε,
Ακόμα κοιτάζει,
Για να μοιραστεί την ηρεμία της.

Psych-Alone: Είμαι καλά

"Το πιο όμορφο χαμόγελο κρύβει τα πιο βαθιά μυστικά. Τα πιο όμορφα μάτια έχουν κλάψει τα περισσότερα δάκρυα. Και οι πιο ευγενικές καρδιές έχουν νιώσει τον μεγαλύτερο πόνο."

"Ένα χαμόγελο μπορεί να σημαίνει χίλιες λέξεις, αλλά μπορεί επίσης να κρύβει χίλια δάκρυα".

"Μπορείς να προσποιηθείς ένα χαμόγελο, αλλά δεν μπορείς να προσποιηθείς τα συναισθήματά σου."

"Μια μέρα, θέλω κάποιος να κοιτάξει πίσω από το ψεύτικο χαμόγελό μου, να με τραβήξει κοντά του και να μου πει - Όχι, δεν είσαι εντάξει."

Το "I am Fine" και ένα χαμόγελο είναι η τέλεια κάλυψη για κάποιον με Σύνδρομο Ψυχικής Μοναξιάς.

Πως είσαι;

Ορισμένες σκέψεις περνούν από το μυαλό μου. Το άτομο που με ρωτάει αυτό, ενδιαφέρεται πραγματικά να μάθει πώς είμαι; Θα είχε κάποια διαφορά γι' αυτόν να ξέρει πώς είμαι; Έτσι, δεν υπάρχει λόγος να επιδείξω την ψυχική μου κατάσταση και τα συναισθήματά μου. Έτσι, απλά χαμογελάω. Δεν θέλω να του χαλάσω τη διάθεση με τα προβλήματά μου. Οπότε, θα του πω απλώς - είμαι καλά. Στην πραγματικότητα, δεν βρίσκω λόγια πέρα από αυτά τα τρία.

Ελπίζω οι άνθρωποι να καταλάβουν τι εννοώ όταν λέω ότι είμαι καλά. Είμαι καλά σημαίνει ότι δεν έχω το θάρρος να πω πώς αισθάνομαι.

Φοβάμαι ότι θα με κρίνουν. Μπορεί να νομίζετε ότι είμαι αδύναμη. Δεν είμαι σίγουρη αν σας ενδιαφέρει πραγματικά.

Ναι, θα προσπαθήσετε να με παρακινήσετε και να σχολιάσετε ότι όλοι μας αισθανόμαστε έτσι.

Αλλά αυτό μου συμβαίνει συνέχεια. Θα έχετε το χρόνο να με καταλάβετε ... εντελώς; Έχω γεμίσει με αρνητικές σκέψεις και συναισθήματα. Έτσι, θα θέλατε πραγματικά να μάθετε - Πώς είμαι;

"Είμαι καλά" σημαίνει στην πραγματικότητα "Δεν είμαι πραγματικά καλά".

Σημαίνει ότι χρειαζόμαστε κάποιον να μας βοηθήσει να βγούμε από την κατάσταση του μυαλού μας. Μπορεί να σημαίνει ότι χρειαζόμαστε βοήθεια.

Ένα μέρος του εαυτού μας λέει ότι είμαστε καλά και ένα μέρος του εαυτού μας φωνάζει για βοήθεια. Αυτά είναι συναισθήματα που δεν μπορούμε απλά να τα εκφράσουμε με λέξεις. Μόνο όσοι ταυτίζονται με αυτά τα συναισθήματα μπορούν πραγματικά να κατανοήσουν τον πόνο πίσω από το "είμαι καλά". Τα ένστικτά μας μας κάνουν να προστατεύουμε τον εαυτό μας από την απόρριψη ή απλώς φοβόμαστε.

Ένα χαμόγελο και ένα χαμογελαστό χαμόγελο κρύβουν τα συναισθήματά μας από όλους. Ένα χαμόγελο όχι μόνο καμουφλάρει τα αληθινά μας συναισθήματα από τους άλλους- μας επιτρέπει να κρύψουμε τα συναισθήματά μας από τον εαυτό μας.

Από το αληθινό στο ψεύτικο χαμόγελο

Τα νεογέννητα εκφράζονται και δεν καταπιέζουν τα συναισθήματά τους. Χαμογελούν και κλαίνε, χαχανίζουν και κλαίνε για να επικοινωνήσουν αυτά που νιώθουν. Αν είναι ευτυχισμένα, χαμογελούν, χαχανίζουν, αναφωνούν από καθαρή χαρά και νιώθουν ενθουσιασμένα, κινητοποιημένα, περίεργα και δημιουργικά. Αν είναι πληγωμένα, κλαίνε, αποσυντονίζονται, θυμώνουν, αναζητούν βοήθεια και προστασία και νιώθουν προδομένα, λυπημένα, φοβισμένα, μοναχικά και αβοήθητα. Δεν κρύβονται πίσω από μια μάσκα. Καθώς μεγαλώνουν λίγο, αρχίζουν να εκφράζονται με λέξεις. Τα παιδιά μιλούν χωρίς φίλτρα. Αυτό που είναι μέσα τους, εκφράζεται προς τα έξω. Αλλά, αν αυτό που εκφράζεται προς τα έξω δεν παρατηρείται, δεν αναγνωρίζεται και δεν γίνεται κατανοητό. Φανταστείτε να πηγαίναμε στους γονείς μας για βοήθεια, αλλά, για οποιονδήποτε λόγο, δεν ήταν εκεί.

Τι σου συνέβη;

Τι συνέβη στο σχολείο σήμερα;

Τι θέλεις;

Όταν το παιδί δεν έρχεται αντιμέτωπο με αυτές τις ερωτήσεις φροντίδας, αρχίζει να υποθέτει ότι τα προσωπικά του συναισθήματα, οι επιθυμίες και οι ανάγκες του δεν έχουν σημασία. Μετά από κάποιο χρονικό διάστημα, το παιδί σταματά να περιμένει και σταματά να εκφράζεται. Έτσι κι αλλιώς κανείς δεν ενδιαφέρεται πραγματικά! Η μόνη έκφραση που φαίνεται να τακτοποιεί τα πάντα είναι η έκφραση Είμαι καλά, με ένα "γλυκό" χαμόγελο. Τα παιδιά, καθώς μεγαλώνουν, καταλαβαίνουν εξ ορισμού και από την εμπειρία τους ότι το ψέμα, η ανεντιμότητα, η ανειλικρίνεια, η μη αυθεντικότητα είναι φυσιολογικά.

Το "Είμαι καλά" είναι η ασφαλέστερη απάντηση που συνήθως δεν προκαλεί περαιτέρω ερωτήσεις ή σχόλια. Οι περισσότεροι από εμάς περπατάμε λέγοντας ότι είμαστε "καλά" κάθε μέρα.

Απλά είμαι ευγενικός

Η ερώτηση "Πώς είσαι" είναι η προκαθορισμένη ερώτηση και η απάντηση "Είμαι καλά" είναι η προκαθορισμένη απάντηση που δίνεται όταν δύο άνθρωποι συναντιούνται. Πρόκειται για μια ανταλλαγή ευγενειών. Κανείς από τους δύο δεν εννοεί αυτό που λέει ή δεν του αποδίδει κάποια βαρύτητα.

Δεν είμαι σίγουρος πώς αισθάνομαι πραγματικά

Πολλές φορές, δυσκολευόμαστε να κατανοήσουμε και να περιγράψουμε τα συναισθήματά μας. Έτσι, λέμε "ωραία" για να αποφύγουμε περαιτέρω ερωτήσεις ή να κάνουμε τον ερωτώντα να νιώσει άβολα.

Κανείς δεν θα καταλάβαινε πώς αισθάνομαι πραγματικά

Οι περισσότεροι από εμάς δεν επιθυμούμε να προβάλλουμε τον πόνο μας στους άλλους. Η κατάθλιψη και ο πόνος συχνά συνοδεύονται από ντροπή. Το να μιλήσουμε γι' αυτό θα έδειχνε την ευπάθειά μας, κάτι που μπορεί να νιώθουμε άβολα και απειλητικά.

Δεν θέλω να μιλήσω γι' αυτό

Η συζήτηση για τα συναισθήματα μπορεί να μοιάζει με το άνοιγμα πληγών. Το να το μοιραστείτε με κάποιον που δεν έχει ενσυναίσθηση ή κατανόηση είναι αποθαρρυντικό και τροφοδοτεί περαιτέρω το αίσθημα της ντροπής.

Μεγαλώνω πολύ γρήγορα

Το να "μεγαλώνεις πολύ γρήγορα" ή το να "είσαι ώριμος για την ηλικία σου" στην πραγματικότητα δεν σημαίνει ότι δεν μεγαλώνεις. Και σίγουρα δεν είναι ο σωστός τρόπος να μεγαλώνεις.

Όταν νιώθουμε μόνοι, όταν νιώθουμε ότι μας παραμελούν συναισθηματικά, όταν μας λένε να μεγαλώσουμε και να αναλάβουμε τις ευθύνες μας, με ελάχιστη ή καθόλου καθοδήγηση ή υποστήριξη, ή όταν μπαίνουμε σε μια αντιστροφή ρόλων, μεγαλώνουμε σε "μικρούς ενήλικες" που, όχι μόνο μπορούν να φροντίσουν τον εαυτό τους, αλλά και να φροντίσουν τους γονείς, τα αδέλφια, τους φίλους ή άλλα μέλη της οικογένειάς τους.

Το παιδί που μεγαλώνει χαμογελάει. Και οι γονείς αισθάνονται ότι το παιδί τους είναι αρκετά ώριμο για να χειριστεί τα πιο δύσκολα πράγματα στη ζωή.

Αποδίδουν στο παιδί άδικες ευθύνες και μη ρεαλιστικά πρότυπα. Το παιδί αναμένεται να εκτελέσει μια εργασία χωρίς κανείς να του διδάξει πραγματικά πώς να την κάνει ή αναμένεται να είναι τέλειο, και αν, φυσικά, είναι ατελές, τότε δέχεται σκληρές αρνητικές συνέπειες γι' αυτό.

Πρέπει να είμαι δυνατός. Κάτω από το πρόσχημα του ισχυρού, η πραγματική αδυναμία κρύβεται μέσα σας. Αυτό μας αποσυνδέει από την πραγματική μας κατάσταση. Προσπαθούμε να φανούμε συναισθηματικά ισχυροί και κάποιος στον οποίο μπορούμε να "βασιστούμε". Δεν συνειδητοποιούμε ότι χρειαζόμαστε έναν ώμο για να στηριχτούμε.

Πρέπει να τα κάνω όλα μόνος μου. Υποθέτουμε ότι είναι δική μας ευθύνη να φροντίζουμε τους άλλους και ότι κανείς δεν θα είναι εκεί για να μας βοηθήσει. Δεν θέλουμε να ζητάμε βοήθεια και προσπαθούμε να κάνουμε πράγματα που ξεπερνούν κατά πολύ τις δυνατότητές μας. Καταλήγουμε να είμαστε εργασιομανείς και νιώθουμε μοναξιά, απομόνωση, άσκοπη δυσπιστία και ότι "είμαστε μόνοι απέναντι στον κόσμο".

Αυτό που κρύβουμε πίσω από ένα χαμόγελο είναι

- Κακή αυτοφροντίδα ή ακόμη και αυτοτραυματισμός.

- Εργασιομανία.

- Προσπάθεια να φροντίζετε όλους τους άλλους.

- Ικανοποίηση των ανθρώπων.

- Προβλήματα αυτοεκτίμησης.

- Συνεχής προσπάθεια να κάνουμε περισσότερα από όσα είμαστε σωματικά ικανοί να κάνουμε.

- Έχοντας υψηλά και μη ρεαλιστικά πρότυπα για τον εαυτό μας.

- Ψευδής υπευθυνότητα.

- Χρόνιο στρες και άγχος.

- Έλλειψη εγγύτητας στις σχέσεις.

Είμαι καλά

Και με ρωτάς πώς είμαι.

Και θα ήθελες να ακούσεις

ότι όλα είναι καλά.

Και πόσο θα το ήθελα.
Πόσο θα ήθελα να μπορούσα να πω ότι δεν είμαι.
Αλλά επιμένω στο παλιό ρητό.
"Είμαι καλά".
Ένας φίλος μου ζητάει να
να περιγράψω τη διάθεσή μου με
με τη βοήθεια ενός χρώματος.
Μακάρι να ήταν εύκολο.
Να της πω πώς τα χρώματα
είχαν ξεθωριάσει και
πως όλα έμοιαζαν ίδια.
Από το μαύρο στο μαύρο...
ένα φωτεινό κόκκινο,
ήταν όλα ίδια.
Μακάρι να μπορούσα να σου μιλήσω.
Για πολύ καιρό.
Αλλά τότε, με κάποιο τρόπο νιώθω...
ότι δεν θα έπρεπε.
Εξάλλου, όλοι έχουμε ένα
...ζωή για να κρατήσουμε το δρόμο μας.
Ακούω τραγούδια για να χαλαρώσω.
Μιλάω. Και συνειδητοποιώ.
πόσο απαίσια είμαι
στο να προσποιούμαι.
Δοκίμασε εσύ.
Να με μεταπείσεις,
να μου πεις να σταματήσω να σκέφτομαι,
να αναρωτιέμαι, και ό,τι άλλο.
Αλλά ξέρεις κάτι;

Δεν είναι εύκολο να το εκφράσεις με λόγια κάθε φορά.
Δεν είναι εύκολο να φτιάξεις μεταφορές...
από ιστορίες που πεθαίνουν.
Δεν είναι εύκολο να χρυσώσεις το χάπι...
όλα όσα σκέφτεται αυτό το μυαλό.
Και μερικές φορές,
το καταλαβαίνεις.
Αλλά ακόμα ρωτάς.
"Είσαι καλά;"
Και εξακολουθώ να λέω "Είμαι καλά".

Psych-Alone: Δεν μπορώ να πω όχι

"Οι παλαιότερες, πιο σύντομες λέξεις - το "ναι" και το "όχι" - είναι αυτές που απαιτούν τη μεγαλύτερη σκέψη".

"Το ΟΧΙ είναι μια ολοκληρωμένη πρόταση. Δεν απαιτεί εξήγηση για να ακολουθήσει.

Μπορείτε πραγματικά να απαντήσετε στο αίτημα κάποιου με ένα απλό 'Όχι".

"Η πραγματική ελευθερία είναι να λες "όχι" χωρίς να δίνεις λόγο".

"Ο τόνος είναι το πιο δύσκολο κομμάτι του να λες όχι".

"Τα μισά από τα προβλήματα αυτής της ζωής μπορούν να εντοπιστούν στο να λες ναι πολύ γρήγορα και να μην λες όχι αρκετά σύντομα".

"NO-O-PHOBIA"

Όχι - Δύο μικροσκοπικά γράμματα.

Πολλές φορές, σκεφτόμαστε "όχι", αλλά αναπάντεχα ξεστομίζουμε "ναι". Πότε ήταν η τελευταία φορά που είπαμε "όχι" σε κάποιον;

Δεν θυμάμαι!

Ω ναι, θυμάμαι να λέω "Ναι" - στη δουλειά, στο σπίτι, σε φίλους, στη γειτόνισσα, σε κοινωνικές προσκλήσεις!

Για κάποιους από εμάς, το να λέμε "ναι" είναι μια συνήθεια, μια αυτόματη αντίδραση. Για άλλους, το "ναι" γίνεται καταναγκασμός.

Γιατί είναι τόσο σημαντικό για εμάς να ικανοποιούμε τους πάντες, σε σημείο που μισούμε τον εαυτό μας και νιώθουμε "δειλοί";

Το να λέτε όχι δεν σημαίνει ότι είστε κακός άνθρωπος.

Το να λέμε όχι δεν σημαίνει ότι είμαστε αγενείς, εγωιστές ή αγενείς. Όχι - μια ισχυρή λέξη.

Όχι, θέλω αυτό το παιχνίδι.

Όχι, δεν θέλω να φάω αυτά τα λαχανικά.

Ως παιδί, είναι τόσο εύκολο να πούμε ΟΧΙ. Στη συνέχεια, καθώς μεγαλώνουμε, χάνουμε κατά κάποιο τρόπο τη δύναμη να λέμε όχι. Λέμε ναι σε πράγματα που δεν θέλουμε να κάνουμε, περνάμε χρόνο με ανθρώπους που μας απορροφούν την ενέργεια, και χάρες που δεν θέλουμε να κάνουμε, και ούτω καθεξής.

Ως παιδιά, ήμασταν αφιλτράριστοι. Ό,τι υπήρχε μέσα μας, το εκφράζαμε λεκτικά. Αλλά καθώς μεγαλώναμε, μας έκαναν να μάθουμε ότι το να λέμε όχι ήταν αγενές ή ακατάλληλο. Αν λέγαμε όχι στη μαμά, τον μπαμπά ή τον δάσκαλο, αυτό θεωρούνταν αγένεια, γιατί θα πλήγωνε τον εγωισμό τους.

Το "ναι" ήταν το ευγενικό πράγμα που έπρεπε να πούμε.

Ως ενήλικες, κρατάμε την παιδική μας ανατροφή και συνεχίζουμε να συνδέουμε το όχι με το να είμαστε αντιπαθείς, κακότροποι ή εγωιστές. Το να πούμε όχι θα μας κάνει να νιώσουμε ενοχές ή ντροπή και καταλήγουμε να νιώθουμε απόρριψη και μοναξιά.

"Η γνώμη τους για μένα είναι πιο σημαντική από τη γνώμη μου για τον εαυτό μου."

Αν ζούμε τη ζωή μας εξαρτώμενοι από την έγκριση των άλλων, δεν θα νιώσουμε ποτέ ελεύθεροι και ευτυχισμένοι.

Γιατί δεν μπορούμε να πούμε όχι

Ο μεγαλύτερος φόβος μας είναι η απόρριψη. Αν λέγαμε Όχι, θα απογοητεύαμε κάποιον, θα τον θυμώναμε, θα πληγώναμε τα συναισθήματά του ή θα φαινόμασταν αγενείς ή αγενείς. Το να σκέφτονται οι άνθρωποι αρνητικά για εμάς είναι η απόλυτη απόρριψη. Το αν λένε οι άλλοι, το τι σκέφτονται για εμάς έχει μεγάλη σημασία για εμάς. Η αδυναμία να πούμε όχι συνδέεται άμεσα με την ανάγκη να αναζητούμε την έγκριση των άλλων. Και έτσι, δυσκολευόμαστε να πούμε όχι.

Ένας άλλος σημαντικός λόγος που δεν μπορούμε να πούμε όχι είναι ότι δεν έχουμε ιδέα τι θέλουμε από τη ζωή. Δεν έχουμε ιδέα για το τι είναι αυτό που μας ενδιαφέρει. Αυτό που μας κάνει πραγματικά "ευτυχισμένους". Αυτό που μας δίνει μια βαθιά αίσθηση ικανοποίησης. Αυτό που τρέφει την ψυχή μας. Έτσι, λέμε ναι σε όλα.

- Θέλουμε να αποφύγουμε τη Σύγκρουση.

- Δεν θέλουμε να φανούμε αγενείς.

- Αισθανόμαστε κολακευμένοι που μας δίνεται αυτή η ιδιαίτερη ευκαιρία.

- 'Αν πω όχι, ποιος θα το κάνει;'

- 'Κανείς δεν μπορεί να το κάνει τόσο τέλεια όσο εγώ, άρα πρέπει να το κάνω εγώ'.

• Θέλουμε να μας εκτιμούν.

Έχει τις ρίζες του στην παιδική ηλικία, όπου δεν νιώθαμε ότι μπορούσαμε να πάρουμε αγάπη απλά και μόνο με το να είμαστε ο εαυτός μας. Έπρεπε να την κερδίσουμε ικανοποιώντας τους άλλους.

• Αυστηρή γονική μέριμνα, όπου ανταμείβονταν όταν ανταποκρινόμασταν στις προσδοκίες των γονέων μας και τιμωρούμασταν όταν αρνούμασταν.

• Διφορούμενη γονική μέριμνα, "δροσερή" τη μια στιγμή, και "αγενής" την επόμενη στιγμή, όπου αποφασίζαμε ότι ήταν καλύτερο να πούμε ναι.

• Διαταραγμένη ανατροφή, όπου οι γονείς έχουν μια δύσκολη σχέση ή είναι αγχωμένοι, όπου η συμφωνία ήταν ο καλύτερος τρόπος για να μειωθεί το βάρος τους.

• Ανασφαλής γονική μέριμνα, όπου ο γονέας χρησιμοποιεί το παιδί για να ανεβάσει την αυτοεκτίμησή του, όπου το παιδί πιέζεται να κάνει τον γονέα να νιώσει καλά.

Τα περισσότερα παιδιά αναζητούν την αγάπη και την προσοχή των γονέων τους και η άρνηση αυτού που ζητάει ο γονέας δεν είναι ο τρόπος για να την αποκτήσουν. Το να μην κάνουν αυτό που ζητάει ο γονιός οδηγεί στην αφαίρεση προνομίων που συνεχίζεται και στην εφηβεία.

Μέχρι να φτάσουμε στην ενηλικίωση, οι περισσότεροι από εμάς υποφέρουμε από άγχος και μόνο στη σκέψη του να πούμε "όχι". Θα χάσουμε μια προαγωγή στο γραφείο; Θα βγούμε από την κουλ κοινωνική ομάδα; Η απάντηση είναι σίγουρα ένα "όχι".

Δεν μπορώ να πω όχι ... με ποιο κόστος

Το να μην λες ποτέ όχι έχει πολύ υψηλό τίμημα.

• Το να λέμε ναι μπορεί να είναι μια μορφή αυτοθυσίας που μας απομακρύνει από το να γνωρίζουμε ποιες είναι οι επιθυμίες και οι ανάγκες μας.

• Το να λέμε πάντα ναι μπορεί να φαίνεται ότι ενισχύει τις σχέσεις. Μακροπρόθεσμα όμως, θα αρχίσουμε να νιώθουμε ότι μας χειραγωγούν, με αποτέλεσμα την απώλεια σεβασμού και την αποδυνάμωση του δεσμού.

• Καθώς αρχίζουμε να αφιερώνουμε περισσότερο χρόνο και ενέργεια στους άλλους παρά στον ίδιο μας τον εαυτό, εξαντλούμαστε νωρίτερα.

• Εμφανίζεται απογοήτευση καθώς απομακρυνόμαστε από την επίτευξη των στόχων μας και τη δημιουργία της ζωής που ονειρευόμασταν.

• Όσο περισσότερο χρόνο ξοδεύουμε για να κάνουμε πράγματα για τους άλλους, τόσο λιγότερο χρόνο έχουμε για τον εαυτό μας και λιγότερο χρόνο για να κάνουμε αυτό που θέλουμε. Αυτό οδηγεί σε μια ανισορροπία στην ιεράρχηση των προτεραιοτήτων.

• Η έλλειψη διεκδικητικής επικοινωνίας μας κάνει να νιώθουμε άσχημα για τον εαυτό μας και οδηγεί σε χαμηλή αυτοεκτίμηση.

• Τελικά, είναι πιθανό τελικά να μην ξέρουμε καν τι θέλουμε. Γινόμαστε μουδιασμένοι από το να κάνουμε αυτό που θέλουν οι άλλοι. Ξεχνάμε ακόμη και τι μας αρέσει και τι μισούμε και ξεχνάμε ποιοι πραγματικά είμαστε.

Να είσαι διεκδικητικός

Τι συμβαίνει όταν είμαστε πολύ παθητικοί;

• Λέμε "ναι" όταν δεν το θέλουμε.

• Δεν φροντίζουμε τον εαυτό μας, καθώς είμαστε πολύ απασχολημένοι με τη φροντίδα των άλλων.

• Εξαντλούμαστε συναισθηματικά δίνοντας και όχι λαμβάνοντας.

• Δεν μας εκτιμούν.

• Οι άνθρωποι εκμεταλλεύονται την καλοσύνη μας.

• Ζητάμε συγγνώμη για πράγματα που δεν προκαλέσαμε εμείς.

• Αισθανόμαστε ένοχοι.

• Ξοδεύουμε χρόνο με ανθρώπους που δεν μας αρέσουν.

• Αποφεύγουμε τις συγκρούσεις.

• Συμβιβαζόμαστε με τις αξίες μας.

Το να βοηθάς τους άλλους είναι καλό πράγμα. Όμως κάποιοι από εμάς το κάνουμε σε σημείο να βλάψουμε τον εαυτό μας, μόνο και μόνο επειδή δεν είμαστε διεκδικητικοί. Χρειαζόμαστε συναισθηματικό και πνευματικό ανεφοδιασμό. Όταν δίνουμε ή αφήνουμε τους ανθρώπους να παίρνουν από εμάς χωρίς να γεμίζουμε τη δεξαμενή μας μέσω της αυτοφροντίδας και των ικανοποιητικών σχέσεων, θα καταλήξουμε εξαντλημένοι και αγανακτισμένοι.

Τι εμποδίζει το να είστε διεκδικητικοί;

Ποιοι φόβοι μας εμποδίζουν να γίνουμε πιο διεκδικητικοί; Ποιο δυσάρεστο αποτέλεσμα μπορεί να συμβεί αν είμαστε πιο διεκδικητικοί;

Φοβόμαστε ότι θα πληγώσουμε τα συναισθήματα των ανθρώπων, φοβόμαστε την απόρριψη ή ότι οι άνθρωποι θα φύγουν από τη ζωή μας, φοβόμαστε τις συγκρούσεις, φοβόμαστε ότι θα θεωρηθούμε δύσκολοι, φοβόμαστε ότι οι ανάγκες μας δεν θα ικανοποιηθούν ακόμη και αν το ζητήσουμε.

Το εμπόδιο στη διεκδικητική επικοινωνία είναι η σύγχυση μεταξύ διεκδικητικότητας και επιθετικότητας. Η διεκδικητικότητα δεν είναι να φωνάζεις ή να διαφωνείς. Η διεκδικητική επικοινωνία έχει ως θεμέλιο την επικοινωνία με σεβασμό. Είναι η ξεκάθαρη, άμεση και με σεβασμό επικοινωνία των σκέψεων, των συναισθημάτων και των αναγκών μας, χωρίς να είμαστε αγενείς.

Κάνουμε το λάθος να περιμένουμε από τους ανθρώπους να ξέρουν τι θέλουμε και τι δεν θέλουμε. Δεν είναι δίκαιο να περιμένουμε από αυτούς να το γνωρίζουν αυτό. Πρέπει να τους το πούμε. Η διεκδικητικότητα είναι μια δεξιότητα. Όσο περισσότερο εξασκούμαστε, τόσο πιο εύκολη γίνεται.

Η διεκδικητική επικοινωνία προάγει τον σεβασμό. Σέβονται όσους υπερασπίζονται τον εαυτό τους και ζητούν αυτό που θέλουν ή χρειάζονται, ενώ παράλληλα σέβονται και τους άλλους. Η διεκδικητικότητα αυξάνει επίσης τον αυτοσεβασμό. Θα αρχίσουμε να εκτιμούμε τα συναισθήματα και τις ανάγκες μας αντί να τα αγνοούμε. Αυτό αυξάνει τις πιθανότητες να ικανοποιηθούν οι ανάγκες μας. Βελτιώνει τη ζεστασιά στη σχέση.

Πώς να πείτε όχι

Έχουμε την τάση να εστιάζουμε σε άλλους ανθρώπους και τα προβλήματά τους σε σημείο εμμονής. Αντί να εστιάζουμε σε πράγματα που δεν μπορούμε να ελέγξουμε, πρέπει να εστιάζουμε σε αυτά που μπορούμε να ελέγξουμε και να μάθουμε να αποδεχόμαστε αυτά που δεν μπορούμε.

Εστιάζοντας σε πράγματα για τα οποία μπορούμε να κάνουμε κάτι, μπορούμε να είμαστε πιο αποτελεσματικοί, να κάνουμε περισσότερα πράγματα και να νιώθουμε πιο ικανοποιημένοι στην εργασία και την προσωπική μας ζωή.

- Να είστε διεκδικητικοί, άμεσοι και ξεκάθαροι. Πείτε: "Όχι, δεν μπορώ, δεν επιθυμώ".

- Να είστε ευγενικοί - "Ευχαριστώ, ευχαριστώ που ρωτάτε".

- Αποφύγετε να πείτε - "Θα το σκεφτώ" αν δεν θέλετε να το κάνετε. Αυτό απλώς παρατείνει την κατάσταση, οδηγώντας σε περισσότερο άγχος.

- Αυστηρά, μην λέτε ψέματα. Τα ψέματα οδηγούν σε ενοχές και σε ξήρανση των σχέσεων.

- Μην απολογείστε και μην δίνετε δικαιολογίες και λόγους.

- Εξασκηθείτε στο να λέτε όχι.

- Είναι προτιμότερο να πείτε όχι τώρα παρά να δυσανασχετήσετε αργότερα.

Η αυτοεκτίμησή μας δεν εξαρτάται από το πόσα κάνουμε για τους άλλους ανθρώπους.

"Διδάσκεις στους ανθρώπους πώς να σου φέρονται αποφασίζοντας τι θα δεχτείς και τι όχι".

"Μερικές φορές το "όχι" είναι το πιο έντιμο και σεβαστό πράγμα που μπορείς να πεις σε κάποιον".

"Έμαθα να λέω ΟΧΙ. Τώρα πια δεν αισθάνομαι παγιδευμένη, αγανακτισμένη ή ένοχη. Αντίθετα, νιώθω δυνατός και ελεύθερος".

"Να θυμάστε, όταν λέτε όχι στους άλλους και σε πράγματα που δεν θέλετε, λέτε ναι σε κάτι καλύτερο - στον εαυτό σας".

Psych-Alone: Δεν είμαι αρκετά καλός

"Κάνετε κριτική στον εαυτό σας εδώ και χρόνια και δεν έχει αποδώσει. Δοκιμάστε να εγκρίνετε τον εαυτό σας και δείτε τι θα συμβεί."

– Louise Hay

"Κανείς δεν μπορεί να σας κάνει να αισθάνεστε κατώτεροι χωρίς τη συγκατάθεσή σας."

– Eleanor Roosevelt

"Γιατί δεν είμαι αρκετά καλός;" φωνάζουμε στον εαυτό μας μετά από αυτό που αποκαλούμε απώλεια - μια ραγισμένη καρδιά, ένα αποτυχημένο τεστ, μια απόρριψη αυτού που θέλαμε ή αξίζαμε. Κανένας άνθρωπος δεν είναι ποτέ "πολύ καλός" για κάποιον άλλο. Περνάμε εμπειρίες στην καθημερινή ζωή όταν νιώθουμε ότι έχουμε δώσει στη ζωή μας τον καλύτερο εαυτό μας, έχουμε δουλέψει σκληρά, έχουμε προσπαθήσει σκληρά, αλλά εξακολουθούμε να νιώθουμε ότι δεν είμαστε αρκετά καλοί. Συνεχώς τα βάζουμε με τον εαυτό μας σκεπτόμενοι ότι πρέπει ακόμα να γίνουμε περισσότεροι, να κάνουμε περισσότερα, να είμαστε καλύτεροι, να τα καταφέρουμε καλύτερα. Δεν παίρνουμε μια αρνητική σκέψη, δεν την κατανοούμε ρεαλιστικά και δεν τη μετατρέπουμε σε μια ενδυναμωτική σκέψη. Παίρνουμε την αρνητική σκέψη, τη μεγεθύνουμε και βλέπουμε το χειρότερο σενάριο. Την τεντώνουμε μέχρι το σημείο που νιώθουμε ότι η ζωή καταρρέει.

Είναι τόσο εύκολο να παρασυρθούμε από τις ίδιες μας τις σκέψεις. Δεν ήμασταν αρκετά καλοί ως παιδί για τους γονείς μας. Δεν είμαστε αρκετά καλοί ως γονείς για τα παιδιά μας. Δεν είμαστε αρκετά καλοί στις σχέσεις μας. Δεν είμαστε αρκετά καλοί σε αυτό που κάνουμε. Δεν είμαστε αρκετά καλοί στη δουλειά μας. Δεν είμαστε αρκετά καλοί σε τίποτα.

Δεν χρειάζεται να είμαστε ο πιο ελκυστικός, ο πιο έξυπνος, ο πιο δυνατός ή ο πιο δημιουργικός άνθρωπος στον κόσμο για να είμαστε άξιοι. Δεν είμαστε οι μόνοι που νιώθουμε αυτά τα συναισθήματα. Όλοι αμφιβάλλουμε για την αυτοαξία μας ξανά και ξανά. Τέτοιες σκέψεις σε συνδυασμό με τις πιέσεις και το άγχος του σημερινού κόσμου μπορούν να διαλύσουν την αυτοπεποίθηση και την αυτοεκτίμησή μας.

Αισθάνομαι ότι δεν είμαι αρκετά καλός ...

Δεν ανταποκρίνομαι στα πρότυπα ...

Αισθάνομαι ότι οι άλλοι είναι πολύ καλύτεροι από μένα ...

Η Γένεση του "Δεν είμαι αρκετά καλός"

Είναι τόσο βαθιά ριζωμένο μέσα μας που δεν μπορούμε να αποτινάξουμε το συναίσθημα. Όπως και με άλλα συστήματα αυτοπεριοριστικών πεποιθήσεων, έτσι και αυτό έχει τις ρίζες του στα χρόνια της ανάπτυξής μας.

Τα βρέφη είναι πολύ ευαίσθητα στην εντύπωση και απορροφούν εύκολα το περιβάλλον γύρω τους. Το μόνο συναίσθημα που είναι σημαντικό είναι να κερδίζουν αγάπη και στοργή από τους ανθρώπους γύρω τους. Οποιοδήποτε άλλο συναίσθημα τους είναι ακόμα ξένο. Θέλουν απλώς να τα αγαπούν, να τα φροντίζουν και να τα χαϊδεύουν. Δεν έχουν καμία κατανόηση, ωριμότητα και γνωστική επίγνωση των διαφωνιών που λαμβάνουν χώρα μεταξύ των γονέων, του περιβάλλοντος που περιβάλλει το παιδί. Στις δυσλειτουργικές οικογένειες, το παιδί δεν καταλαβαίνει γιατί οι ενήλικες συμπεριφέρονται με τον τρόπο που συμπεριφέρονται.

Υποσυνείδητα, το αναπτυσσόμενο παιδί εσωτερικεύει τις σκέψεις - "Οι γονείς μου δεν με αγαπούν, γιατί δεν είμαι αρκετά καλός. Αν ήμουν καλύτερος, αυτό δεν θα συνέβαινε". 'Αν οι βαθμοί μου ήταν καλύτεροι, οι γονείς μου θα ένιωθαν τόσο περήφανοι και δεν θα τσακώνονταν'. 'Αν τους υπάκουα, θα είχαν λιγότερο άγχος'. 'Αν βοηθούσα τη μαμά μου, θα ήταν τόσο χαρούμενη'.

Τα παιδιά, εν αγνοία τους εκλογικεύουν και επικεντρώνουν τα ζητήματα του περιβάλλοντός τους στον ίδιο τους τον εαυτό. 'Αν ήμουν αρκετά καλός, ο κόσμος μου θα ήταν πολύ καλύτερος. Ενσωματώνουν ότι ό,τι κι αν κάνουν, δεν μπορούν να διορθώσουν τα προβλήματα των γονιών τους. Είναι παιδιά και αυτό δεν είναι δικό τους πρόβλημα για να το διορθώσουν, αλλά δεν το γνωρίζουν ακόμα. Έτσι, συνεχίζουν να προσπαθούν. *Δυστυχώς, οι γονείς σε δυσλειτουργικές οικογένειες κατηγορούν τα παιδιά τους ή προβάλλουν στα παιδιά τους τα άσχημα συναισθήματα που ο γονέας νιώθει εκείνη τη στιγμή.* Καταριούνται ακόμη και την παρουσία του παιδιού τους ως πηγή της κακοτυχίας τους. *Το παιδί καταλήγει να κουβαλά το συναισθηματικό φορτίο της οικογένειας.*

Γονιμοποιούμε τα παιδιά μας, με τον ίδιο τρόπο που γονιμοποιηθήκαμε κι εμείς. Το εσωτερικευμένο αίσθημα ότι "δεν είμαι αρκετά καλός" γίνεται πιο ισχυρό. Το παιδί, το οποίο έχει πλέον μεγαλώσει για να γίνει γονιός, λέει τώρα - "Δεν είμαι αρκετά καλός γονιός". Τα αρνητικά μηνύματα δεν μπορούν να "αναιρεθούν" με απλές επιβεβαιώσεις ή με το να πείσουμε τον εαυτό μας ότι είμαστε μια χαρά. Πρέπει να αποκαλύψουμε το βαθύτερο τραύμα που είναι ενσωματωμένο στο παιδί, που τώρα είναι ενήλικας, και να το απελευθερώσουμε.

Ατελοφοβία

Η ατελοφοβία είναι ο φόβος να μην κάνεις κάτι σωστά ή ο φόβος να μην είσαι αρκετά καλός.

Με απλά λόγια, είναι ο φόβος της ατέλειας. Η λέξη ατελοφοβία αποτελείται από δύο ελληνικές λέξεις: Ατέλω σημαίνει ατελής και φοβία σημαίνει φόβος. Τα άτομα με ατελοφοβία συνήθως αναπτύσσουν κατάθλιψη ή άγχος όταν οι προσδοκίες δεν ανταποκρίνονται στην πραγματικότητα.

- Ένας ατελοφοβικός ανησυχεί ότι ό,τι κι αν κάνει δεν είναι εντάξει, απαράδεκτο ή εντελώς λάθος. Καθημερινές εργασίες όπως η ρουτίνα της δουλειάς τους, οι σπουδές τους, το να κάνουν ένα τηλεφώνημα, να συντάξουν ένα email, να μιλήσουν μπροστά σε άλλους μπορεί να είναι μια δοκιμασία. Φοβούνται ότι κάνουν κάποιο λάθος και ότι υπολείπονται στο έργο τους. Αυτό αποτελεί πρόσφορο έδαφος για ακραία αυτοπεποίθηση και το αίσθημα ότι κρίνονται και αξιολογούνται συνεχώς.

- Οι ατελοφοβικοί υποσυνείδητα θέτουν ως στόχο τους την τελειότητα. Αυτός ο στόχος είναι ως επί το πλείστον άπιαστος και σπάνια επιτυγχάνεται. Αυτό αφήνει το άτομο δυστυχισμένο, άχρηστο και αναποτελεσματικό στη ζωή. Χάνει προοδευτικά όλο και περισσότερο την αυτοπεποίθηση και την αυτοεκτίμησή του, ενισχύοντας την πεποίθηση ότι δεν μπορεί ποτέ να κάνει τίποτα σωστά.

- Τα άτομα με τέτοια συναισθήματα μπορεί να είναι εξίσου έξυπνα και ταλαντούχα με τους άλλους, αλλά οι δυνατότητές τους καλύπτονται από το αίσθημα ότι δεν είναι αρκετά καλοί. Επιλέγουν να μην ανταγωνίζονται κανέναν, ούτε δέχονται προκλήσεις.

- Οι μαθητές, παρόλο που έχουν ολοκληρώσει τις σπουδές τους για τις εξετάσεις, συνεχίζουν να επαναλαμβάνουν και να επαναλαμβάνουν και καταλήγουν απογοητευμένοι. Πιστεύουν ότι δεν είναι "τέλειοι" και δεν είναι ποτέ ικανοποιημένοι. Αυτός ο φόβος της ατέλειας μπορεί να εμποδίσει τους ανθρώπους να κάνουν οτιδήποτε παραγωγικό, επειδή φοβούνται ότι μπορεί να μην το κάνουν σωστά και να απογοητεύσουν και να απογοητεύσουν τους γύρω τους αλλά και τον εαυτό τους.

• Ορισμένοι ατελοφοβικοί φοβούνται την ατέλεια σε τέτοιο βαθμό που αισθάνονται ότι πρέπει να διασφαλίζουν ότι κάθε εργασία που εκτελούν γίνεται στον αντιλαμβανόμενο από αυτούς βαθμό τελειότητας. Αυτό εκδηλώνεται με τελειομανία και τάσεις ιδεοψυχαναγκαστικής διαταραχής. Αυτοί οι άνθρωποι είναι γεμάτοι ανησυχία, φόβο και ανησυχία.

Αιτίες και μοτίβα

Είμαστε παράλογοι από τη φύση μας και είμαστε το αποτέλεσμα όλων των εμπειριών που μας διαμορφώνουν. Είναι σημαντικό να εξετάσουμε τις βαθύτερες αιτίες αυτών των παράλογων συμπεριφορών και σκέψεων για να μπορέσουμε να τις επεξεργαστούμε.

Παιδικές εμπειρίες

Οι εμπειρίες που έχουμε στην παιδική ηλικία διαμορφώνουν τον τρόπο με τον οποίο σκεφτόμαστε για τον εαυτό μας και τον κόσμο γύρω μας. Ίσως μας είπαν ή μας έκαναν να συνειδητοποιήσουμε ότι δεν είμαστε αρκετά καλοί. Η φροντίδα, η αγάπη και η έγκριση που χρειάζεται και περιμένει ένα παιδί μερικές φορές λείπουν. Όχι πάντα επειδή οι γονείς δεν δίνουν, αλλά κυρίως επειδή έχουν διαφορετικό ορισμό του ίδιου. Μπορεί απλώς οι γονείς μας να μην ήταν καλοί στο να αγαπούν λόγω των δικών τους άλυτων θεμάτων. Η παρουσία ενός αδελφού και η μοιρασμένη αγάπη θα μπορούσαν να επιδεινώσουν το συναίσθημα. Για τα πρώτα επτά χρόνια της ζωής του ένα παιδί χρειάζεται οπωσδήποτε αγάπη χωρίς όρους και να μπορεί να εμπιστεύεται τον κύριο φροντιστή. Αν αυτό δεν συμβεί, καταλήγουμε σε "αγχώδη προσκόλληση", η οποία συνεπάγεται ότι δεν εμπιστευόμαστε ποτέ τον εαυτό μας ή τους άλλους και δεν έχουμε αυτοπεποίθηση.

Φόβος απόρριψης

Χτίζουμε τείχη γύρω μας επειδή φοβόμαστε ότι θα μας απορρίψουν και δεν θα μας εκτιμήσουν για τον τρόπο που είμαστε. Ως εκ τούτου, το ότι δεν είμαστε αρκετά καλοί για κάποιον γίνεται δικαιολογία. Φοβόμαστε να αφήσουμε τους ανθρώπους να μπουν στην εσωτερική μας ζωή.

Προηγούμενες δυσάρεστες εμπειρίες

Το αίσθημα ότι δεν είσαι αρκετά καλός μπορεί να είναι αποτέλεσμα μιας εμπειρίας, ειδικά σε προηγούμενες σχέσεις. Πολλές φορές, η φροντίδα, η αγάπη και η στοργή μας δεν ανταποδίδονται, πιθανώς ήταν μια μονόπλευρη προσδοκία. Αυτό μπορεί να οφείλεται σε έλλειψη αυτοπεποίθησης και εμπιστοσύνης, αλλά μπορεί επίσης να οφείλεται στο ότι ο σύντροφός μας δεν κάνει το χρέος του για να μας κάνει να νιώθουμε ασφαλείς. Μερικές φορές, ο σύντροφός μας μπορεί να μην μας παρέχει τη συναισθηματική υποστήριξη και την επιβεβαίωση που χρειάζεται σε μια σχέση. Αντί να περιμένουμε περισσότερα από εκείνον, καταλήγουμε στο συμπέρασμα ότι η αιτία των προβλημάτων βρίσκεται μέσα μας. Αυτό γενικεύεται πάνω στις υπόλοιπες σχέσεις μας στο παρόν και στο μέλλον. Και όλα αυτά επειδή - δεν είμαι αρκετά καλός.

Γενίκευση των συναισθημάτων μας

Ο πόνος ή το αίσθημα ανεπάρκειας σε έναν τομέα της ζωής μας επεκτείνεται και σε άλλους τομείς και σχέσεις. Μπορεί να βιώσουμε οικονομικές απώλειες και να αρχίσουμε να νιώθουμε ότι δεν είμαστε αρκετά καλοί για τις επιχειρήσεις. Σταδιακά γενικεύεται στο ότι δεν είμαστε αρκετά καλοί σε οποιοδήποτε εγχείρημα αναλαμβάνουμε. Η κατάθλιψη στα οικονομικά μας επηρεάζει συναισθηματικά και τα ενοχλητικά μας συναισθήματα μπερδεύουν τις σχέσεις μας. Μόνο και μόνο εξαιτίας μιας κακής εμπειρίας.

Βασικό σύστημα πεποιθήσεων

Η χαμηλή αυτοεκτίμηση συνδέεται με τις βαθιές υποσυνείδητες βασικές πεποιθήσεις μας, τις αντιλήψεις μας για τον εσωτερικό και τον εξωτερικό μας κόσμο, τις οποίες θεωρούμε λανθασμένα γεγονότα. Αυτές οι βασικές πεποιθήσεις διαμορφώθηκαν όταν ήμασταν μικροί και μεγαλώναμε, με λίγη επίγνωση και προοπτική στη μικρή μας ηλικία. Παραδόξως, βασίζουμε τις αποφάσεις της ζωής μας γύρω από αυτές.

Αρνητικό περιβάλλον

Μερικές φορές το να μην αισθανόμαστε αρκετά καλά μπορεί να πυροδοτείται και να ενισχύεται από την παρέα που έχουμε, η οποία μας το υπενθυμίζει και μας πιέζει προς τα κάτω. Οι τοξικές φιλίες και σχέσεις μας ενισχύουν το αίσθημα ότι δεν είμαστε αρκετά καλοί.

Τι μπορεί να γίνει

Σταματήστε να συγκρίνετε

Συγκρίνουμε αυτό που περνάμε μέσα μας με αυτό που βλέπουμε στο εξωτερικό των άλλων. *Το κακό μας θα μας κάνει πάντα να μην αισθανόμαστε αρκετά καλοί σε σύγκριση με το καλό των άλλων.* Έτσι, αγνοήστε τι κάνουν και τι πετυχαίνουν οι άλλοι. Η ζωή μας είναι να σπάσουμε τα δικά μας όρια και να ζήσουμε την καλύτερη ζωή μας. Να είστε ευγενικοί, χωρίς να είστε υποτακτικοί. Μη συμφωνείτε σε πράγματα μόνο και μόνο για να αποφύγετε τη σύγκρουση και να γίνετε αποδεκτοί στη σχέση.

Οι αποτυχίες είναι απαραίτητες για τη ζωή

Η αποτυχία είναι ένα σημαντικό μέρος της ζωής. Φέρνει ισορροπία. Μέσα από την αποτυχία παίρνουμε τα μεγαλύτερα μαθήματα που μπορεί να μας διδάξει η ζωή. Η αποτυχία σφυρηλατεί το μεγαλείο. Οι αποτυχίες που βιώνουμε μας επιτρέπουν να εκτιμήσουμε τις επιτυχίες μας.

Εγώ και εγώ

Αν πάντα αναρωτιόμαστε, "γιατί δεν είμαι αρκετά καλός;" να θυμάστε ότι εμείς είμαστε αυτοί που το αποφασίζουν αυτό. Είναι στο χέρι μας να αποφασίσουμε πόσο καλοί είμαστε, σε τι είμαστε καλοί, πόσο καλοί θέλουμε να γίνουμε. Αν σε κάποιον δεν αρέσει κάτι πάνω μας που αγαπάμε στον εαυτό μας, δεν χρειάζεται να αλλάξουμε. Δεν χρειάζεται να δώσουμε το τηλεχειριστήριο της ζωής μας στους άλλους. Δεν χρειαζόμαστε ένα πιστοποιητικό για το ποιοι είμαστε από τους άλλους. Κανείς δεν με καταλαβαίνει καλύτερα από εμένα. Εγώ είμαι πιο κοντά στον εαυτό μου. Γιατί, λοιπόν, ζυγίζουμε την αξία μας με βάση αυτό που βλέπουμε γύρω μας, αντί να γιορτάζουμε αυτό που υπάρχει μέσα μας; Πρέπει να μάθω να είμαι ευτυχισμένος και ικανοποιημένος με το Εγώ. Αρχίστε να ακούτε περισσότερο αυτό που είμαστε και λιγότερο αυτό που λέει ο κόσμος ότι πρέπει να είμαστε, να θέλουμε ή να κάνουμε. *Είμαι αυτό που είμαι και είμαι το κέντρο του σύμπαντός μου.* Δεν μας αγαπούν γι' αυτό που κάνουμε. Μας αγαπούν για το ποιοι είμαστε. Σταματήστε να αναζητάτε επιβεβαίωση και έγκριση από τους άλλους.

Αγάπα τον εαυτό σου

"Αν σας ζητούσα να ονομάσετε όλα τα πράγματα που αγαπάτε, πόσος χρόνος θα σας έπαιρνε να ονομάσετε τον εαυτό σας;"

"Αν δεν μπορώ να αγαπήσω και να εκτιμήσω τον εαυτό μου, πώς περιμένω από τους άλλους να με αγαπήσουν και να με εκτιμήσουν".

Σταματήστε να επικεντρώνεστε στις ελλείψεις και αρχίστε να επικεντρώνεστε στα θετικά. Δεν υπάρχει άνθρωπος στον πλανήτη σήμερα που να έχει τη μοναδικότητα που διαθέτουμε εμείς ο καθένας ξεχωριστά. Και δεν θα υπάρξει ποτέ. Έτσι, θα πρέπει να αγαπάμε τον εαυτό μας όπως είναι, και αυτό ξεκινά με την αναγνώριση και την αποδοχή.

"Ακόμη και στο καλύτερό σου εαυτό, δεν θα είσαι αρκετά καλός για το λάθος άτομο".

"Δεν μπορείς να μισήσεις τον εαυτό σου για να τον αγαπήσεις."

"Το να λες στον εαυτό σου ότι είσαι άχρηστος και μη αξιαγάπητος δεν θα σε κάνει να νιώσεις πιο άξιος ή αξιαγάπητος".

Αυτή είναι μια ζωή στην οποία περπατάω μόνος μου,

Γεμάτη ελπίδα διαλυμένη και σπασμένη,

Πάντα θυμωμένος χωρίς λόγο,

Θέλοντας διαρκώς να τελειώσει αυτός ο καβγάς.

Παλεύοντας με τον εαυτό μου ξανά και ξανά,

Μερικές φορές θέλω να τελειώσει αυτή η ζωή.

Η μαμά έχει κατάθλιψη αλλά επιλέγει να κρύβεται,

Ξεσπάει το θυμό της σε αυτούς που είναι δίπλα της,

Δεν καταλαβαίνει ότι προσπαθώ να βοηθήσω.

Με αποφεύγει και αντιθέτως με μισεί.

Η γιαγιά υπομένει μια ασταμάτητη μοίρα.

Η αρρώστια την έχει βάλει στο πιάτο.

Είναι λυπηρό να βλέπεις ένα τόσο αθώο άτομο

να γίνεται άλλο ένα θύμα καρκίνου.

Πάρα πολλοί φίλοι έχουν πληγωθεί επίσης

Σκεπτόμενοι ότι η ζωή τους είναι κόλαση.

Πάρα πολλοί φίλοι θέλουν να σταματήσουν,

που σκέφτονται ότι η αυτοκτονία είναι η μόνη επιλογή.

Αλλά μέσα μου είναι το χειρότερο από όλα.

Δεν ξέρω για πόσο καιρό μπορώ να σταθώ όρθιος.

Οι αναμνήσεις της ευτυχίας απομακρύνονται,

Αλλά οι φρικτές διεστραμμένες σκέψεις μένουν.
Τίποτα από όσα κάνω δεν μπορεί να την κάνει περήφανη.
Δεν υπάρχει καμία ασημένια επένδυση στα σύννεφα της.
Είμαι μια καταιγίδα γεμάτη με σκοτεινούς μαύρους ουρανούς
Και μια στοιχειωμένη βροχή γεμάτη ψέματα.
Μακάρι να μπορούσα να την κάνω να δει
Προσπαθώ σκληρά για να γίνω
Κάποιος που μπορεί να εμπιστευτεί και να αγαπήσει.
Αντ' αυτού, μου λέει ότι δεν είμαι αρκετά καλός.
Ό,τι κάνω είναι μια λάθος απόφαση.
Μου λέει συνεχώς ότι δεν ζω
το μονοπάτι που πραγματικά επιθυμεί να ακολουθήσω,
Αλλά είμαι μόνο ένα μεγάλο λάθος.
Αν μπορούσα θα έσβηνα τον εαυτό μου από εδώ,
Δεν θα χρειαζόταν να ζω αυτόν τον φόβο.
Επίσης εύχομαι να μπορούσα να είμαι κοκαλιάρα
Και πάντα χαρούμενη, διασκεδαστική και όμορφη.
Αντ' αυτού, κοιτάζω τον εαυτό μου στον καθρέφτη,
απογοητευμένος από την αντανάκλαση που εμφανίζεται.
Είναι δύσκολο να ζεις όταν δεν αγαπάς αυτό που είσαι,
και εύχεσαι να μπορούσες να τα αλλάξεις όλα.
Κάθε μέρα κάνω μια νοερή σημείωση.
Πόσα θα χάσω αν αποφασίσω να φύγω;
Και πόσος πόνος με κάνει να γέρνω προς την άκρη...
...σέρνεται σιγά-σιγά στο φράχτη.
Πόσο ακόμα μπορώ να αντέξω
πριν η ζωή μου γίνει παρελθόν;
Πηγή: *www.familyfriendpoems.com*

Psych-Alone: Εγώ φταίω

"Είμαι κάθε λάθος που έκανα ποτέ. Είμαι κάθε άνθρωπος που πλήγωσα ποτέ. Είμαι κάθε λέξη που είπα ποτέ. Είμαι φτιαγμένος από ελαττώματα".

"Το να βρίσκεις λάθη είναι εύκολο- το να κάνεις κάτι καλύτερο μπορεί να είναι δύσκολο".

"Πρέπει να το αφήσεις να φύγει. Μπορείτε να κρατήσετε το μίσος και την αγάπη, ακόμα και την πικρία, αλλά πρέπει να αφήσετε το φταίξιμο. Το φταίξιμο είναι αυτό που σε διαλύει".

"Το να αναλαμβάνεις την ευθύνη σημαίνει να μην κατηγορείς τον εαυτό σου. Οτιδήποτε σου αφαιρεί τη δύναμη ή την ευχαρίστησή σου σε κάνει θύμα. Μην κάνεις τον εαυτό σου θύμα του εαυτού σου!"

"Δεν μπορείς να συνεχίσεις να κατηγορείς τον εαυτό σου. Απλά κατηγορήστε τον εαυτό σας μια φορά και προχωρήστε παρακάτω".

Το αίσθημα ευθύνης, ενοχής ή ντροπής μας εμποδίζει να βλάψουμε τους άλλους και μας επιτρέπει να μάθουμε από τα λάθη μας. Μας βοηθάει να είμαστε πιο ενσυναίσθητοι ο ένας με τον άλλον. Μας κρατάει ανθρώπινους.

Ένα από τα συνηθέστερα χαρακτηριστικά του να βρισκόμαστε σε μια κατάσταση νοοτροπίας θύματος είναι να κατηγορούμε τον εαυτό μας. Γίνεται πρόβλημα όταν κατηγορούμε τον εαυτό μας για πράγματα που δεν κάναμε ή για τα οποία δεν θα έπρεπε να αισθανόμαστε υπεύθυνοι ή να ντρεπόμαστε. Το να κατηγορούμε τον εαυτό μας γίνεται μια άμυνα απέναντι στην αδυναμία και την αδυναμία που νιώθουμε.

"Εγώ φταίω" – Η ντροπή είναι ένα αίσθημα ενοχής, λύπης ή θλίψης όταν νιώθουμε ότι έχουμε κάνει κάτι λάθος. Είναι το αίσθημα της ενοχής, της λύπης, της αμηχανίας ή της ντροπής. Είναι το αίσθημα ότι είμαστε κακοί και άχρηστοι. Η ενοχή βυθίζεται τόσο βαθιά μέσα μας που καθορίζει το πώς σκεφτόμαστε τον εαυτό μας και νιώθουμε ότι είμαστε κακοί. Είναι μια συναισθηματική κατάσταση που μας κάνει να αισθανόμαστε κακοί, άχρηστοι, κατώτεροι και θεμελιωδώς ελαττωματικοί.

Αναπτύσσεται επειδή οι φροντιστές μας συστηματικά μας ντρόπιαζαν ή μας τιμωρούσαν παθητικά ή ενεργά. Το τραύμα βιώνεται στην παιδική και εφηβική μας ηλικία. Αυτό το τραύμα βιώθηκε και επαναλήφθηκε ξανά και ξανά και δεν θεραπεύτηκε ποτέ. Είχαμε μάθει να νιώθουμε συστηματικά ντροπή, ενώ δεν υπήρχε τίποτα ή πολύ λίγα πράγματα για τα οποία έπρεπε να ντρεπόμαστε. Έτσι, εσωτερικεύσαμε αυτές τις οδυνηρές και αναληθείς λέξεις και συμπεριφορές και έγινε η αντίληψή μας για το ποιοι είμαστε ως άτομο.

Η γένεση του 'Εγώ φταίω'

Σε δυσλειτουργικές οικογένειες, όταν τα παιδιά έχουν βιώσει κάποια μορφή τραύματος - συναισθηματική, παραμέληση, σωματική ή σεξουαλική κακοποίηση - τα συναισθήματά τους τείνουν να καταπιέζονται. Δεν τους επιτρέπεται να εκφράσουν το πώς αισθάνονται, τον πόνο, τη θλίψη, το θυμό, την απόρριψη κ.ο.κ. Επιπλέον, αυτά τα συναισθήματα δεν γίνονται ποτέ κατανοητά και δεν επιλύονται.

Διδασκόμαστε ότι το να δείχνουμε θυμό είναι λάθος και το να νιώθουμε θυμό για τους ανθρώπους που μας πλήγωσαν - τα μέλη της οικογένειάς μας, είναι αμαρτία. *Το παιδί πρέπει να εξαρτάται από τους ίδιους ανθρώπους που του προκάλεσαν το τραύμα.* Το παιδί δεν ξέρει γιατί συμβαίνουν όλα αυτά. Για το μικρό παιδί, ο κόσμος είναι το σπίτι όπου μεγαλώνει και οι μόνοι άνθρωποι που έχουν σημασία είναι αυτοί που βρίσκονται γύρω του. Δεδομένου ότι ο ψυχισμός ενός παιδιού αναπτύσσεται ακόμη, γι' αυτά είναι το κέντρο του κόσμου τους. Έτσι, αν κάτι δεν πάει καλά, το ευαίσθητο μυαλό τους τείνει να σκέφτεται ότι όλα σχετίζονται με αυτά, ότι για όλα φταίνε αυτά.

Αυτό το αίσθημα ότι "εγώ φταίω" επιβεβαιώνεται για το παιδί, επειδή το ακούει από τους γονείς - το παιδί συχνά κατηγορείται. Αυτά τα καταπιεσμένα, ανεπίλυτα και μη αναγνωρισμένα ζητήματα μεταφέρονται στη συνέχεια στην ενήλικη ζωή.

Αυτοκριτική

Όταν μας κάνουν υπερβολική κριτική, μας κατηγορούν άδικα και μας θέτουν μη ρεαλιστικά πρότυπα, εσωτερικεύουμε αυτές τις κρίσεις και κατηγορούμε και επικρίνουμε τον εαυτό μας σε ένα σημείο - "είμαι κακός". 'Είμαι άχρηστος'. 'Δεν είμαι αρκετά καλός'. Συχνά εμφανίζονται σε διάφορες μορφές τελειομανίας, όπως το να έχουμε μη ρεαλιστικά, ανέφικτα πρότυπα.

Ασπρόμαυρη σκέψη

Η ασπρόμαυρη σκέψη είναι όταν σκεφτόμαστε σε ισχυρά άκρα - είναι είτε αυτό είτε εκείνο. Δεν μπορεί να υπάρξει πλευρική σκέψη. Σε σχέση με τον εαυτό μας, ένα άτομο που αυτοκατηγορείται χρόνια μπορεί να σκέφτεται: "Πάντα αποτυγχάνω". "Δεν μπορώ ποτέ να κάνω τίποτα σωστά". 'Είμαι πάντα λανθασμένος'. 'Οι άλλοι πάντα ξέρουν καλύτερα'. Αν κάτι δεν είναι τέλειο, τα πάντα γίνονται αντιληπτά ως κακά.

Χρόνια αυτο-αμφιβολία

"Το κάνω σωστά; Κάνω αρκετά; Θα μπορέσω να το κάνω; Απέτυχα τόσες πολλές φορές. Μπορώ πραγματικά να πετύχω;

Κακή αυτοφροντίδα και αυτοτραυματισμός

Έχει παρατηρηθεί ότι τα άτομα που κατηγορούν τον εαυτό τους δεν φροντίζουν επαρκώς τον εαυτό τους, μερικές φορές σε βαθμό αυτοτραυματισμού. Αυτοί οι άνθρωποι δεν εκπαιδεύτηκαν ποτέ να φροντίζουν τον εαυτό τους - τους έλειπε η φροντίδα, η αγάπη και η προστασία όταν μεγάλωναν. Δεδομένου ότι ένα τέτοιο άτομο τείνει να κατηγορεί τον εαυτό του, ο αυτοτραυματισμός στο υποσυνείδητο μυαλό τους φαίνεται σαν μια σωστή τιμωρία για το ότι "είναι κακοί", όπως ακριβώς τιμωρήθηκαν ως παιδιά.

Μη ικανοποιητικές σχέσεις

Η αυτοκατηγορία μπορεί να παίξει μεγάλο ρόλο στις σχέσεις. Στην εργασία, μπορεί να αναλάβουμε πολλές ευθύνες και να είμαστε επιρρεπείς στην εκμετάλλευση. Στις ρομαντικές ή προσωπικές σχέσεις, μπορεί να δεχόμαστε την κακοποίηση ως φυσιολογική συμπεριφορά, να μην είμαστε σε θέση να επιλύσουμε εποικοδομητικά τις συγκρούσεις ή να έχουμε μια μη ρεαλιστική αντίληψη για το πώς μοιάζουν οι υγιείς σχέσεις.

Χρόνια ντροπή, ενοχή και άγχος

Τα πιο συνηθισμένα συναισθήματα και ψυχικές καταστάσεις είναι η ντροπή, η ενοχή και το άγχος, αλλά μπορεί επίσης να είναι η μοναξιά, η σύγχυση, η έλλειψη κινήτρων, η έλλειψη στόχου, η παράλυση, η υπερφόρτωση ή η συνεχής εγρήγορση. Αυτά τα συναισθήματα και οι διαθέσεις συνδέονται επίσης στενά με φαινόμενα όπως η υπερβολική σκέψη ή η καταστροφολογία, όπου ζούμε στο μυαλό μας περισσότερο από το να είμαστε συνειδητά παρόντες στην εξωτερική πραγματικότητα.

Οι ανεπίλυτες και ανεπίλυτες σκέψεις αυτοκατηγορίας συνεχίζονται και στη μετέπειτα ζωή μας και εκδηλώνονται σε ένα ευρύ φάσμα συναισθηματικών, συμπεριφορικών, προσωπικών και κοινωνικών προβλημάτων. Σε αυτά περιλαμβάνονται η χαμηλή αυτοεκτίμηση, η χρόνια αυτοκριτική, η παράλογη σκέψη, η χρόνια αυτοαμφισβήτηση, η έλλειψη αυτοαγάπης και αυτοφροντίδας, οι ανθυγιεινές σχέσεις και τέτοια συναισθήματα όπως η τοξική ντροπή, η ενοχή και το άγχος.

Όταν εντοπίζουμε σωστά αυτά τα ζητήματα και την προέλευσή τους, μπορούμε να αρχίσουμε να εργαζόμαστε προς την κατεύθυνση της υπέρβασής τους, γεγονός που φέρνει περισσότερη εσωτερική γαλήνη και συνολική ικανοποίηση από τη ζωή.

Ντροπή και ενοχή

Το αίσθημα ντροπής συχνά συνοδεύεται από αίσθημα ενοχής. Δεν αισθανόμαστε μόνο ντροπή αλλά και ενοχές για πράγματα για τα οποία δεν είμαστε υπεύθυνοι. Νιώθουμε ντροπή και ενοχή όταν οι άλλοι άνθρωποι είναι δυστυχισμένοι.

Ελαττωματικές συμπεριφορές

Αυτά τα συναισθήματα μετατρέπονται σε ανθυγιεινή συμπεριφορά, συμπεριλαμβανομένης της δράσης, του να πληγώνεις τους άλλους, να αισθάνεσαι υπεύθυνος για τους άλλους, να αυτοσαμποτάρεις, να έχεις τοξικές σχέσεις, κακή αυτοφροντίδα, να είσαι υπερβολικά ευαίσθητος στις αντιλήψεις των άλλων ανθρώπων, να είσαι ευάλωτος στη χειραγώγηση και την εκμετάλλευση και πολλά άλλα.

- Εμείς, λοιπόν, υποφέρουμε από χαμηλή αυτοεκτίμηση και αυτοαπέχθεια, που εκδηλώνεται με κακή αυτοφροντίδα, αυτοτραυματισμό, έλλειψη ενσυναίσθησης, ανεπαρκείς κοινωνικές δεξιότητες και πολλά άλλα.

- Υπάρχει ένα αίσθημα χρόνιου κενού και μοναξιάς.

- Η αυτοκατηγορία μπορεί να τείνει προς την τελειομανία.

- Η αυτοκατηγορία οδηγεί σε ανθυγιεινές σχέσεις, καθώς είμαστε ανίκανοι να χτίσουμε και να διατηρήσουμε μία.

- Μπορεί εύκολα να μας εκμεταλλευτούν και να είμαστε επιρρεπείς στη συναισθηματική χειραγώγηση.

Η συνήθεια της αυτοκατηγορίας και το αίσθημα ντροπής και ενοχής είναι συχνά μια εσωτερίκευση της παιδικής εμπειρίας. Αυτό συμβαίνει πολλές φορές σε εκείνες τις οικογένειες, όπου το παιδί γίνεται ο αποδιοπομπαίος τράγος για τα προβλήματα του σπιτιού. Αυτό κάνει τον γονέα να πιστεύει ότι η οικογένεια είναι κατά τα άλλα μια χαρά και υγιής, απλώς φταίει αυτό το προβληματικό παιδί, το οποίο τα κάνει θάλασσα και δυσκολεύει τη ζωή. Αν στο παιδί λέγεται ξανά και ξανά ότι για όλα φταις πάντα εσύ, το παιδί πιστεύει στην πραγματικότητα ότι αυτό ισχύει σε κάθε περίπτωση. Πρόκειται για την εσωτερίκευση του να υποβάλλεται σε συνεχή κριτική.

Όταν αυτοκατηγορούμαστε, αποσυνδεόμαστε από την πραγματικότητα και παγιδευόμαστε στις δικές μας νοητικά κατασκευασμένες ιστορίες. Αρχίζουμε να πιστεύουμε ότι κάτι δεν πάει καλά ή μας λείπει όταν τα πράγματα δεν πάνε όπως τα είχαμε σχεδιάσει. Πεποιθήσεις όπως "δεν είμαι αρκετά έξυπνος, δεν αξίζω και δεν είμαι αξιαγάπητος" ριζώνουν βαθιά στον ψυχισμό μας.

Η ζωή μας είναι όπως είναι επειδή λέμε επανειλημμένα στον εαυτό μας ποιοι είμαστε. Γιατί κρατάμε τις εσωτερικές μας καταιγίδες και την αίσθηση ότι φταίμε; Θα πρέπει να καταλάβουμε ότι δεν μπορούμε να κατηγορούμε τον εαυτό μας για βελτίωση. *Η αυτοκατηγορία είναι μια από τις πιο τοξικές μορφές συναισθηματικής κακοποίησης.* Μεγεθύνει και πολλαπλασιάζει τις αντιληπτές ανεπάρκειές μας και μας εξουδετερώνει πριν καν αρχίσουμε να προχωράμε μπροστά. Μπορεί να μας εμποδίσει να αναλάβουμε καθήκοντα, να μας κρατήσει κολλημένους σε αυτό που κάνουμε ρουτίνα, και κυρίως μας εμποδίζει να εξελιχθούμε σε καλύτερα όντα.

Εσείς οι ίδιοι, όπως και οποιοσδήποτε άλλος σε ολόκληρο το σύμπαν, αξίζετε την αγάπη και τη στοργή σας.

– Buddha

Ξέρω ότι φταίω εγώ

Ξέρω ότι το παράκανα

Ήταν δικό μου λάθος που δεν σε εμπιστεύτηκα

Γι' αυτό λυπάμαι για ό,τι έκανα

Λυπάμαι είναι το μόνο που μπορώ να σου πω

Εύχομαι να με κοιτάξεις και να δεις,

Μακάρι να με καταλάβαινες.

Αισθάνομαι ότι ήταν όλα δικό μου λάθος...

Εύχομαι να ήσουν εσύ αυτός που θα μου κρατούσε το χέρι...

Υπάρχουν στιγμές που νιώθω τόσο χαμένη και ντροπιασμένη
Για αυτά τα συναισθήματα φταίω εγώ, εγώ φταίω μόνο εγώ.
Είμαι τόσο παγιδευμένη μέσα στα συναισθήματά μου.
Η καρδιά μου έχει σταματήσει να χτυπάει, η ζωή μου δεν έχει κίνηση.
Δεν τρώω πια, δεν μπορώ να κοιμηθώ τη νύχτα.
Το μυαλό μου είναι τόσο κενό, μόνο τα λάθη μου είναι ορατά.
Ποιος σε αυτόν τον κόσμο θα με ήθελε ποτέ;
Δεν είμαι αρκετά καλός και τόσο χαζός όσο θα μπορούσε να είναι.
Το μόνο που μπορώ να κάνω είναι να κλαίω μέχρι να κοιμηθώ.
Είμαι τόσο συντετριμμένη, που τα συναισθήματά μου είναι αδύναμα.
Αντιμετωπίζω τον εαυτό μου σαν φάντασμα, σαν μια νεκρή αντανάκλαση,
Κλαίω γιατί δεν έχω καμία προστασία.
Φοβάμαι να γυρίσω πίσω - πίσω στις παλιές μου μέρες,
Εγώ φταίω για όλους τους περίεργους τρόπους μου

Alone: Είμαι μια αποτυχία

"Η επιτυχία δεν είναι οριστική- η αποτυχία δεν είναι μοιραία. Αυτό που μετράει είναι το θάρρος να συνεχίσεις."

– Winston Churchill

Τα συναισθήματα αποτυχίας εξαρτώνται περισσότερο από το τι συμβαίνει μέσα μας παρά από το τι πραγματικά μας συμβαίνει.

Κάποιοι από εμάς αισθανόμαστε αποτυχημένοι μια στο τόσο. Άλλοι νιώθουν αποτυχημένοι κάθε μέρα της ζωής τους.

Είμαι εντελώς αποτυχημένος.

Δεν μπορώ να κάνω τίποτα σωστά.

Δεν έχω φίλους. Ούτε δουλειά. Καμία δεξιότητα. Είμαι μια αποτυχία στη ζωή.

Κανείς δεν με αγαπάει. Είμαι μια αποτυχία.

Το αίσθημα της αποτυχίας μπορεί να μην προκαλείται πάντα από κάποιο σημαντικό γεγονός της ζωής. Μερικές φορές το έναυσμα μπορεί να είναι τόσο απλό όσο το να σας μαλώσουν για ένα ασήμαντο θέμα ή να ξεχάσετε να πληρώσετε εγκαίρως έναν λογαριασμό ή να καθυστερήσετε για ένα ραντεβού. Όμως, η ποσότητα του πόνου που αφήνουμε να βιώσουμε λόγω της αποτυχίας είναι πολύ μεγαλύτερη από το ίδιο το αποτυχημένο γεγονός. Νιώθουμε σαν αποτυχημένοι, παρόλο που οι άλλοι βλέπουν δυνατότητες σε εμάς.

Όλοι αποτυγχάνουν σε κάποια φάση της ζωής μας - στις σχέσεις, στην καριέρα, στην προσωπική μας ζωή, στο να ανταποκριθούμε στις προσδοκίες. Από ένα σημείο και μετά, γίνεται ένα χρόνιο αίσθημα αποτυχίας. Αυτό το συναίσθημα γίνεται τόσο μεγάλο που μας τυφλώνει από οτιδήποτε θετικό. Η αποτυχία γίνεται συνώνυμο της ταυτότητάς μας. Το να αισθανόμαστε αποτυχημένοι χθες και σήμερα οδηγεί στην πρόβλεψη της αποτυχίας στο μέλλον.

Ποιο είναι το νόημα; Πάντα τα κάνω θάλασσα.

Γιατί να κάνεις αίτηση για τη δουλειά; Σίγουρα δεν θα με επιλέξουν.

Δεν θα κάνω πρόταση γάμου στο κορίτσι που μου αρέσει. Θα με απορρίψουν.

Είμαι ένας αποτυχημένος και πάντα θα είμαι. Γιατί να προσπαθήσω να πετύχω οτιδήποτε;

Όντας v/s Κάνοντας

Το βάρος που συνοδεύει το αίσθημα της αποτυχίας δεν προκαλείται από την ίδια την πραγματικότητα της αποτυχίας, αλλά από την προσωπική αντίληψη αυτής της αποτυχίας και από το τι σημαίνει αυτό για εμάς.

Υπάρχει διαφορά μεταξύ του να αισθάνεσαι αποτυχημένος και του να αποτυγχάνεις πραγματικά σε κάτι.

Ας το καταλάβουμε αυτό -

Αισθάνομαι αποτυχημένος επειδή δεν ολοκλήρωσα τη δουλειά μου.

Απέτυχα να ολοκληρώσω τη δουλειά μου.

Το αίσθημα της αποτυχίας προέρχεται από την ερμηνεία του ποιοι είμαστε. Στην πραγματικότητα, η αποτυχία είναι απλώς αποτυχία. Η αλήθεια είναι ότι δεν ολοκλήρωσα τη δουλειά μου - δεν έχει καμία άλλη σημασία. Το ότι δεν ολοκλήρωσα τη δουλειά μου δεν έχει καμία σχέση με την προσωπικότητα ή την ταυτότητά μου. Το να αισθάνεσαι αποτυχημένος έχει να κάνει με την αντίληψη. Έχει να κάνει με το "είναι εναντίον του πράττειν".

Στην καθημερινή ρουτίνα - αδυνατούμε να τηρήσουμε χρονοδιαγράμματα και προθεσμίες, δεν θυμόμαστε πού είχαμε το κινητό μας, χαλάμε ένα πιάτο κ.λπ. Αυτό είναι αναπόφευκτο και απολύτως φυσιολογικό. Αλλά τη στιγμή, που γενικεύουμε και πραγματικά αρχίζουμε να νιώθουμε αποτυχημένοι, τότε είναι που πραγματικά αποτυγχάνουμε. Τότε είναι που αρχίζουμε να σκεφτόμαστε αρνητικά για τον εαυτό μας. Σταδιακά, το αίσθημα της αποτυχίας ενσωματώνεται στο υποσυνείδητό μας και γίνεται μέρος του συστήματος πεποιθήσεών μας. Η αίσθηση της αποτυχίας οδηγεί σε απογοήτευση, η οποία τελικά οδηγεί σε περαιτέρω αισθήματα αποτυχίας. Αυτό γεννά αισθήματα απελπισίας, αναξιότητας και αχρηστίας. Νιώθουμε ντροπή και κακό συναίσθημα. Αρχίζουμε να αμφισβητούμε τον σκοπό της ύπαρξής μας.

Η γένεση του αισθήματος της αποτυχίας

Δοκιμάστε, δοκιμάστε, δοκιμάστε μέχρι να πετύχετε.

Όλοι έχουμε μεγαλώσει με αυτό το ρητό. Από τη μία πλευρά, μας παρακινεί να μην τα παρατάμε. Αλλά από την άλλη, μας κάνει να πιστεύουμε ότι η επιτυχία πρέπει να επιτευχθεί. Ως εκ τούτου, το να πετύχουμε είναι ριζωμένο από την παιδική ηλικία. Υπάρχει όμως κάποια επιστημονική απόδειξη ότι η διαδοχική αποτυχία είναι θετική και ωθεί την καινοτομία προς τα εμπρός;

Παιδικές ρίζες

Το αίσθημα της αποτυχίας έχει τις ρίζες του στην παιδική μας ηλικία. Μας διδάσκουν ότι πρέπει να πετύχουμε συγκεκριμένα ύψη για να μας δουν, να μας αξίζουν και να μας αγαπήσουν. Παρόλο που οι γονείς αγαπούν τα παιδιά τους άνευ όρων, πρακτικά δεν ισχύει κάτι τέτοιο. Πολλοί γονείς αποσύρουν την προσοχή και τη στοργή όταν τα παιδιά τους κάνουν λάθη, η αποτυχία αντιμετωπίζεται με επιπλήξεις και θυμό, ακόμη και αν αυτά τα θεωρούμενα λάθη είναι μικρά.

Από τις πρώτες μέρες της παιδικής μας ηλικίας, ορισμένα πράγματα έχουν συστηματικά, και πολλές φορές, εν αγνοία μας, τροφοδοτηθεί από τους γονείς μας και την κοινωνία γενικότερα: η επιτυχία και η αποτυχία. *Ο κόσμος εκεί έξω είναι τόσο γεμάτος από σκληρό ανταγωνισμό, που πρέπει να πετύχετε.* Στην πραγματικότητα, το να μην πετυχαίνεις δεν είναι απαραίτητα αποτυχία. Αλλά έχουμε μεγαλώσει με αυτή την παράλογη φιλοσοφία της ζωής - αν πετύχεις, επιβιώνεις- αν όχι, είσαι αποτυχημένος. Τέτοιες αυτοπεριοριστικές πεποιθήσεις είναι η κύρια αιτία που μας κάνει να αισθανόμαστε χρόνια αποτυχημένοι.

Μεταφέρουμε επίσης συναισθήματα αποτυχίας από την παιδική μας ηλικία, αν οι δάσκαλοι ή οι συμμαθητές μας μάς συμπεριφέρονταν με τρόπο που υποδήλωνε ότι ήμασταν αποτυχημένοι. Οι δάσκαλοι που είναι τιμωρητικοί απέναντι στα παιδιά που δυσκολεύονται μπορεί να έχουν ισχυρή, επώδυνη και τραυματική επίδραση στη διαμόρφωση του εγκεφάλου και της συναισθηματικής κατάστασης ενός παιδιού, όπως και η κριτική και ο εκφοβισμός των συνομηλίκων. Αν, ως παιδί, μας κορόιδεψαν, μας φέρθηκαν άσχημα, μας συνέκριναν με άλλους μαθητές ή μας ταπείνωσαν στη μέση της τάξης, μεταφέρουμε το αίσθημα της αποτυχίας στην ενήλικη ζωή μας. Αν μας κορόιδευαν για την εμφάνισή μας ή για το τι αίσθηση της μόδας είχαμε ή για τις απόψεις που είχαμε, μας συνέκριναν και μας έβριζαν για τους βαθμούς μας, μας κορόιδευαν για τον τρόπο που μιλούσαμε, διστάζαμε ή τραυλίζαμε, τέτοιες εμπειρίες εσωτερικεύονται. Οι αρνητικές περιγραφές του εαυτού μας και της κατάστασής μας, ενισχύονται καθώς μπαίνουμε στην ενήλικη ζωή.

Τα παιδιά πρέπει να έχουν τη δυνατότητα να κάνουν λάθη. Η "υπερβολική γονική μέριμνα" έχει τις βλαβερές της συνέπειες. Η "υπερβολική γονική μέριμνα" είναι η λανθασμένη προσπάθεια ενός γονέα να βελτιώσει την τρέχουσα και μελλοντική προσωπική και ακαδημαϊκή επιτυχία του παιδιού του. Μπορεί να καταστρέψει την αυτοπεποίθηση ενός παιδιού. Οι μαθητές πρέπει να υποστούν αποτυχίες, για να μάθουν σημαντικές δεξιότητες ζωής, όπως η υπευθυνότητα, η οργάνωση, οι τρόποι, η αυτοσυγκράτηση και η προνοητικότητα. Το να αφήνετε τα παιδιά να αγωνίζονται είναι ένα δύσκολο δώρο - αλλά είναι ζωτικής σημασίας.

"Δουλειά μας είναι να προετοιμάζουμε τα παιδιά μας για το δρόμο, όχι να προετοιμάζουμε το δρόμο για τα παιδιά μας."

Αυτοαντίληψη

Οι συζητήσεις μας με τον ίδιο μας τον εαυτό μπορεί να μας κάνουν να νιώθουμε αποτυχημένοι. Ο τρόπος που μιλάμε στον εαυτό μας και ο τρόπος που πλαισιώνουμε τη ζωή μας είναι και οι δύο εξαιρετικά σημαντικοί στον καθορισμό του τρόπου με τον οποίο χειριζόμαστε τις αναποδιές, του τρόπου με τον οποίο αντιμετωπίζουμε την απογοήτευση και τον πόνο και του πόσο επιτυχημένοι θα είμαστε στο να προχωρήσουμε μπροστά και να κάνουμε καλύτερες επιλογές. Ο τρόπος με τον οποίο μιλάμε στον εαυτό μας είναι ο τρόπος με τον οποίο δημιουργούμε την ταυτότητά μας. Ως εκ τούτου, *αισθανόμαστε αποτυχημένοι, επειδή θεωρούμε τον εαυτό μας αποτυχημένο.*

Σύγκριση και ανταγωνισμός

Αν συγκρίνετε πάντα τον εαυτό σας με άλλους ανθρώπους, θα υποφέρετε είτε από ζήλια είτε από εγωισμό.

Όταν κοιτάμε γύρω μας και βλέπουμε έναν επιτυχημένο σταρ του κινηματογράφου ή έναν αθλητή, που έχει ένα σωρό χρήματα, ένα σωρό διακρίσεις και αμέτρητους θαυμαστές, ή όταν κοιτάμε τους ανθρώπους γύρω μας ή στα μέσα κοινωνικής δικτύωσης - αισθανόμαστε κάπως ανεπαρκείς, ανάξιοι, με μια αίσθηση αποτυχίας. Βλέπουμε πώς οι άνθρωποι γύρω μας είναι επιτυχημένοι στις σχέσεις τους, παντρεύονται, κάνουν παιδιά, έχουν μια ευτυχισμένη οικογένεια, ενώ εμείς έχουμε προβλήματα στις σχέσεις μας. Πάντα θα νιώθουμε αποτυχημένοι αν εστιάζουμε την προσοχή μας σε αυτό που μας λείπει. Οι σχέσεις δεν είναι εύκολο να διατηρηθούν και οι καβγάδες συμβαίνουν σε κάθε οικογένεια. Η σύγκριση δεν είναι ποτέ ένας αποτελεσματικός τρόπος μέτρησης της αυτοεκτίμησης. Κάθε ανθρώπινο ον που ζει και έχει ζήσει είναι μοναδικό. *Πάντα νιώθουμε ότι το γρασίδι είναι πάντα πιο πράσινο στην άλλη πλευρά.*

Εικονικές επιτυχίες

Όλοι θέλουμε κάτι για τον εαυτό μας. Κάποιοι από εμάς μπορεί να θέλουν να δημιουργήσουν οικογένεια ή να ανοίξουν τη δική τους επιχείρηση- άλλοι μπορεί να θέλουν να ακολουθήσουν ανώτερες σπουδές ή να χάσουν βάρος. Τα όνειρα και οι στόχοι μας απαιτούν καθημερινή επιμονή και την εσωτερική επιθυμία να αγωνιστούμε γι' αυτά. Κάθε φορά που πετυχαίνουμε αυτό που επιθυμούσαμε, ο εγκέφαλός μας απελευθερώνει ντοπαμίνη. Αυτός είναι ο λόγος για τον οποίο νιώθουμε τόσο όμορφα όταν κάνουμε κάτι. Ξεγελάμε τον εγκέφαλό μας για να απελευθερώσει την ορμόνη ντοπαμίνη που προκαλεί ευεξία με "εικονικές επιτυχίες" - νίκες σε παιχνίδια για κινητά, likes στα μέσα κοινωνικής δικτύωσης κ.λπ. Ξεγελάμε τον εγκέφαλό μας για να πιστέψουμε ότι ζούμε μια ικανοποιητική ζωή, χωρίς στην πραγματικότητα να τη ζούμε. Αλλά κάτι μας λέει - δεν είναι αυτό που ευχήθηκα μέσα μου, δεν είναι αυτή η επιτυχία που ονειρεύτηκα.

Τι κάνει η αποτυχία ...

• Η αποτυχία κάνει τον ίδιο στόχο να φαίνεται λιγότερο εφικτός. Στρεβλώνει τις αντιλήψεις για τους στόχους μας. Στην πραγματικότητα, οι στόχοι μας είναι εξίσου εφικτοί όπως ήταν και πριν σκεφτούμε ότι αποτύχαμε- αλλάζουν μόνο οι αντιλήψεις μας.

• Η αποτυχία διαστρεβλώνει τις αντιλήψεις μας για τις ικανότητές μας. Μας κάνει να νιώθουμε ότι είμαστε λιγότερο ικανοί να ανταποκριθούμε στο έργο μας. Από τη στιγμή που νιώθουμε τον εαυτό μας αποτυχημένο, αξιολογούμε λανθασμένα τις δεξιότητες, τη νοημοσύνη και τις ικανότητές μας και τις βλέπουμε σημαντικά πιο αδύναμες από ό,τι είναι στην πραγματικότητα.

• Η αποτυχία μας κάνει να αισθανόμαστε αβοήθητοι. Προκαλεί μια συναισθηματική πληγή. Τα παρατάμε γιατί δεν θέλουμε να πληγωθούμε ξανά. Ο καλύτερος τρόπος για να τα παρατήσουμε είναι να νιώθουμε αβοήθητοι. Νιώθουμε ότι δεν υπάρχει τίποτα που μπορούμε να κάνουμε για να πετύχουμε, οπότε δεν προσπαθούμε. Με αυτόν τον τρόπο μπορεί να αποφύγουμε μελλοντικές αποτυχίες, αλλά θα στερηθούμε και τις επιτυχίες.

• Μια και μόνο εμπειρία αποτυχίας μπορεί να δημιουργήσει έναν υποσυνείδητο "φόβο της αποτυχίας". Δεν ασχολούμαστε με το πώς θα αυξήσουμε την πιθανότητα επιτυχίας μας- απλώς προσπαθούμε να αποφύγουμε να νιώσουμε άσχημα αν αποτύχουμε.

• Ο φόβος της αποτυχίας οδηγεί σε ασυνείδητη αυτοσαμποτάζ. Για να αποφύγουμε την αποτυχία και να διασφαλίσουμε τον εαυτό μας από τον πόνο της μελλοντικής αποτυχίας, "χειροτερεύουμε" τον εαυτό μας. Δημιουργούμε δικαιολογίες, λόγους και καταστάσεις που δικαιολογούν γιατί αποτύχαμε. Τέτοιες συμπεριφορές συχνά μετατρέπονται σε αυτοεκπληρούμενες προφητείες, επειδή σαμποτάρουν τις προσπάθειές μας και αυξάνουν την πιθανότητα αποτυχίας.

• Ο φόβος της αποτυχίας μπορεί να μεταδοθεί από τους γονείς στα παιδιά. Οι γονείς που έχουν φόβο αποτυχίας τον μεταδίδουν άθελά τους στα παιδιά τους αντιδρώντας σκληρά ή αποσύροντας συναισθηματικά όταν τα παιδιά τους αποτυγχάνουν. Αυτό κάνει τα παιδιά πιο πιθανό να αναπτύξουν και τα ίδια φόβο αποτυχίας.

• Η πίεση για επιτυχία αυξάνει το άγχος της απόδοσης. Το άγχος, με τη σειρά του, μειώνει την προσπάθειά μας, γεγονός που οδηγεί και πάλι στο αίσθημα της αποτυχίας.

• Η αποτυχία μας κάνει να αισθανόμαστε χαμηλά σε ό,τι κι αν κάνουμε. Πιστεύουμε ότι απλώς δεν είμαστε αρκετά καλοί και αναπτύσσουμε ένα σύμπλεγμα κατωτερότητας. Η ζωή αντιμετωπίζεται τόσο κριτικά που αντί να σκεφτόμαστε πώς να ξεπεράσουμε μια αποτυχία, συνεχίζουμε να ασχολούμαστε με τις συνθήκες που μας διαλύουν.

Ορισμένοι παράγοντες μας προδιαθέτουν στο αίσθημα της αποτυχίας

- Μοτίβα από την παιδική ηλικία.
- Αναβλητικότητα.
- Χαμηλή αυτοεκτίμηση ή αυτοπεποίθηση.
- Σύγκριση.
- Τελειομανία.
- Πειθαρχία.
- Αυτοκατηγορίες.
- Υπερβολική φροντίδα για το τι σκέφτονται οι άλλοι.

Προσπαθούμε να επικεντρωθούμε στις ιδανικές συνθήκες για να επιτύχουμε τις προσδοκίες μας, αλλά ξεχνάμε να προετοιμαστούμε για τις αναπόφευκτες αποτυχίες, οι οποίες μας δυσκολεύουν να αποδεχτούμε τις αποτυχίες. Είναι αλήθεια ότι σε αυτή τη μία ζωή θέλουμε το καλύτερο για τον εαυτό μας, αλλά πρέπει να δούμε και τις δύο όψεις του νομίσματος.

Τελικά, γινόμαστε ευάλωτοι σε ψυχοκοινωνικές δυσλειτουργίες όπως θέματα σχέσεων, προβλήματα άγχους, φοβίες, χαμηλό επίπεδο ανοχής, ενοχές, ντροπή, εμμονές και καταναγκασμούς, που οδηγούν στο αίσθημα της ανικανότητας. Η συνεχής κριτική και αποδοκιμασία μπορεί να επιφέρει ακόμη και τάσεις αυτοκτονίας.

Τι να κάνετε

Κανένα μάντρα ή γκουρού ή κήρυγμα ή βιβλίο αυτοβοήθειας δεν μπορεί να μας κάνει να σταματήσουμε να νιώθουμε αποτυχημένοι - εκτός αν εντοπίσουμε και κατανοήσουμε τις αντιλήψεις και τα μοτίβα μας.

Η εργασία στον εσωτερικό μας εαυτό οδηγεί στη μεταμόρφωση. Ξεκινά με την αυξημένη αυτογνωσία - αναγνωρίζοντας τις περιοριστικές μας πεποιθήσεις ως ξεχωριστές από την ταυτότητά μας. Η διαδικασία δεν μπορεί να συνεχιστεί με επιτυχία μέχρι να αποδεχτούμε τις περιοριστικές πεποιθήσεις ως δικές μας στο τώρα, ακόμη και όταν μας κατακλύζει η αρνητικότητα του παρελθόντος. Οι περιοριστικές νοοτροπίες παραδόθηκαν όταν δεν ήμασταν ικανοί να τις απορρίψουμε, αλλά τώρα, μπορούμε να επιλέξουμε να τις απορρίψουμε. Παρόλο που η αποτυχία μπορεί να μοιάζει με καταβόθρα από την οποία είναι αδύνατο να βγούμε, μπορούμε να βελτιώσουμε τον τρόπο που βλέπουμε και αισθανόμαστε για τον εαυτό μας και να εργαστούμε προς την κατεύθυνση της ανακούφισης αυτών των συναισθημάτων αποτυχίας.

Αναποδογυρίστε τη φράση

Την επόμενη φορά που θα νιώσουμε ή θα σκεφτούμε ή θα πούμε: "Είμαι αποτυχημένος", ... σταματήστε ... αντικαταστήστε τη φράση με τη φράση "Έκανα ένα λάθος" ή "Απέτυχα σε αυτό, αυτή τη φορά". Αυτό μας δίνει το περιθώριο να νιώσουμε θλίψη ή απογοήτευση για ένα λάθος χωρίς να το εσωτερικεύσουμε και να το κάνουμε μέρος της προσωπικότητάς μας.

Τότε -

- Να είστε ειλικρινείς με τα συναισθήματά σας.

- Δείτε τι προκάλεσε το ολίσθημα και αναζητήστε τρόπους για να βελτιωθείτε.

• Αποδεχτείτε την πραγματικότητα ότι θα υπάρχουν εποχές στη ζωή που θα νιώθουμε απογοήτευση, ότι είναι μέρος της ζωής, μέρος της ανθρώπινης ύπαρξης.

• Κοιτάξτε την κατάσταση από μια "εξωτερική" οπτική γωνία. Μάθετε να ασκείτε την αποδοχή.

• Η ζωή είναι ένα έργο σε εξέλιξη - Να είστε συγχωρητικοί και χαριτωμένοι.

• Να είστε ευέλικτοι.

• Θέστε μικρούς στόχους και γιορτάστε την επίτευξή τους.

• Πάρτε τον απαραίτητο χρόνο για να ανακάμψετε και να ξεκινήσετε από την αρχή. Δεν είναι το τέλος του κόσμου- το πολύ-πολύ να είναι μια μικρή αναποδιά που θα ξεπεράσουμε.

Προσπαθήστε να προσδιορίσετε τι προκάλεσε την αποτυχία - ήταν προσωπικό; Καταστασιακή; Είχε σχέση με τις δεξιότητες; Σχετιζόταν με το χρόνο; Με αυτόν τον τρόπο, κάνουμε την αποτυχία να φαίνεται λιγότερο προσωπική και τη μετατρέπουμε σε ευκαιρία επίλυσης προβλημάτων. Ακόμη και αν δεν μπορούμε να κάνουμε τίποτα για να αναιρέσουμε την κατάσταση, έχουμε την εμπειρία της. Την επόμενη φορά που θα βιώσουμε την αποτυχία, θα νιώσουμε ότι έχουμε περισσότερο τον έλεγχο, επειδή ξέρουμε πώς να την αντιμετωπίσουμε λογικά και νοητικά.

Θυμηθείτε την αρχαία ρήση του Λάο Τζου: "Πρόσεχε τις σκέψεις σου, γίνονται τα λόγια σου- πρόσεχε τα λόγια σου, γίνονται οι πράξεις σου- πρόσεχε τις πράξεις σου, γίνονται οι συνήθειες σου- πρόσεχε τις συνήθειές σου, γίνονται ο χαρακτήρας σου- πρόσεχε τον χαρακτήρα σου, γίνεται το πεπρωμένο σου".

Προσέχουμε τις σκέψεις που σκεφτόμαστε και τα λόγια που λέμε. Μόλις μάθουμε στον εαυτό μας να αρχίσουμε να προστατεύουμε αυτά που βγαίνουν από το στόμα μας, θα δούμε ότι οι πράξεις, οι συνήθειες και ολόκληρος ο χαρακτήρας μας σιγά σιγά θα αλλάζουν προς το καλύτερο. Μόλις κατακτήσουμε την τέχνη του να πέφτουμε χωρίς να μένουμε κάτω, να πέφτουμε με αναπήδηση, δεν θα φοβόμαστε, δεν θα αποφεύγουμε και δεν θα κατηγορούμε τον εαυτό μας για την πτώση.

Πρέπει να επικεντρωθούμε στο να εκτιμήσουμε αυτό που είμαστε, όχι αυτό που κάνουμε. Όταν κοιτάμε τα επιτεύγματά μας για να επιβεβαιώσουμε ότι αξίζουν, η αίσθηση ότι νιώθουμε καλά με τον εαυτό μας βασίζεται σε αυτά τα επιτεύγματα. Έτσι, αν έχουμε καλές επιδόσεις, θα νιώθουμε καλά με τον εαυτό μας. Αν έχουμε κακές επιδόσεις, νιώθουμε λιγότερο άξιοι.

Η αποτυχία πρέπει να αντιμετωπίζεται ως εμπόδιο και όχι ως οδόφραγμα. Η αποτυχία είναι μια πρόκληση που πρέπει να ξεπεραστεί, μια δοκιμασία που αψηφά τη θέλησή μας και μια ευκαιρία μάθησης. Για άλλους, η αποτυχία αντιμετωπίζεται αρνητικά ως μια ευκαιρία να λυπηθούν και να παραπονεθούν ένας λόγος για να υποτιμήσουν τον εαυτό τους και μια δικαιολογία για να τα παρατήσουν πολύ γρήγορα. Η αλήθεια είναι ότι η διαφορά ανάμεσα σε ένα σκαλοπάτι και ένα εμπόδιο είναι ο τρόπος με τον οποίο το προσεγγίζουμε. Η αποτυχία μπορεί να είναι ευλογία ή κατάρα. Μπορεί να είναι ένας μεγάλος δάσκαλος, να μας κάνει πιο δυνατούς και να μας κρατήσει προσγειωμένους, ή μπορεί να είναι η αιτία της καταστροφής μας. Είναι δική μας επιλογή. Η άποψή μας για την αποτυχία καθορίζει την πραγματικότητά μας.

"Η ηλικία ρυτιδώνει το σώμα. Η εγκατάλειψη τσαλακώνει την ψυχή".

"Να θυμάστε ότι η αποτυχία είναι ένα γεγονός, όχι ένα πρόσωπο."

"Η αποτυχία γίνεται μόνιμη μόνο αν δεν προσπαθήσουμε ποτέ ξανά."

"Δεν είμαι αποτυχημένος, απλά χρειάζομαι χρόνο."

Άχρηστος έχω γίνει, απλά σωματίδια που αιωρούνται στον αέρα.

Προετοίμασα τον εαυτό μου για την επιτυχία... αλλά ποτέ... ποτέ μια αποτυχία.

Κανείς δεν μου είπε το συναίσθημα της αποτυχίας,

Υποθέτω ότι πρέπει να το μάθεις μόνος σου.

Δεν ξέρω αν είμαι έτσι, αυτό που ξέρω είναι ότι είμαι μόνος.

Αν θέλεις να είσαι επιτυχημένος, υπάρχει πιθανότητα να αντιμετωπίσεις την αποτυχία.

Ήμουν ένας αποτυχημένος και τώρα είμαι ο δικός μου αυτο-παρακινητής!

Psych-Alone: Συγγνώμη

Λυπάμαι που δεν είμαι τέλειος
Και που δεν μπόρεσα να σπάσω τους φόβους σου.
Λυπάμαι που τα θαλάσσωσα
Και που προκάλεσα όλα τα δάκρυά σου.
Λυπάμαι που δεν μπορώ να το διορθώσω
Και να σε κάνω να θέλεις να μείνεις.
Λυπάμαι που δεν ήμουν αρκετά καλός
Και τώρα πρέπει να πληρώσω.

Από νεαρή ηλικία διδασκόμαστε ότι όταν κάνουμε λάθη, πρέπει να ζητάμε συγγνώμη.

Το να ζητάμε ειλικρινά συγγνώμη όταν διαπράττουμε ένα λάθος είναι μια χαρά.

Αλλά οι συγγνώμες μπορεί να μην είναι πάντα χρήσιμες και μερικές φορές μπορεί να είναι υπερβολικές.

Το να ζητάμε υπερβολικά συγγνώμη είναι να λέμε "λυπάμαι" όταν δεν χρειάζεται. Αυτό συμβαίνει όταν δεν έχουμε κάνει κάτι κακό ή όταν αναλαμβάνουμε την ευθύνη για το λάθος κάποιου άλλου ή για ένα πρόβλημα που δεν προκαλέσαμε ή δεν μπορούσαμε να ελέγξουμε. Πρόκειται για ένα διαπροσωπικό μοτίβο συνήθειας με ρίζες στο χαμηλό αυτοσεβασμό, την τελειομανία και το φόβο της αποσύνδεσης.

Μας παραδίδουν το λάθος προϊόν και λέμε: "Λυπάμαι, αλλά δεν είναι αυτό που παρήγγειλα".

Σε μια συνάντηση, λέμε: "Λυπάμαι που σας ενοχλώ. Έχω μια ερώτηση".

Σε μια συζήτηση, λέμε: "Λυπάμαι. Δεν σας άκουσα. Μπορείτε να επαναλάβετε αυτό που μόλις είπατε;"

Σε αυτές τις περιπτώσεις, δεν έχουμε κάνει τίποτα κακό και έτσι δεν υπάρχει λόγος να ζητήσουμε συγγνώμη. Όμως, πολλοί από εμάς έχουμε τη συνήθεια να ζητάμε συγγνώμη. Γιατί συμβαίνει αυτό;

Αυτοεκτίμηση

Πολλοί από εμάς πιστεύουμε ότι δεν είμαστε άξιοι ή αρκετά καλοί. Σκεφτόμαστε άσχημα για τον εαυτό μας. Στην πραγματικότητα πιστεύουμε ότι έχουμε κάνει κάτι λάθος ή ότι προκαλούμε κάποιο πρόβλημα, ότι είμαστε παράλογοι, ότι ζητάμε πάρα πολλά και ως εκ τούτου αισθανόμαστε την ανάγκη να ζητήσουμε συγγνώμη.

Η ακαμψία των υψηλών προτύπων

Κάποιοι από εμάς είμαστε απαιτητικοί και θέτουμε υψηλούς στόχους, αξίες και πρότυπα για τον εαυτό μας. Τις περισσότερες φορές, αδυνατούμε να ανταποκριθούμε στα δικά μας πρότυπα. Νιώθουμε ότι υπάρχει κάποιο ελάττωμα μέσα μας, νιώθουμε ανεπαρκείς και ως εκ τούτου υπάρχει η ανάγκη να ζητάμε συγγνώμη για ό,τι γίνεται ατελώς.

Από ευγένεια

Κάποιοι από εμάς θέλουμε να προβάλλουμε τους εαυτούς μας ως καλούς και ευγενικούς. Έχουμε την τάση να ικανοποιούμε τους πάντες γύρω μας. Μας απασχολεί το τι σκέφτονται οι άνθρωποι για εμάς. Ζητάμε συγγνώμη επειδή δεν θέλουμε να στεναχωρήσουμε ή να απογοητεύσουμε τους άλλους.

Ανασφάλεια

Μερικές φορές, ζητάμε συγγνώμη επειδή νιώθουμε άβολα ή ανασφαλείς και δεν ξέρουμε τι να κάνουμε ή τι να πούμε. Έτσι, ζητάμε συγγνώμη για να προσπαθήσουμε να κάνουμε τον εαυτό μας ή τους άλλους να αισθανθούν καλύτερα.

Αυτοκατηγορία

Πολλοί από εμάς αισθανόμαστε υπεύθυνοι για τα λάθη ή τη συμπεριφορά άλλων ανθρώπων. Νιώθουμε ότι είμαστε υπεύθυνοι για την έκρηξη συναισθημάτων των άλλων και λυπούμαστε γι' αυτό. Μια μητέρα μπορεί να μαλώσει το παιδί της και το παιδί μπορεί να αρχίσει να κλαίει. Η μητέρα κατηγορεί τον εαυτό της γι' αυτό και ζητάει συγγνώμη. Ένας πατέρας μπορεί να αναλάβει την ευθύνη και να ζητήσει συγγνώμη από τους γείτονες για την αταξία που έκανε το παιδί. Η ανάληψη της ευθύνης και της ιδιοκτησίας και η συγγνώμη για τους άλλους στην πραγματικότητα δεν διορθώνει το πρόβλημα.

Ζητάμε συγγνώμη για τις πράξεις κάποιου άλλου

Αυτό συμβαίνει όταν προβάλλουμε τις ευθύνες κάποιου άλλου στον εαυτό μας, καθώς αν νιώθουμε την ανάγκη να ζητήσουμε συγγνώμη, θα έπρεπε να την ζητήσουν οι ίδιοι. Μαθαίνουμε τις συνήθειες του να ζητάμε συγγνώμη στην παιδική ηλικία. Οι γυναίκες σε πολλές κοινότητες ανατρέφονται να είναι υπεύθυνες και διακριτικές απέναντι στους άλλους και μερικές φορές υπερβολικά υπεύθυνες με το να ζητούν συγγνώμη. Αυτό οδηγεί ορισμένους ανθρώπους να έχουν την τάση να ζητούν συγγνώμη για τις πράξεις των άλλων.

Ζητάμε συγγνώμη για καθημερινές καταστάσεις

Ορισμένα μέρη της ζωής είναι φυσιολογικά, φυσιολογικά πράγματα που περνάμε καθημερινά. Δεν χρειάζεται να απολογούμαστε για το φτέρνισμα σε μια παρέα, αλλά παρόλα αυτά πολλοί άνθρωποι το κάνουν.

Ζητάμε συγγνώμη από άψυχα αντικείμενα

Κάποιοι από εμάς συνηθίζουμε να λέμε "συγγνώμη" αφού χτυπήσουμε κατά λάθος σε μια καρέκλα ή πατήσουμε πάνω σε ένα βιβλίο. Αυτή η συνήθεια αντανακλαστικής δράσης είναι επίσης βαθιά ριζωμένη μέσα μας από την παιδική μας ηλικία.

Νιώθουμε νευρικότητα όταν απολογούμαστε

Αν αισθανόμαστε άγχος όταν ζητάμε συγγνώμη, έχουμε αναπτύξει τη συνήθεια να ζητάμε υπερβολικά συγγνώμη ως μέσο αντιμετώπισης. Η υπερβολική συγγνώμη μπορεί να είναι σημάδι άγχους. Γίνεται ο τρόπος με τον οποίο διαχειριζόμαστε τον φόβο, τη νευρικότητα και την ανησυχία. Έχουμε την τάση να περιορίζουμε αυτά τα συναισθήματα ζητώντας συγγνώμη.

Ζητάμε συγγνώμη όταν προσπαθούμε να είμαστε διεκδικητικοί

Κάποιοι από εμάς φοβόμαστε μήπως θεωρηθούμε επιθετικοί όταν είμαστε διεκδικητικοί - οπότε καταφεύγουμε στο να ζητάμε απλώς συγγνώμη. Όταν ζητάμε επανειλημμένα συγγνώμη, φαίνεται ότι λέμε επανειλημμένα ψέματα και το άλλο άτομο σταματά να πιστεύει αυτά που λέμε. Οι αδικαιολόγητες συγγνώμες αφαιρούν από τη σαφήνεια του μηνύματος.

Σταδιακά, αυτό γίνεται συνήθεια και γίνεται ασυνείδητα. Δεν σκεφτόμαστε ούτε αναλύουμε το μοτίβο συμπεριφοράς μας και γίνεται αυτόματη αντίδραση.

Διαπράττουμε ένα λάθος. Το συνειδητοποιούμε. Το καταλαβαίνουμε και το αναγνωρίζουμε. Συγκεντρώνουμε θάρρος και ταπεινότητα και ζητάμε συγγνώμη γι' αυτό. Το να ζητάμε γνήσια συγχώρεση είναι μια δύναμη.

Όταν απολογούμαστε υπερβολικά, χάνεται η σοβαρότητα της πράξης. Η απολογητική πράξη δεν γίνεται αισθητή από το άλλο άτομο. Ο σκοπός χάνεται. Είναι ένα σημάδι αδυναμίας. *Όταν ζητάμε επανειλημμένα συγγνώμη για κάτι που δεν είναι δικό μας λάθος, δίνουμε την εντύπωση ότι στην πραγματικότητα κάνουμε λάθος.*

Λυπάμαι ... ξανά και ξανά - αντικατοπτρίζει τη χαμηλή αυτοεκτίμηση και το φόβο της αντιπαράθεσης, των συγκρούσεων και των διαφωνιών. Αναλαμβάνουμε την ευθύνη για την προσπάθεια να διορθώσουμε ή να λύσουμε τα προβλήματα των άλλων ανθρώπων. Δικαιολογούμε τη συμπεριφορά τους σαν να είναι δική μας. Νιώθουμε ότι για όλα φταίμε εμείς - μια πεποίθηση που ξεκίνησε από την παιδική ηλικία - όταν μας έλεγαν επανειλημμένα ότι είμαστε βάρος ή πρόβλημα. Φοβόμαστε την απόρριψη και την κριτική και έτσι ζητάμε συγγνώμη.

Η υπερβολική απολογία μπορεί να έχει αρνητικές επιπτώσεις

• Ο κόσμος χάνει το σεβασμό του για εμάς. Στην πραγματικότητα στέλνουμε το μήνυμα ότι δεν έχουμε αυτοπεποίθηση και είμαστε αναποτελεσματικοί. Μπορεί ακόμη και να επιτρέψει στους άλλους να μας φέρονται άσχημα.

• Μειώνει τον αντίκτυπο των μελλοντικών απολογιών. Αν λέμε "συγγνώμη" για κάθε μικρό πράγμα τώρα, οι απολογίες μας θα έχουν μικρότερη βαρύτητα αργότερα, όταν υπάρξουν καταστάσεις που πραγματικά δικαιολογούν μια ειλικρινή συγγνώμη.

• Μπορεί να γίνει ενοχλητικό μετά από κάποιο χρονικό διάστημα. Μερικές φορές, το να ζητάμε συγγνώμη όταν ακυρώνουμε σχέδια, όταν χωρίζουμε με κάποιον, μπορεί να κάνει το άλλο άτομο να αισθάνεται χειρότερα.

- Μπορεί να μειώσει την αυτοεκτίμησή μας.

Το να ζητάμε συγγνώμη για βάσιμους λόγους - πληγώνοντας συναισθήματα, κάνοντας κάτι λάθος, χρησιμοποιώντας ακατάλληλη γλώσσα, δείχνοντας ασέβεια ή παραβιάζοντας τα όρια - εκτιμάται και είναι υγιές και διατηρεί την αξιοπρέπεια και τον σεβασμό μας και διατηρεί τον δεσμό με τους άλλους. Αλλά σίγουρα δεν χρειάζεται να λυπόμαστε για -

- Τα συναισθήματά μας.
- Την εμφάνισή μας.
- Τι δεν κάναμε.
- Αυτό που δεν μπορούμε να ελέγξουμε.
- Πράγματα που κάνουν οι άλλοι.
- Να κάνουμε μια ερώτηση ή να χρειαζόμαστε κάτι.
- Να μην έχουμε όλες τις απαντήσεις.

Αυτοαναστοχασμός

Επίγνωση - Πρέπει να αναστοχαζόμαστε τις σκέψεις, τα συναισθήματα και την ομιλία μας. Σημειώστε συνειδητά τι κάνουμε υποσυνείδητα. Παρατηρήστε πότε, γιατί και με ποιον απολογούμαστε υπερβολικά. Μπορεί επίσης να σας βοηθήσει να κρατάτε ένα ημερολόγιο με το πόσες φορές ζητάμε συγγνώμη μέσα στην ημέρα και για ποιους λόγους.

Αναρωτιόμαστε - Είναι πραγματικά απαραίτητη η συγγνώμη; Κάναμε κάτι λάθος; Αναλαμβάνουμε την ευθύνη για το λάθος κάποιου άλλου; Αισθανόμαστε άσχημα ή ντρεπόμαστε ενώ δεν κάναμε τίποτα λάθος; Το να γνωρίζουμε για τι πρέπει και για τι δεν πρέπει να ζητάμε συγγνώμη είναι το επόμενο σημαντικό βήμα.

Γυρίστε τη φράση - Η λύση βρίσκεται στον τρόπο με τον οποίο εκφράζουμε τους εαυτούς μας στην ίδια επικοινωνία. Η αλλαγή της επιλογής των λέξεων μπορεί να αλλάξει ολόκληρη την αντίληψη που έχουμε για τον εαυτό μας και το τι αισθάνονται οι άλλοι για εμάς. Αν ένας φίλος διορθώσει το λάθος μας - ευχαριστούμε αντί να ζητάμε συγγνώμη. **Το "λυπάμαι" μπορεί να γίνει** -

Ευχαριστώ για την υπομονή σας.

Δυστυχώς, δεν εννοούσα αυτό.

Με συγχωρείτε, έχω μια ερώτηση.

"Οι μόνες σωστές ενέργειες είναι αυτές που δεν απαιτούν εξηγήσεις και συγγνώμη".

"Αν μια συγγνώμη ακολουθείται από μια δικαιολογία ή έναν λόγο, σημαίνει ότι πρόκειται να διαπράξουν ξανά το ίδιο λάθος για το οποίο μόλις ζήτησαν συγγνώμη".

Psych-Alone: Είμαι ψεύτης

"Αν πεις την αλήθεια, δεν χρειάζεται να θυμάσαι τίποτα". Μαρκ Τουέιν "Όταν η αλήθεια αντικαθίσταται από τη σιωπή, η σιωπή είναι ψέμα".

"Ο άνθρωπος δεν είναι αυτό που νομίζει ότι είναι, είναι αυτό που κρύβει". "Όταν ένας άνθρωπος τιμωρείται για την ειλικρίνεια, μαθαίνει να λέει ψέματα".

"Πάνω απ' όλα, μην λες ψέματα στον εαυτό σου. Ο άνθρωπος που λέει ψέματα στον εαυτό του και ακούει το δικό του ψέμα φτάνει στο σημείο να μην μπορεί να διακρίνει την αλήθεια μέσα του ή γύρω του και έτσι χάνει κάθε σεβασμό για τον εαυτό του και τους άλλους. Και μην έχοντας κανένα σεβασμό παύει να αγαπάει".

Λέω ψέματα.

Ξέρω ότι λέω ψέματα.

Πολλές φορές, λέω ψέματα στον εαυτό μου.

Αλλά δεν αφήνω τους άλλους να ξέρουν ότι έχω πει ψέματα.

Έχει γίνει ρουτίνα για μένα να καταφεύγω σε ένα ψέμα.

Βαθιά μέσα μου, δεν θέλω να λέω ψέματα. Δεν μου αρέσει να λέω ψέματα.

Καταφεύγοντας στο ψέμα, έχω δημιουργήσει μια πρόσοψη.

Τώρα φαίνεται να ζω μια διπλή ζωή.

Μια ζωή για το ποιος είμαι. Μια ζωή με αυτό που θέλω οι άλλοι να με βλέπουν.

Έχουμε την τάση να νιώθουμε μια δυσάρεστη ένταση μεταξύ αυτού που πιστεύουμε ότι είμαστε και του πώς συμπεριφερόμαστε.

Γιατί λέμε ψέματα;

Για να αποφύγουμε τον πόνο; Για να αναζητήσουμε ευχαρίστηση;

Για να συγκαλύψετε αδικήματα; Για να αποφύγετε τη ντροπή; Για να αποκομίσει προσωπικό όφελος; Για να κερδίσετε δημοτικότητα και κοινωνική ανέλιξη; Για να διατηρήσετε σχέσεις και να προωθήσετε την αρμονία;

Όλοι μας έχουμε παιδικές αναμνήσεις όταν μας έπιασαν να λέμε ψέματα και από την καυτή έξαψη της ντροπής που νιώσαμε ως απάντηση στον χλευασμό - "Ψεύτη!". Αυτό προφανώς ακολουθήθηκε από μια αντίδραση ντροπής ή θυμού ή ενοχής ή δικαιολόγησης και κυρίως αποξένωσης από τον ίδιο μας τον εαυτό και τους κοντινούς μας ανθρώπους. Ένα αίσθημα μοναξιάς. Ένα αίσθημα ψυχικής μοναξιάς.

Καθώς μεγαλώναμε, τρυπήθηκε στη συνείδησή μας ότι το ψέμα είναι αμαρτία. Πιστεύαμε ότι είναι ντροπή και δειλία όταν λέμε ψέματα. Το ψέμα, για τους περισσότερους από εμάς, έχει ενσταλάξει μέσα μας συναισθήματα εσωτερικής ενοχής.

Η αλήθεια είναι ότι τις περισσότερες φορές λέμε ψέματα στον εαυτό μας!

Το ενδιαφέρον είναι ότι, αρχικά, δεν το συνειδητοποιούμε, γιατί τις περισσότερες φορές μόλις και μετά βίας το αντιλαμβανόμαστε! Είναι τόσο εύκολο να εντοπίσουμε αν κάποιος μας λέει ψέματα, παρά να εντοπίσουμε αν λέμε ψέματα στον εαυτό μας. Γιατί συμβαίνει αυτό;

Το να συνειδητοποιήσουμε πόσο συχνά λέμε ψέματα στον εαυτό μας ενέχει τη δυνατότητα να συντρίψουμε την αντίληψή μας για τον εαυτό μας. Είναι τόσο δύσκολο και επώδυνο να κάνουμε την αναθεώρηση της ταυτότητάς μας. Το να λέμε ψέματα στον εαυτό μας μπορεί να είναι μια απολύτως κατανοητή στρατηγική για να αντιμετωπίσουμε τη ζωή και δεν πρέπει να θεωρούμε τους εαυτούς μας απελπιστικά ανήθικους.

Λέμε ψέματα στον εαυτό μας όταν δεν είμαστε ειλικρινείς σχετικά με τα κίνητρά μας.

Λέμε στον εαυτό μας ότι κάνουμε κάτι για ανιδιοτελείς λόγους, ενώ στην πραγματικότητα είναι εγωιστικοί λόγοι.

Λέμε ψέματα στον εαυτό μας όταν δεν είμαστε ειλικρινείς για τις αυθεντικές μας επιθυμίες.

Συνεχίζουμε να μένουμε στη ζώνη άνεσής μας, αλλά αυτό δεν είναι αυτό που πραγματικά θέλουμε.

Λέμε ψέματα στον εαυτό μας όταν δικαιολογούμε ψευδώς τη συμπεριφορά μας.

Λέμε ψέματα όταν λέμε στον εαυτό μας - Δεν πειράζει, δεν είμαι λυπημένος. Δεν έχει σημασία ούτως ή άλλως. Δεν είμαι πίσω από το όνομα ή τη φήμη ή την επιτυχία.

Λέμε ψέματα όταν αρνούμαστε να δούμε πέρα από την ιδεοληψία μας ή όταν αρνούμαστε να ακούσουμε τι λέει ο άλλος και, αντίθετα, μένουμε πεισματικά κολλημένοι στις παγιωμένες αντιλήψεις μας.

Ο βασικός λόγος που λέμε ψέματα στον εαυτό μας είναι η αυτοπροστασία.

Θέλουμε να αποφύγουμε την επώδυνη πραγματικότητά μας προς όφελος της διατήρησης μιας ψεύτικης ισορροπίας.

Έχουμε συνηθίσει να λέμε στον εαυτό μας τις "αναλήθειες" επειδή είναι πιο εύκολο.

Τι συμβαίνει όταν λέμε ψέματα ... στον εαυτό μας;

Νιώθουμε αποσυνδεδεμένοι, ευερέθιστοι και δεν μπορούμε να καταλάβουμε το γιατί. Αυτά που λέμε στον εαυτό μας έρχονται σε αντίθεση με την εσωτερική πραγματικότητα που δεν μπορούμε να αποτινάξουμε.

Ξαφνικές εκρήξεις συναισθημάτων ξεπηδούν από τον παράλογο εαυτό μας, υποδεικνύοντας μια εσωτερική διελκυστίνδα ανάμεσα στην αλήθεια και το ψέμα.

Ή μπορεί να υποφέρουμε από κόπωση και αϋπνία.

Όταν λέμε ψέματα στον εαυτό μας σε καθημερινή βάση, νιώθουμε μη αυθεντικοί. Αντιμετωπίζουμε δυσκολία να διακρίνουμε αυτό που πραγματικά θέλουμε από αυτό που δεν θέλουμε.

Το να λέμε ψέματα στον εαυτό μας σαμποτάρει θεμελιωδώς τον αυτοσεβασμό.

Το να πιαστείτε σε ένα ψέμα συχνά καταστρέφει τις σχέσεις. Το ψέμα έχει συνέπειες. Όταν κάποιος ανακαλύπτει ότι έχουμε πει ψέματα, αυτό επηρεάζει τον τρόπο με τον οποίο το άτομο αυτό μας αντιμετωπίζει για πάντα.

Αρχίζουμε να μισούμε τον εαυτό μας. Υποφέρουμε.

Πολλοί από εμάς έχουμε δημιουργήσει έναν πολύπλοκο ιστό από ψέματα, πρέπει να καταβάλλουμε μεγάλες προσπάθειες για να τον ξεμπερδέψουμε, να τον διαλύσουμε όλο. Πρέπει να αλλάξουμε τις εσωτερικές μας αφηγήσεις, να αμφισβητήσουμε τις ενστικτώδεις εκλογικεύσεις μας και να υποβάλουμε τον εαυτό μας σε έλεγχο. Πρόκειται για ένα ηράκλειο έργο.

Η άρνηση είναι μια ψυχολογική άμυνα που χρησιμοποιούμε απέναντι στις εξωτερικές πραγματικότητες για να δημιουργήσουμε μια ψεύτικη αίσθηση ασφάλειας. Η άρνηση μπορεί να είναι μια προστατευτική άμυνα μπροστά σε δυσβάσταχτες ειδήσεις. Στην άρνηση, οι άνθρωποι λένε στον εαυτό τους: "Αυτό δεν συμβαίνει". Έχουμε την τάση να αγκαλιάζουμε τις πληροφορίες που υποστηρίζουν τις πεποιθήσεις μας και να απορρίπτουμε τις πληροφορίες που τις αντικρούουν. Έχουμε την τάση να αποδίδουμε την επιτυχία μας στα χαρακτηριστικά του χαρακτήρα μας και τις αποτυχίες μας στις ατυχείς περιστάσεις.

Όταν επιλέγουμε το μονοπάτι της αλήθειας, βιώνουμε μια αίσθηση αυτοσεβασμού και ειρήνης στην αυθεντικότητά μας. *Τα ψέματα είναι κάτι που πρέπει να δημιουργήσουμε ενεργά. Η αλήθεια υπάρχει ήδη.*

Πότε αρχίσαμε να λέμε ψέματα;

Δεν γεννιόμαστε ψεύτες. Οι προεπιλεγμένες ρυθμίσεις μας ήταν η αγνότητα και η ειλικρίνεια. Περιβαλλόμασταν από τους γονείς μας, οι οποίοι ήταν οι μόνοι άνθρωποι που γνωρίζαμε. Ως πρωταρχικά πρότυπα στη ζωή μας, οι γονείς έπαιξαν ζωτικό ρόλο στην ανάδειξη της ειλικρίνειας. Είχαν επίσης τη μεγαλύτερη επιρροή όταν επρόκειτο να ενσταλάξουν μια βαθιά ριζωμένη δέσμευση να λέμε την αλήθεια. Πώς λοιπόν αρχίσαμε να λέμε ψέματα, καθώς αρχίσαμε να μεγαλώνουμε; Ας κατανοήσουμε τη γένεση του ψέματος στα πρώτα μας χρόνια.

Νήπια και παιδιά προσχολικής ηλικίας

Καθώς μόλις μαθαίνουν να μιλούν και να επικοινωνούν, τα νήπια δεν έχουν σαφή ιδέα για το πού αρχίζει και πού τελειώνει η αλήθεια. Δεν μπορούν να κάνουν διάκριση μεταξύ πραγματικότητας, ονειροπόλησης, ευσεβών πόθων, φαντασιώσεων και φόβων. Και είναι πολύ μικρά για να τιμωρηθούν για το ψέμα.

Καθώς γίνονται πιο λεκτικά, αρχίζουν να λένε προφανή ψέματα και να απαντούν "Ναι" ή "Όχι" σε απλές ερωτήσεις όπως: "Έφαγες τη σοκολάτα;". Μπορεί να βελτιωθούν στο να λένε ψέματα, ταιριάζοντας τις εκφράσεις του προσώπου τους και τον τόνο της φωνής τους με αυτό που λένε.

Σχολική εκπαίδευση παιδιών

Τα παιδιά αρχίζουν να λένε περισσότερα ψέματα για να δουν τι μπορούν να ξεφύγουν, ειδικά ψέματα που σχετίζονται με το σχολείο - μαθήματα, εργασία, καθηγητές και φίλους. Δεν είναι αρκετά ώριμα και η διατήρηση των ψεμάτων μπορεί να είναι ακόμα δύσκολη, παρόλο που γίνονται όλο και καλύτερα στο να τα κρύβουν. Οι κανονισμοί και οι ευθύνες αυτής της ηλικίας είναι συχνά υπερβολικές γι' αυτά. Τα περισσότερα ψέματα είναι σχετικά εύκολο να εντοπιστούν. Μέχρι την ηλικία των επτά ή οκτώ ετών περίπου, τα παιδιά συχνά βλέπουν μια θολή γραμμή μεταξύ πραγματικότητας και φαντασίας και πιστεύουν ότι ο ευσεβής πόθος λειτουργεί πραγματικά. Πιστεύουν στους υπερήρωες και στις ικανότητές τους.

Δεκάχρονα

Οι περισσότεροι "μεγάλοι" σε αυτή την ηλικία βρίσκονται σε καλό δρόμο για να δημιουργήσουν μια σκληρά εργαζόμενη, αξιόπιστη και ευσυνείδητη ταυτότητα. Αλλά γίνονται επίσης πιο έξυπνοι στο να διατηρούν τα ψέματα και πιο ευαίσθητοι στις επιπτώσεις των πράξεών τους, και μπορεί να έχουν έντονα αισθήματα ενοχής μετά το ψέμα. Καθώς μεγαλώνουν, μπορούν να λένε ψέματα με μεγαλύτερη επιτυχία χωρίς να συλλαμβάνονται. Τα ψέματα γίνονται επίσης πιο περίπλοκα, επειδή τα παιδιά έχουν περισσότερες λέξεις και καταλαβαίνουν καλύτερα πώς σκέφτονται οι άλλοι άνθρωποι. Μέχρι την εφηβεία, λένε τακτικά ψέματα.

Γιατί λέμε ψέματα;

Όταν έχουμε μια υγιή σχέση με τους κοντινούς μας ανθρώπους, όταν νιώθουμε άνετα να μιλάμε και να αποκαλύπτουμε πληροφορίες, είναι πιο πιθανό να πούμε την αλήθεια. Παρόλα αυτά, ως παιδιά ή ενήλικες, όλοι λέμε ψέματα για πολλούς λόγους.

• Λέμε ένα ψέμα για να καλύψουμε ένα λάθος και να αποφύγουμε τους μπελάδες.

• Μερικές φορές λέμε ψέματα όταν συμβαίνει κάτι κακό ή ντροπιαστικό και θέλουμε να το κρατήσουμε κρυφό ή να δημιουργήσουμε μια ιστορία για τον εαυτό μας που μας κάνει να νιώθουμε καλύτερα.

• Μπορεί να λέμε ψέματα όταν είμαστε αγχωμένοι, όταν προσπαθούμε να αποφύγουμε τη σύγκρουση ή όταν θέλουμε να τραβήξουμε την προσοχή.

• Μπορεί να λέμε ψέματα για να προστατεύσουμε την ιδιωτική μας ζωή.

• Συχνά θεωρούμε ότι το ψέμα είναι μια πράξη περιφρόνησης. Δεν είναι απαραίτητα έτσι. Μπορεί να είναι παρορμητικό. Μπορεί να μην το συνειδητοποιούμε καν. Αυτό συμβαίνει όταν έχουμε πρόβλημα με τον αυτοέλεγχο, την οργάνωση των σκέψεών μας ή τη σκέψη των συνεπειών.

- Κάποιοι από εμάς λέμε ψέματα για να αποφύγουμε να πληγώσουμε τα συναισθήματα κάποιου - αυτό συχνά ονομάζεται "λευκό ψέμα".

- Μπορεί να λέμε ψέματα για τον εαυτό μας στους άλλους για να τραβήξουμε τα φώτα της δημοσιότητας από πάνω μας. 'Δεν θέλουμε να μας δουν με κάποιο πρόβλημα. Ή μπορεί απλώς να θέλουμε να ελαχιστοποιήσουμε τα προβλήματά μας.

Παιδική ηλικία ψέματα

- Τα παιδιά χρησιμοποιούν τη φαντασία τους για να διηγηθούν "ιστορίες". Τα παιδιά έχουν υπέροχη φαντασία και μερικές φορές, παρουσιάζουν τις φαντασιώσεις τους ως αλήθειες. Όταν αφηγούνται μια φαντασίωση, ρωτήστε: "Είναι κάτι που συνέβη πραγματικά ή είναι κάτι που θα ήθελες να είχε συμβεί;". Αυτό τα βοηθάει να μάθουν τη διάκριση μεταξύ μιας ιστορίας της πραγματικής ζωής και μιας ευσεβούς ιστορίας. Ποτέ μην αποθαρρύνετε τη φαντασία ενός παιδιού. Βοηθήστε τα να καταλάβουν ότι μπορούν ακόμα να διηγηθούν υπέροχες ιστορίες.

- Τα παιδιά θέλουν να αποφεύγουν τις αρνητικές συνέπειες. Φοβούνται να τα μαλώσουν. Τα παιδιά αυτομάτως επιλέγουν το ψέμα όταν φοβούνται ότι θα μπλέξουν. Χρειάζεται να τους δοθεί λίγος χρόνος και η ευκαιρία, να είναι ειλικρινή, να εξομολογηθούν την αλήθεια, χωρίς να τα επιπλήξουν.

- Στο ψέμα καταφεύγουν τα παιδιά που έχουν υπερβολικά πειθαρχημένη ανατροφή. Η σκληρή πειθαρχία στην πραγματικότητα μετατρέπει τα παιδιά σε καλούς ψεύτες. Αν φοβούνται τις αντιδράσεις μας, είναι πιο πιθανό να πουν ψέματα.

- Όταν "θέλουν να φαίνονται καλά μπροστά στους άλλους", μπορεί να είναι σημάδι χαμηλής αυτοεκτίμησης. Τα παιδιά που δεν έχουν αυτοπεποίθηση μπορεί να λένε μεγαλεπήβολα ψέματα για να φανούν πιο εντυπωσιακοί, ξεχωριστοί ή ταλαντούχοι, ώστε να διογκώσουν την αυτοεκτίμησή τους και να φανούν καλά στα μάτια των άλλων. Τα παιδιά, όπως και οι ενήλικες, νιώθουν την ανάγκη να εντυπωσιάσουν τους άλλους. Η υπερβολή της αλήθειας χρησιμοποιείται συχνά για να καλύψει τις ανασφάλειες. Σε μια προσπάθεια να ενταχθούν στους συνομηλίκους τους, προσπαθούν να εντυπωσιάσουν με τις ιστορίες τους. Χρειάζεται λεπτός χειρισμός στο πώς πρέπει να συνδεθούν με τους άλλους χωρίς να λένε ψέματα για τον εαυτό τους.

• Τα παιδιά λαμβάνουν ανάμεικτα μηνύματα. Όταν οι γονείς λένε ψέματα για την εξυπηρέτησή τους αλλά επιπλήττουν το παιδί για το ψέμα, δημιουργείται το έδαφος για να ακολουθήσει το παιδί τα βήματά τους.

Χειρισμός παιδικών ψεμάτων

"Μια βελονιά στο χρόνο σώζει εννέα."

Το αθώο ψέμα στην παιδική ηλικία μετατρέπεται τελικά σε αυτοπαραπλανητικό ψέμα και σε προσωπείο καθώς μεγαλώνουμε. Ό,τι γίνεται κατ' επανάληψη γίνεται συνήθης συνήθεια. Ως εκ τούτου, πρέπει να κατανοήσουμε αυτά τα μοτίβα νωρίτερα και να τα χειριστούμε στα παιδιά με τον σωστό τρόπο.

• Επιβραβεύστε τις προσπάθειες, όχι το αποτέλεσμα. Με αυτόν τον τρόπο ενσταλάζουμε υποσυνείδητα την αξία της σκληρής δουλειάς και όχι των επιτευγμάτων.

• Τα παιδιά μας αντικατοπτρίζουν. Πρέπει να είμαστε καλά πρότυπα. Αν λέμε εμείς ψέματα, θα το κάνουν και αυτά. Αν εμείς κλέβουμε, θα το κάνουν και αυτά. Αν λέμε την αλήθεια ακόμη και όταν είναι δύσκολη, θα το κάνουν και αυτά.

• Ο τρόπος με τον οποίο εμείς και ο κόσμος αντιδρούμε στα ψέματα είναι ο τρόπος με τον οποίο τα παιδιά θα μάθουν για την ειλικρίνεια. Αφιερώστε χρόνο μιλώντας για την ειλικρίνεια και τι σημαίνει.

• Διαχωρίστε τη φαντασία από την πραγματικότητα. Αυτό δεν σημαίνει ότι ελαχιστοποιείτε τη φαντασία. Βοηθήστε τα παιδιά να αρχίσουν να διακρίνουν μεταξύ φαντασίας και πραγματικότητας. Μιλήστε για το τι είναι πραγματικό, τι δεν είναι πραγματικό και πώς να ξεχωρίζουν τη διαφορά.

• Επιβραβεύστε το παιδί που παραδέχεται ότι έκανε κάτι λάθος. Χρησιμοποιήστε ένα αστείο για να ενθαρρύνετε το παιδί να παραδεχτεί ένα ψέμα χωρίς σύγκρουση.

• Αποφύγετε να αντιμετωπίσετε το παιδί ή να ψάξετε για την αλήθεια, εκτός αν η κατάσταση είναι σοβαρή και απαιτεί περισσότερη προσοχή. Ανακαλύψτε το γιατί. Η τιμωρία ενός παιδιού για ψέματα χωρίς να καταλάβετε γιατί το παιδί το έκανε είναι λάθος.

- Εξηγήστε τα ψέματα. Μιλήστε για τις στιγμές που μπορεί να είναι εντάξει να πει ψέματα. Αν λέμε ψέματα μπροστά τους, αντιμετωπίστε το ψέμα και εξηγήστε το σκεπτικό. Κάντε συζητήσεις για το ψέμα και την αλήθεια με τα παιδιά. Απορροφούν καλά τέτοιες συζητήσεις.

- Βοηθήστε το παιδί να αποφεύγει καταστάσεις στις οποίες νιώθει την ανάγκη να πει ψέματα.

- Σε σοβαρά θέματα, διαβεβαιώστε τα ότι θα είναι ασφαλή αν πουν την αλήθεια. Ενημερώστε τα ότι θα γίνουν τα πάντα για να καλυτερεύσουν τα πράγματα. Όταν το παιδί λέει ένα σκόπιμο ψέμα, το πρώτο βήμα είναι να του δώσετε να καταλάβει ότι το ψέμα δεν είναι εντάξει. Το παιδί πρέπει επίσης να μάθει το γιατί.

- Μην το αποκαλείτε "ψεύτη". Αυτό μπορεί να οδηγήσει σε ακόμη πιο "προκλητικά" ψέματα.

- Διευκολύνετε τα παιδιά να μην λένε ψέματα. Αν το παιδί λέει ψέματα για να τραβήξει την προσοχή, υιοθετήστε πιο θετικούς τρόπους για να του δώσετε προσοχή και να ενισχύσετε την αυτοεκτίμησή του.

- Τα παιδιά και οι έφηβοι δεν πρέπει να πιστεύουν ότι οι συνέπειες είναι διαπραγματεύσιμες.

- Όταν μιλάμε, ποτέ μην διαφωνείτε για το ψέμα. Απλώς αναφέρουμε τι είδαμε και τι είναι προφανές. Μπορεί να μην ξέρουμε τον λόγο για το ψέμα, αλλά τελικά το παιδί μπορεί να μας τον εξηγήσει. Αναφέρουμε απλώς τις συμπεριφορές που είδαμε. Αφήστε την πόρτα ανοιχτή για να πουν τι συνέβη.

- Κρατήστε το πολύ απλό και ακούστε τι έχει να πει το παιδί σας, αλλά να είστε αυστηροί. Κρατήστε το πολύ εστιασμένο και απλό για το παιδί. Επικεντρωθείτε στη συμπεριφορά. Και στη συνέχεια πείτε του ότι θέλετε να ακούσετε τι συνέβη που το έκανε να νιώσει ότι έπρεπε να πει ψέματα. Να είστε άμεσοι και συγκεκριμένοι. Μην κάνετε διάλεξη στο παιδί για πολλή ώρα. Απλώς θα χάσουν τη συγκέντρωσή τους. Το έχουν ακούσει πάρα πολλές φορές. Σταματάνε να ακούνε και τίποτα δεν αλλάζει.

- Κατανοήστε ότι δεν ψάχνουμε για μια δικαιολογία για το ψέμα, αλλά για να εντοπίσουμε το πρόβλημα που είχε το παιδί και το οποίο χρησιμοποίησε το ψέμα για να λύσει.

- Μπορεί αρχικά να μην είναι έτοιμα να μας μιλήσουν γι' αυτό. Να είστε ανοιχτοί στο να ακούσετε ποιο είναι το πρόβλημα του παιδιού.

Δημιουργήστε ένα ασφαλές περιβάλλον για να ανοιχτούν. Αν το παιδί δεν είναι έτοιμο, μην το πιέζετε. Απλά επαναλάβετε ότι είμαστε πρόθυμοι να το ακούσουμε. Να είστε υπομονετικοί.

Μην στριμώχνετε το παιδί. Η τοποθέτησή τους στο σημείο θα τους κάνει να πουν ψέματα.

Μην χαρακτηρίζετε το παιδί ψεύτη. Η πληγή που δημιουργεί είναι μεγαλύτερη από την αντιμετώπιση του ψεύδους τους.

Γλώσσα του σώματος, όταν λέμε ψέματα

1. Γρήγορη αλλαγή της θέσης της κεφαλής
2. Αλλαγές στα μοτίβα αναπνοής
3. Στέκεται πολύ ακίνητη ή γίνεται πολύ ανήσυχη
4. Ανακάτεμα των ποδιών
5. Άγγιγμα ή κάλυψη του στόματος
6. Επανάληψη λέξεων ή φράσεων
7. Παροχή υπερβολικών πληροφοριών
8. Δυσκολεύεται να μιλήσει
9. Κοιτάζει χωρίς να ανοιγοκλείνει πολύ τα μάτια
10. Αποφυγή άμεσου βλέμματος

Λευκά ψέματα

Το "λευκό ψέμα" είναι ένα ακίνδυνο ψέμα που λέγεται με καλή πρόθεση - συνήθως για να προστατεύσει τα συναισθήματα ενός άλλου ατόμου. Αν και είναι ακίνδυνα, τα λευκά ψέματα δεν πρέπει να χρησιμοποιούνται πολύ συχνά. Κάποια στιγμή, οι περισσότεροι άνθρωποι μαθαίνουν πώς να διαστρεβλώνουν την αλήθεια προκειμένου να μην πληγώνουν τα συναισθήματα των άλλων. Κάνουμε "Like" σε αναρτήσεις άλλων στα μέσα κοινωνικής δικτύωσης ανεξάρτητα από το αν μας αρέσει ή όχι και αντί να είμαστε απόλυτα ειλικρινείς. Το ψέμα μπορεί να φαίνεται ότι έχει έναν δικαιολογημένο λόγο. Δεν θέλουμε να πληγώσουμε τα συναισθήματα κάποιου που έχει κάνει τα πάντα για εμάς. Παρ' όλα αυτά, εξακολουθούμε να διαστρεβλώνουμε την αλήθεια. Όποτε λέγαμε ψέματα, η πρόθεσή μας δεν ήταν ποτέ να πληγώσουμε τους γονείς μας. Λέγαμε ψέματα επειδή κάτι άλλο συνέβαινε βαθύτερα μέσα μας.

Το ψέμα είναι ο ανώριμος και αναποτελεσματικός τρόπος που επιλέγουμε για να λύσουμε ένα πρόβλημα. Αντί να διορθώσουμε ένα υποκείμενο πρόβλημα, λέμε ψέματα γι' αυτό. Το ψέμα χρησιμοποιείται για να αποφύγουμε τις συνέπειες αντί να τις αντιμετωπίσουμε. Το ψέμα χρησιμοποιείται ως ελαττωματική ικανότητα επίλυσης προβλημάτων. Πρέπει να έχουμε επίγνωση, να εξασκηθούμε στην αποδοχή και να δράσουμε στα προβλήματά μας με πιο εποικοδομητικούς τρόπους. Μερικές φορές αυτό σημαίνει ότι πρέπει να αντιμετωπίσουμε άμεσα το ψέμα, αλλά άλλες φορές σημαίνει ότι πρέπει να αντιμετωπίσουμε την υποκείμενη συμπεριφορά που έκανε το ψέμα να φαίνεται απαραίτητο.

Λέμε ψέματα επειδή νιώθουμε ότι δεν έχουμε άλλο τρόπο να αντιμετωπίσουμε τα προβλήματα ή τις συγκρούσεις μας. Μερικές φορές είναι ο μόνος τρόπος για να λύσουμε ένα πρόβλημα. Να λέμε ψέματα στον εαυτό μας. Ή στους άλλους. Είναι μια ελαττωματική στρατηγική επιβίωσης.

Όταν είπαμε ψέματα και μας έκαναν επίπληξη, για το ότι ήμασταν ανήθικοι, ότι μας πρόδωσαν ή ότι δεν μας σεβάστηκαν, κλειστήκαμε στον εαυτό μας. Και τότε έπρεπε να αντιμετωπίσουμε όχι μόνο το βάρος του ψέματος, αλλά και τα συναφή συναισθήματα θυμού ή απογοήτευσης ή ενοχής, αλλά και τις συμπεριφορές που αντιμετωπίζαμε από τους άλλους. Ο θυμός, η απογοήτευση και η ενοχή μας για το ψέμα δεν θα μας βοηθήσουν να αλλάξουμε τις συνήθειες και τη συμπεριφορά μας.

Το ψέμα δεν είναι αυστηρά ηθικό ζήτημα- είναι ζήτημα επίλυσης προβλημάτων. Το ψέμα είναι θέμα έλλειψης δεξιοτήτων και αποφυγής των συνεπειών. Λέμε ψέματα όχι επειδή είμαστε ανήθικοι- λέμε ψέματα επειδή δεν μπορούμε να καταλάβουμε πώς να χειριστούμε τον εαυτό μας.

"Η αυταπάτη μπορεί να είναι σαν ναρκωτικό, που μας μουδιάζει από τη σκληρή πραγματικότητα".

"Η αλήθεια μπορεί να πονάει για λίγο, αλλά το ψέμα πονάει για πάντα".

"Η γυμνή αλήθεια είναι πάντα καλύτερη από το καλύτερα ντυμένο ψέμα".

"Μπορώ να χειριστώ την αλήθεια. Είναι τα ψέματα που με σκοτώνουν."

"Πόσο απελπιστικά δύσκολο είναι να είσαι ειλικρινής με τον εαυτό σου. Είναι πολύ πιο εύκολο, να είσαι ειλικρινής με τους άλλους ανθρώπους".

"Από όλες τις μορφές εξαπάτησης η αυτοεξαπάτηση είναι η πιο θανατηφόρα, και από όλους τους εξαπατημένους οι αυτοεξαπατημένοι είναι οι λιγότερο πιθανό να ανακαλύψουν την απάτη".

Το μυαλό μου είναι σαν ένα σπίτι από ψέματα
Προσπαθώ να μην πηγαίνω ποτέ εκεί μόνος μου.
Σκέφτηκα ότι με τα χρόνια
είχα επιτέλους μεγαλώσει.
Ψίθυροι της "αλήθειας" εισέβαλαν στην αντίληψή μου.
Αποδείχτηκε ότι ήταν αυταπάτη.
Λαχταρούσα να συνεχίσω σε αυτή την αυταπάτη
Αλλά στο τέλος, ήταν πνευματική μόλυνση.
Πώς μπορώ να διορθώσω αυτό που έκανα;
Η μοναξιά μου έχει αρχίσει,
Αντιμετωπίζοντας την καταιγίδα έξω και αυτή μέσα μου
Ποτέ δεν ήθελα να προκαλέσω πόνο.
Αν μπορούσα να γυρίσω πίσω και να ξαναρχίσω
Θα ζούσα μια ζωή χωρίς προσποίηση. Μια ζωή με ειλικρίνεια και αλήθεια
Θέλω να μεγαλώσω ξανά!

Ενότητα 2: Μοτίβα

Μοτίβα

"Υπάρχουν μόνο μοτίβα, μοτίβα πάνω σε μοτίβα, μοτίβα που επηρεάζουν άλλα μοτίβα. Τα μοτίβα κρύβονται από τα μοτίβα. Μοτίβα μέσα σε μοτίβα."

"Το ανθρώπινο μυαλό είναι μια απίστευτη μηχανή κατασκευής μοτίβων. Ο ανθρώπινος εγκέφαλος είναι μια απίστευτη μηχανή αντιστοίχισης μοτίβων".

"Αυτό που αποκαλούμε χάος είναι απλώς μοτίβα που δεν έχουμε αναγνωρίσει. Αυτό που αποκαλούμε τυχαίο είναι απλά μοτίβα που δεν μπορούμε να αποκρυπτογραφήσουμε."

"Τα μοτίβα που αντιλαμβανόμαστε καθορίζονται από τις ιστορίες που θέλουμε να πιστεύουμε. Οι λανθασμένες σκέψεις διαμορφώνουν τη ζωή μας προς αυτή την κατεύθυνση, γιατί ζούμε τις σκέψεις μας".

Όλοι έχουμε επηρεαστεί από το περιβάλλον μας από τη στιγμή που ήμασταν στη μήτρα της μητέρας μας - η τροφή, οι εμπειρίες, οι πιέσεις, οι επιπλοκές. Τα πάντα παίζουν ρόλο στο πώς αισθανόμαστε ακόμη και πριν γεννηθούμε. Στη συνέχεια, η πραγματική εμπειρία της γέννησης, η πρώιμη βρεφική μας φροντίδα και η "συναισθηματική διαθεσιμότητα" της μητέρας μας θα έχουν είτε ενισχύσει είτε απαλύνει τον αντίκτυπο αυτών των πρώτων επιρροών. Καθώς αρχίζουμε να μεγαλώνουμε, αρχίζουμε να απορροφούμε από τους φροντιστές μας, την ευρύτερη οικογένειά μας, τους φίλους μας, τα προσχολικά και πρώιμα σχολικά χρόνια και την κοινωνία γενικότερα.

Μπορεί να μην καταλαβαίνουμε, να μην εκλογικεύουμε, να μην εκφράζουμε, να μην θυμόμαστε ή να μην επιλύουμε αυτές τις εμπειρίες, αλλά όλες έχουν αποθηκευτεί, καταψυχθεί βαθιά και καταγραφεί στο υποσυνείδητο του μυαλού και του σώματός μας.

Οι εμπειρίες αποθηκεύονται. Οι εμπειρίες επαναλαμβάνονται. Οι εμπειρίες μπορεί να είναι διαφορετικές ή παρόμοιες. Οι εμπειρίες μπορεί να πολλαπλασιαστούν ή να εξασθενήσουν. Και καθώς μεγαλώνουμε, απλά δεν μπορούμε να βγάλουμε κανένα νόημα από αυτό. Αλλά, βιώνουμε, αισθανόμαστε καλά ή αισθανόμαστε άσχημα. Σε αυτό το χάος των εμπειριών, υπάρχουν μοτίβα.

Μελέτη περίπτωσης

Ας δούμε την ίδια περίπτωση που συζητήθηκε στην προηγούμενη ενότητα.

Ο Ραχούλ ήταν 5 ετών. Μια μέρα, ο πατέρας του τον μάλωσε μπροστά σε κάποιους καλεσμένους στο σπίτι επειδή ήταν πολύ ντροπαλός και δεν μπορούσε να απαγγείλει ένα ποίημα που ήξερε. Κλειδώθηκε στο δωμάτιό του, δεν έτρωγε φαγητό και έκλαιγε. Σε εύθετο χρόνο, επέστρεψε στην κανονική του ζωή και ίσως και να το ξέχασε.

Άρχισε να μεγαλώνει και να γίνεται έξυπνος μαθητής και έγινε το κατοικίδιο του δασκάλου του. Αλλά μια μέρα, απλά του κόπηκε η γλώσσα όταν του ζητήθηκε να εξηγήσει κάτι στην τάξη. Ένιωσε αμήχανα, γύρισε στο σπίτι του, κλειδώθηκε στον εαυτό του και έκλαψε. Ως ενήλικας, άρχισε να αποφεύγει τις κοινωνικές συναθροίσεις και τα πάρτι. Απλώς δεν του άρεσαν και δεν ήξερε καν γιατί. Ήταν ήσυχος και έλεγε στον εαυτό του - δεν είμαι αρκετά καλός. Είμαι αποτυχημένος. Δεν μπορώ να εκφραστώ μπροστά σε άλλους.

Αυτό που βλέπουμε εδώ είναι ένας συνηθισμένος τρόπος λειτουργίας ή συμπεριφοράς. Βλέπουμε ότι υπάρχουν μοτίβα που αναδύονται, επαναλαμβάνονται και επιστρέφουν και μεγεθύνονται με κάθε νέο γεγονός.

Εκδήλωση ☐ Αντίληψη του γεγονότος ☐ Αντίδραση στην εκδήλωση
Παρόμοια εκδήλωση ☐ Αντίληψη του γεγονότος ☐ Αντίδραση στην εκδήλωση

Ένα άλλο παρόμοιο γεγονός ☐ **Προβλεψιμότητα της αντίληψης** ☐ **Αυτόματη αντίδραση**

Προσδιορισμός του σκανδάλου ☐ Κατανόηση της τάσης του ατόμου

Δημιουργία εμπειρίας ☐ **Επανάληψη της εμπειρίας** Ανάπτυξη της νευρικής οδού ☐ Ανάπτυξη της προσκόλλησης

Αυτό είναι που καθορίζει τα μοτίβα μας.

P	Predictability	το γεγονός ότι συμπεριφέρεται ή συμβαίνει πάντα με τον αναμενόμενο τρόπο
A	Automatic	γίνεται αυθόρμητα ή ασυνείδητα
T	Triggered	που εμφανίζεται ως απόκριση σε ένα ερέθισμα που γίνεται αντιληπτό ως αρνητικό
T	Tendency	επιρρέπεια σε ένα συγκεκριμένο είδος σκέψης ή δράσης
E	Experience	κάτι που γνώρισα προσωπικά, έζησα ή βίωσα

R	Repetition	ανανεώνεται ή επαναλαμβάνεται ξανά και ξανά
N	Neural Pathway	νευρωνικές συνδέσεις που δημιουργούνται στον εγκέφαλο με βάση τις συνήθειές μας
S	Stickiness	να προσκολλάται με ή σαν να προσκολλάται προκαλώντας να προσκολλάται σε

Κατανόηση μοτίβων

Τα εγκεφαλικά μας κύτταρα επικοινωνούν μεταξύ τους μέσω μιας διαδικασίας που ονομάζεται νευρωνική πυροδότηση. Όταν τα εγκεφαλικά κύτταρα επικοινωνούν συχνά, η σύνδεση μεταξύ τους ενισχύεται και "τα μηνύματα που ταξιδεύουν την ίδια νευρική οδό στον εγκέφαλο ξανά και ξανά αρχίζουν να μεταδίδονται όλο και πιο γρήγορα". Με αρκετή επανάληψη, αυτές οι συμπεριφορές γίνονται αυτόματες. Το διάβασμα, η οδήγηση και το ποδήλατο είναι παραδείγματα συμπεριφορών που κάνουμε αυτόματα επειδή έχουν σχηματιστεί νευρικές οδοί. Τα μονοπάτια γίνονται ισχυρότερα με την επανάληψη, έως ότου η νέα συμπεριφορά γίνει το νέο φυσιολογικό.

Καθώς συμμετέχουμε σε νέες δραστηριότητες, εκπαιδεύουμε τον εγκέφαλό μας να δημιουργήσει νέες νευρικές οδούς. Η σύνδεση μιας νέας συμπεριφοράς με όσο το δυνατόν περισσότερες περιοχές του εγκεφάλου βοηθά στην ανάπτυξη νέων νευρικών οδών. Αξιοποιώντας και τις πέντε αισθήσεις, μπορούμε να δημιουργήσουμε κολλητικότητα που βοηθά στη διαμόρφωση νευρικών μονοπατιών. Είναι η προσκόλληση που προσελκύει και συγκρατεί νέες εμπειρίες. Χρειαζόμαστε απλώς ένα έναυσμα για να αρχίσουμε να συμπεριφερόμαστε με έναν συγκεκριμένο τρόπο. Αυτές οι εμπειρίες διαμορφώνουν τις τάσεις μας - την τάση να αντιλαμβανόμαστε- αντιδρούμε με έναν συγκεκριμένο τρόπο. Η κατανόηση αυτών των τάσεων μας βοηθά στην πρόβλεψη των συμπεριφορών.

Όλες οι αναμνήσεις μας από γεγονότα, λέξεις, εικόνες, συναισθήματα κ.λπ. αντιστοιχούν στην ιδιαίτερη δραστηριότητα ορισμένων δικτύων νευρώνων στον εγκέφαλό μας που έχουν ενισχυμένες συνδέσεις μεταξύ τους. Ο εγκέφαλός μας είναι κατά κάποιο τρόπο καλωδιωμένος προς το αρνητικό. Για παράδειγμα, αν έχουμε δέκα εμπειρίες κατά τη διάρκεια της ημέρας, πέντε ουδέτερες καθημερινές εμπειρίες, τέσσερις θετικές εμπειρίες και μία αρνητική εμπειρία, πιθανότατα θα σκεφτούμε αυτή τη μία αρνητική εμπειρία πριν πάμε για ύπνο το ίδιο βράδυ.

Φανταστείτε για μια στιγμή πώς θα ήταν η ζωή με μια τέλεια μνήμη. Αν μπορούσαμε να θυμόμαστε κάθε λεπτομέρεια από όλα όσα προσλαμβάνουμε με τις πέντε αισθήσεις μας, η πρώτη ώρα της ημέρας θα ήταν διανοητικά επιβαρυμένη με πάρα πολλές πληροφορίες. Έτσι, ο εγκέφαλος ταξινομεί όλα αυτά τα δεδομένα στη βραχυπρόθεσμη ή τη μακροπρόθεσμη μνήμη ή τα απορρίπτει.

• Η βραχυπρόθεσμη μνήμη μας επιτρέπει να συγκρατούμε τις πληροφορίες που χρειαζόμαστε εκείνη τη στιγμή και στη συνέχεια να τις ξεφορτωνόμαστε. Τη χρησιμοποιούμε για να αποθηκεύουμε προσωρινά μικρά κομμάτια πληροφοριών και να τα ξεπλένουμε αργότερα.

• Η μακροπρόθεσμη μνήμη είναι σαν τον εσωτερικό μας καταψύκτη. Μπορεί να κρατήσει πληροφορίες για χρόνια, ή ακόμα και για μια ολόκληρη ζωή.

Τα μοτίβα συνδέουν τις βραχυπρόθεσμες μνήμες με τις μακροπρόθεσμες μνήμες. Η ανάκτηση της μακροπρόθεσμης μνήμης απαιτεί την επανεξέταση των νευρικών οδών που διαμόρφωσε ο εγκέφαλος. Η ανάκτηση επιταχύνεται από τα ερεθίσματα. Η αναγνώριση μοτίβων μας επιτρέπει να προβλέψουμε και να περιμένουμε τι έρχεται.

Το ξέρατε;

• Μια μελέτη έδειξε ότι, κατά μέσο όρο, χρειάζονται περισσότεροι από δύο μήνες για να γίνει μια νέα συμπεριφορά αυτόματη - 66 ημέρες για την ακρίβεια. Αλλά αυτό ποικίλλει ανάλογα με τη συμπεριφορά, το άτομο και τις συνθήκες.

• Υπολογίζεται ότι χρειάζονται 10000 επαναλήψεις για να κατακτηθεί μια δεξιότητα και να αναπτυχθεί η σχετική νευρική οδός.

• Σε μια ερευνητική μελέτη, οι άνθρωποι χρειάστηκαν από 18 έως 254 ημέρες για να διαμορφώσουν μια νέα συνήθεια.

"Δεν πρέπει ποτέ να μπερδεύουμε το μοτίβο με το νόημα".

"Οι επιτυχημένοι άνθρωποι ακολουθούν επιτυχημένα μοτίβα."

"Όταν τα πρότυπα σπάνε, νέοι κόσμοι αναδύονται."

Μοτίβα Εσωτερικού Παιδιού

"Γνωρίζατε ότι ένα εσωτερικό παιδί
ζει μέσα σε όλους;
Και ότι ο ενήλικας
Εγώ ακούει το κάλεσμά του.
Όταν οι άνθρωποι δεν με καταλαβαίνουν
Επειδή είμαι διαφορετικός
Και το παιδί νιώθει χαμένο καθώς κλαίω.
Τον παρατηρώ μερικές φορές,
Όταν το δράμα της ζωής
Παίρνει τα πάνω του και κλαίω.
Τον εντοπίζω μερικές φορές
όταν οι δικές μου αυτοκριτικές
Αγριεύει, και κλαίω.
Αισθάνομαι την παρουσία του,
όταν τα πράγματα είναι τρομακτικά,
Και ο φόβος μπαίνει μέσα μου, καθώς κλαίω".

Τι είναι ένα "εσωτερικό παιδί";

Σύμφωνα με το λεξικό του Cambridge, *το εσωτερικό σας παιδί είναι εκείνο το κομμάτι της προσωπικότητάς σας που εξακολουθεί να αντιδρά και να αισθάνεται σαν παιδί.*

Τι είναι λοιπόν αυτό το εσωτερικό παιδί;

Πώς μπορείτε να έχετε ένα παιδί μέσα σας όταν είστε ενήλικας;

Αυτό σημαίνει ότι δεν έχετε μεγαλώσει;

Είναι το εσωτερικό παιδί πραγματικό ή απλώς μια ψυχολογική έννοια ή θεωρία;

Η έννοια ... Η φιλοσοφία

Εμφάνιση ενός γεγονότος στο χώρο της ζωής ενός παιδιού - για παράδειγμα, απόρριψη, προσβολή, κακοποίηση, παραμέληση κ.λπ.

☐ Αντίληψη ενός γεγονότος με βάση τον έμφυτο πυρήνα της φύσης και της ευαισθησίας του παιδιού

☐ Το παιδί δεν είναι σε θέση να χειριστεί την κατάσταση ή να αντιδράσει κατάλληλα

☐ Συναισθηματικά επηρεασμένο και πληγωμένο παιδί

☐ Συναισθηματική κατάσταση του παιδιού - παγωμένη στο χρόνο - "Εσωτερικό παιδί".

☐ Ο ενήλικας στον παρόντα χρόνο αντιμετωπίζει ένα παρόμοιο σύνολο γεγονότων - Απόρριψη, προσβολή, κακοποίηση, παραμέληση.

☐ Έναυσμα της κατάστασης μνήμης του "παγωμένου εσωτερικού παιδιού"

☐ Ο ενήλικας αντιδρά αυτόματα, με αποτέλεσμα η ζωή να μη βιώνεται όπως είναι στην παρούσα στιγμή, αλλά όπως ήταν στο παρελθόν.

☐ Ως εκ τούτου, ο ενήλικας θα αντιλαμβανόταν και θα αντιδρούσε με τον ίδιο τρόπο που θα έκανε το παγωμένο εσωτερικό παιδί στο παρελθόν.

Στρατηγική επιβίωσης για ένα συναισθηματικά επηρεασμένο παιδί ☐ Προσπαθεί να αντιμετωπίσει το χάος ☐ Πυρήνας της δομής των συμπτωμάτων για την αντιμετώπιση των ενηλίκων. *Πρόκειται για ένα πληγωμένο εσωτερικό παιδί που έχει κολλήσει σε μια συγκεκριμένη χρονική στιγμή.*

Βρισκόμαστε πάντα μέσα σε καταστάσεις και είμαστε μέρος αυτών και εκτεθειμένοι σε αναρίθμητα ερεθίσματα. Με βάση τον έμφυτο πυρήνα της φύσης μας, παρακολουθούμε επιλεκτικά συγκεκριμένα ερεθίσματα, τα συνδυάζουμε σε ένα μοτίβο και αντιλαμβανόμαστε την κατάσταση. Διαφορετικά άτομα μπορεί να αντιλαμβάνονται την ίδια κατάσταση με διαφορετικούς τρόπους. Συνήθως, ένα συγκεκριμένο άτομο τείνει να είναι συνεπές στην αντίδρασή του σε παρόμοιους τύπους γεγονότων. Τα σχετικά σταθερά γνωστικά πρότυπα αποτελούν τη βάση για την κανονικότητα των ερμηνειών ενός συγκεκριμένου συνόλου καταστάσεων. Αντιλαμβανόμαστε μια κατάσταση ή ένα γεγονός και το διαμορφώνουμε σε γνωσίες, με λεκτικό ή εικονιστικό περιεχόμενο.

Ο λόγος για τον οποίο παραμένουμε παγωμένοι στο παρελθόν είναι ότι συνεχίζουμε να αναδημιουργούμε τις "καταστάσεις αναστολής της κίνησης" ή τις μεταπτώσεις, όπως τις ονομάζει ο Stephen Wolinsky. Αυτές οι ανασταλτικές καταστάσεις φαίνεται να μας προστατεύουν από τον πόνο και την πληγή των παιδικών μας εμπειριών.

Αυτές οι παιδικές εμπειρίες που μας παγώνουν, περιορίζουν επίσης την ικανότητά μας να ανταποκρινόμαστε λογικά σε αυτές ακόμη και σε μεταγενέστερα στάδια της ενηλικίωσης. Ο ενήλικας, όταν περνάει μια παρόμοια εμπειρία, εξακολουθεί να αντιδρά με τον ίδιο τρόπο που θα αντιδρούσε το παγωμένο εσωτερικό του παιδί. Ο στόχος είναι να ζήσουμε στην παρούσα στιγμή, αλλάζοντας συνειδητά τους τρόπους με τους οποίους απορρίπταμε τα δικά μας παιδικά συναισθήματα, ανάγκες και επιθυμίες.

Η σημερινή κατάσταση των ενηλίκων είναι αυτή που δημιούργησε τις παγωμένες καταστάσεις αρχικά στην παιδική ηλικία. Πρέπει να καταλάβουμε ότι εμείς είμαστε η πραγματική πηγή της δικής μας παγωμένης ζωής.

Το εσωτερικό παιδί είναι μια χρονικά παγωμένη θέση που λειτουργεί ως ένας τρόπος με τον οποίο το παιδί μέσα μας βλέπει τις εμπειρίες και ερμηνεύει τον εξωτερικό κόσμο. Στην πραγματικότητα, μπορεί να έχουμε, μέσα μας, πολλαπλά παγωμένα εσωτερικά παιδιά, το καθένα με διαφορετική αντίληψη, διαφορετική επίγνωση, διαφορετική κοσμοθεωρία κ.λπ.

Η έννοια του εσωτερικού παιδιού δεν είναι καινούργια.

1. Ψυχοσύνθεση του Roberto Assagioli - μίλησε για υπο-προσωπικότητες.

2. Θεραπεία Gestalt του Fritz Perls - η εμπειρία ότι τα διαφορετικά μέρη διαλέγονται μεταξύ τους.

3. Eric Berne - Συναλλακτική Ανάλυση - το εσωτερικό παιδί, ο εσωτερικός ενήλικας και ο εσωτερικός γονέας.

4. Γνωστική θεραπεία του Dr. Albert Ellis - Σχήματα.

Τι είναι η πραγματικότητα;

Σημείο που πρέπει να θυμάστε - η πραγματικότητά μου είναι η προοπτική μου. Αυτή η εσωτερική πραγματικότητα δημιουργείται από τον παρατηρητή.

Ποιος είναι αυτός ο παρατηρητής - Εμείς.

Εμείς βιώνουμε το γεγονός/τραύμα - έτσι, γινόμαστε ο παρατηρητής του τραύματος.

Στη συνέχεια, το φωτογραφίζουμε, το κρατάμε, συγχωνευόμαστε μαζί του, πέφτουμε για ύπνο, και μετά αυτό επαναλαμβάνεται και επαναλαμβάνεται ξανά και ξανά.

Εμείς, ο παρατηρητής, *δεν δημιουργούμε το εξωτερικό γεγονός.*

Εμείς, ο παρατηρητής, *δημιουργούμε την αντίδραση στο εξωτερικό γεγονός.*

Εμείς, ο παρατηρητής, *το έχουμε συγχωνεύσει στη μνήμη μας.*

Ως εκ τούτου, πρέπει να αφυπνιστούμε, ώστε να μπορέσει να "αφεθεί" η μνήμη.

Επαναλαμβάνουμε τον βρόχο ξανά και ξανά και ξανά, προκαλώντας τα παλιά συναισθήματα και τις παλιές εμπειρίες να τα νιώθουμε και να τα βιώνουμε ξανά και ξανά. Πρέπει πρώτα να εντοπίσουμε τι κάνει το εσωτερικό παιδί, έτσι ώστε - το εμείς, ο παρατηρητής, να μπορέσει να αφυπνιστεί και να σταματήσει να ταυτίζεται με αυτά τα παλιά μοτίβα.

Με κάθε αντιληπτό τραύμα, εμείς, ο παρατηρητής, δημιουργούμε ένα μοτίβο και μια ταυτότητα για να διαχειριστούμε το αντιληπτό χάος. Λέω αντιληπτό, επειδή το άλλο άτομο μπορεί να μην με πληγώσει πραγματικά. Αλλά μπορεί να αντιλαμβάνομαι τον πόνο ή τον θυμό ή οποιοδήποτε άλλο συναίσθημα. Αυτό είναι το αντιληπτό τραύμα.

Ως εκ τούτου, μέσα στο ενήλικο "εμείς", μπορεί να υπάρχουν πολλά εσωτερικά παιδιά - το καθένα με ένα μοτίβο, μια ανάμνηση και μια αντίδραση. Έχουμε τόσες πολλές εσωτερικές διαφωνίες που συμβαίνουν μέσα στο ενήλικο "εμείς". Είναι τα πληγωμένα εσωτερικά παιδιά, το καθένα με μια ταυτότητα, το καθένα με ένα τραύμα και μια μνήμη, το καθένα με ένα μοτίβο. Ως εκ τούτου, σε κάθε θεραπεία, η συνολική επίλυση των προβλημάτων δεν συμβαίνει μόλις εντοπιστεί και "μαρκαριστεί" το εσωτερικό παιδί. Ένα άλλο προϋπάρχον παγωμένο εσωτερικό παιδί γίνεται κυρίαρχο, επηρεάζοντας τον ενήλικο εαυτό μας σε μια άλλη προβληματική κατάσταση.

Η αφύπνιση του παρατηρητή/δημιουργού του εσωτερικού παιδιού είναι το τέλος των μοτίβων του εσωτερικού παιδιού. Με άλλα λόγια, η αφύπνιση του παρατηρητή σπάει το μοτίβο.

Νωρίτερα στη ζωή ... σε κάποια χρονική στιγμή

1. Το παιδί είναι ένα υποκείμενο- οι γονείς, οι δάσκαλοι, ο έξω κόσμος - παράγοντες επιρροής.

2. Οι επηρεαστές κάνουν υποδείξεις όπως "Δεν πρόκειται να τα καταφέρεις", "Κάνε μου το χατίρι και θα σου κάνω το χατίρι" ή "Κάνε ό,τι

σου λέω και θα σου δώσω αγάπη και έγκριση- αν δεν το κάνεις, δεν θα το κάνω".

3.   Το παιδί (υποκείμενο) πιστεύει τις υποδείξεις που κάνουν οι επηρεαστές.

4.   Στη συνέχεια, το παιδί εσωτερικεύει αυτές τις προτάσεις και συνεχίζει να τις προτείνει ως ενήλικας.

5.   Το εσωτερικό παιδί του παρελθόντος επηρεάζει τον ενήλικα του παρόντος χρόνου σε προβληματικές καταστάσεις.

6.   Καθώς περνούν τα χρόνια, ένας δάσκαλος ή μια άλλη φιγούρα εξουσίας απλώς αναφέρει μια παρόμοια πρόταση και το υποκείμενο ενεργοποιείται στο ίδιο μοτίβο "φόβου" και αντίδρασης που συνέβη ως παιδί. Ο χρόνος περνάει. Το παιδί ωριμάζει, συνάπτει σχέσεις και παντρεύεται. Τότε ο σύζυγος μπορεί να γίνει ο επηρεαστής, βάζοντας το εσωτερικό παιδί του συζύγου σε ένα μοτίβο θυμού ή ένα μοτίβο φόβου απόρριψης.

Ο στόχος είναι να ξυπνήσετε τον εαυτό σας πίσω από το μοτίβο.

1.   Ένα παιδί ενός αυταρχικού γονέα θα αποσυνδεθεί από την κατάσταση για να αποφύγει τον συναισθηματικό πόνο. Αν αυτό το μοτίβο λειτουργεί, το παιδί θέτει αυτό το μοτίβο σε "προεπιλεγμένη λειτουργία". Βρίσκει τον εαυτό του να αποσυνδέεται και να ονειροπολεί μέσα από το σχολείο, τη δουλειά και τελικά στις σχέσεις.

2.   Ένα παιδί που έχει ιστορικό αλκοολισμού στην οικογένεια μπορεί να παρουσιάσει αμνησία, να ξεχάσει το παρελθόν για να αποφύγει τον πόνο. Αργότερα στη ζωή η αμνησία ή η λήθη μπορεί να γίνει πρόβλημα στην εργασία, το σχολείο ή τις σχέσεις.

3.   Ένας επιζών της παιδικής κακοποίησης που μουδιάστηκε για να επιβιώσει από το επώδυνο τραύμα μπορεί να παρουσιάσει δυσκολία να αισθανθεί αισθήσεις κατά τη διάρκεια σεξουαλικών εμπειριών στη μετέπειτα ζωή του. Οι γυναίκες μπορεί να έχουν αδυναμία να έχουν οργασμό. Οι άνδρες μπορεί να υποφέρουν από πρόωρη εκσπερμάτιση ή ανικανότητα.

Αυτά τα μοτίβα αντίδρασης που δημιουργεί το παιδί είναι στην πραγματικότητα ένας αντισταθμιστικός μηχανισμός για να αντιμετωπίσει επώδυνες καταστάσεις. Το πρόβλημα εμφανίζεται όταν αυτά τα μοτίβα ξεφεύγουν από τον έλεγχο και το άτομο αντιδρά "εξ ορισμού". Ως εκ τούτου, ο ενήλικας εαυτός μας, εξ ορισμού, θα δημιουργήσει την ίδια κατάσταση αποσύνδεσης ή αμνησίας ή μουδιάσματος, παρόλο που ο ενήλικας εαυτός μας μπορεί να μη θέλει να είναι έτσι στην παρούσα χρονική κατάσταση.

Έτσι, το δικό μας εσωτερικό παιδί αρχίζει τώρα να επηρεάζει το ενήλικο εμείς - σε ανεπιθύμητες συμπεριφορές και εμπειρίες.

Ο σκοπός είναι να απελευθερωθούμε από τους παιδικούς μηχανισμούς επιβίωσης που δεν ταιριάζουν πλέον στις σχέσεις του παρόντος χρόνου. Αυτό έχει πέντε μέρη -

1. Επίγνωση των προτύπων.

2. Αναγνώριση των μοτίβων.

3. Αποσύνδεση από τα μοτίβα.

4. Αφυπνίστε τον ενήλικο εαυτό μας.

5. Δημιουργήστε ένα πιο ενδυναμωτικό προεπιλεγμένο μοτίβο.

Αυτό μας επιτρέπει να βγούμε από το παγωμένο στο χρόνο παρελθόν μας και να είμαστε παρόντες στον παρόντα χρόνο.

Από πού προήλθε το εσωτερικό παιδί;

Ένα παιδί επιπλήττεται από τον γονέα ή τον δάσκαλο για ορισμένη συμπεριφορά.

Η κατάσταση εδώ είναι επιτιμητική. Η επίπληξη δεν είναι υπό τον έλεγχο του παιδιού. Αλλά το παιδί βιώνει την εμπειρία ότι "το μαλώνουν". Το παιδί είναι ο αποδέκτης. Το παιδί το παρατηρεί και το ερμηνεύει ως εξής: Δεν είμαι αρκετά καλός. Και ερμηνεύοντάς το με αυτόν τον τρόπο, το παιδί είναι στην πραγματικότητα μέρος και συμμετέχει στο μάλωμα. Αυτό αποτυπώνεται στη συνέχεια στη μνήμη του παιδιού.

Σύμφωνα με την "Αρχή της Αβεβαιότητας" του Χάιζενμπεργκ - ο παρατηρητής της κατάστασης και η κατάσταση δεν είναι ξεχωριστά. Ο παρατηρητής, παρατηρώντας και ερμηνεύοντας, συμμετέχει και επηρεάζει την έκβαση της κατάστασης.

Παρατηρούμε τη ζωή, συμμετέχουμε στο πώς κατασκευάζουμε, ερμηνεύουμε και βιώνουμε τον εσωτερικό υποκειμενικό μας κόσμο. Εμείς, ο παρατηρητής, συμμετέχουμε στη δημιουργία των αποτελεσμάτων μέσω της πράξης της παρατήρησης.

Ο παρατηρητής υπήρχε πριν από ένα τραύμα, ο ίδιος παρατηρητής ήταν εκεί

κατά τη διάρκεια του τραύματος, και ο ίδιος παρατηρητής υπάρχει και μετά το τέλος του τραύματος.

Εμείς δημιουργούμε την εσωτερική υποκειμενική μας εμπειρία. Δημιουργούμε μια αντίδραση στο περιβάλλον, δηλαδή στους γονείς, τους δασκάλους, τους συζύγους κ.λπ. και είμαστε υπεύθυνοι για τις εσωτερικές, υποκειμενικές εμπειρίες μας.

Μελέτη περίπτωσης

Ο Ιωάννης, σε νεαρή ηλικία, παρατήρησε και συνειδητοποίησε ότι ο μόνος τρόπος για να αγαπηθεί από τη μαμά και τον μπαμπά ήταν να τους υπακούει, να τους ευχαριστεί και να παραιτείται από τις δικές του ανάγκες.

Αυτό δημιουργεί την ταυτότητα του "ευχάριστου παιδιού" που παραιτείται από τις δικές του ανάγκες για να κερδίσει την αγάπη και την έγκριση. Αν ο παρατηρητής μέσα στον Γιάννη βλέπει ότι αυτό λειτουργεί, αυτός ο παρατηρητής συνεχίζει να δημιουργεί και να το επαναλαμβάνει ξανά και ξανά και ξανά. Αυτό δημιουργεί ένα μοτίβο και μια ταυτότητα και θέτει αυτή την ταυτότητα ενός πληγωμένου ευχάριστου παιδιού σε προεπιλεγμένη λειτουργία. Με την πάροδο του χρόνου, αυτή η ταυτότητα, αυτή η προεπιλεγμένη συμπεριφορά, αυτό το μοτίβο συγχωνεύεται με την προσωπικότητα. Αργότερα, στην ενήλικη ζωή, ο Γιάννης γίνεται ο Ευχάριστος Άνθρωπος, ο οποίος έχει ξεχάσει να εκφράσει τις δικές του ανάγκες σε μια σχέση ή κατάσταση. Ο ενήλικος Τζον επηρεάζεται τώρα από την ευχάριστη εσωτερική ταυτότητα του παιδιού.

Για να θεραπευτεί ο ενήλικας Ιωάννης, πρέπει πρώτα να γνωρίσει την πηγή της ευχάριστης εσωτερικής παιδικής του ταυτότητας. Μόλις ο Τζον δεν βρίσκεται σε άρνηση και αποδεχτεί την ύπαρξη αυτού του μοτίβου, μπορεί να αναλάβει την ευθύνη για τη δημιουργία του και να σταματήσει να το δημιουργεί.

Για να εγκαταλείψουμε κάτι, πρέπει πρώτα να γνωρίζουμε τι είναι αυτό που κρατάμε.

Μελέτη περίπτωσης

Το παιδί Τζέιν ήταν πάντα θυμωμένο με τον πατέρα της επειδή "δεν την καταλάβαινε". Η ενήλικη Τζέιν, παντρεμένη πλέον, ξεσπάει στον σύζυγό της επειδή δεν την καταλαβαίνει. Αν και η Τζέιν αγαπάει τον σύζυγό της, δεν καταλαβαίνει γιατί δεν μπορεί να ελέγξει τον θυμό της. Το θυμωμένο εσωτερικό παιδί μέσα στην Τζέιν την κάνει να συμπεριφέρεται σαν να βρισκόταν στο παρελθόν με τον πατέρα της. Το θυμωμένο εσωτερικό παιδί παίρνει τη θέση του οδηγού.

Ένα παιδί αντιλαμβάνεται την οικογένεια και τον εξωτερικό κόσμο με έναν ιδιαίτερο τρόπο. Στη συνέχεια, το παιδί συνηθίζει να επαναλαμβάνει αυτό το μοτίβο επαναλαμβανόμενα και τακτικά στο πλαίσιο της οικογενειακής εγκατάστασης. Καθώς το παιδί μεγαλώνει, αυτό το μοτίβο

1. γενικεύει για όλους τους ανθρώπους σε παρόμοιες καταστάσεις.

2. καθώς λειτούργησε για το παιδί, χρόνια αργότερα, η εσωτερική ταυτότητα του παιδιού αναπαράγει το μοτίβο, έτσι ώστε, να γίνει πλέον ο προεπιλεγμένος τρόπος αντίληψης-αντίδρασης. Ο ενήλικας δεν σκέφτεται πλέον πώς να αντιδράσει. Απλώς συμβαίνει, χωρίς να καταλαβαίνουμε το γιατί.

Με απλά λόγια, μια κατάσταση δεν βιώνεται ως έχει. Αντίθετα ο ενήλικας, επηρεασμένος από τη δική του εσωτερική παιδική ταυτότητα, ενεργώντας σαν παιδί, παίρνει την οικογένεια μαζί του, μέσα του, στον παρόντα χρόνο, προβάλλοντάς την προς τα έξω στους άλλους.

Μόλις το εσωτερικό παιδί παγώσει, τείνει να συρρικνώσει το επίκεντρο της προσοχής του ενήλικα για να παράγει αναπόφευκτα συναισθήματα, σκέψεις, συγκινήσεις και ως επί το πλείστον δυσφορία.

Το εσωτερικό παιδί λειτουργεί εξ ορισμού με τον ενήλικα να βιώνει καταστάσεις του παρελθόντος ως παρούσες καταστάσεις.

"Η φροντίδα του εσωτερικού σας παιδιού έχει ένα ισχυρό και εκπληκτικά γρήγορο αποτέλεσμα: Κάντε το και το παιδί θεραπεύεται".

"Αν με το να μεγαλώνεις εννοείς να επιτρέψεις στον ενήλικα μέσα μου να εγκαταλείψει το παιδί μέσα μου, δεν με ενδιαφέρει μια τέτοια φρικτή πρόταση. Αν αντίθετα, εννοείτε να αφήσω το ένα να ενισχύσει το άλλο αποκλείοντας κανένα από τα δύο, έχω κάθε ενδιαφέρον".

"Πιστεύω ότι αυτό το παραμελημένο, πληγωμένο, εσωτερικό παιδί του παρελθόντος είναι η κύρια πηγή της ανθρώπινης δυστυχίας".

Μοτίβα του Εσωτερικού Παιδιού Μοτίβα
Το παιδί μου μέσα μου

– Kathleen Algoe

Σήμερα βρήκα το παιδί μου μέσα μου,
για πολλά χρόνια τόσο κλειδωμένο,
Αγαπώντας, αγκαλιάζοντας, έχοντας τόση ανάγκη,
Μακάρι να μπορούσα να φτάσω και
να αγγίξω.
Δεν ήξερα αυτό το παιδί μου,
Ποτέ δεν γνωριστήκαμε στα τρία ή στα εννέα,
Αλλά σήμερα ένιωσα το κλάμα μέσα μου,
Είμαι εδώ, φώναξα, έλα να κρυφτείς.
Αγκαλιάσαμε ο ένας τον άλλον τόσο σφιχτά,
Καθώς αναδύονταν συναισθήματα πληγωμένα και τρομαγμένα.
Δεν πειράζει, έκλαιγα με λυγμούς, σ' αγαπώ τόσο πολύ!
Είσαι πολύτιμη για μένα, θέλω να το ξέρεις.
Παιδί μου, παιδί μου, είσαι ασφαλής σήμερα,
Δεν θα εγκαταλειφθείς, είμαι εδώ για να μείνω.
Γελάσαμε, κλάψαμε, ήταν μια ανακάλυψη,
Αυτό το ζεστό, τρυφερό παιδί είναι η ανάρρωσή μου.

"Σκέψη" είναι η διαδικασία χρήσης του μυαλού μας για να σκεφτούμε κάτι. Μπορεί επίσης να είναι το προϊόν αυτής της διαδικασίας. Τα πάντα ξεκινούν πάντα με μια σκέψη. Το πώς σκεφτόμαστε και πώς ερμηνεύουμε τον κόσμο γύρω μας επηρεάζει το πώς αισθανόμαστε. Και το πώς αισθανόμαστε ανακινεί τα συναισθήματά μας. Εμείς τα χρησιμοποιούμε αυτά τα συναισθήματα ως φίλτρο που μας βοηθά να ερμηνεύσουμε τις εμπειρίες της ζωής μας. Αυτές οι ερμηνείες είναι φυσικά ποικίλες και συχνά όχι πολύ ακριβείς.

Στην πραγματικότητα, μπορεί να μας εμποδίζουν να δούμε τον κόσμο "όπως είναι" και, αντίθετα, μας αναγκάζουν να αντιλαμβανόμαστε τον κόσμο με βάση το "πώς είμαστε". Και βέβαια, το πώς είμαστε, εξαρτάται αποκλειστικά από το πώς επεξεργαζόμαστε τον κόσμο, το οποίο φυσικά ξεκινάει από τις σκέψεις στις οποίες επιτρέπουμε στον εαυτό μας να εμπλακεί.

Ο *Aaron Temkin Beck*, ένας Αμερικανός ψυχίατρος θεωρείται ο πατέρας της γνωστικής θεραπείας και της γνωστικής συμπεριφορικής θεραπείας. Ο Μπεκ πίστευε ότι όταν κάποιος επέτρεπε στις σκέψεις του να είναι αρνητικές, αυτό οδηγούσε στην κατάθλιψη. Πίστευε ότι οι σκέψεις, τα συναισθήματα και η συμπεριφορά συνδέονται μεταξύ τους. Όταν κάποιος σκεφτόταν αρνητικά, τότε αισθανόταν άσχημα, γεγονός που τον έκανε να συμπεριφέρεται άσχημα. Στη συνέχεια, γίνεται ένας κύκλος. Οι γνωστικές διαστρεβλώσεις είναι σκέψεις που κάνουν τα άτομα να αντιλαμβάνονται την πραγματικότητα με ανακρίβεια. Σύμφωνα με το γνωστικό μοντέλο του Beck, η αρνητική θεώρηση της πραγματικότητας, που μερικές φορές ονομάζεται αρνητικά σχήματα (ή σχήματα), αποτελεί παράγοντα για τα συμπτώματα της συναισθηματικής δυσλειτουργίας και της φτωχότερης υποκειμενικής ευημερίας.

Ένα καλό σημάδι για να παρατηρήσετε αν το εσωτερικό παιδί βρίσκεται σε κατάσταση επιρροής του σημερινού ενήλικα - είναι η παγωμάρα. Μερικές φορές αυτό το σφίξιμο, η δυσκαμψία ή η παγωμάρα βιώνεται σε διάφορα μέρη του σώματος - σαγόνι, στήθος, στομάχι και λεκάνη και σε ακραίες περιπτώσεις μια αίσθηση παράλυσης. Τα πρώτα σωματικά σημάδια της ακινησίας είναι το σφίξιμο των μυών και το κράτημα της αναπνοής.

Κατανοήστε το εσωτερικό παιδί και κατανοήστε τον ενήλικα όπως είναι στο τώρα. Είναι η αυτοπαρατήρηση της λειτουργίας του εσωτερικού παιδιού που προσθέτει επίγνωση. Για να εγκαταλείψετε κάτι, πρέπει πρώτα να γνωρίζετε τι είναι.

Έχουμε σκεφτεί ποτέ τις σκέψεις μας; Θέλω να πω, έχουμε πράγματι δώσει ποτέ προσοχή στις σκέψεις μέσα στο κεφάλι μας; Αν το έχουμε κάνει, τότε έχουμε αναρωτηθεί ποτέ πώς σκεφτόμαστε τα πράγματα και αν αυτές οι σκέψεις μας βοηθούν ή μας εμποδίζουν στην πραγματικότητα; Ενδεχομένως ο τρόπος με τον οποίο βλέπουμε και ερμηνεύουμε τον κόσμο μας να μην είναι καθόλου ακριβής.

Ίσως απλά η προοπτική μας για τον κόσμο να είναι κάπως ελαττωματική και αυτό να μας εμποδίζει να προχωρήσουμε με τον καλύτερο δυνατό τρόπο.

Το πρώτο βήμα για την επίλυση είναι η συνειδητοποίηση και η γνώση αυτών των μοτίβων παγωμένων ανασταλμένων καταστάσεων. Πρέπει να επιλέξουμε συνειδητά να μεταρρυθμίσουμε τις παγωμένες εσωτερικές παιδικές μας καταστάσεις. Πρέπει να αποκτήσουμε πρόσβαση στα συναισθήματα και τα μοτίβα που συνθέτουν τις "τρέχουσες καταστάσεις" μας και να τα βιώσουμε πλήρως. Είναι σημαντικό να έχουμε επίγνωση αυτής της παγωμένης, εσωτερικής παιδικής μνήμης που συνεχίζει να δημιουργεί προβλήματα φιλτράροντας την πραγματικότητα μέσα από ξεπερασμένους, περιορισμένους και διαστρεβλωμένους φακούς.

Επίγνωση είναι η κατάσταση της συνείδησης για κάτι. Πιο συγκεκριμένα, είναι η ικανότητα να γνωρίζεις και να αντιλαμβάνεσαι άμεσα, να αισθάνεσαι ή να έχεις επίγνωση των γεγονότων. Η έννοια είναι συχνά συνώνυμη με τη συνείδηση και γίνεται επίσης κατανοητή ως η ίδια η συνείδηση. Η επίγνωση των εσωτερικών προτύπων αντίληψης και αντίδρασης είναι το πρώτο συνειδητό βήμα προς τη μεταμόρφωση, την εξέλιξη και τη Μόκσα.

Αυτή η ενότητα εισέρχεται στον κόσμο των μοτίβων των "εσωτερικών παιδικών μοτίβων".

- Εσωτερικός διάλογος - Shoulds και Musts.

- Ηλικιακή παλινδρόμηση.

- Φαντασιώσεις - Υπερβολικός προγραμματισμός - Αναβλητικότητα - Φαντασιώσεις - Καταστροφή.

- Σύγχυση - Αναποφασιστικότητα - Υπερβολική γενίκευση - Πρόσοψη - Βιαστικά συμπεράσματα - Σκέψη με μαύρο και άσπρο - Μεγέθυνση και ελαχιστοποίηση - Ετικέτες - Συναισθηματικός συλλογισμός.

- Πλάνη της δικαιοσύνης - Κατηγορίες - Εξατομίκευση.

- Αποσύνδεση - Χωρίς συναισθήματα - Διαφυγή - Αποσύνδεση - Σύντηξη ταυτότητας.

- Στρεβλώσεις - Ψευδαισθήσεις - Θαυμαστικοποίηση ή Αφομοίωση - Αισθητηριακές στρεβλώσεις - Αμνησία.

- Ιδιαιτερότητα - Μαγική σκέψη - Εξιδανίκευση - Υπερ-ιδανίκευση.

Εσωτερικός διάλογος και χρονικό άλμα

'Εσωτερικός διάλογος - Φωνές στο κεφάλι μας'
'Γεια σας! Μιλάω στον εαυτό μου;'
'Θα έπρεπε και πρέπει'

"Υπάρχει μια φωνή μέσα μας
που ψιθυρίζει όλη μέρα,
'Νιώθω ότι αυτό είναι το σωστό για μένα,
Ξέρω ότι αυτό είναι λάθος".
Κανένας δάσκαλος, ιεροκήρυκας, γονιός, φίλος
ή σοφός άνθρωπος μπορεί να αποφασίσει
τι είναι σωστό για μας - απλά ακούστε
τη φωνή που μιλάει μέσα μας".

Ο "εσωτερικός μας διάλογος" είναι απλώς οι σκέψεις μας. Είναι η μικρή φωνή στο κεφάλι μας που σχολιάζει τη ζωή μας - τι συμβαίνει γύρω μας ή τι σκεφτόμαστε συνειδητά ή υποσυνείδητα. Όλοι μας έχουμε έναν εσωτερικό διάλογο και αυτός τρέχει συνεχώς. Συνήθως συνδέεται με την αίσθηση του εαυτού του ατόμου.

Είναι σαν ένας σχολιαστής, που παρατηρεί και επικρίνει τις πράξεις μας - πολλές "σκέψεις-κουβέντες" μέσα στο κεφάλι μας. Αυτή η "κουβέντα των σκέψεων" είναι σαν μια ροή νοητικών συνειρμών που ρέουν μέσα στο μυαλό μας. Η σκέψη υποδηλώνει κάτι ενεργό, πάνω στο οποίο έχουμε συνειδητό έλεγχο, αλλά σχεδόν το σύνολο της σκέψης μας δεν είναι έτσι. Είναι σχεδόν πάντα τυχαία και ακούσια. Τρέχει μέσα από το κεφάλι μας, είτε μας αρέσει είτε όχι.

Πραγματική σκέψη είναι όταν χρησιμοποιούμε συνειδητά τις δυνάμεις του λόγου και της λογικής για να αξιολογήσουμε διάφορες επιλογές, να σκεφτούμε πάνω σε προβλήματα, αποφάσεις και σχέδια κ.ο.κ. Συχνά μας αρέσει να θεωρούμε τους εαυτούς μας ως λογικά πλάσματα ανώτερα από τα ζώα, επειδή μπορούμε να σκεφτόμαστε λογικά, αλλά αυτό το είδος λογικής σκέψης είναι στην πραγματικότητα αρκετά σπάνιο. Και, στην πραγματικότητα, η φλυαρία των σκέψεων δυσκολεύει τη χρήση των ορθολογικών μας δυνάμεων, διότι όταν έχουμε θέματα να σκεφτούμε, ρέει μέσα στο μυαλό μας και αποσπά την προσοχή μας. Ανακαλεί διαρκώς τις εμπειρίες μας, αναπαράγοντας κομμάτια πληροφοριών που έχουμε απορροφήσει και φαντάζοντας σενάρια πριν αυτά συμβούν.

Η αυτο-ομιλία μπορεί να μην είναι πάντα λεκτική- μπορεί να είναι μη λεκτική ή ακόμη και σιωπηλή. Επίσης, μπορεί να είναι άμεση ή συμπερασματική. Ένας πατέρας μπορεί να είναι σιωπηλός, να μην ρωτήσει ποτέ το παιδί - πώς είσαι, πώς ήταν η μέρα σου στο σχολείο, πώς είναι η υγεία σου τώρα. Αλλά ο εσωτερικός διάλογος είναι - *"Κανείς δεν ενδιαφέρεται για μένα".*

Τα πρότυπα του εσωτερικού παιδιού μέσα στις ενήλικες Η.Π.Α. μας περιορίζουν με τον συνεχή διάλογο μεταξύ των ενηλίκων Η.Π.Α. και του εσωτερικού παιδιού μέσα μας.

Εσωτερικό παιδί μέσα μας - Εσωτερικός διάλογος - Ενήλικες ΗΠΑ στην παρούσα κατάσταση

Έτσι, το εσωτερικό μας παιδί αρχίζει να μας επηρεάζει υπενθυμίζοντας στον ενήλικο εαυτό μας —*Δεν είμαι αρκετά καλός, δεν με εκτιμούν ποτέ, δεν θα πετύχει ποτέ* και να μας υποδεικνύουν τι θα έπρεπε ή δεν θα έπρεπε να είχε γίνει.

"Θα έπρεπε και πρέπει"

- "Θα έπρεπε" σημαίνει - υποχρέωση, καθήκον ή ορθότητα, συνήθως όταν ασκεί κριτική σε πράξεις. Το "θα έπρεπε" χρησιμοποιείται για να δηλώσει συστάσεις, συμβουλές ή για να μιλήσει κανείς για το τι είναι γενικά σωστό ή λάθος.

- Το "πρέπει" χρησιμοποιείται για να εκφράσει την υποχρέωση, να δώσει εντολές και να δώσει συμβουλές με έμφαση. Μπορεί να χρησιμοποιηθεί μόνο για παρούσα και μελλοντική αναφορά. Όταν πρόκειται για το παρελθόν, χρησιμοποιείται το "πρέπει να". Το "πρέπει" δηλώνει ότι είναι πολύ σημαντικό ή απαραίτητο να συμβεί κάτι.

Τόσο το "πρέπει" όσο και το "πρέπει" έχουν παρόμοια σημασία με τη διαφορά ότι το "πρέπει" είναι πολύ πιο ισχυρή λέξη σε σύγκριση με το "πρέπει".

Το "πρέπει" είναι ο πιο συχνός εσωτερικός διάλογος που έχουμε με τον εαυτό μας.

Δεν έπρεπε να το κάνουν αυτό.

Δεν θα έπρεπε να αντιδράσω έτσι την επόμενη φορά.

Έπρεπε να με ανταμείψουν, μου άξιζε κάτι καλύτερο.

Στο πλαίσιο των εσωτερικών παιδικών προτύπων, όταν λέμε στον εαυτό μας "πρέπει/πρέπει", αυτό γίνεται ένα σύνολο άκαμπτων κανόνων για το πώς πρέπει να ενεργούμε εμείς και οι άλλοι. Οι κανόνες είναι σωστοί, σταθεροί, άκαμπτοι και αδιαμφισβήτητοι. Οποιαδήποτε απόκλιση από αυτά τα πρέπει είναι κακή/λάθος. Ως αποτέλεσμα, βρισκόμαστε συχνά σε θέση να κρίνουμε και να βρίσκουμε λάθη. Οι δηλώσεις "πρέπει" είναι αυτοκαταστροφικοί τρόποι με τους οποίους μιλάμε στον εαυτό μας και δίνουν έμφαση σε ανέφικτα πρότυπα. Στη συνέχεια, όταν υπολειπόμαστε από τις ιδέες μας, αποτυγχάνουμε στα μάτια μας.

Προσπαθούμε να παρακινήσουμε τον εαυτό μας λέγοντας πράγματα όπως: "Πρέπει να κάνω αυτό" ή "Πρέπει να κάνω εκείνο"... Αλλά τέτοιες δηλώσεις μπορεί να μας κάνουν να νιώθουμε πιεσμένοι και αγανακτισμένοι. Παραδόξως, καταλήγουμε να αισθανόμαστε απαθείς και χωρίς κίνητρα. Ο Albert Ellis το ονόμασε "musturbation"

Όταν απευθύνουμε δηλώσεις "πρέπει" προς τους άλλους, καταλήγουμε να απογοητευόμαστε. Οι δηλώσεις "πρέπει" δημιουργούν πολλή περιττή αναταραχή στην καθημερινή ζωή.

Εξέλιξη αυτής της κατάστασης

1. Ένα νεογέννητο παιδί είναι σαν πίνακας. Δεν έχει παρελθόν, ούτε καλές ή κακές αναμνήσεις, ούτε κρίση για τη ζωή.

2. Οι γονείς αρχίζουν να γεμίζουν τον πίνακα με πολλά "πρέπει", πιθανώς με καλές προθέσεις.

3. Άμεσα ή έμμεσα, οι γονείς αρχίζουν να επιβραβεύουν και να τιμωρούν, δίνοντας στο παιδί τις κρίσεις, τις αξιολογήσεις και τις σημασίες τους για το τι είναι η ζωή, τι θα έπρεπε να είναι, τι θα μπορούσε να είναι ή τι σημαίνουν τα πράγματα.

4. Το παιδί γίνεται η ανάγνωση στον πίνακα. Ως εκ τούτου, ο παρατηρητής [το παιδί], γίνεται ο παραγωγός των μοτίβων της ζωής του/της.

5. Αυτά τα μοτίβα επαναλαμβάνονται ξανά και ξανά και ξανά, σε σημείο που το παιδί γίνεται αυτά τα μοτίβα.

'Ηλικιακή παλινδρόμηση'

'Μια φορά κι έναν καιρό!'

'Παρελθόν ατελές'

"Η ζωή μπορεί να γίνει κατανοητή μόνο προς τα πίσω, αλλά πρέπει να τη ζούμε προς τα εμπρός."

"Όποιος ελέγχει το παρελθόν ελέγχει το μέλλον. Όποιος ελέγχει το παρόν ελέγχει το παρελθόν."

Η παλινδρόμηση της ηλικίας συμβαίνει όταν υποχωρούμε νοητικά σε μια παλαιότερη ηλικία. Φαίνεται ότι επιστρέφουμε σε ένα συγκεκριμένο σημείο της ζωής μας και μπορεί να επιδεικνύουμε και παιδικές συμπεριφορές. Μπορεί να είναι ένας μηχανισμός αντιμετώπισης για κάποιους που τους βοηθά να χαλαρώσουν και να αποβάλουν το άγχος. Η παλινδρόμηση μπορεί να προκληθεί από άγχος, απογοήτευση ή ένα τραυματικό γεγονός. Η παλινδρόμηση στους ενήλικες μπορεί να προκύψει σε οποιαδήποτε ηλικία- συνεπάγεται την υποχώρηση σε ένα προγενέστερο αναπτυξιακό στάδιο συναισθηματικά, κοινωνικά ή συμπεριφορικά. Η ανασφάλεια, ο φόβος και ο θυμός μπορεί να προκαλέσουν την παλινδρόμηση του ενήλικα.

Η ηλικιακή παλινδρόμηση είναι το πιο ευρέως βιωμένο μοτίβο. Σχετίζεται με μια παγωμένη στο χρόνο εμπειρία, με την οποία το παιδί δεν αισθανόταν άνετα και δεν ήξερε πώς να την αντιμετωπίσει. Έτσι, το παιδί αντιστάθηκε στην εμπειρία ▢ θυμήθηκε την εμπειρία ▢ ενσωμάτωσε την εμπειρία, δημιουργώντας έτσι ένα ηλικιακά παλινδρομημένο πρότυπο εσωτερικού παιδιού.

Αυτή η εμπειρία του να είναι κανείς "κολλημένος" σε ένα παρελθοντικό σημείο της προσωπικής του ιστορίας είναι η εμπλοκή του εσωτερικού παιδιού, όχι του ενήλικα του παρόντος. Ως ενήλικας, αισθανόμαστε, μιλάμε ή αντιδρούμε με το ίδιο μοτίβο που θα αισθανόταν, θα μιλούσε ή θα αντιδρούσε αυτό το κολλημένο στην ηλικία εσωτερικό παιδί. Και το "ενήλικο εμείς" δεν θα το καταλάβει καν. Το να βλέπουμε τη σχέση μας στον παρόντα χρόνο μέσα από τον φακό του εσωτερικού παιδιού περιορίζει την άποψή μας, τα συναισθήματά μας και τις αποφάσεις μας.

Το εσωτερικό παιδί αποθηκεύει τη μνήμη του περιστατικού, της κακής εμπειρίας, του τραύματος. Αυτή η μνήμη αποθηκεύει επίσης τον πόνο, τα συναισθήματα. Κάθε φορά που κάτι μοιάζει με αυτό το μοτίβο, το μοτίβο της ηλικιακής παλινδρόμησης αναλαμβάνει, το εσωτερικό παιδί αναλαμβάνει και αναπαράγει αναμνήσεις και συναισθήματα που έχουν ελάχιστη σχέση με την πραγματικότητα του παρόντος χρόνου.

Με απλά λόγια, η παλινδρόμηση είναι ένα μοτίβο κατά το οποίο ο ενήλικας επιστρέφει νοητικά ή γυρίζει πίσω σε μια ηλικία μικρότερη από την τρέχουσα βιολογική του ηλικία. Χρησιμοποιείται ως επί το πλείστον ακούσια ως μηχανισμός αντιμετώπισης για όσους έχουν αντιμετωπίσει τραύμα, και μπορεί να πυροδοτηθεί ή όχι σκόπιμα. Στην παρούσα κατάσταση, είναι πάντα "κολλημένοι στο παρελθόν".

Πολλοί από εμάς αναφερόμαστε στον παλινδρομημένο παιδικό μας εαυτό ως "μικρό μου εαυτό" και στον κανονικό μας εαυτό ως "μεγάλο μου εαυτό". Δεν υπάρχει υποκριτική ή προσποίηση κατά τη διάρκεια της παλινδρόμησης. Όλοι παλινδρομούν. Εξαρτάται απλώς από την ένταση της παλινδρόμησης. Το εσωτερικό μας παιδί αναζητά ασφαλείς χώρους για να αισθάνεται ασφαλές και ευτυχισμένο. Οι "Μικροί χώροι" είναι ασφαλείς χώροι για τους ηλικιακούς παλινδρομείς και είναι συνήθως το σημείο στο οποίο πηγαίνει ο μικρός τους εαυτός όταν χρειάζεται να νιώσουν προστατευμένοι κατά την παλινδρόμηση. Οι μικροί χώροι ποικίλλουν για τα άτομα. Πολλοί είναι στοργικά διακοσμημένοι με βρεφικά παιχνίδια, μια βρεφική κούνια, νυχτερινά φώτα και μαλακές κουβέρτες για την απόλυτη άνεση.

Μια μορφή παλινδρόμησης μπορεί να παρατηρηθεί σε έναν αγχωμένο καθηγητή που στρέφεται στο πιπίλισμα και το μάσημα του στυλό του (συμπεριφορά που μοιάζει με βρεφική) για να αντιμετωπίσει το άγχος, ή σε έναν έφηβο κολεγιόπαιδο που στρέφεται σε ένα χαριτωμένο αρκουδάκι όταν είναι αναστατωμένος.

Η ηλικιακή παλινδρόμηση περιγράφει τη διαδικασία που περνάει ένας ενήλικας καθώς γίνεται το εσωτερικό του παιδί. Μια σχέση δεν μπορεί να λειτουργήσει αν ο ενήλικας δεν βρίσκεται στον παρόντα χρόνο. Η συμπεριφορά φαίνεται σαν να είναι τώρα, ενώ στην πραγματικότητα το άτομο συμπεριφέρεται σαν να ήταν παιδί ή έφηβος στην οικογένειά του.

Η ηλικιακή παλινδρόμηση είναι ένα μοτίβο κατά το οποίο ο ενήλικας μετακινείται από τον παρόντα χρόνο στο παγωμένο εσωτερικό παιδί που αλληλεπιδρά με έναν ενήλικα στον παρελθόντα χρόνο.

Μελέτη περίπτωσης

Η Νίτα ήταν ένα όμορφο νεαρό κορίτσι. Κακοποιείται σεξουαλικά από τον δάσκαλο των μαθημάτων της. Αυτό το γεγονός συνέβη τη δεκαετία του 1990. Αυτό ήταν πολύ τραυματικό για τη Νίτα. Δεν μπορούσε να καταλάβει τι της συνέβαινε. Τη στιγμή του συναισθηματικού τραύματος, η Νίτα πάγωσε. Η οδυνηρή ανάμνηση ενσωματώθηκε. Ένα μέρος της Νίτα αποφάσισε υποσυνείδητα - "Οι άνδρες δεν μπορούν ποτέ να είναι αξιόπιστοι, αλλιώς αυτό θα ξανασυμβεί".

Η Νίτα έχει πλέον μεγαλώσει. Είναι στις αρχές της δεκαετίας του '40.

Η Νίτα έχει ένα βαθιά πληγωμένο εσωτερικό παιδί που δεν εμπιστεύεται τους άνδρες. Όταν συναντά άνδρες σε θέση, και αυτό είναι επίσης γνωστό ως άνδρες εξουσίας, το εσωτερικό της παιδί βγαίνει στην επιφάνεια.

Η Νίτα έχει τώρα μεταφέρει την εμπειρία του παρελθόντος στη νέα σχέση με τον άνδρα προϊστάμενό της. Η Νίτα είναι έξυπνη, προσανατολισμένη στην εργασία και σκληρά εργαζόμενη. Όμως το πρότυπο του εσωτερικού της παιδιού δυσκολεύει την προσαρμογή της στη δουλειά της.

Μπαίνουμε σε τέτοια μοτίβα αντίληψης-συμπεριφοράς, χωρίς να γνωρίζουμε το γιατί. *Αυτό είναι το μοτίβο της ηλικιακής παλινδρόμησης.*

Μελέτη περίπτωσης

Η Alisha θα ήθελε πολύ να κάθεται στην αγκαλιά του μπαμπά, να "χαριεντίζεται" με τον μπαμπά, ώστε ο μπαμπάς να πάρει την αγαπημένη της κούκλα. Η Alisha, τώρα νεαρή ενήλικη, συμπεριφέρεται με τον ίδιο τρόπο με το φίλο της για να πάρει παρόμοιες χάρες. Αυτό είναι το ίδιο εσωτερικό παιδικό μοτίβο που μεταμορφώνει μια ώριμη Alisha σε μια νεότερη Alisha που έχει υποχωρήσει ηλικιακά σε μια χαριτωμένη Alisha, ώστε να μπορέσει να εκπληρώσει τις επιθυμίες της.

Το "να είσαι χαριτωμένη" είχε γίνει μοτίβο για την Alisha. Δούλευε γι' αυτήν. Έτσι, έγινε κομμάτι της. Λειτουργούσε ως μηχανισμός επιβίωσης. Για να επιβιώσει από το περιβάλλον της παιδικής της ηλικίας, είχε αναπτύξει μια εμπειρία που ονομαζόταν "να είναι χαριτωμένη". Λειτουργούσε σε εκείνη την κατάσταση και ορισμένα επεισόδια στο σημερινό περιβάλλον των ενηλίκων της ενεργοποιούσαν το παιδί μέσα της για να υπνωτίζει τους ενήλικες στον παρόντα χρόνο.

Σύμφωνα με τον Σίγκμουντ Φρόιντ, η παλινδρόμηση είναι ένας ασυνείδητος αμυντικός μηχανισμός, ο οποίος προκαλεί προσωρινή ή μακροχρόνια επιστροφή του εγώ σε ένα προγενέστερο στάδιο ανάπτυξης (αντί να χειρίζεται απαράδεκτες παρορμήσεις με έναν πιο ενήλικο τρόπο). Η παλινδρόμηση είναι τυπική σε μια φυσιολογική παιδική ηλικία και μπορεί να προκληθεί από άγχος, απογοήτευση ή ένα τραυματικό γεγονός. Η παλινδρόμηση στους ενήλικες μπορεί να προκύψει σε οποιαδήποτε ηλικία-συνεπάγεται την υποχώρηση σε ένα προγενέστερο στάδιο ανάπτυξης (συναισθηματικά, κοινωνικά ή συμπεριφορικά). Στην ουσία, τα άτομα επιστρέφουν σε ένα σημείο της ανάπτυξής τους, όταν ένιωθαν ασφαλέστερα και όταν το στρες ήταν ανύπαρκτο ή όταν ένας παντοδύναμος γονέας ή άλλος ενήλικας θα τα είχε σώσει.

Κοινές οπισθοδρομικές συμπεριφορές

Κλάμα/Γκρίνια Να είσαι βουβός

Να μιλάει ήσυχα για μωρά

Να παριστάνει τον χαζό

Ρουφάει αντικείμενα ή μέρη του σώματος

Χρειάζεται ένα αντικείμενο παρηγοριάς όπως ένα λούτρινο ζώο

Είναι σωματικά επιθετικό (π.χ. χτυπάει, γρατζουνάει, δαγκώνει, κλωτσάει)

Έχει ξεσπάσματα θυμού

'Futurizing'

'Επιστροφή στο μέλλον!'

'Υπερπρογραμματισμός - Αναβλητικότητα - Φαντασιώσεις - Καταστροφή'

"Η ζωή είναι αυτό που μας συμβαίνει, ενώ εμείς είμαστε απασχολημένοι να κάνουμε άλλα σχέδια".

"Το μυστικό της υγείας τόσο για το μυαλό όσο και για το σώμα είναι να μην θρηνούμε για το

παρελθόν, ούτε να ανησυχείς για το μέλλον, αλλά να ζεις την παρούσα στιγμή με σύνεση και σοβαρότητα".

"Μερικές φορές, νιώθω το παρελθόν και το μέλλον να πιέζουν τόσο δυνατά και τις δύο πλευρές που δεν υπάρχει καθόλου χώρος για το παρόν".

Η μελλοντολογία είναι η μη ρεαλιστική, ως επί το πλείστον αρνητική άποψη για το τι επιφυλάσσει το μέλλον. Είναι η τάση να περιμένουμε ένα υπερβολικό αποτέλεσμα. Με άλλα λόγια, η εσφαλμένη σκέψη μας κάνει τα πράγματα να φαίνονται χειρότερα από ό,τι είναι στην πραγματικότητα.

Το futurizing μπορεί απλά να είναι σχεδιασμός, να φανταζόμαστε μια καταστροφή στο μέλλον ή ακόμα και να φανταζόμαστε ένα ευχάριστο αποτέλεσμα στο μέλλον.

Πρόκειται για ένα σφάλμα σκέψης και είναι πολύ συνηθισμένο. Πρόκειται για ένα λανθασμένο μοτίβο σκέψης, όπου αυτό που σκεφτόμαστε δεν ταιριάζει με την πραγματικότητα. Οι σκέψεις μας είναι διαστρεβλωμένες. Και με τα λάθη σκέψης, η διαστρέβλωση είναι σχεδόν πάντα αρνητική. Με άλλα λόγια, η εσφαλμένη σκέψη μας εμφανίζει τα πράγματα χειρότερα από ό,τι είναι στην πραγματικότητα.

Όλοι το κάνουμε αυτό. Γενικεύουμε υπερβολικά και βλέπουμε ένα και μόνο αρνητικό γεγονός ως ένα ατελείωτο μοτίβο ήττας. Ή μεγεθύνουμε τη σημασία ενός συγκεκριμένου γεγονότος και πιστεύουμε, λανθασμένα, ότι είμαστε καταδικασμένοι για πάντα αν δεν πάει καλά.

Η υπερβολική ανησυχία για ένα άγνωστο μέλλον μας κάνει ανήσυχους και το άγχος μας εμποδίζει την ικανότητά μας να επιλύουμε προβλήματα. Μας κάνει πιο επικριτικούς και επικριτικούς και προωθεί την καταστροφική και ακραία σκέψη. Σταματάμε να σκεφτόμαστε καθαρά. Και αντί να εστιάζουμε στο εδώ και τώρα και να κάνουμε το επόμενο σωστό πράγμα, εστιάζουμε σε ένα σκοτεινό και μακρινό μέλλον που νιώθουμε ανήμποροι να το αλλάξουμε.

Αν και είναι το "αγχωμένο εσωτερικό παιδί" που μιλάει σε αυτές τις καταστάσεις, ο κίνδυνος είναι ότι αρχίζουμε να πιστεύουμε το άγχος μας και να αντιδρούμε σε αυτό σαν να έχει ήδη γίνει πραγματικότητα το τεταμένο μέλλον. Με αυτόν τον τρόπο απλώς δυσκολευόμαστε να αντιμετωπίσουμε τα πραγματικά προβλήματα.

Μελέτη περίπτωσης

Η Μάρθα ήταν μια μητέρα που είχε μεγαλώσει με χαμηλή αυτοεκτίμηση. Ανησυχούσε ότι το παιδί της θα μεγάλωνε και θα είχε επίσης χαμηλή αυτοεκτίμηση. Έτσι, το ανήσυχο, ανήσυχο, σφιγμένο εσωτερικό παιδί μέσα στη Μάρθα άρχισε να επαινεί υπερβολικά και να περιποιείται το παιδί της με την ελπίδα ότι το παιδί της θα αισθανόταν καλά με τον εαυτό του. Παρά τις καλύτερες προθέσεις της Μάρθας, το παιδί της μεγάλωσε εξαρτώμενο από τον συνεχή έπαινο και την προσοχή των άλλων και, ως αποτέλεσμα, η αυτοεκτίμησή του δεν αναπτύχθηκε.

Δυστυχώς, αυτό ακριβώς προσπαθούσε να αποτρέψει η Μάρθα. Ανησυχώντας τόσο πολύ για την αυτοεκτίμηση της κόρης της, έκανε το πρόβλημα χειρότερο. Αν είχε επικεντρωθεί στο παρόν, θα είχε λιγότερο άγχος και θα ήταν πιο ικανή να δει το παιδί της αντικειμενικά. Θα είχε κατανοήσει καλύτερα τις ανάγκες της κόρης της.

Το άγχος είναι ένα αίσθημα ανησυχίας, νευρικότητας ή ανησυχίας για κάτι με αβέβαιη έκβαση. Με απλά λόγια, το άγχος είναι ο φόβος για το μέλλον, ένα φανταστικό μέλλον ή αποτέλεσμα. Υπολογίζεται ότι 284 εκατομμύρια άνθρωποι παγκοσμίως αντιμετώπισαν μια αγχώδη διαταραχή το 2017, καθιστώντας την την πιο διαδεδομένη διαταραχή ψυχικής υγείας σε όλο τον κόσμο.

Η πιο περίεργη πτυχή της μελλοντολογίας είναι ότι αισθανόμαστε τον πόνο της φανταστικής κατάστασης αυτή τη στιγμή, παρόλο που πρόκειται για φαντασία ενός καταστροφικού μέλλοντος.

Υπερβολικός προγραμματισμός

"Όσο περισσότερο σχεδιάζουμε, τόσο περισσότερο προσκολλούμαστε στο σχέδιό μας.

Και όταν γινόμαστε πολύ προσκολλημένοι στο σχέδιο, γινόμαστε άκαμπτοι".

Και τότε έχουμε την τάση να απογοητευόμαστε και να τα παρατάμε όταν το σχέδιο δεν πάει ακριβώς όπως το φανταστήκαμε.

Νομίζουμε ότι όσο περισσότερο χρόνο αφιερώνουμε στον προγραμματισμό και όσο πιο καλά προετοιμασμένοι είμαστε, τόσο πιο επιτυχημένοι θα είμαστε. Υπάρχει ένα μοιραίο ελάττωμα σε αυτή τη γραμμή σκέψης.

Ο υπερβολικός προγραμματισμός δεν οδηγεί στην πραγματικότητα σε δράση.

Έρχεται ένα σημείο στο στάδιο του σχεδιασμού όπου αυτό που κάνουμε δεν είναι πλέον παραγωγικό.

Ο υπερβολικός προγραμματισμός μας κάνει άκαμπτους.

Ο υπερβολικός σχεδιασμός οδηγεί σε υπερβολική σκέψη, η οποία οδηγεί σε ανησυχία.

Ο υπερβολικός προγραμματισμός μας κάνει να έχουμε εμμονή με τα πράγματα.

Όταν όλη μας η προσοχή πηγαίνει κατευθείαν στον προγραμματισμό, το ίδιο το όνειρο αγνοείται. Έτσι ξεκινά ένας φαύλος κύκλος όπου η υπερβολική σκέψη και ο προγραμματισμός μας καθιστούν αβοήθητους, απόλυτους σκλάβους του πολυάσχολου σώματος και του συνεχώς ενεργοποιημένου μυαλού. Η ενέργεια πηγαίνει εκεί όπου ρέει η προσοχή. Αν υπερσχεδιάζουμε σε σημείο ψυχικής και σωματικής εξάντλησης, προσκαλούμε αρνητική ενέργεια στη ζωή μας.

Γίνεται μια κακή συνήθεια που οδηγεί στην πολυπραγμοσύνη και στην απώλεια της συγκέντρωσης. Το γεγονός ότι σχεδιάζουμε, ξανασχεδιάζουμε, συνεχίζουμε να σχεδιάζουμε, και στη συνέχεια σχεδιάζουμε πάνω στον προγραμματισμό, δεν σημαίνει ότι κάνουμε την πραγματική δουλειά που απαιτεί το όνειρο.

Προειδοποιητικά σημάδια ότι μπορεί να υπερ-σχεδιάζουμε

1. Φρικάρουμε με την παραμικρή απροσδόκητη κατάσταση.
2. Φοβόμαστε την αλλαγή.
3. Έχουμε εμμονή με μικρές λεπτομέρειες.
4. Αρχίζουμε να εγκαταλείπουμε τα έργα στα μισά της διαδρομής ή ακόμα και πριν ξεκινήσουν.
5. Ζούμε στο μέλλον.

Υπερδικαιολογώντας το

Δικαιολογώ είναι το να δίνω μια εξήγηση ή ένα σκεπτικό για κάτι που το κάνω να φαίνεται εντάξει ή να αποδεικνύω ότι είναι σωστό. Πρόκειται για τον προγραμματισμό συζητήσεων, εξηγήσεων ή δικαιολογήσεων για το μέλλον με ανθρώπους.

Μελέτη περίπτωσης

Ο Karan ήταν ένα 8χρονο αγόρι. Ένιωθε ότι είχε κάνει κάτι κακό [όπως να πάρει κρυφά χρήματα από το πορτοφόλι του μπαμπά ή να τσακωθεί στο σχολείο]. Ο Karan φοβήθηκε ότι μόλις το μάθαινε ο πατέρας του, θα τον τιμωρούσε και θα τον μάλωνε. Μια φορά, νωρίτερα, τον είχε μαλώσει επειδή δεν υπάκουε. Έτσι, ο Karan σχεδιάζει μια δικαιολογητική αφήγηση για το μέλλον. Αυτός, μέσα στο μικρό του μυαλό, σκέφτεται και εξασκεί επιχειρήματα υπέρ και κατά. Ο Karan φαντάζεται επίσης ένα φοβερό καταστροφικό μέλλον μιας αναμενόμενης βαριάς τιμωρίας από τους γονείς. Αυτό κάνει το δικαιολογητικό εσωτερικό παιδικό μοτίβο του ακόμα πιο ισχυρό.

Αργότερα, στην ενήλικη ζωή του, ο Karan αναπτύσσει το μοτίβο να δικαιολογεί τις πράξεις του εν αναμονή, ακόμη και όταν κανείς δεν το ζητάει. Θα αρχίσει να δίνει μακροσκελείς εξηγήσεις για τις πράξεις και τις ενέργειές του. Αυτό είναι ένα φανταστικό μέλλον- το εσωτερικό παιδί έχει ένα δικαιολογητικό μοτίβο, εξηγώντας και δικαιολογώντας συνεχώς τις πράξεις, τις αντιδράσεις, τα συναισθήματα.

Αναβλητικότητα

"Μπορείτε να καθυστερήσετε, αλλά ο χρόνος δεν θα το κάνει."

"Δεν μπορείς να ξεφύγεις από την ευθύνη του αύριο αποφεύγοντάς την σήμερα".

Η αναβλητικότητα είναι η αποφυγή της εκτέλεσης μιας εργασίας που πρέπει να ολοκληρωθεί μέχρι μια ορισμένη προθεσμία. Είναι το μοτίβο που μας εμποδίζει να ακολουθήσουμε αυτό που έχουμε βάλει σκοπό να κάνουμε. Είναι η συνήθης ή σκόπιμη καθυστέρηση της έναρξης ή της ολοκλήρωσης μιας εργασίας παρά το γεγονός ότι γνωρίζουμε ότι μπορεί να έχει αρνητικές συνέπειες. Είναι ένα μοτίβο που βρίσκεται μέσα στο παιδί με παρεμποδιστική επίδραση στην παραγωγικότητα.

- Όταν πρέπει να κάνουμε κάτι, αποφασίζουμε και αποφασίζουμε να το κάνουμε.

- Στη συνέχεια, λαμβάνουμε υποστήριξη από τα κίνητρά μας, τα οποία μας βοηθούν να κάνουμε τα πράγματα γρήγορα.

- Σε ορισμένες περιπτώσεις, βιώνουμε ορισμένους παράγοντες που μας αποθαρρύνουν, όπως το άγχος ή ο φόβος της αποτυχίας, που έχουν αντίθετη επίδραση στα κίνητρά μας.

- Επιπλέον, μερικές φορές βιώνουμε ορισμένους ανασταλτικούς παράγοντες, όπως η εξάντληση ή οι ανταμοιβές που βρίσκονται μακριά στο μέλλον, οι οποίοι παρεμβαίνουν στον αυτοέλεγχο και τα κίνητρά μας.

- Όταν οι αποθαρρυντικοί και οι ανασταλτικοί παράγοντες υπερτερούν των κινήτρων μας, καταλήγουμε να αναβάλλουμε, είτε επ' αόριστον, είτε μέχρι να φτάσουμε σε μια χρονική στιγμή όπου η ισορροπία μεταξύ τους μετατοπίζεται υπέρ μας.

Όσον αφορά τους συγκεκριμένους λόγους για τους οποίους οι άνθρωποι αναβάλλουν, όσον αφορά τους αποθαρρυντικούς και παρεμποδιστικούς παράγοντες, οι ακόλουθοι είναι από τους πιο συνηθισμένους:

- Αφηρημένοι στόχοι.

- Ανταμοιβές που βρίσκονται μακριά στο μέλλον.

- Μια αποσύνδεση από τον μελλοντικό μας εαυτό.

- Αίσθημα υπερβολής.

- Άγχος.

- Απέχθεια προς την εργασία.

- Τελειομανία.

- Φόβος της αξιολόγησης ή της αρνητικής ανατροφοδότησης.
- Φόβος αποτυχίας.
- Αντιληπτή έλλειψη ελέγχου.
- Έλλειψη κινήτρων.
- Έλλειψη ενέργειας.

Οι αναβλητικοί συνήθως λένε:
1. "Δουλεύω καλά υπό πίεση."
2. "Είμαι πολύ τεμπέλης αυτή τη στιγμή."
3. "Είμαι πολύ απασχολημένος."
4. "Το έχω βαρεθεί."

Με απλά λόγια, η αναβλητικότητα είναι –

Θα το κάνω μια μέρα

Θα το κάνω μια μέρα

Φαντασιώσεις

Φαντασιώνομαι είναι να ονειρεύομαι κάτι επιθυμητό.

Φαντασιώνομαι είναι να φανταζόμαστε μια εναλλακτική πραγματικότητα που δεν έχουμε σκοπό να δημιουργήσουμε στην πραγματικότητα.

Η φαντασίωση αποστασιοποιεί επειδή μας κάνει ένα άτομο που δεν είμαστε.

Το παιδί δημιουργεί έναν φανταστικό παραμυθένιο κόσμο, φαντάζεται ένα ευχάριστο αποτέλεσμα στο μέλλον. Πρόκειται για έναν μηχανισμό επιβίωσης, με τον οποίο το παιδί απομονώνει τον εαυτό του από τις οδυνηρές, αγωνιώδεις καταστάσεις του περιβάλλοντος.

Ένα παιδί μπορεί να φαντάζεται ότι κατέχει μια ιδιαίτερη ιδιότητα ή ένα ταλέντο, το να πετάει για παράδειγμα. Το παιδί "πετάει" στον φανταστικό κόσμο, μόλις αντιμετωπίσει ένα τραύμα στον πραγματικό κόσμο. Ο σημερινός ενήλικας, με το φαντασιωτικό εσωτερικό παιδί, συνεχίζει τώρα να φαντάζεται το μη ρεαλιστικό εξιδανικευμένο μέλλον. Αυτό έχει ως αποτέλεσμα υψηλές προσδοκίες και αποτυχημένες σχέσεις.

Η επιρρεπής στη φαντασίωση προσωπικότητα (FPP) είναι ένας τύπος προσωπικότητας στον οποίο το άτομο βιώνει μια δια βίου εκτεταμένη και βαθιά εμπλοκή στη φαντασίωση. Πρόκειται για μια μορφή "υπερδραστήριας φαντασίας" ή "διαβίωσης σε έναν ονειρικό κόσμο". Ένα άτομο με αυτό το χαρακτηριστικό δυσκολεύεται να διαφοροποιήσει τη φαντασία από την πραγματικότητα.

Αναφέρεται ότι τα άτομα που είναι επιρρεπή στη φαντασία περνούν έως και το μισό ή και περισσότερο χρόνο ξύπνιου φαντασιώνοντας ή ονειροπολώντας και συχνά συγχέουν ή αναμειγνύουν τις φαντασιώσεις τους με τις πραγματικές τους αναμνήσεις.

Ο "παρακόσμος" είναι ένας εξαιρετικά λεπτομερής και δομημένος φανταστικός κόσμος που συχνά δημιουργείται από ακραίους ή ψυχαναγκαστικούς φαντασιόπληκτους.

Οι Wilson και Barber απαρίθμησαν πολλά χαρακτηριστικά στη μελέτη τους:

- έχοντας φανταστικούς φίλους στην παιδική ηλικία.
- να φαντασιώνεται συχνά ως παιδί.
- έχοντας μια πραγματική φανταστική ταυτότητα.
- να βιώνει φανταστικές αισθήσεις ως πραγματικές.
- Έχοντας ζωντανές αισθητηριακές αντιλήψεις.

Σε κάθε μοτίβο μελλοντοποίησης, ο ενήλικας μετατοπίζεται από μια πραγματικότητα του παρόντος χρόνου, στο εσωτερικό παιδί που μεταφέρει το παρελθόν στο μέλλον.

Ένα παιδί σε μια αγχωτική κατάσταση συχνά αισθάνεται μπερδεμένο, καταβεβλημένο ή χαοτικό. Μέσα σε αυτό το χάος, το παιδί δημιουργεί μια φαντασίωση που βοηθά να διαλύσει το αίσθημα του χάους. Το εσωτερικό παιδί μέσα στον ενήλικα θεωρεί τη φαντασίωση ως πραγματικότητα. Αλλά αυτό που λειτούργησε στην ηλικία των έξι ετών, μπορεί να μην λειτουργεί στην ηλικία των 36 ετών.

"Αυτός που περιμένει να πέσει η πίτα από τον ουρανό, δεν θα ανέβει ποτέ πολύ ψηλά". Η φαντασίωση, αν δεν ακολουθείται από την καταβολή προσπαθειών για την επίτευξη του ιδίου, συνήθως αποτυγχάνει. Αυτό συμβαίνει επειδή το εσωτερικό παιδί έχει μόνο φαντασιωθεί, αλλά δεν έχει μάθει ποτέ να εργάζεται σκληρά για να τη μετατρέψει σε πραγματικότητα.

Μελέτη περίπτωσης

Η Τζάκι είχε πάντα το θέμα - "*Μου αξίζουν πολύ περισσότερα. Αλλά ποτέ δεν παίρνω αυτό που θέλω*". Η Τζάκι φαντασιωνόταν πάντα ότι ήταν η καλύτερη στην τάξη. Αργότερα φανταζόταν τον εαυτό του να είναι ο καλύτερος στη δουλειά του και να ανταμείβεται δεόντως για το ίδιο. Αλλά περνούσε περισσότερο χρόνο φαντασιώνοντας, αντί να δίνει αξία στη δουλειά του. Έτσι, ο Jackie που αρχικά ήταν στο μοτίβο της φαντασίωσης, τώρα έχει ένα άλλο μοτίβο καταστροφολογίας - δεν θα πάρω ποτέ αυτό που θέλω, οπότε γιατί να το κάνω.

Όχι μόνο το παρόν είναι καταστροφικό, αλλά και το μέλλον φαντάζεται επίσης ως καταστροφικό.

Προς το παρόν, ο ενήλικας έχει πολλούς πόρους στη διάθεσή του. Είναι το εσωτερικό παιδί, το οποίο δεν αντιλαμβάνεται τη σημασία των πόρων. Ο πόνος του παρελθόντος παραμένει ζωντανός ως εμπειρία στο παρόν και ως προβαλλόμενο, φανταστικό μέλλον.

Καταστροφολογία

Η καταστροφολογία είναι η αντίληψη μιας παρούσας κατάστασης ως σημαντικά χειρότερης από ό,τι είναι στην πραγματικότητα.

Η καταστροφολογία είναι μια παράλογη σκέψη που πολλοί από εμάς έχουμε, πιστεύοντας την. Γενικά μπορεί να πάρει δύο διαφορετικές μορφές: να κάνει καταστροφή μια τρέχουσα κατάσταση και να φαντάζεται ότι κάνει καταστροφή μια μελλοντική κατάσταση.

Τέτοιες σκέψεις συχνά ξεκινούν με τις λέξεις τι θα γινόταν αν.

Τι γίνεται αν αποτύχω στις εξετάσεις;

Τι θα συμβεί αν ξεχάσω τα πάντα;

Τι θα συμβεί αν ο πατέρας μου δεν είναι ευχαριστημένος με τις επιδόσεις μου;

Τι θα συμβεί αν η κοπέλα μου με απορρίψει αν της κάνω πρόταση γάμου;

Τι θα συμβεί αν χάσω τη δουλειά μου;

- Κάποιος μπορεί να ανησυχεί ότι θα αποτύχει στις εξετάσεις. Από εκεί και πέρα, μπορεί να υποθέσει ότι η αποτυχία σε ένα διαγώνισμα σημαίνει ότι είναι κακός μαθητής και δεν μπορεί ποτέ να περάσει, να πάρει πτυχίο ή να βρει δουλειά. Μπορεί να συμπεράνει ότι αυτό σημαίνει ότι δεν θα είναι ποτέ οικονομικά σταθερός.

- Αν κάποιος επιρρεπής στην καταστροφολογία κάνει ένα λάθος στη δουλειά του, μπορεί να πιστέψει ότι θα απολυθεί. Και ότι αν απολυθεί, θα χάσει το σπίτι του. Και αν χάσουν το σπίτι τους, τι θα συμβεί στα παιδιά τους - και πάει λέγοντας.

- "Αν δεν αναρρώσω γρήγορα από αυτή τη διαδικασία, δεν θα γίνω ποτέ καλά και θα είμαι ανάπηρος σε όλη μου τη ζωή".

- "Αν ο σύντροφός μου με εγκαταλείψει, δεν θα βρω ποτέ κανέναν άλλον και δεν θα ξαναγίνω ποτέ ευτυχισμένη".

Το πρόβλημα που αντιμετωπίζουμε μπορεί, στην πραγματικότητα, να είναι ένα ασήμαντο μικροατύχημα. Ωστόσο, επειδή ενδίδουμε στη συνήθεια της καταστροφολογίας, κάνουμε τα προβλήματα πάντα μεγαλύτερα από τη ζωή, πράγμα που φυσικά καθιστά απίστευτα δύσκολο να ξεπεραστούν.

Η καταστροφολογία έχει δύο μέρη:

- Πρόβλεψη αρνητικού αποτελέσματος.

- Να βγάζετε το συμπέρασμα ότι αν το αρνητικό αποτέλεσμα συμβεί, θα είναι καταστροφή.

Αν και υπάρχουν πολλές πιθανές αιτίες και παράγοντες που συμβάλλουν στην καταστροφολογία, οι περισσότερες εμπίπτουν σε μία από τις τρεις κατηγορίες.

1. **Ασάφεια** – το να είναι κάποιος ασαφής μπορεί να τον οδηγήσει σε καταστροφικές σκέψεις.

Ένα παράδειγμα θα ήταν να λάβετε ένα γραπτό μήνυμα από έναν φίλο που γράφει: "Πρέπει να μιλήσουμε". Αυτό το ασαφές μήνυμα θα μπορούσε να είναι κάτι θετικό ή αρνητικό, αλλά δεν μπορούμε να ξέρουμε ποιο από αυτά είναι με τις πληροφορίες που έχουμε μόνο. Έτσι, αρχίζουμε να φανταζόμαστε το πολύ χειρότερο.

2. **Αξία** – Σχέσεις και καταστάσεις που εκτιμούμε ιδιαίτερα, μπορεί να οδηγήσουν σε μια τάση καταστροφολογίας. Όταν κάτι είναι ιδιαίτερα σημαντικό, η έννοια της απώλειας ή της δυσκολίας μπορεί να είναι πιο δύσκολο να αντιμετωπιστεί.

Ένα παράδειγμα θα μπορούσε να είναι η υποβολή αίτησης για μια θέση εργασίας. Μπορεί να αρχίσουμε να φανταζόμαστε τη μεγάλη απογοήτευση, το άγχος και την κατάθλιψη που θα βιώσουμε αν δεν πάρουμε τη δουλειά.

3. **Φόβος** – ιδιαίτερα ο παράλογος φόβος, παίζει μεγάλο ρόλο στην

καταστροφολογία. Αν φοβόμαστε να πάμε στο γιατρό, θα αρχίσουμε να σκεφτόμαστε όλα τα άσχημα πράγματα που θα μπορούσε να μας πει ο γιατρός, ακόμη και αν πάμε απλώς για έναν έλεγχο.

Η καταστροφολογία λαμβάνει χώρα όταν προβάλλουμε τον εαυτό μας στο μέλλον και φανταζόμαστε το χειρότερο αποτέλεσμα. *Το άγχος είναι η φαντασίωση ενός καταστροφικού αποτελέσματος και η βίωση άγχους τώρα.*

Αυτό το πρότυπο αντίληψης-συμπεριφοράς διαμορφώνεται καθώς το παιδί βιώνει τραύμα. Το παιδί αρχίζει να πιστεύει ότι αυτή είναι η σκληρή πραγματικότητα της ζωής και ότι έτσι θα είναι πάντα.

Στον ενήλικο εαυτό μας, το ανήσυχο εσωτερικό παιδί συνεχίζει να βγαίνει στην επιφάνεια, καταστροφολογεί το αποτέλεσμα και πιστεύει ακράδαντα ότι είναι πραγματικό. Το αποτέλεσμα είναι ο πόνος και η αγωνία στον παρόντα χρόνο. Εδώ, οι καταστροφές του παρελθόντος προβάλλονται στο μέλλον. Αυτό το μοτίβο σκέψης μπορεί να είναι καταστροφικό, επειδή η περιττή και επίμονη ανησυχία μπορεί να οδηγήσει σε αυξημένο άγχος και κατάθλιψη.

Σκέψου-Ελευθερίες

'Σύγχυση'

"Έχω ή δεν έχω;'

'Αναποφασιστικότητα'

"Η σύγχυση είναι μια λέξη που επινοήσαμε για μια τάξη που δεν έχει γίνει ακόμη κατανοητή".

"Η ζωή είναι σαν μια ερώτηση πολλαπλών επιλογών, μερικές φορές οι επιλογές σε μπερδεύουν, όχι η ερώτηση".

Η σύγχυση είναι η αδυναμία να σκεφτείς ή να σκεφτείς με έναν εστιασμένο, σαφή τρόπο. Είναι η κατάσταση της σύγχυσης ή της ασαφούς σκέψης για κάτι. Είναι η απώλεια του προσανατολισμού ή της ικανότητας να τοποθετείται κανείς σωστά στον κόσμο με βάση τον χρόνο, την τοποθεσία και την προσωπική του ταυτότητα.

Προέρχεται από τη λατινική λέξη "confusio" από το ρήμα "confundere", που σημαίνει "ανακατεύομαι".

Μελέτη περίπτωσης

Η Μαρία ήταν ένα απλό κορίτσι. Όπως όλα τα άλλα απλά παιδιά, δεν καταλάβαινε τι είναι σωστό ή λάθος, καλό ή κακό, θετικό ή αρνητικό. Οι γονείς της ήταν ο κόσμος γι' αυτήν. Από τη μία πλευρά, οι γονείς της κήρυτταν ότι είναι λάθος να λέμε ψέματα και ότι πρέπει πάντα να ακολουθούμε το δρόμο της αλήθειας. Αλλά από την άλλη, παρατηρούσε ότι συχνά κατέφευγαν στο ψέμα, είτε για να αποφύγουν κάτι είτε -όπως εκλογίκευαν οι γονείς της- ήταν απαραίτητο.

Μελέτη περίπτωσης

Ο Mohan μεγάλωσε σε ένα περιβάλλον όπου ο πατέρας του ισχυριζόταν πάντα ότι η κυβέρνηση είναι διεφθαρμένη και ήταν μάρτυρας μακρών συζητήσεων του πατέρα του με τους φίλους του. Όμως, όταν επρόκειτο να δωροδοκήσει τον τροχονόμο, ο πατέρας του δεν το σκεφτόταν δύο φορές.

Οι περισσότεροι από εμάς, καθώς μεγαλώναμε, γίναμε μάρτυρες της δυαδικότητας των γονέων στη συζήτηση και την πράξη, κάτι έλεγαν και κάτι έκαναν. Όταν τους ρωτούσαμε, η απάντηση ήταν: "Είσαι πολύ μικρός για να το καταλάβεις αυτό". Αλλά όταν επρόκειτο για ένα διαφορετικό θέμα, μας επέπλητταν - Είσαι μεγάλος τώρα, αυτό δεν το περίμεναν από σένα. Έτσι, ήμασταν και μικροί και μεγάλοι κατά την κρίση των γονιών μας.

Το εσωτερικό παιδί αναπτύσσει το μοτίβο της σύγχυσης όταν υπάρχουν αντικρουόμενα λόγια και πράξεις, κάτι που το παιδί δυσκολεύεται να κατανοήσει και να ενσωματώσει στον συνειδητό του εαυτό. Συμβαίνει επίσης όταν ερχόμαστε αντιμέτωποι με ένα γεγονός, μια κατάσταση ή ένα συναίσθημα που δεν μπορούμε να βιώσουμε πλήρως. Το παιδί απλώς δεν ξέρει πώς να αντιδράσει στην κατάσταση ή στο συναίσθημα. Η κατάσταση δεν βγάζει νόημα για το παιδί και αναπτύσσεται ένα "μπερδεμένο μοτίβο του εσωτερικού παιδιού". Στη μετέπειτα ζωή του, ο ενήλικας εμφανίζεται αυτομάτως μονίμως μπερδεμένος. Ο ενήλικας δυσκολεύεται να αποφασίσει στη δουλειά, στο σπίτι, στις σχέσεις.

Πρόκειται για τη διαδικασία προσαρμογής, σύμφωνα με τους κανόνες των γονέων ή τους κανόνες της συγκεχυμένης κοινωνίας. Είναι σαν να εγκαταλείπουμε αυτό που πραγματικά είμαστε για να γίνουμε αυτό που δεν είμαστε. Εξ ου και η δήλωση – *Ένα μέρος του εαυτού μου υποτίθεται ότι πρέπει να το κάνει αυτό, αλλά ένα μέρος του εαυτού μου δεν θέλει να το κάνει.* Αυτός είναι ο βασικός λόγος πίσω από πολλούς πονοκεφάλους ή ημικρανίες.

Αναποφασιστικότητα

"Ο κίνδυνος μιας λανθασμένης απόφασης είναι προτιμότερος από τον τρόμο της αναποφασιστικότητας".

Η αναποφασιστικότητα είναι η κατάσταση αδυναμίας επιλογής, η αμφιταλάντευση μεταξύ δύο ή περισσότερων πιθανών τρόπων δράσης.

Μελέτη περίπτωσης

Ο Άλμπερτ βρισκόταν πάντα υπό τεράστια πίεση από τους γονείς του για να αριστεύσει στους βαθμούς του. Ήξεραν ότι του άρεσε να παίζει με μηχανικά παιχνίδια. Έτσι, οραματίστηκαν ένα μέλλον στη ρομποτική. Εν αγνοία τους μετέδωσαν και μετέφεραν αυτή την "πίεση" στον Άλμπερτ που ήθελε να γίνει μουσικός. Αυτό έβαλε τον Άλμπερτ σε μια μπερδεμένη εσωτερική παιδική κατάσταση, όπου δεν μπορούσε ποτέ να αποφασίσει ανάμεσα σε αυτό που του άρεσε να κάνει και σε αυτό που ήταν καλός και σε αυτό που οι δίκαιοι γονείς του πίστευαν ότι ήταν καλύτερο γι' αυτόν να κάνει. Κατέληξε να διαλέξει τη λάθος επαγγελματική πορεία και την καταθλιπτική ζωή.

Οι γονεϊκές προσδοκίες μπορεί να εκλαμβάνονται ως δύσκολες, αδύνατες, λανθασμένες, υπερβολικές και μη συμβατές με τις επιθυμίες του παιδιού. Τέτοιες γονεϊκές προσδοκίες, τις οποίες το παιδί αδυνατεί να εκπληρώσει, δημιουργούν συναισθήματα σύγχυσης. Το μοτίβο του μπερδεμένου εσωτερικού παιδιού ενεργοποιείται και γενικεύεται σε όλους τους τομείς της ζωής τους. Δεν είναι σε θέση να αποφασίσουν για τον εαυτό τους. Αυτό δημιουργεί το αίσθημα - είμαι αποτυχημένος. Δεν μπορώ ποτέ να ανταποκριθώ στις προσδοκίες κανενός. Αν και ικανοί και με πολλές δυνατότητες, υποτιμούν τον εαυτό τους και υπολειτουργούν. Προκύπτουν συναισθήματα ότι κρίνονται ή ότι είναι ανίκανοι ή ανεπαρκείς.

'Υπερβολική γενίκευση'

'Ποτέ Πάντα'

'Αληθές για ένα μέρος μπορεί να μην είναι αληθές για το σύνολο!'

"Πάντα και ποτέ είναι δύο λέξεις που πρέπει πάντα να θυμάστε να μην χρησιμοποιείτε ποτέ."

Η υπερ-γενίκευση είναι ένα μοτίβο παρέκκλισης της σκέψης, όπου τείνουμε να κάνουμε ευρείες γενικεύσεις που βασίζονται σε ένα μόνο γεγονός και ελάχιστα στοιχεία. Πιο συγκεκριμένα, είναι η τάση να χρησιμοποιούμε τις εμπειρίες του παρελθόντος ως σημείο αναφοράς για να κάνουμε υποθέσεις σχετικά με το παρόν ή τις μελλοντικές συνθήκες. Με άλλα λόγια, ουσιαστικά χρησιμοποιούμε ένα γεγονός του παρελθόντος για να προβλέψουμε το μέλλον.

Είναι η πράξη της εξαγωγής συμπερασμάτων που είναι υπερβολικά ευρεία, επειδή υπερβαίνουν αυτό που θα μπορούσε να συναχθεί λογικά από τις διαθέσιμες πληροφορίες. Η υπερβολική γενίκευση επηρεάζει συχνά άτομα με κατάθλιψη ή αγχώδεις διαταραχές. Είναι ένας τρόπος σκέψης κατά τον οποίο εφαρμόζουμε μια εμπειρία σε όλες τις εμπειρίες, συμπεριλαμβανομένων εκείνων στο μέλλον.

Σε αυτό το μοτίβο υπερ-γενίκευσης, θεωρούμε κάθε αρνητική εμπειρία που συμβαίνει ως μέρος ενός αναπόφευκτου μοτίβου λαθών. Με το κοινωνικό άγχος, μπορεί να επηρεάσει σε μεγάλο βαθμό τη ζωή και να εμποδίσει την καθημερινότητά μας. Η υπερ-γενίκευση μπορεί να επιδεινώσει τις σκέψεις μας, κάνοντάς μας να νιώθουμε ότι όλοι μας αντιπαθούν και ότι δεν μπορούμε να κάνουμε τίποτα σωστά.

Μια αυτοπεριοριστική υπερ-γενίκευση είναι όταν εμποδίζουμε τον εαυτό μας να ανταποκριθεί στις δυνατότητές μας. Πρόκειται για συνηθισμένες σκέψεις όπως "δεν είμαι αρκετά καλός" ή "δεν θα μπορούσα ποτέ να το κάνω αυτό". Αυτό μας εμποδίζει να κάνουμε το επόμενο βήμα, βλάπτοντας την καριέρα και την κοινωνική μας ζωή. Οι υπερβολικές γενικεύσεις μπορεί να είναι ένα εξουθενωτικό σύμπτωμα του κοινωνικού άγχους. Περιορίζουν τον τρόπο με τον οποίο αλληλεπιδρούμε με τους άλλους και μπορεί να μας εμποδίσουν να πετύχουμε αυτό που θέλουμε να κάνουμε στη ζωή μας.

Οι άνθρωποι που γενικεύουν υπερβολικά, χρησιμοποιούν λέξεις όπως "πάντα" και "κάθε" όταν αξιολογούν γεγονότα, παρόλο που αυτές οι λέξεις πιθανόν να μην είναι απολύτως ακριβείς. Η υπεργενίκευση μπορεί να γίνει κατανοητή στη γλώσσα που χρησιμοποιούμε όταν μιλάμε για προκλήσεις. Χρησιμοποιούμε λέξεις όπως "πάντα", "ποτέ", "όλοι" και "κανείς". Αυτός ο τύπος σκέψης και γλώσσας έχει σημασία, διότι μόλις πούμε ότι κάτι μας συμβαίνει πάντα, αρχίζουμε να αντιδρούμε στο μοτίβο των γεγονότων αντί μόνο στο ένα γεγονός που μόλις συνέβη.

Οι άνθρωποι που γενικεύουν υπερβολικά τείνουν να θυμώνουν περισσότερο από τους άλλους, εκφράζουν αυτόν τον θυμό με λιγότερο υγιείς τρόπους και υφίστανται μεγαλύτερες συνέπειες ως αποτέλεσμα του θυμού τους.

Για παράδειγμα, αν κάποτε έβγαλα μια κακή ομιλία, θα αρχίσω να λέω στον εαυτό μου, πάντα τα κάνω θάλασσα στις ομιλίες. Μια αποτυχημένη προσπάθεια στην αρχή γενικεύεται υπερβολικά σε - Δεν θα μπορέσω ποτέ να το κάνω.

Το "ό,τι ισχύει για ένα μέρος, ισχύει και για το σύνολο" δεν είναι πάντα αληθινό. Βγάζουμε ένα ευρύ γενικευμένο συμπέρασμα με βάση ένα και μόνο περιστατικό. Μια απόρριψη από ένα μέλος του αντίθετου φύλου γενικεύεται σε - Δεν είμαι αρκετά καλός ή δεν είμαι αξιαγάπητος. Η γλώσσα της έκφρασης αλλάζει από μερικές φορές σε πάντα ή ποτέ- κάποιοι γίνονται όλοι ή κανένας και κάποιος γίνεται όλοι ή κανείς.

'Πρόσοψη'

'Απατηλή σύγχυση'

"Ό,τι λάμπει δεν είναι χρυσός!"

Η πρόσοψη είναι μια απατηλή εξωτερική εμφάνιση. Η πρόσοψη είναι ένα είδος βιτρίνας που οι άνθρωποι δημιουργούν συναισθηματικά. Αν είμαστε θυμωμένοι, αλλά παριστάνουμε τους χαρούμενους, στήνουμε μια πρόσοψη. Ένα άτομο που βάζει μια βιτρίνα είναι σίγουρα μια βιτρίνα: το πρόσωπο που δείχνει στον κόσμο δεν ταιριάζει με το πώς αισθάνεται.

Η σύγχυση μπορεί μερικές φορές να είναι μια πρόσοψη που δημιουργείται από το εσωτερικό παιδί στο περιβάλλον. Πρόκειται για ένα προστατευτικό, αμυντικό μοτίβο που εξασφαλίζει την επιβίωση σε μια εχθρική κατάσταση. Το εσωτερικό παιδί μαθαίνει πώς να ξεγελάει το περιβάλλον δημιουργώντας σύγχυση. Το παιδί μαθαίνει ότι χρησιμοποιώντας ορισμένες λέξεις ή όντας με έναν ορισμένο τρόπο, οι ενήλικες παραμένουν σαστισμένοι. *Αυτό βοηθά το παιδί να αισθάνεται ισχυρό όταν νιώθει αδύναμο.* Το παιδί νιώθει στην πραγματικότητα ανίσχυρο, καταβεβλημένο και μπερδεμένο και, μέσα σε αυτή τη σύγχυση, αποφασίζει να μπερδέψει τους άλλους για να νιώσει ισχυρό.

Όταν η δημιουργία σύγχυσης, για να χειριστεί την αδυναμία, τίθεται σε αυτόματο ρυθμό, το άτομο αρχίζει να βιώνει συναισθήματα απομόνωσης, αποξένωσης, παρεξηγήσεων και μοναξιάς, επειδή για να διατηρήσει το άτομο το αίσθημα της δύναμης και του ελέγχου, πρέπει να συνεχίσει να δημιουργεί σύγχυση στους άλλους και στον κόσμο του. Συχνά το υπερβολικά διανοούμενο άτομο θα χρησιμοποιήσει την παραπάνω στρατηγική.

'Βιαστικά συμπεράσματα'

'Υποθετική σκέψη'

'Ανάγνωση του μυαλού - Μαντεία'

Όταν βγάζουμε βιαστικά συμπεράσματα, στην πραγματικότητα βγάζουμε αρνητικά συμπεράσματα με λίγα ή καθόλου στοιχεία, κάνοντας παράλογες υποθέσεις για ανθρώπους και καταστάσεις. Αυτό συμβαίνει όταν νομίζουμε ότι ξέρουμε τι σκέφτονται και αισθάνονται οι άλλοι ή γιατί συμπεριφέρονται με ορισμένους τρόπους, ακόμη και όταν δεν υπάρχουν στοιχεία που να υποστηρίζουν τις πεποιθήσεις μας. Δεν αποτελεί έκπληξη το γεγονός ότι αυτό μπορεί να οδηγήσει σε όλων των ειδών τα προβλήματα.

Υποθέτουμε ότι κάτι θα συμβεί στο μέλλον (προγνωστική σκέψη) ή υποθέτουμε ότι γνωρίζουμε τι σκέφτεται κάποιος άλλος (ανάγνωση του μυαλού). Το πρόβλημα είναι ότι αυτά τα συμπεράσματα σπάνια βασίζονται σε γεγονότα ή συγκεκριμένες αποδείξεις, αλλά μάλλον σε προσωπικά συναισθήματα και απόψεις.

Μπορεί να συμβεί με δύο τρόπους - τη νοητική ανάγνωση και τη μαντεία. Όταν "διαβάζουμε το μυαλό" υποθέτουμε ότι οι άλλοι μας αξιολογούν αρνητικά ή έχουν κακές προθέσεις για εμάς. Όταν "μαντεύουμε", προβλέπουμε ένα αρνητικό μελλοντικό αποτέλεσμα ή αποφασίζουμε ότι οι καταστάσεις θα εξελιχθούν προς το χειρότερο πριν καν η κατάσταση συμβεί.

Μελέτη περίπτωσης

Η *Patricia* είχε καλές σχέσεις με τους συναδέλφους της. Πίστευε όμως ότι δεν την έβλεπαν τόσο έξυπνη ή ικανή όσο οι υπόλοιποι στο γραφείο. Στην Πατρίτσια ανατέθηκε ένα σημαντικό έργο το οποίο περίμενε με ανυπομονησία και ήταν ενθουσιασμένη να δουλέψει. Ωστόσο, έλεγε συνέχεια στον εαυτό της: "Όλοι ήδη με θεωρούν χαζή. Ξέρω ότι θα κάνω ένα λάθος και θα καταστρέψω ολόκληρο το έργο".

Οι σκέψεις της Πατρίτσια δεν βασίζονται σε καμία πραγματικότητα. Δεν έχει καμία απόδειξη ότι την περιφρονούν ή ότι το έργο θα αποτύχει. Βγάζει βιαστικά συμπεράσματα για το τι σκέφτονται οι άλλοι και για την έκβαση των μελλοντικών γεγονότων. "Διαβάζει το μυαλό" των συναδέλφων της και "μαντεύει" την έκβαση του έργου. Μπορεί να επιλέξει να πει στον εαυτό της ότι θα κάνει ό,τι καλύτερο μπορεί σε αυτό το έργο και ότι αν γίνει κάποιο λάθος, θα μάθει από αυτό.

Μια από τις μεγαλύτερες εκτροπές της σκέψης των ανθρώπων είναι ότι είμαστε "ορθολογικά" πλάσματα. Από τη μία πλευρά, σκεφτόμαστε λογικά κατά καιρούς, αλλά δεν υπάρχει καμία αμφιβολία ότι μεγάλο μέρος της σκέψης μας, τις περισσότερες φορές, δεν είναι ούτε κατά διάνοια τόσο ορθολογική ή τόσο ακριβής όσο υποθέτουμε ότι είναι.

Ο τρόπος με τον οποίο ερμηνεύουμε τις καταστάσεις είναι προκατειλημμένος από την ανατροφή μας, συμπεριλαμβανομένου του πολιτιστικού και θρησκευτικού υπόβαθρου, από τις διαθέσεις μας μέσα μας και τα συναισθήματά μας για το τι συμβαίνει εκείνη τη στιγμή.

Συχνά κάνουμε λάθος στις εικασίες μας, γεγονός που μπορεί να αναστατώσει και να προσβάλει ή να θίξει το άλλο άτομο. Αυτό μπορεί να αποβεί καταστροφικό για τις σχέσεις - τις στενές και προσωπικές, καθώς και τις επαγγελματικές και τις εργασιακές μας σχέσεις.

'Μαύρο-άσπρο σκεπτικό'

'Είμαι είτε καλός είτε κακός'

'Σκέψη όλα ή τίποτα - Μεγέθυνση και ελαχιστοποίηση'

"Η ζωή δεν είναι ασπρόμαυρη, αλλά ούτε και πολύχρωμη. Στην πραγματικότητα είναι αυτό που εσείς την κάνετε, οπότε ο τρόπος που την βλέπετε έχει μεγάλη σημασία."

Η ασπρόμαυρη σκέψη ή η σκέψη "όλα ή τίποτα" είναι η αποτυχία στη σκέψη ενός ατόμου να συγκεντρώσει τη διχοτόμηση των θετικών και αρνητικών ιδιοτήτων του εαυτού και των άλλων σε ένα συνεκτικό, ρεαλιστικό σύνολο.

Είναι η σκέψη στα άκρα - οι πράξεις και τα κίνητρα είναι όλα καλά ή όλα κακά χωρίς καμία μέση λύση. Ποτέ δεν βλέπουμε πραγματικά τις συνθήκες με αμερόληπτο και ουδέτερο τρόπο.

Είμαι μια λαμπρή επιτυχία, ή είμαι μια απόλυτη αποτυχία. Το αγόρι μου είναι ένας άγγελος, ή είναι ο ενσαρκωμένος διάβολος.

Αυτό το μοτίβο της πολωμένης σκέψης μας εμποδίζει να δούμε τον κόσμο όπως συχνά είναι - πολύπλοκος και γεμάτος από όλες τις ενδιάμεσες αποχρώσεις. Μια νοοτροπία του όλα ή τίποτα δεν μας επιτρέπει να βρούμε τη μέση λύση. Οι περισσότεροι από εμάς εμπλέκονται σε αυτή την εκτροπή της σκέψης από καιρό σε καιρό. Στην πραγματικότητα, πιστεύεται ότι αυτό το μοτίβο μπορεί να έχει τις ρίζες του στην ανθρώπινη επιβίωση - την αντίδραση μάχης ή φυγής.

Αυτό το μοτίβο μπορεί να βλάψει τη σωματική και ψυχική μας υγεία, να σαμποτάρει την καριέρα μας και να προκαλέσει διαταραχή στις σχέσεις μας.

Τα παραδείγματα μπορεί να περιλαμβάνουν:

• μετακινώντας ξαφνικά ανθρώπους από την κατηγορία "καλός άνθρωπος" στην κατηγορία "κακός άνθρωπος".

• να παραιτηθεί από τη δουλειά ή να απολύσει ανθρώπους.

• να διαλύσετε μια σχέση.

• αποφεύγοντας τη γνήσια επίλυση των προβλημάτων.

Ένας τέτοιος τύπος ενός εσωτερικού παιδικού προτύπου εκτροπής της σκέψης συχνά μετατοπίζεται μεταξύ εξιδανίκευσης και υποτίμησης των άλλων. Το να είστε σε σχέση με κάποιον που σκέφτεται στα άκρα μπορεί να είναι πραγματικά δύσκολο λόγω των επαναλαμβανόμενων κύκλων συναισθηματικής αναστάτωσης.

Η ασπρόμαυρη σκέψη μπορεί να μας κάνει να δημιουργήσουμε άκαμπτους κανόνες για τον εαυτό μας. Όταν σκεφτόμαστε ασπρόμαυρα, εσωτερικεύουμε κάθε αποτυχία και έχουμε μη ρεαλιστικές προσδοκίες για κάθε επιτυχία. Όλοι μας έχουμε αναρωτηθεί αν είμαστε "κακοί άνθρωποι" ή "καλοί άνθρωποι". Στην πραγματικότητα, οι περισσότεροι από εμάς είμαστε κάπου στο ενδιάμεσο, με κακές και καλές ιδιότητες. Όταν σκεφτόμαστε με όρους άσπρου-μαύρου, κινδυνεύουμε να γίνουμε υπερβολικά αυτοκριτικοί ή να αρνηθούμε να δούμε τα ελαττώματά μας. Αυτό μπορεί να μας κάνει υπερευαίσθητους στις απόψεις των άλλων και να μας δυσκολεύει να δεχτούμε την κριτική. Αυτό μας εμποδίζει από τη γνήσια ανάπτυξη και την αυτοσυμπόνια.

Δημιουργεί αστάθεια στις σχέσεις, επειδή ένα άτομο μπορεί να θεωρηθεί είτε ως προσωποποιημένη αρετή είτε ως προσωποποιημένη κακία σε διαφορετικές χρονικές στιγμές, ανάλογα με το αν ικανοποιεί τις ανάγκες μας ή μας απογοητεύει. Αυτό οδηγεί σε χαοτικά και ασταθή μοτίβα σχέσεων, έντονες συναισθηματικές εμπειρίες, διάχυση της ταυτότητας και εναλλαγές της διάθεσης.

Οι σχέσεις συμβαίνουν μεταξύ ατόμων, είτε βλέπουν ο ένας τον άλλον ως οικογένεια, φίλους, γείτονες, συναδέλφους ή κάτι εντελώς διαφορετικό. Οι άνθρωποι έχουν σκαμπανεβάσματα και συγκρούσεις και αναπόφευκτα προκύπτουν συγκρούσεις. Αν προσεγγίζουμε τις φυσιολογικές συγκρούσεις με μοτίβα σκέψης άσπρου-μαύρου, θα βγάλουμε λανθασμένα συμπεράσματα για τους άλλους ανθρώπους και θα χάσουμε ευκαιρίες για διαπραγματεύσεις και συμβιβασμούς. Ακόμα χειρότερα, η ασπρόμαυρη σκέψη μπορεί να κάνει ένα άτομο να παίρνει αποφάσεις χωρίς να σκέφτεται τον αντίκτυπο της απόφασης αυτής στον εαυτό του και στους άλλους εμπλεκόμενους.

Αυτού του είδους η σκέψη μας κάνει να εμμένουμε σε αυστηρά καθορισμένες κατηγορίες - Η δουλειά μου. Η δουλειά τους. Ο δικός μου ρόλος. Ο ρόλος τους.

Όλοι μας σκεφτόμαστε τον κόσμο με άσπρο-μαύρο τρόπο κατά καιρούς. Από το να αρνούμαστε να δούμε τα ελαττώματα των αγαπημένων μας προσώπων μέχρι το να είμαστε υπερβολικά αυστηροί με τον εαυτό μας, η τάση του ανθρώπινου εγκεφάλου να αντιλαμβάνεται τον κόσμο με όρους είτε/είτε έχει βαθιά επίδραση στις σχέσεις μας.

Ο κόσμος δεν είναι ένας τόπος είτε/είτε: Οι ζωές μας είναι γεμάτες αποχρώσεις του γκρι. Βλέποντας τον κόσμο σε άσπρο-μαύρο - μπορεί αρχικά να διευκολύνουμε τον εαυτό μας να διαχωρίσει το καλό από το κακό, το σωστό από το λάθος και το όμορφο από το άσχημο. Αλλά αυτό το είδος σκέψης μπορεί να είναι εξαντλητικό, στέλνοντάς μας μέσα από συνεχή σκαμπανεβάσματα. Και σε ένα βαθύτερο επίπεδο, η απλοποίηση των πραγμάτων με εύκολους, δυαδικούς όρους μας στερεί μεγάλο μέρος της πολυπλοκότητας που κάνει τη ζωή και τις σχέσεις τόσο πλούσιες.

εγέθυνση και ελαχιστοποίηση

Η μεγέθυνση και η ελαχιστοποίηση είναι ένα μοτίβο ασπρόμαυρης σκέψης όπου τείνουμε να μεγεθύνουμε τα θετικά χαρακτηριστικά ενός άλλου ατόμου, ενώ ελαχιστοποιούμε τα δικά μας θετικά χαρακτηριστικά. Με άλλα λόγια, ουσιαστικά υποτιμούμε τον εαυτό μας, ενώ ταυτόχρονα ανεβάζουμε το άλλο άτομο σε βάθρο. Το να έχουμε ταπεινότητα είναι υπέροχο πράγμα, αλλά όχι εις βάρος της αυτοεκτίμησής μας.

'Επισήμανση'

'Μόνο εγώ είμαι έτσι' 'Επισήμανση'

Η επισήμανση είναι η περιγραφή κάποιου ή κάποιου πράγματος με μια λέξη ή μια σύντομη φράση, που αποδίδεται σε μια κατηγορία, ιδιαίτερα ανακριβώς ή περιοριστικά. Καθ' όλη τη διάρκεια της ζωής μας, οι άνθρωποι μας αποδίδουν ετικέτες και το αντίστροφο. Αυτές οι ετικέτες επηρεάζουν το πώς σκέφτονται οι άλλοι για την ταυτότητά μας, καθώς και το πώς σκεφτόμαστε εμείς για τον εαυτό μας και τους άλλους.

Τις περισσότερες φορές, οι ετικέτες που χρησιμοποιούμε για να περιγράψουμε ο ένας τον άλλον είναι αποτέλεσμα αβάσιμων υποθέσεων και στερεοτύπων. Εφαρμόζουμε τακτικά ταμπέλες σε ανθρώπους που μόλις και μετά βίας γνωρίζουμε ή δεν έχουμε καν συναντήσει, και το ίδιο γίνεται και σε εμάς. Έτσι, καλώς ή κακώς, οι ετικέτες αντιπροσωπεύουν μια επιρροή στην ταυτότητά μας που συχνά είναι πέρα από τον έλεγχό μας.

Το να χαρακτηρίζεται κανείς ως "διαφορετικός" μπορεί να οδηγήσει σε εκφοβισμό και περιθωριοποίηση στα σχολεία. Τα παιδιά αλλάζουν και εξελίσσονται, αλλά οι ετικέτες, δυστυχώς, τείνουν να κολλάνε. Αυτό μπορεί να δυσκολέψει τα παιδιά να αφήσουν πίσω τους την αρνητική φήμη και να ξεκινήσουν από την αρχή. Η χρήση ετικετών μπορεί να είναι επιβλαβής για τα παιδιά. Η σχέση μεταξύ ετικετοποίησης και στιγματισμού είναι σύνθετη αλλά καλά τεκμηριωμένη.

Οι ετικέτες που εστιάζουν στις δυσκολίες που αντιμετωπίζει ένα παιδί το κάνουν εις βάρος της αναγνώρισης των ικανοτήτων και των δυνατών σημείων του σε άλλους τομείς. Τέτοιες ετικέτες μπορεί να είναι πολύ δύσκολο να τις ξεπεράσει κανείς, παρόλο που αποτελούν μόνο ένα μέρος της ταυτότητας ενός παιδιού. Αυτό μπορεί να έχει ως αποτέλεσμα να μειώνονται οι προσδοκίες των ενηλίκων για τα παιδιά και να επηρεάζεται αδικαιολόγητα η ερμηνεία των πράξεων ενός παιδιού.

Ο τρόπος με τον οποίο ονομάζουμε τα πράγματα συχνά αντικατοπτρίζει τα εσωτερικά μας συστήματα πεποιθήσεων. Όσο περισσότερο τείνουμε να ονομάζουμε κάτι, τόσο ισχυρότερα είναι τα συστήματα πεποιθήσεων που παίζουν ρόλο. Οι ετικέτες μας συχνά βασίζονται σε προηγούμενες εμπειρίες και προσωπικές απόψεις, παρά σε αδιάσειστα γεγονότα και αποδείξεις.

'Συναισθηματική Λογική'

'Συναισθηματική αλήθεια και πραγματικότητα'

'Συναισθήματα - Σκέψεις - Πράξεις'

Όταν συμβαίνει κάτι που μας αναστατώνει, πώς το χειριζόμαστε - είμαστε σε θέση να διαχωρίσουμε τα συναισθήματά μας από την πραγματικότητα της κατάστασης ή καταλήγουμε να τα συγχέουμε;

Μια κατάσταση προκαλεί μια συναισθηματική αντίδραση από εμάς, η οποία μας οδηγεί στο να τη σκεφτόμαστε τόσο πολύ, ώστε η πραγματικότητα που δημιουργούμε στο μυαλό μας να διαχωρίζεται από την πραγματική πραγματικότητα. Δημιουργείται άγχος για πράγματα που δεν είναι πραγματικά προβλήματα απλώς και μόνο λόγω του τρόπου που νιώσαμε και σκεφτήκαμε γι' αυτά - αφήνουμε τα συναισθήματά μας να καθοδηγήσουν τον τρόπο με τον οποίο ερμηνεύουμε την πραγματικότητα.

Πρόκειται για συναισθηματικό συλλογισμό, όπου καταλήγουμε στο συμπέρασμα ότι η συναισθηματική μας αντίδραση αποδεικνύει ότι κάτι είναι αληθινό, ανεξάρτητα από τα στοιχεία που αποδεικνύουν το αντίθετο. Τα συναισθήματά μας θολώνουν τις σκέψεις μας, οι οποίες με τη σειρά τους θολώνουν την πραγματικότητά μας.

Τα σημάδια της συναισθηματικής συλλογιστικής περιλαμβάνουν σκέψεις όπως "αισθάνομαι ένοχος, άρα πρέπει να έχω κάνει κάτι κακό", "αισθάνομαι ανεπαρκής, άρα πρέπει να είμαι άχρηστος" ή "αισθάνομαι φόβο, άρα πρέπει να βρίσκομαι σε επικίνδυνη κατάσταση".

Ο συναισθηματικός συλλογισμός μπορεί να οδηγήσει στο να νιώθουμε αποτυχημένοι πριν καν αρχίσουμε να εργαζόμαστε για κάτι. Το μυαλό μας αφήνοντας τα συναισθήματά μας να κυριαρχήσουν είναι εξαντλητικό και μπορεί να μας ξεγελάσει και να μας κάνει να σκεφτούμε ότι έχουμε αποτύχει πριν καν ξεκινήσουμε. Αυτό μπορεί να οδηγήσει σε αναβλητικότητα και, μερικές φορές, στο να μην κάνουμε καθόλου την εργασία. Το να αναλαμβάνουν τα συναισθματα μειώνει επίσης την επιθυμία να αλλάξουμε, επειδή νιώθουμε ότι η αλλαγή δεν είναι δυνατή ακόμη και αν προσπαθήσουμε.

Αν τα συναισθήματά μας υπαγορεύουν τις σκέψεις μας και, με τη σειρά τους, τις πράξεις μας, μπορεί να έχουμε συναισθηματική λογική. Έχουμε την τάση να ερμηνεύουμε την εμπειρία της πραγματικότητας με βάση το πώς αισθανόμαστε εκείνη τη στιγμή. Επομένως, το πώς νιώθουμε για κάτι διαμορφώνει αποτελεσματικά τον τρόπο με τον οποίο αντιλαμβανόμαστε και ερμηνεύουμε την κατάσταση στην οποία βρισκόμαστε. Αυτό σημαίνει ότι η διάθεσή μας επηρεάζει πάντα τον τρόπο με τον οποίο βιώνουμε τον κόσμο γύρω μας. Επομένως, τα συναισθήματά μας γίνονται ουσιαστικά βαρόμετρο για το πώς βλέπουμε τη ζωή μας και τις περιστάσεις.

Πλάνη της δικαιοσύνης

'Πλάνη της δικαιοσύνης'
'Δεν είναι δίκαιο! Μην κατηγορείτε εμένα!'
'Κατηγορώ - Εξατομίκευση'

"Το να περιμένεις από τον κόσμο να σου φερθεί δίκαια επειδή είσαι καλός άνθρωπος είναι λίγο σαν να περιμένεις να μην σου επιτεθεί ο ταύρος επειδή είσαι χορτοφάγος".

"Μην προσπαθείς να κάνεις τη ζωή ένα μαθηματικό πρόβλημα με τον εαυτό σου στο κέντρο και όλα να βγαίνουν ίσα. Όταν είσαι καλός, τα άσχημα πράγματα μπορεί να συμβαίνουν και πάλι. Και αν είσαι κακός, μπορείς ακόμα να είσαι τυχερός".

Πλάνη της δικαιοσύνης

Είναι η πεποίθηση ότι η ζωή πρέπει να είναι δίκαιη.

Όταν η ζωή θεωρείται άδικη, δημιουργείται μια θυμωμένη συναισθηματική κατάσταση που μπορεί να οδηγήσει σε προσπάθειες διόρθωσης της κατάστασης. Αισθανόμαστε αγανακτισμένοι επειδή πιστεύουμε ακράδαντα τι είναι δίκαιο, αλλά οι άλλοι άνθρωποι δεν συμφωνούν μαζί μας. Επειδή η ζωή δεν είναι δίκαιη, τα πράγματα δεν θα εξελίσσονται πάντα υπέρ μας, ακόμη και όταν θα έπρεπε.

Όσοι έχουν αυτού του είδους το μοτίβο αντίληψης-αντίδρασης συνήθως λένε - "Η ζωή είναι άδικη" αν τα πράγματα δεν πάνε όπως τα θέλουν. Συχνά αξιολογούν τις καταστάσεις με βάση τη "δικαιοσύνη" τους· ως εκ τούτου, συχνά αισθάνονται απογοητευμένοι επειδή, στην πραγματικότητα, η ζωή δεν είναι πάντα δίκαιη.

Ο τρόπος με τον οποίο βλέπουμε τον κόσμο είναι το αποτέλεσμα των πεποιθήσεων που έχουμε. Έτσι, κάθε εμπειρία που έχουμε θα ερμηνεύεται μέσα σε αυτό το πλαίσιο. Για παράδειγμα, αν πιστεύουμε στην τύχη, ως βασική πεποίθηση - τότε οι άνθρωποι θα στιγματιστούν είτε ως τυχεροί είτε ως άτυχοι και κάποιος που έχει ένα μεγάλο όμορφο σπίτι και ένα ολοκαίνουργιο αυτοκίνητο είναι τυχερός και κάποιος που δεν έχει αυτά τα πράγματα είναι άτυχος. Είναι ένας τρόπος σκέψης, ένα μοτίβο αντίληψης-αντίδρασης. Έτσι, αν μας συμβεί κάτι κακό, τότε το ερμηνεύουμε ότι είμαστε άτυχοι. Και ότι η ζωή είναι άδικη.

Μόλις αποφασίσουμε: "Είμαι άτυχος, η ζωή δεν είναι δίκαιη", βρισκόμαστε σε κατάσταση θύματος.

Η πλάνη της δικαιοσύνης εκφράζεται συχνά με παραδοχές υπό όρους:

• Αν με αγαπούσε, θα μου έδινε ένα διαμαντένιο δαχτυλίδι.

• Αν εκτιμούσαν τη δουλειά μου, θα έπρεπε να με επιβραβεύσουν.

Είναι δελεαστικό να κάνετε υποθέσεις σχετικά με το πώς θα άλλαζαν τα πράγματα αν οι άνθρωποι ήταν δίκαιοι ή αν σας εκτιμούσαν. Αλλά αυτό δεν είναι αυτό που σκέφτονται ή αντιλαμβάνονται οι άλλοι. Έτσι, καταλήγουμε στον πόνο.

Ως παιδιά, καθρεφτίζουμε τους γονείς μας. Είναι ο κόσμος για εμάς. Αν η μαμά έκανε κάτι, τότε πρέπει να το κάνω κι εγώ όπως εκείνη. Τότε θα ήμουν σωστός, θα με αγαπούσαν, θα ήμουν σαν εκείνη. Έτσι, η συμπεριφορά της μαμάς γίνεται πρότυπο. Αυτό δημιουργεί ένα κατοπτρικό πρότυπο στο εσωτερικό του παιδιού.

Το παιδί τελικά περπατάει όπως, μιλάει όπως, ενεργεί όπως, ακούγεται όπως και αισθάνεται ακόμη και όπως αισθάνονται οι γονείς απέναντι στη ζωή. Καθώς γινόμαστε ενήλικες και γονείς, συμπεριφερόμαστε και μιλάμε στα παιδιά μας, όπως ακριβώς μιλούσαν οι γονείς μας σε εμάς. Στην πλάνη της δικαιοσύνης, ένα συγκεκριμένο σύστημα αξιών απορροφάται από το παιδί από τη μαμά, τον μπαμπά ή και τους δύο, το οποίο διδάσκει στο παιδί τι είναι δίκαιο.

Τα λόγια, οι συμπεριφορές, η έλλειψη ενεργειών και τα μη υποστηρικτικά βλέμματα δεν διέπονται από ασπρόμαυρους νόμους και παρόλα αυτά περιμένουμε κάποιο επίπεδο ευγένειας από εκείνους που επιλέγουμε να έχουμε στη ζωή μας. Πέρα από την κοινή ευγένεια, όλοι έχουμε τις ιδέες μας για το πώς θέλουμε να μας φέρονται και νιώθουμε βαθιά πληγωμένοι όταν μας κακομεταχειρίζονται. Οι άνθρωποι κατασκευάζουν τον τρόπο με τον οποίο βλέπουν την πραγματικότητα με βάση τις προηγούμενες εμπειρίες τους.

Σε καθημερινές καταστάσεις, ο τρόπος που αντιδρούμε βασίζεται στα συστήματα πεποιθήσεών μας και φυσικά ο τρόπος που αντιδρούμε σε καταστάσεις φαίνεται μάλλον αυτόματος καθώς υποθέτουμε ότι η αντίδρασή μας είναι η σωστή για την κατάσταση.

Ωστόσο, αν εμμένουμε πολύ αυστηρά στους ορισμούς μας για το τι είναι δικαιοσύνη, κινδυνεύουμε με ακαμψία, άγχος και θυμό όταν ερχόμαστε αντιμέτωποι με τις συμπεριφορές των άλλων που δεν ταιριάζουν στις δικές μας κατηγορίες. Φυσικά, όλοι μας μπορούμε να έχουμε μια μικρή διαφωνία με τους άλλους σχετικά με το τι δείχνει η συμπεριφορά τους, αλλά ενίοτε αν αποκτήσουμε εμμονή με τη δικαιοσύνη, κινδυνεύουμε με άγχος και αναστάτωση.

Το πρόβλημα είναι ότι δύο άνθρωποι σπάνια συμφωνούν για το τι είναι η δικαιοσύνη και δεν υπάρχει κανένα δικαστήριο για να τους βοηθήσει. Η δικαιοσύνη είναι μια υποκειμενική εκτίμηση του πόσο από αυτά που κάποιος περίμενε, χρειαζόταν ή ήλπιζε ότι θα έδινε ο άλλος.

Μελέτη περίπτωσης

Η Σίνα περιμένει λουλούδια ή δώρα κάθε Σαββατοκύριακο από τον Τιμ, επειδή είδε την καλύτερή της φίλη να τα παίρνει από τον φίλο της. Όταν δεν τα παίρνει, νιώθει άγχος, πληγωμένη, απορριφθείσα και θυμωμένη. Ο Τομ δεν έχει ιδέα και συνεχώς περπατάει κάθε Σάββατο βράδυ μέσα σε κατηγορίες ότι είναι αδιάφορος και δεν αγαπάει. Αυτό τον μπερδεύει και τον πληγώνει, γιατί η Σίνα εφαρμόζει τη δική της εμπειρία ζωής και τις προσωπικές της προσδοκίες ως κανόνα.

Η δικαιοσύνη είναι τόσο βολικά ορισμένη, τόσο δελεαστικά ιδιοτελής, ώστε κάθε άτομο εγκλωβίζεται στην άποψή του.

Πολλοί από εμάς σήμερα μεγαλώσαμε με την ιδέα ότι μπορούσαμε να γίνουμε ό,τι θέλαμε να γίνουμε. Τώρα, όταν δεν παίρνουμε έπαινο στη δουλειά ή ακόμη και αν μας κάνουν επίπληξη, αυτό μπορεί να αντιβαίνει σε αυτό που θα θεωρούσαμε "δίκαιο". Δεν είναι δίκαιο να μας ασκείται κριτική. Υποτίθεται ότι εμείς θα ήμασταν η επιτυχία.

Η λέξη δίκαιη είναι μια ωραία μεταμφίεση για προσωπικές προτιμήσεις και επιθυμίες.

Αυτό που θέλουμε εμείς είναι δίκαιο, αυτό που θέλει ο άλλος είναι ψεύτικο.

Η πλάνη της δικαιοσύνης είναι ένας από τους πιο συνηθισμένους τύπους γνωστικών στρεβλώσεων με βάση τη γνωστική θεωρία του Aaron Beck. Η θεωρία αναφέρει ότι όταν σε οποιαδήποτε αλληλεπίδραση προσεγγίζουμε με παιδικό τρόπο: γκρινιάζουμε, ξεσπάμε, γινόμαστε παράλογοι κ.λπ. (όπως θα μπορούσαμε να κάνουμε αν παραβιάζονται οι "κανόνες" μας). Τότε το άλλο άτομο θα μας απαντήσει σαν γονιός: θα μας μιλήσει υποτιμητικά, θα χρησιμοποιήσει την εξουσία, θα προσπαθήσει να μας εντυπωσιάσει ότι είμαστε παράλογοι, θα πει ότι δεν χρειάζεται αυτό το άγχος κ.λπ.

Η θεωρία αναφέρει επίσης ότι αν προσεγγίσουμε κάποιον με τον τρόπο του γονέα: αυστηροί, θέτοντας τον νόμο, σπάμε εντολές, αυστηροί και αυταρχικοί, χρησιμοποιώντας απειλές ή φωνές (όπως μπορεί να κάνουμε εμείς αν παραβιάζονται οι "κανόνες" μας)... τότε το άλλο άτομο θα αντιδράσει σαν παιδί και ίσως εκνευριστεί, κλείσει τα μάτια, φρικάρει, θυμώσει, φύγει ή γίνει τελείως έφηβος και επαναστατήσει ("δεν μπορείς να μου λες τι να κάνω").

Καθ' όλη τη διάρκεια της ζωής μας, μπορούμε να ταλαντευόμαστε μεταξύ αυτών των δύο καταστάσεων είτε ξεκινώντας από μία από τις δύο θέσεις είτε ενεργοποιούμενοι στην αντίθετη αντίδραση από κάποιον άλλον. Αυτό συμβαίνει είτε ο άλλος είναι σύντροφος, αδελφός, συνάδελφος ή αφεντικό, φίλος, ή ακόμα και γονιός ή παιδί. Αυτό μας οδηγεί πάντοτε στο πουθενά.

Κατηγορώντας το

"Όταν κατηγορείς τους άλλους, παραιτείσαι από τη δύναμή σου να αλλάξεις".

"Όταν οι άνθρωποι είναι κουτοί, τους αρέσει να κατηγορούν".

Η επίκριση είναι η πράξη της απόδοσης ευθυνών, η διατύπωση αρνητικών δηλώσεων για ένα άτομο ή μια ομάδα ότι η πράξη ή οι ενέργειές τους είναι κοινωνικά ή ηθικά ανεύθυνες, το αντίθετο του επαίνου. Όταν κάποιος είναι ηθικά υπεύθυνος για το ότι έκανε κάτι λάθος, η πράξη του είναι επιλήψιμη.

Η μομφή είναι υπεύθυνη για κάτι που πήγε στραβά ή είναι η πράξη της ανάθεσης αυτής της ευθύνης σε κάποιον. Το να κατηγορούμε είναι να δείχνουμε με το δάχτυλο κάποιον άλλον και να τον/την κηρύσσουμε υπεύθυνο/η για ένα σφάλμα ή λάθος. Αν υποφέρω, κάποιος πρέπει να είναι υπεύθυνος.

Η επίρριψη ευθυνών περιλαμβάνει το να καθιστούμε κάποιον υπεύθυνο για επιλογές και αποφάσεις που στην πραγματικότητα είναι δική μας ευθύνη. "Δεν είμαι υπεύθυνος. Δεν πρέπει να κατηγορηθώ εγώ". Είναι σαν να μας το κάνει πάντα κάποιος και εμείς να μην έχουμε καμία ευθύνη.

Το κατηγορώ είναι το μοτίβο κατά το οποίο καθιστούμε τους άλλους υπεύθυνους για όλα τα δύσκολα πράγματα που μας συμβαίνουν. Πολλοί από εμάς θα πάρουμε τα εύσημα για τον εαυτό μας αν τα πράγματα πάνε καλά στη ζωή, αλλά θα ρίξουμε την ευθύνη στις συνθήκες ή στους άλλους όταν τα πράγματα πάνε άσχημα.

Για παράδειγμα, φανταστείτε έναν μαθητή που γράφει ένα τεστ. Αν περάσει, τα εύσημα πηγαίνουν στη σκληρή δουλειά του. Αν όμως αποτύχει στο διαγώνισμα, ξαφνικά υπάρχει ένας εξωτερικός λόγος - οι ερωτήσεις ήταν εκτός της διδακτέας ύλης, ο έλεγχος δεν έγινε σωστά, ο εξεταστής είχε κακή διάθεση.

Το να κατηγορούμε τους ανθρώπους, ειδικά τους κοντινούς μας ανθρώπους, όταν τα πράγματα δεν πάνε καλά μπορεί να έχει σοβαρά επιζήμια αποτελέσματα για τις σχέσεις, τις οικογένειες και την καριέρα μας.

Το να κατηγορούμε τους άλλους είναι εύκολο. Το να κατηγορούμε τους άλλους σημαίνει λιγότερη δουλειά, καθώς όταν κατηγορούμε, δεν χρειάζεται να λογοδοτήσουμε. Το να κατηγορούμε σημαίνει ότι δεν χρειάζεται να είμαστε ευάλωτοι. Το να κατηγορούμε τους άλλους τροφοδοτεί την ανάγκη μας για έλεγχο. Η επίρριψη ευθυνών αποφορτίζει τα συσσωρευμένα συναισθήματα. Η κατηγορία προστατεύει το εγώ μας.

Μερικοί άνθρωποι χρησιμοποιούν την επίρριψη ευθυνών για να κάνουν τον εαυτό τους θύμα. Αυτή είναι μια κίνηση του εγωισμού, καθώς όταν βρισκόμαστε σε κατάσταση "φτωχού εγώ" σημαίνει ότι έχουμε την προσοχή όλων των άλλων και εξακολουθούμε να είμαστε ο "καλός" άνθρωπος.

Είτε χρησιμοποιούμε την επίρριψη ευθυνών για να είμαστε ανώτεροι είτε για να είμαστε θύμα, και τα δύο προέρχονται από έλλειψη αυτοεκτίμησης. Το ερώτημα που πρέπει να θέσουμε ίσως να μην είναι τόσο "γιατί κατηγορώ", όσο "γιατί νιώθω τόσο άσχημα για τον εαυτό μου που πρέπει να κατηγορώ τους άλλους για να νιώσω καλύτερα".

Μελέτη περίπτωσης

Η Σάρα δυσκολεύεται να ζητήσει ευθέως, να απαιτήσει αυτό που θέλει. Περιμένει να το πάρει, χωρίς να το ζητήσει. Το να ζητάει ή να προβάλλει τα θέλω της δεν ενθαρρύνθηκε ποτέ. Δεν επιτρεπόταν στην οικογένεια. Και ήταν κορίτσι, πώς μπορεί να ζητήσει!

Το να λέτε αυτό που θέλετε ή ακόμα και το να θέλετε μπορεί να είναι η πηγή όλων των προβλημάτων. Σε πολλές περιπτώσεις, το παιδί μαθαίνει πώς να παίρνει αυτό που θέλει όχι ζητώντας άμεσα, αλλά ενεργώντας έμμεσα.

Η Σάρα τώρα δυσκολεύεται να ζητήσει άμεσα αυτό που θέλει από τον σύντροφό της, επειδή το εσωτερικό παιδί θέλει να πάρει χωρίς να ζητήσει.

Η Σάρα έχει τώρα ένα παράπονο στη σχέση της επειδή δεν "ζητάει" από τον σύζυγό της και ο σύζυγος δεν ξέρει τι θέλει, αφού δεν το ζήτησε. Η Σάρα περιμένει να γίνει κατανοητή. Το φταίξιμο ανήκει στον σύζυγο που δεν καταλαβαίνει τα θέλω της!

Το παιδί καταπιέζει τις επιθυμίες ή τις επιθυμίες του και τις θεωρεί ασήμαντες. Αργότερα, δεν ξέρει καν τι θέλει.

Εξατομίκευση

Η εξατομίκευση είναι ένα μοτίβο όπου αναλαμβάνουμε συνεχώς την ευθύνη για οτιδήποτε πάει στραβά στη ζωή μας. Είναι η τάση να συσχετίζουμε τα πάντα γύρω μας με τον εαυτό μας. Κάθε φορά που κάτι δεν λειτουργεί όπως αναμενόταν, αναλαμβάνουμε αμέσως την ευθύνη γι' αυτή την ατυχία - Ανεξάρτητα από το αν είμαστε ή όχι υπεύθυνοι για το αποτέλεσμα.

Ένας πρόσφατα παντρεμένος άνδρας πιστεύει ότι κάθε φορά που η σύζυγός του μιλάει για κούραση, εννοεί ότι τον έχει κουραστεί.

Ένας άνδρας του οποίου η σύζυγος παραπονιέται για την άνοδο των τιμών ακούει τα παράπονα ως επιθέσεις στην ικανότητά του ως βιοπαλαιστή.

Το να αναλαμβάνουμε την ευθύνη για τη ζωή μας και τις περιστάσεις είναι αξιοθαύμαστο, αλλά ταυτόχρονα τελείως άχρηστο αν καταλήξουμε να νιώθουμε θύμα των περιστάσεων.

Μια σημαντική πτυχή της εξατομίκευσης είναι η συνήθεια να συγκρίνουμε τον εαυτό μας με τους άλλους. Αυτός είναι έξυπνος, εγώ δεν είμαι. Η υποκείμενη υπόθεση είναι ότι η αξία μας είναι αμφισβητήσιμη. Το βασικό λάθος της εξατομίκευσης είναι ότι ερμηνεύουμε κάθε εμπειρία, κάθε συζήτηση, κάθε βλέμμα ως ένδειξη για την αξία και την αξία μας και κατηγορούμε τον εαυτό μας.

Μπορεί να συμμετέχουμε στην εξατομίκευση όταν κατηγορούμε τον εαυτό μας για περιστάσεις που δεν είναι δικό μας λάθος ή είναι πέρα από τον έλεγχό μας. Ένα άλλο παράδειγμα είναι όταν υποθέτουμε λανθασμένα ότι έχουμε αποκλειστεί ή στοχοποιηθεί σκόπιμα.

Οι περισσότεροι από εμάς το κάνουμε περιστασιακά, μια στο τόσο. Αλλά αν διαπιστώσουμε ότι έχουμε συνηθίσει να παίρνουμε τα πράγματα προσωπικά, ενώ δεν χρειάζεται πραγματικά να το κάνουμε, αυτό οδηγεί στην αυτοκατηγορία. Πιστεύοντας ότι είμαστε υπεύθυνοι για πράγματα που στην πραγματικότητα δεν ελέγχονται από εμάς, μπορεί να νιώθουμε ενοχή ή ντροπή για πράγματα που δεν είναι δικό

μας λάθος ή που δεν θα μπορούσαμε να ελέγξουμε.

Μελέτη περίπτωσης

Ο σύντροφος της Στέφανι αντιμετώπιζε πρόβλημα υγείας. Αλλά δεν ακολουθούσε τις συστάσεις θεραπείας. Η Στέφανι αισθάνθηκε υπεύθυνη που δεν έκανε αρκετά για να βοηθήσει όταν η υγεία του επιδεινώθηκε.

Η υποστήριξη του συντρόφου της δεν σημαίνει ότι έπρεπε να αναλάβει την ευθύνη για πράγματα που ήταν εκτός του ελέγχου της. Είναι σημαντικό να κατανοήσουμε τι μπορούμε να ελέγξουμε, διότι όλοι πρέπει να είμαστε σε θέση να αναλάβουμε την ευθύνη για τις πράξεις και τις επιλογές μας, όταν μπορούμε. Ωστόσο, πρέπει επίσης να καταλαβαίνουμε πότε κάτι είναι εκτός του ελέγχου μας και να αναγνωρίζουμε τους περιορισμούς μας.

Μια άλλη πτυχή της εξατομίκευσης είναι όταν αντιστρέφουμε τα πράγματα για να προβληματιστούμε σχετικά με τον εαυτό μας, όταν ένα γεγονός ή μια κατάσταση μπορεί να μην αφορά καθόλου εμάς. Μερικές φορές αυτό προέρχεται από ένα αίσθημα ανασφάλειας ή άγχους.

Για παράδειγμα, αν μπαίνουμε σε ένα δωμάτιο και όλοι σταματήσουν να μιλούν, αρχίζουμε λανθασμένα να πιστεύουμε ότι όλοι πρέπει να μιλούν για εμάς πίσω από την πλάτη μας. Στην πραγματικότητα, θα μπορούσε να είναι οτιδήποτε άλλο. Ίσως συζητούσαν κάτι προσωπικό, ή ίσως ήταν απλώς μια από εκείνες τις στιγμές που το δωμάτιο σιωπά.

Νομίζουμε ότι οι καταστάσεις αφορούν εμάς, ενώ στην πραγματικότητα δεν αφορούν εμάς. Ένα πράγμα που πρέπει να σκεφτούμε είναι ότι τις περισσότερες φορές, οι άλλοι άνθρωποι ανησυχούν για τον εαυτό τους και σκέφτονται τον εαυτό τους. Αυτό σημαίνει απλώς ότι τις περισσότερες φορές δεν σκέφτονται ή δεν ανησυχούν για εμάς.

Μπορεί να υπάρχουν κάποιοι άνθρωποι που περνούν το χρόνο τους επικεντρωμένοι σε άλλους ανθρώπους. Είναι χάσιμο χρόνου να ασχολούμαστε με τους ανθρώπους που κουτσομπολεύουν. Ακόμη και όταν κάποιος μας φέρεται άσχημα, η συμπεριφορά του αφορά αυτούς και όχι εμάς. Τις περισσότερες φορές, δεν θα μπορέσουμε να κάνουμε τίποτα για να αλλάξουμε αυτού του είδους τους ανθρώπους, οπότε πρέπει απλώς να επικεντρωθούμε στο να είμαστε το είδος του ανθρώπου που θέλουμε να είμαστε.

Αποσύνδεση

'Αποσύνδεση'

'Δεν είμαι εγώ, δεν είμαι εδώ, εκεί έξω'

'Χωρίς συναισθήματα - διαφυγή - αποστασιοποίηση - σύντηξη ταυτότητας'

"Για να βρείτε την ειρήνη, μερικές φορές πρέπει να είστε πρόθυμοι να χάσετε τη σύνδεσή σας με τους ανθρώπους, τα μέρη και τα πράγματα που δημιουργούν όλο το θόρυβο στη ζωή σας."

"Μερικές φορές χρειάζεστε χρόνο μόνοι σας για να αποσυνδεθείτε και να ξανασυνδεθείτε με τον εαυτό σας."

Αποσύνδεση είναι η κατάσταση απομόνωσης ή αποκόλλησης, ο διαχωρισμός (κάτι) από κάτι άλλο: η διακοπή της σύνδεσης μεταξύ δύο ή περισσότερων πραγμάτων.

Αποσύνδεση είναι μια ψυχική διαδικασία αποσύνδεσης από τις σκέψεις, τα συναισθήματα, τις αναμνήσεις ή την αίσθηση της ταυτότητας. Η συναισθηματική αποστασιοποίηση είναι η αδυναμία ή η απροθυμία σύνδεσης με άλλους ανθρώπους σε συναισθηματικό επίπεδο. Για ορισμένους ανθρώπους, η συναισθηματική αποστασιοποίηση βοηθά στην προστασία τους από ανεπιθύμητα δράματα, άγχος ή στρες. Για άλλους, η αποστασιοποίηση δεν είναι πάντα εθελοντική.

Τα παιδιά που βιώνουν ένα τραυματικό γεγονός έχουν συχνά κάποιο μοτίβο αποσύνδεσης κατά τη διάρκεια του ίδιου του γεγονότος ή κατά τις επόμενες ώρες, ημέρες ή εβδομάδες. Για παράδειγμα, το γεγονός φαίνεται "εξωπραγματικό" ή το άτομο νιώθει αποκομμένο από όσα συμβαίνουν γύρω του, σαν να παρακολουθεί τα γεγονότα στην τηλεόραση. Στις περισσότερες περιπτώσεις, η αποσύνδεση υποχωρεί χωρίς να χρειάζεται θεραπεία.

Όταν το παιδί αισθάνεται άβολα σε μια κατάσταση, αποσυνδέεται. Αυτό το μοτίβο, που δημιουργείται υποσυνείδητα, απομονώνει το παιδί σε αυτή τη δυσάρεστη κατάσταση. Αυτό συμβαίνει, όταν το παιδί δεν μπορεί να αντεπεξέλθει ή να χειριστεί την "κατάσταση πίεσης" στο σπίτι ή στο σχολείο. Η αποσύνδεση μπορεί να βιωθεί ως ένα αίσθημα σαν να μην είστε εκεί.

Ασυγκινησία

Σε πολλά σπίτια και οικογένειες, ένα παιδί δεν επιτρέπεται να δείξει στοργή ή συναισθήματα. Η επίδειξη έντονου συναισθήματος θεωρείται αδυναμία. Το παιδί τότε αποσυνδέεται από αυτό το συναίσθημα.

Η Σόνια ήταν ένα νεαρό κορίτσι από μια συντηρητική και αυστηρή οικογένεια. Πάντα έπρεπε να κάνει τα πράγματα, όπως της έλεγαν, με έναν συγκεκριμένο τρόπο. Αν το έκανε αυτό, δεν θα υπήρχε καμία τιμωρία. Ποτέ δεν "πήρε στοργή" από τους γονείς της. Πιθανώς, είχαν μεγαλώσει και αυτοί σε μια συντηρητική κοινωνία. Εφόσον η Σόνια δεν είχε πάρει ποτέ στοργή, αποσυνδέθηκε από τη "στοργή". Αυτό δημιούργησε το πρότυπο ενός παγωμένου εσωτερικού παιδιού χωρίς συναισθήματα. Χρόνια αργότερα, η Σόνια δυσκολευόταν να αποκτήσει οικειότητα στη συζυγική της σχέση.

Ο καθένας από εμάς, καθώς μεγαλώνει, έχει κάποια συναισθήματα που δεν μπορεί να διαχειριστεί, επειδή δεν μπορούσε να τα διαχειριστεί όταν ήταν μικρός.

Αν δεν επιτρέπεται σε ένα παιδί να θυμώσει, το παιδί αποσυνδέεται από αυτό το συναίσθημα. Αυτό οδηγεί σε καταπίεση της κατάστασης θυμού και σε άρνηση της κατάστασης αυτής. Αυτός ο "απούσα θυμός" διοχετεύεται εσωτερικά και εκφράζεται με άλλες μορφές. Όταν ρωτάνε: "Είσαι θυμωμένος", ο ενήλικας απαντάει: "Ποιος εγώ, θυμωμένος; Φυσικά και όχι. Ποτέ δεν θυμώνω".

Αποδράσεις

Σε τοξικές, κακοποιητικές, δυσλειτουργικές οικογένειες με τάση για διαφωνίες, καυγάδες και βία, το παιδί όχι μόνο δεν έχει συναισθήματα αλλά δημιουργεί μια κατάσταση αποσύνδεσης, που δεν υπάρχει σε αυτή την κατάσταση. Με αυτόν τον τρόπο, το παιδί "δραπετεύει" από την τραυματική κατάσταση.

Η Neha είχε έναν αλκοολικό πατέρα, ο οποίος είχε συχνούς καβγάδες με τη μητέρα της. Αρχικά, συνήθιζε να κρύβεται στην κουβέρτα της, τρομοκρατημένη από τη σκηνή στο σπίτι. Σταδιακά, έβρισκε παρηγοριά αποσυνδέοντας τον εαυτό της από την κατάσταση, κλείνοντας τα μάτια της και φανταζόμενη τον εαυτό της κάπου αλλού, να κάνει κάτι σπουδαίο - για να ξεφύγει από την οικογενειακή τοξικότητα.

Αυτό το μοτίβο της "φυγής από το εσωτερικό παιδί" δημιουργεί περισσότερα προβλήματα στη μετέπειτα ζωή στην αντιμετώπιση αγχωτικών καταστάσεων, προβληματικών θεμάτων, στην εργασία, στις σχέσεις. Απλά δεν είναι εκεί.

Λειτουργούν σαν να είναι όλα καλά, φαίνεται να μιλούν κανονικά, αλλά φαίνεται στα μάτια τους ότι είναι αποσυνδεδεμένοι. Έχουν μικρή διάρκεια προσοχής και χάνουν το νήμα της συζήτησης και δεν θυμούνται τι τους είπαν.

Απόσπασμα

Με απλά λόγια, η αποσύνδεση είναι μια μορφή αποσύνδεσης που σημαίνει διαχωρισμός ή αποστασιοποίηση.

Ο Πάτρικ ήταν ένα φυσιολογικό παιδί, αλλά χρειαζόταν χρόνο για να τελειώσει το φαγητό του ή να ολοκληρώσει την εργασία του. Οι γονείς του πάντα σχολίαζαν: "Δεν μπορείς να κινήσεις τα χέρια σου πιο γρήγορα;". Στο σχολείο τον τιμωρούσαν με ένα λυπημένο χαμόγελο στο πίσω μέρος της παλάμης του. Σταδιακά, άρχισε να αναπτύσσει αγχώδες τρέμουλο στα δάχτυλά του. Εσωτερικά, άρχισε να μισεί τα χέρια του και ευχόταν να μην αποτελούσαν μέρος του σώματός του. Στην περίπτωση του Patrick, ένα συγκεκριμένο μέρος του σώματος, λόγω υποδείξεων από γονείς ή δασκάλους, βίωνε ως "όχι δικό μου".

Αυτό το αποστασιοποιημένο εσωτερικό παιδικό μοτίβο αποστασιοποίησης μπορεί να γίνει προχωρημένο, ανώμαλο και παθολογικό. Αυτό μπορεί να οδηγήσει σε ψυχοσωματικές εκδηλώσεις. Εδώ, η αποσύνδεση οδηγεί σε ένα μοτίβο αποστασιοποίησης. Ο ενήλικας αρχίζει να "παραιτείται", να παραδίδεται και τελικά να αποσυνδέεται από την πραγματικότητα.

ΚΡΙΣΗ ΤΗΣ Ι-ΔΕΝΤ-ΟΙΚΟΝΟΜΙΑΣ

Η ταυτότητα είναι το ποιοι είμαστε, ο τρόπος που σκεφτόμαστε για τον εαυτό μας, ο τρόπος που μας βλέπει ο κόσμος και τα χαρακτηριστικά που μας καθορίζουν.

Συγχώνευση ταυτότητας - Όταν δύο πράγματα συγχωνεύονται, η ταυτότητα της πηγής είναι διαφορετική από την ταυτότητα του παραγόμενου. Η ταυτότητα της νέας οντότητας αποσυνδέεται από την ταυτότητα της αρχικής οντότητας.

Η Afreen ήταν το μεγαλύτερο από τα τέσσερα παιδιά μιας οικογένειας όπου ο πατέρας ήταν ανάπηρος και η μητέρα της δούλευε μέρα και νύχτα για να τα βγάλει πέρα. Όχι μόνο έπρεπε να φροντίζει τον εαυτό της, να μαγειρεύει φαγητό, αλλά έπρεπε να αναλάβει και το ρόλο του φροντιστή. Η ταυτότητα του εσωτερικού παιδιού συγχωνεύτηκε με την ταυτότητα της μητέρας. Άρχισε να αισθάνεται αποξενωμένη από τον εαυτό της. Αργότερα, η ενήλικη Afreen παραπονιόταν πάντα: "Φροντίζω τους πάντες στην οικογένειά μου - τους ηλικιωμένους γονείς μου, τον σύζυγό μου και τα παιδιά μου. Αλλά κανείς δεν ενδιαφέρεται για μένα". Το εσωτερικό παιδί της Afreen είχε αποσυνδεθεί από τον εαυτό της, επειδή συμπορεύτηκε με την ταυτότητα του φροντιστή.

Η συγχώνευση ταυτότητας είναι ένα εσωτερικό παιδικό μοτίβο όπου η προσωπικότητα του παιδιού χάνεται με την υπερβολική ταύτιση, την ανάμειξη και τη συγχώνευση με ένα μέλος της οικογένειας.

Σε πολλές περιπτώσεις, η ταυτότητα του παιδιού συγχωνεύεται με τον γονέα, με τον οποίο το παιδί είναι περισσότερο δεμένο. Έτσι, το εσωτερικό παιδί θα συγχωνευτεί με την ταυτότητα της μητέρας που είναι θυμωμένη με τον πατέρα. Το παιδί τότε αρχίζει να συμπεριφέρεται και να γίνεται η φωνή της μητέρας. Αυτό είναι ένα μοτίβο συγχωνευμένου εσωτερικού παιδιού. Αυτό το μοτίβο της υιοθέτησης της ταυτότητας κάποιου άλλου για να επιβιώσουμε παρατηρείται στις σχέσεις. Συχνά, οι άλλοι παρατηρούν ότι ο αναπτυσσόμενος έφηβος και νεαρός ενήλικας μοιάζει τόσο πολύ με τη μητέρα ή τον πατέρα σε τρόπους συμπεριφοράς ή τρόπο χειρισμού καταστάσεων ή στυλ εργασίας. Αυτό μπορεί μερικές φορές να είναι προβληματικό. Εμείς, ως ενήλικες ενήλικες θα θέλαμε να συμπεριφερόμαστε με έναν συγκεκριμένο τρόπο. Αλλά, εξ ορισμού, καταλήγουμε να συμπεριφερόμαστε όπως η μαμά ή ο μπαμπάς μας. Αυτό μπορεί να δημιουργήσει μια εσωτερική σύγκρουση. Ως ενήλικες, μας ελκύουν ορισμένοι άνθρωποι. Αυτή η συντριπτική, ψυχαναγκαστική έλξη είναι η έλξη του εσωτερικού παιδιού προς το εσωτερικό παιδί του άλλου.

Πολύ συχνά, οι συνδέσεις εσωτερικού παιδιού με εσωτερικό παιδί είναι τόσο ισχυρές που το παιδί μέσα στον ενήλικα υιοθετεί μια πνευματική φιλοσοφία όπως: "Αυτό ήταν γραφτό να γίνει" ή "Είμαστε αδελφές ψυχές".

Παραμορφώσεις

' Εξαπάτηση '
'Βλέποντας, ακούγοντας και νιώθοντας αυτό που δεν υπάρχει'
'Είναι υπέροχο - Είναι απαίσιο'

"Το μεγαλύτερο εμπόδιο στην ανακάλυψη δεν είναι η άγνοια - είναι η ψευδαίσθηση της γνώσης."

"Η πραγματικότητα είναι απλώς μια ψευδαίσθηση, αν και πολύ επίμονη..."

- Albert Einstein

Η ψευδαίσθηση είναι μια λανθασμένη ιδέα, πεποίθηση ή εντύπωση. Είναι μια περίπτωση λανθασμένης ή παρερμηνευμένης αντίληψης μιας αισθητηριακής εμπειρίας. Είναι μια παραμόρφωση των αισθήσεων, η οποία μπορεί να αποκαλύψει πώς ο ανθρώπινος εγκέφαλος οργανώνει και ερμηνεύει κανονικά τα αισθητηριακά ερεθίσματα. Οι ψευδαισθήσεις είναι μια διαστρεβλωμένη αντίληψη της πραγματικότητας.

Μελέτη περίπτωσης

Ας δούμε την περίπτωση του Rahul όπως συζητήθηκε προηγουμένως.

Κάποτε, όταν ήταν μικρό παιδί, ο πατέρας του μάλωσε τον Rahul επειδή δεν μπορούσε να απαγγείλει ένα ποίημα μπροστά στους καλεσμένους του σπιτιού, ένα ποίημα που γνώριζε πολύ καλά. Απλώς του είχε κολλήσει η γλώσσα και στεκόταν ακίνητος σαν άγαλμα. Αργότερα, στο σχολείο, τον μάλωναν πάλι μπροστά σε ολόκληρη την τάξη, επειδή δεν μπορούσε να απαντήσει σε μια απλή απάντηση. Αυτές οι εμπειρίες αγανάκτησης τον επηρέασαν βαθιά. Ακόμα και ως ενήλικας, όταν αντιμετωπίζει παρόμοιες καταστάσεις στον χώρο εργασίας ή σε πάρτι, το μυαλό του ανακαλεί όλη τη σκηνή της επίπληξης του πατέρα του ή του δασκάλου του και απλά του κόβεται η γλώσσα. Ως αποτέλεσμα, άρχισε να αποφεύγει τις κοινωνικές συναθροίσεις και έχασε προαγωγές, επειδή απλά δεν μπορούσε να προβάλει τις ιδέες του.

Στην ψευδαίσθηση, το εσωτερικό παιδί επιλέγει αυτό που συνέβη στο παρελθόν και το επικαλύπτει στο παρόν ή στο μέλλον. Η τρέχουσα πραγματικότητα δεν φαίνεται ως έχει, είναι η ψευδαίσθηση του παρελθόντος, που επικαλύπτεται στο παρόν. Αυτό που φαίνεται δεν υπάρχει, αυτό που υπάρχει μεγεθύνεται σαν να είναι ολόκληρη η εικόνα. Στην παραπάνω Μελέτη περίπτωσης, η ψευδαίσθηση του Rahul για το τραυματικό γεγονός του παρελθόντος θολώνει την όρασή του για το παρόν, με αποτέλεσμα να αντιδρά στο ψευδαισθητικό εσωτερικό παιδί αντί να αντιμετωπίζει την τρέχουσα κατάσταση που επικρατεί, αμερόληπτα.

Υπερβολή - Υπέροχη ή τρομακτική υπερβολή

Η απογοήτευση χρησιμοποιείται για να τονιστεί η έκταση κάποιου πράγματος, ιδιαίτερα κάποιου δυσάρεστου ή αρνητικού.

Wonderfulizing είναι το να εμπνέει απόλαυση, ευχαρίστηση ή θαυμασμό, εξαιρετικά καλό, θαυμάσιο.

Στο illusionizing, υποσυνείδητα επιλέγουμε ένα στοιχείο, το βγάζουμε από το πλαίσιο του συνόλου και, στη συνέχεια, όταν κοιτάμε το στοιχείο αυτό, φαίνεται να μεγεθύνεται. Με αυτόν τον τρόπο θαυματουργοποιούμε ή τρομεροποιούμε - υπερβάλλουμε τις σκέψεις μας.

Διαφορετικά μοτίβα μπορούν να συνεργαστούν για να δημιουργήσουν μια ψευδαίσθηση. Αυτή η ικανότητα δημιουργίας ψευδαισθήσεων είναι ο τρόπος με τον οποίο τα παιδιά απομακρύνονται και διασκορπίζουν την πραγματικότητα των οικογενειακών εμπειριών. Στην ανάπτυξη ψευδαισθήσεων, όσο μεγαλύτερο είναι το στρες στη ζωή τόσο ισχυρότερες είναι οι ψευδαισθήσεις. Οι ψευδαισθήσεις μπορεί να είναι αισθητηριακές, ακουστικές ή οπτικές: να βλέπεις κάτι που δεν λέγεται, ή να ακούς κάτι που δεν υπάρχει, ή να αισθάνεσαι κάτι που δεν υπάρχει.

Μελέτη περίπτωσης

Η Shanaya, μια νεαρή γυναίκα, την οποία η μητέρα της ξυλοκοπούσε επανειλημμένα στην παιδική της ηλικία με μια ζώνη, άρχισε να ονειρεύεται και να βλέπει ψευδαισθήσεις φιδιών. Ένιωθε ότι ήταν πάντα περιτριγυρισμένη από φίδια που τυλίγονταν γύρω της και την έπνιγαν. Στην εφηβεία της, άρχισε να φοράει φαρδιά ρούχα, εξαιτίας του φόβου του στραγγαλισμού. Ένα περίεργο μοτίβο συμπεριφοράς που ανέπτυξε, αργότερα, ήταν ότι πήγαινε και αγκάλιαζε το άλλο άτομο πριν το άλλο άτομο αγκαλιάσει εκείνη.

Η ψευδαίσθηση είναι ένα μοτίβο που υιοθετείται ως άμυνα του εσωτερικού παιδιού. Η ψευδαίσθηση είναι μια "ζώνη άνεσης" για το εσωτερικό παιδί. Ο ενήλικας στην παρούσα κατάσταση έχει υιοθετήσει αυτή τη διαστρεβλωμένη κατάσταση, ως μέσο για να ξεπεράσει την εσωτερική αναταραχή. Ως εκ τούτου, το ξύπνημα από αυτή την ψευδαίσθηση γίνεται μια επώδυνη διαδικασία. Πολλά παιδιά έχουν ψευδαισθήσεις ότι είναι αστέρες του κινηματογράφου ή επιτυχημένοι αθλητές. Αυτός είναι ένας τρόπος με τον οποίο το παιδί αντιστέκεται σε εμπειρίες στην οικογένεια που είναι πολύ επώδυνες εκείνη τη στιγμή. Προβλήματα προκύπτουν όταν οι ψευδαισθήσεις γίνονται στέρεες και κανονικές και μόνιμες.

'Αισθητηριακή διαστρέβλωση'

'Δεν μπορώ να αισθανθώ, είμαι ευαίσθητος, πονάω'

'Συναισθηματική διαστρέβλωση - Υπερευαισθησία - Πόνος'

Η αισθητηριακή διαστρέβλωση περιλαμβάνει την αλλοίωση της υποκειμενικής σωματικής εμπειρίας είτε αυξάνοντας, είτε μουδιάζοντας, είτε αλλάζοντας με άλλο τρόπο τις σωματικές αισθήσεις με κάποιο τρόπο. Πρόκειται για μια κατάσταση που βιώνεται ως μούδιασμα, πόνος, αμβλύτητα ή μερικές φορές το αντίθετο - υπερευαισθησία.

Η αισθητηριακή διαστρέβλωση μπορεί -

Συναισθηματική αισθητηριακή διαστρέβλωση είναι μια άμυνα που δημιουργεί μούδιασμα στο παιδί. Για παράδειγμα, το παιδί αναπτύσσει μούδιασμα κατά τη διάρκεια ενός περιστατικού παιδικής κακοποίησης. Χρόνια αργότερα το παιδί μέσα στον ενήλικα αναπτύσσει ένα μούδιασμα ή έλλειψη σεξουαλικών αισθήσεων. Πρόκειται για ένα "αίσθημα μούδιασμα".

Υπερευαισθησία συμβαίνει όταν κάποιος είναι υπερβολικά ευαίσθητος στον κόσμο. Το άτομο γίνεται "πολύ ευαίσθητο". Ο ενήλικας με το πρότυπο του υπερευαίσθητου εσωτερικού παιδιού γίνεται υπερευαίσθητος στην αφή, την οσμή, τον ήχο, τη γεύση, ακόμα και στα πιο ασήμαντα συναισθήματα.

Σωματική αισθητηριακή παραμόρφωση και πόνος είναι μοτίβα που συρρικνώνουν την εστίαση της προσοχής μόνο στην επώδυνη περιοχή. Για παράδειγμα, αν ένα άτομο έχει πονοκέφαλο, η προσοχή του ατόμου επικεντρώνεται στο κεφάλι. Φαίνεται να είναι μια μονόπλευρη ασθένεια με την εστίαση του πόνου ή του προβλήματος να περιορίζεται σε ένα μέρος του σώματος. Έτσι, όταν ένας ενήλικας είναι υπερφορτωμένος με ευθύνες, αναπτύσσει ενοχλήσεις στους ώμους, καθώς δυσκολεύεται να "επωμιστεί ευθύνες". Ο όρος πόνος προέρχεται από τη λέξη "peine" ή "poena" που σημαίνει ποινή ή τιμωρία.

'Αμνησία'

'Απλά ξεχάστε το!'

'Ξεχνώντας - Θυμάμαι'

Η αμνησία αναφέρεται στην απώλεια αναμνήσεων, όπως γεγονότα, πληροφορίες και εμπειρίες.

Η αμνησία είναι μια μορφή απώλειας μνήμης. Ορισμένα άτομα με αμνησία δυσκολεύονται να σχηματίσουν νέες αναμνήσεις. Άλλοι δεν μπορούν να ανακαλέσουν γεγονότα ή εμπειρίες του παρελθόντος.

Το εσωτερικό παιδί το βιώνει αυτό ως έναν τρόπο προστασίας από δυσάρεστες καταστάσεις.

• **Αυτοπαραπλανητική αμνησία** εκδηλώνεται όταν το παιδί μέσα στον ενήλικα ξεχνά να θυμηθεί μια κατάσταση. Ένα παράδειγμα αυτού μπορεί να είναι ένα ενήλικο παιδί ενός αλκοολικού που ξεχνάει ότι οι γονείς του έπιναν.

• **Διαγραφή** ή η παράλειψη κατάλληλων πληροφοριών κατά τη διάρκεια επικοινωνιακών αλληλεπιδράσεων επιτρέπει μια μη δεσμευτική δήλωση που θα μπορούσε να ερμηνευτεί με διάφορους τρόπους. Απλές δηλώσεις όπως: "Ξέρεις πώς είναι να νιώθεις όταν συμβαίνουν πράγματα". Τι αισθάνεται, ποιος αισθάνεται, τι συμβαίνει;

• **Ξεχνώντας,** Η αμνησία εμφανίζεται όταν το άτομο ξεχνάει τι είπε σε μια προσπάθεια να ελέγξει μια κατάσταση που αντιλαμβάνεται ως ανεξέλεγκτη. Αυτό το μοτίβο άρνησης εμφανίζεται όταν ένα άτομο συμφωνεί σε κάτι για να μειώσει την ένταση και στη συνέχεια ξεχνά ότι συμφώνησε σε αυτό.

• Αυτές οι αμνησιακές καταστάσεις παρουσιάζονται με το να ξεχνάμε πληροφορίες ή γεγονότα για να ελέγξουμε ανεξέλεγκτες καταστάσεις, που συνήθως σχετίζονται με προηγούμενες εμπειρίες όπως το χάος, το κενό ή το αίσθημα ότι δεν έχουμε τον έλεγχο ή ότι είμαστε καταβεβλημένοι.

• Η αμνησία είναι λήθη και αποτελεί άμυνα. Η αμνησία αναπτύχθηκε επειδή το τραυματικό γεγονός δεν έπρεπε να θυμόμαστε. Παρουσιάζονται συμπτώματα όπως η διακοπή της αναπνοής και το κράτημα των μυών, για να διατηρηθεί η λήθη.

• Όταν κάποιος λέει - "Έχω τη χειρότερη μνήμη στον κόσμο και θα ήθελα να δουλέψω πάνω σ' αυτήν", ή, "Δεν μπορώ να θυμηθώ τι συνέβη, αλλά αισθάνομαι ότι κακοποιήθηκα", αυτό είναι το μοτίβο του εσωτερικού παιδιού που είναι επιρρεπές στην αμνησία.

Υπερμνησία θυμάται τα πάντα. Αυτό είναι επίσης μια άμυνα.

"Άκουγα κάθε λέξη που έλεγαν και θυμόμουν ό,τι έλεγαν. Μετά από μήνες, έλεγαν - σου είπα να κάνεις αυτό - και τους διόρθωνα. Θα έλεγαν - Θεέ μου, δεν μπορώ να πιστέψω τι μνήμη έχεις. Μπορείς να θυμάσαι τα πάντα"..

Αυτός είναι ο κλασικός διάλογος ενός μοντέλου υπερμνησίας του εσωτερικού παιδιού.

Η αρνητική πλευρά της υπερμνησίας είναι μια προσεκτική, καχύποπτη στάση, όπως η υπερεπαγρύπνηση.

Τόσο η αμνησία όσο και η υπερμνησία είναι αντιδράσεις σε περιβαλλοντικές, ανεπιθύμητες καταστάσεις

Ιδιαιτερότητα

'Ιδιαιτερότητα'
'Είναι σαν τον Θεό, έχουν πάντα δίκιο'
'Μαγική σκέψη - Εξιδανίκευση - Υπερ-ιδανίκευση'
"Υπάρχει πολύ άγχος εκεί έξω, και για να το αντιμετωπίσεις, πρέπει να πιστεύεις στον εαυτό σου, να επιστρέφεις πάντα στο πρόσωπο που ξέρεις ότι είσαι και να μην αφήνεις κανέναν να σου πει το αντίθετο, γιατί όλοι είναι ξεχωριστοί και όλοι είναι φοβεροί".

"Είμαστε όλοι διαφορετικοί. Αυτό είναι που μας κάνει ξεχωριστούς. Πρέπει να αγαπάμε ο ένας τον άλλον και να τα πάμε καλά μεταξύ μας. Δεν είναι στο χέρι μου να κρίνω κανέναν".

"Πιστεύω στην ατομικότητα, ότι όλοι είναι ξεχωριστοί και είναι στο χέρι τους να βρουν αυτή την ιδιότητα και να την αφήσουν να ζήσει."

Ας γυρίσουμε τον εαυτό μας σε ένα βρέφος και ας προσπαθήσουμε να κοιτάξουμε γύρω μας από την προοπτική αυτού του βρέφους.

Στη μήτρα της μητέρας, το έμβρυο ή το παιδί μέσα του είναι στενά δεμένο με τη μητέρα. Η μητέρα είναι η μόνη πραγματικότητα για το παιδί.

Μετά τη γέννηση, το παιδί κλαίει για να παρηγορηθεί από τη μητέρα. Κάθε φορά που το παιδί κλαίει, η μητέρα το ταΐζει, το χαϊδεύει και το φροντίζει. Έτσι, η κατάσταση σκέψης ή η κατάσταση ανάγκης του παιδιού δημιουργεί την αντίδραση των γονέων. Αυτό μπορεί να χαρακτηριστεί αόριστα ως "μαγική σκέψη".

Οι αντιλήψεις που αναπτύσσει το παιδί στα πρώτα χρόνια είναι βαθιά ενσωματωμένες στην υποσυνείδητη κατάσταση, η οποία αργότερα γενικεύεται στον κόσμο. Αυτή είναι η αρχή της ανάπτυξης της ταυτότητας του εσωτερικού παιδιού. Αυτή η κατανόηση μεταφέρεται στον τρόπο με τον οποίο το παιδί βλέπει τον εαυτό του, τους γονείς του, τον Θεό και τη λειτουργία του σύμπαντος.

Η βασική δομή του νου του βρέφους ενισχύεται από τον κόσμο, ώστε το αναπτυσσόμενο βρέφος να πιστεύει ότι η αρχική του κοσμοθεωρία είναι σωστή.

"Εγώ δημιουργώ το πώς αισθάνονται οι άλλοι για μένα" ή *"Είμαι υπεύθυνος για το τι σκέφτονται ή αισθάνονται οι άλλοι για μένα".* Αυτό αρχίζει από νωρίς και η μαγική σκέψη ενισχύεται από γονικές δηλώσεις όπως: *"Μας κάνεις να*

χαμογελάμε". Το παιδί πιστεύει τη συμπεριφορική και λεκτική ανατροφοδότηση και συνεχίζει με το εσωτερικό παιδικό μοτίβο σκέψης —

"Είμαι υπεύθυνος για την εμπειρία των άλλων".

"Είμαι υπεύθυνος για το τι σκέφτονται ή αισθάνονται οι άνθρωποι για μένα".

"Πρέπει να ήταν κάτι που έκανα εγώ και τους έκανε να μη με συμπαθήσουν".

"Αν ελέγχω τις σκέψεις, τα συναισθήματα ή τις πράξεις μου, μπορώ να ελέγξω τις αντιδράσεις, τις σκέψεις ή τα συναισθήματά τους για μένα".

Στο επόμενο επίπεδο, το αναπτυσσόμενο παιδί, στις περισσότερες περιπτώσεις, δημιουργεί τους γονείς του ως ιδανικούς και τέλειους, επειδή οι γονείς είναι ολόκληρος ο κόσμος για το παιδί. Η συμπεριφορά των γονέων γίνεται το προκαθορισμένο φυσιολογικό γι' αυτά. Χρόνια αργότερα στις σχέσεις, το εσωτερικό παιδί μέσα στον ενήλικα εξιδανικεύει το σύζυγο. Αυτό εμποδίζει τον σημερινό ενήλικα να δει τον σύζυγο στο παρόν. Μερικές φορές το εσωτερικό παιδί εξιδανικεύει σε βαθμό που να βλέπει ή να ερωτεύεται μόνο το δυνητικό ή φανταστικό ιδανικό του συζύγου. Το πρόβλημα προκύπτει όταν οι απογοητεύσεις προέρχονται από τον σύζυγο που δεν ταιριάζει με την εξιδανίκευση. Η απογοήτευση κλιμακώνεται, αφού κανείς δεν μπορεί να εξισωθεί με το εσωτερικό ιδανικό κάποιου άλλου. Αυτό το μοτίβο της εξιδανίκευσης του εσωτερικού παιδιού εμποδίζει τον άνδρα να αντιμετωπίσει την πραγματικότητα και τη σχέση του στο παρόν τώρα.

Τα περισσότερα παιδιά εξιδανικεύουν τους γονείς τους. Τελικά, συνειδητοποιούμε ότι οι γονείς μας είναι απλώς άνθρωποι, όπως και οι άλλοι. Αυτό τερματίζει το μοτίβο εξιδανίκευσής τους. Αλλά μερικές φορές, το εσωτερικό παιδί συνεχίζει να εξιδανικεύει τους άλλους σε ένα μοτίβο πνευματοποίησης ή υπερ-ιδανικοποίησης.

Η υπερ-ιδανίκευση είναι ένα μοτίβο όπου το εσωτερικό παιδί φαντάζεται τους γονείς ως Θεό - ότι οι γονείς είναι όλοι καλοί, παντοδύναμοι, πανάγαθοι και παντογνώστες. Αυτή η κατάσταση μπορεί να αφορά είτε τους γονείς είτε τους μέντορες είτε τους γκουρού είτε τους δασκάλους που έχουν τις απαντήσεις, παρόμοια με τους γονείς. Πολλοί από εμάς αναζητούμε τον σκοπό μας ή το νόημα της ζωής, αναζητώντας τον ένα δάσκαλο μετά τον άλλο για αυτόν τον "ανώτερο σκοπό". Το πρόβλημα είναι ότι το εσωτερικό παιδί μέσα μας κάνει κουμάντο.

"Είναι ο Θεός. Αν κάνω ό,τι λένε, δεν θα τιμωρηθώ και θα φτάσω στο νιρβάνα, τον παράδεισο."

Η υπερ-ιδεοληψία είναι η μεταφορά θεϊκών ιδιοτήτων στους ανθρώπους, η μετατροπή των ανθρώπων σε γκουρού και το να ζητάμε τη βοήθειά τους σαν να έχουν τη δύναμη να εκπληρώσουν τις επιθυμίες μας ή να εκπληρώσουν τα όνειρά μας. Η μαγική σκέψη της ανάπτυξης πρώτου επιπέδου μεταφέρεται πάνω σε ένα άτομο, "σαν ' οι σκέψεις τους να είχαν τη δύναμη να μας αφυπνίσουν. Το παιδί μεταφέρει τη μεγαλοπρέπειά του σε ένα πρόσωπο, κάνοντάς το, όπως έκανε στους γονείς του, σε άγιο, γκουρού κ.λπ.

"Αν το χρειάζομαι, οι γονείς μου/ο Θεός θα μου το δώσει. Αν δεν το χρειάζομαι, δεν θα το πάρω". "Υποθέτω ότι ο Θεός δεν ήθελε να το έχω- υποθέτω ότι δεν το χρειαζόμουν".

Είναι το εσωτερικό παιδί μέσα στον ενήλικα που πνευματοποιεί ότι ο Θεός αποφάσισε ότι δεν το χρειάζομαι.

• Όταν δεν παίρνουμε αυτό που θέλουμε, "ο Θεός/οι γονείς έχουν άλλα πράγματα στο μυαλό τους για μένα - ανώτερους σκοπούς".

• Όταν τα πράγματα φαίνονται χαοτικά, "ο Θεός εργάζεται με μυστηριώδεις τρόπους".

• Όταν είμαστε καλοί και δεν ανταμείβονται, "Θα πάρω την ανταμοιβή μου για το ότι είμαι καλός σε μια άλλη ζωή" ή "Θα πάρουν την τιμωρία τους σε μια άλλη ζωή, επειδή είναι κακοί τώρα".

Στη γνωστική θεραπεία αυτή η διαστρέβλωση της σκέψης ονομάζεται, Πλάνη της ανταμοιβής του ουρανού.

Η ιδιαιτερότητα είναι μια κατάσταση μοτίβου του εσωτερικού παιδιού στην οποία βλέπει τον εαυτό του ως ξεχωριστό. Χρόνια αργότερα το παιδί μέσα στον ενήλικα περιμένει να τον φροντίζουν επειδή είναι καλός ή απλά ξεχωριστός. Το παιδί δεν μπορεί να επεξεργαστεί το χάος της παραμέλησης ή της κακοποίησης και έτσι αποφασίζει ότι πρέπει να υπάρχει κάποιος σκοπός και ως αντίδραση δημιουργεί την ιδιαιτερότητα. Η ιδιαιτερότητα είναι μια διαδικασία κατά την οποία το παιδί δημιουργεί την αίσθηση ότι είναι ξεχωριστό ή διαφορετικό από τους άλλους. Αυτό ενισχύεται συχνά με δηλώσεις όπως: "Είσαι ξεχωριστός".

Ως παιδιά, σε όλους μας δίνονται λόγοι για τους οποίους συμβαίνουν πράγματα. Οι γονείς δίνουν έναν λόγο για τις ανταμοιβές ή τις τιμωρίες. Για παράδειγμα, ένα παιδί που κάνει αυτό που προτείνουν οι γονείς ανταμείβεται, τώρα ή στο μέλλον. Τα παιδιά που δεν κάνουν αυτό που τους λένε οι γονείς τους τιμωρούνται τώρα ή στο μέλλον. Κάνουμε τους γονείς μας θεούς που προσπαθούν να μας διδάξουν μαθήματα. Ένα παιδί ανταμείβεται επειδή έμαθε το μάθημα να καθαρίζει το δωμάτιό του. Ένα άλλο παιδί τιμωρείται από τους γονείς επειδή δεν έμαθε το μάθημα. Όταν το παιδί ρωτάει: "Γιατί τιμωρούμαι;" οι γονείς λένε: "Επειδή πρέπει να μάθεις μαθήματα. Χρόνια αργότερα στο σχολείο, ένα παρόμοιο μοντέλο ανταμοιβών και τιμωριών συγχωνεύεται με την έννοια των μαθημάτων. Για παράδειγμα, αν μάθω το μάθημα της αριθμητικής, ανταμείβομαι. Αν δεν το μάθω, τιμωρούμαι (πρέπει να κάνω επιπλέον εργασίες για το σπίτι).

"Αν είμαι καλός, ο Θεός μου δίνει περισσότερα πράγματα - χρήματα, καλή σχέση, ευτυχία κ.λπ. επειδή έμαθα το μάθημά μου. Αν συμβεί κάτι κακό, πρέπει να έχω ένα μάθημα να μάθω.

Ως εκ τούτου, καλή συμπεριφορά = καλά αποτελέσματα, κακή συμπεριφορά = κακά αποτελέσματα.

Αν είμαι καλός θα πάρω, αν είμαι κακός δεν θα πάρω. Οι καλοί άνθρωποι παίρνουν καλό, οι κακοί άνθρωποι παίρνουν κακό".

Η ασύμβατη εμπειρία προκαλεί χάος, το οποίο εκλογικεύεται από το παιδί μέσα μας. "Υποθέτω ότι το άτομο είχε κάρμα από μια άλλη ζωή. Γι' αυτό το λόγο το καλό δεν συνέβη σε έναν καλό άνθρωπο". Ή: "Αναρωτιέμαι τι μαθήματα πρέπει να πάρουν;" "Αναρωτιέμαι γιατί δημιούργησαν κακά γεγονότα στον εαυτό τους".

• Το κακό συμβαίνει στο καλό: "Υποθέτω ότι υπάρχει ένα μάθημα που έπρεπε να πάρουν".

• Το κακό συμβαίνει στο καλό: "Πρέπει να υπάρχει ένας ανώτερος σκοπός ή ένα ανώτερο σχέδιο".

• Ο Θεός μου δίνει αυτό που χρειάζομαι: "Όταν δεν παίρνεις αυτό που χρειάζεσαι, πρέπει να μην το είχες πραγματικά ανάγκη".

Για όσους δεν μπορούν να εξιδανικεύσουν τους γονείς ή να τους κάνουν θεούς, υπάρχει ένα μοτίβο εσωτερικευμένης εξιδανίκευσης. Δημιουργούμε έναν εσωτερικό κόσμο. Οι εξιδανικευμένοι γονείς γίνονται "εσωτερικοί θεοί". Τα περισσότερα θρησκευτικά συστήματα μας ζητούν να βρούμε τον εσωτερικό Θεό. Αυτός είναι ένας λαμπρός τρόπος για να διαχειριστούμε το εξωτερικό χάος.

Όταν δημιουργείται ένα σύστημα για να δώσει νόημα στον κόσμο και ο κόσμος δεν έχει νόημα για το εσωτερικό παιδί, η ανάπτυξη ενός εσωστρεφούς συστήματος με υπερ-ιδεατούς γονείς διατηρεί ζωντανό το ψυχολογικό σύστημα του εσωτερικού παιδιού.

Είμαστε "κολλημένοι" επειδή το εσωτερικό παιδί δεν επιτρέπει την επιλογή.

Ο ενήλικας δεν βιώνει την επιλογή.

Το ερέθισμα-αντίδραση λειτούργησε για το εσωτερικό παιδί και ο ενήλικας αποφασίζει ότι έτσι είναι ο κόσμος".

Τα χαρακτηριστικά του Εσωτερικού Παιδιού

"Όλοι είναι ένα μείγμα νοοτροπιών. Θα μπορούσατε να έχετε μια κυρίαρχη νοοτροπία ανάπτυξης σε έναν τομέα, αλλά μπορεί ακόμα να υπάρχουν πράγματα που να σας ενεργοποιούν σε ένα χαρακτηριστικό σταθερής νοοτροπίας".

"Η προκατάληψη είναι ένα γνώρισμα που μαθαίνεται. Δεν γεννιέσαι προκατειλημμένος- το διδάσκεσαι".

Είμαστε "ενήλικες" τώρα. Είμαστε "ώριμοι". Αλλά έχουμε ακόμα παιδικές ιδιότητες μέσα μας. Αυτές οι παιδικές ιδιότητες βγαίνουν στην επιφάνεια και αναδεικνύονται σε διαφορετικές καταστάσεις, σε διαφορετικές στιγμές της ζωής μας. Όλοι έχουμε ένα "εσωτερικό παιδί" μέσα μας. Έχουμε πληγωθεί ως παιδιά, έχουμε νιώσει αόρατοι κατά καιρούς, είχαμε φόβο να μεγαλώσουμε, αγαπήσαμε τη φύση και τη διασκέδαση, ήμασταν ανέμελοι και πιστεύαμε στη φαντασία. Οποιοδήποτε χαρακτηριστικό μπορεί να είναι κυρίαρχο σε μια δεδομένη στιγμή. Αλλά ένα συγκεκριμένο κυριαρχεί για το μεγαλύτερο μέρος της ζωής μας.

Το να έχετε επίγνωση των μοτίβων των εσωτερικών παιδικών μοτίβων είναι αρκετό. Η επίγνωση αυτών των μοτίβων μας βοηθά στην κατανόηση των εσωτερικών παιδικών μας χαρακτηριστικών.

Δεν είναι ότι κάθε στιγμή ολόκληρης της ζωής μας κυριαρχείται από τις εσωτερικές παιδικές ιδιότητες. Συνεχίζουμε να αναπτυσσόμαστε, να σκεφτόμαστε, να αισθανόμαστε, να μιλάμε και να ενεργούμε κανονικά. Είμαστε συνεχώς εκτεθειμένοι σε ερεθίσματα από εξωτερικές πηγές καθώς και σε εκείνα που δημιουργούνται στις διαδικασίες της σκέψης μας. Κάποια ερεθίσματα γίνονται πυροδοτικά επειδή ενεργοποιούν τα εσωτερικά παιδικά χαρακτηριστικά. Αυτά τα χαρακτηριστικά μπορεί κανονικά να είναι λανθάνοντα μέσα μας. Αλλά όταν ενεργοποιούνται, τα χαρακτηριστικά αυτά εκδηλώνουν τα μοτίβα τους. Κάποιοι από εμάς δεν μεγαλώνουν ποτέ πραγματικά επειδή το εσωτερικό παιδί εξακολουθεί να είναι ενεργό και αντιδραστικό. Όλοι μας βρισκόμαστε στη διαδικασία της ανάπτυξης, της υπέρβασης, της μάθησης και της μεταμόρφωσης της ζωής μας και υπάρχουν πολλά, πάρα πολλά μονοπάτια προς αυτή την κατεύθυνση.

Το "εσωτερικό παιδί" δεν γερνάει ποτέ, αλλά γίνεται συνεχώς ισχυρότερο στις εκδηλώσεις του. Ο Καρλ Γιουνγκ σημείωσε ότι αυτό παρεμβαίνει ή ενισχύει τις επιλογές και τις συμπεριφορές της ζωής μας. Το ονόμασε "παιδικό αρχέτυπο". Σύμφωνα με τη συγγραφέα Caroline Myss, περιλαμβάνει το πληγωμένο παιδί, το ορφανό παιδί, το εξαρτημένο παιδί, το μαγικό/αθώο παιδί, το παιδί της φύσης, το θεϊκό παιδί και το αιώνιο παιδί.

Με την ιδέα του "παιδιού" συνδέουμε ιδιότητες αθωότητας, παρορμητικότητας, αυθορμητισμού, δημιουργικότητας καθώς και εκείνες της εξάρτησης, αφέλειας, άγνοιας, πείσματος. Για παράδειγμα, η αθώα πτυχή του παιδιού είναι αφελής και παιχνιδιάρικη. Οι ενήλικες στους οποίους ένα τέτοιο εσωτερικό παιδικό χαρακτηριστικό είναι εμφανές, είναι συνήθως ανέμελοι, ανέμελοι και ικανοί να εμπιστεύονται εύκολα τους άλλους. Όταν το αθώο παιδί μέσα μας ενσωματώνεται υγιώς στον ψυχισμό, μας επιτρέπει να καλλιεργούμε την αθώα, παιχνιδιάρικη, ανέμελη πλευρά μέσα μας, μαζί με την ικανότητα να φέρουμε εις πέρας τις ευθύνες της ενηλικίωσης με σχετική ευκολία και ισορροπία. Αλλά σε αντίξοες καταστάσεις, όταν ενεργοποιείται, αυτό το αθώο παιδί μπορεί να μην αισθάνεται έτοιμο να τις αντιμετωπίσει. Αυτό οδηγεί στη συνέχεια σε αισθήματα απόγνωσης. Σε τέτοιες στιγμές, έχουμε την τάση να αρνούμαστε να αναγνωρίσουμε τις ανησυχίες μας ή να τις αρνούμαστε και να αρνούμαστε να "μεγαλώσουμε" και να αναλάβουμε την ευθύνη για την κατάσταση.

Με μια θετική έννοια, το εσωτερικό μας παιδί εξισορροπεί τις ευθύνες μας υπενθυμίζοντάς μας να είμαστε παιχνιδιάρηδες και διασκεδαστικοί. Όταν όμως η αίσθηση της ασφάλειάς μας απειλείται ή αντιλαμβανόμαστε φόβο ή πιθανή δυσφορία, το "χαρακτηριστικό του εσωτερικού μας παιδιού" ενεργοποιείται στο παιχνίδι και εμφανίζει αρνητικά χαρακτηριστικά.

Υπάρχουν επτά τύποι χαρακτηριστικών του εσωτερικού παιδιού. Καθένας έχει τα ιδιαίτερα χαρακτηριστικά και τα πιο σκοτεινά χαρακτηριστικά του. Όλοι μας μπορούμε να σχετιστούμε με καθένα από αυτά τα αρχέτυπα σε κάποιο σημείο ή σε κάποιο άλλο.

Χαρακτηριστικό Αιώνιο παιδί

Ο ενήλικας με το χαρακτηριστικό του "αιώνιου παιδιού" είναι για πάντα νέος. Παρουσιάζουν παιδικά χαρακτηριστικά, αντιστέκονται στο να μεγαλώσουν και είναι διασκεδαστικοί. Αισθάνονται πάντα νέοι στο μυαλό, το σώμα και το πνεύμα και ενθαρρύνουν τους άλλους να κάνουν το ίδιο. Μπορεί να παραμείνουν έτσι για πάντα, επειδή δεν αντιμετωπίζουν πραγματικά σημαντικά εμπόδια. Πρέπει να δουν αν αποφεύγουν τις ευθύνες στη ζωή τους.

Puer aeternus - στα λατινικά σημαίνει "αιώνιο παιδί", χρησιμοποιείται στη μυθολογία για να δηλώσει ένα παιδί-θεό που είναι για πάντα νέοςψυχολογικά αναφέρεται σε έναν ηλικιωμένο άνθρωπο του οποίου η συναισθηματική ζωή έχει παραμείνει σε εφηβικό επίπεδο, συνήθως σε συνδυασμό με υπερβολικά μεγάλη εξάρτηση από τη μητέρα.

Στη σκοτεινή πλευρά, μπορεί να γίνουν ανεύθυνοι, αναξιόπιστοι και ανίκανοι να αναλάβουν καθήκοντα ενηλίκων. Δυσκολεύονται με τα προσωπικά όρια των άλλων και εξαρτώνται υπερβολικά από τα αγαπημένα τους πρόσωπα για να τους φροντίζουν. Η άρνησή τους σχετικά με τη διαδικασία της γήρανσης τους αφήνει αδιέξοδους και παλεύουν ανάμεσα στα στάδια της ζωής. Τους είναι δύσκολο να αναλάβουν ευθύνες, γίνονται εξαρτημένοι και αδυνατούν να αναπτύξουν εμπιστοσύνη στην ικανότητά τους να επιβιώσουν στον πραγματικό κόσμο. Μπορεί να δυσκολεύονται να συνάψουν και να διατηρήσουν μακροχρόνιες σχέσεις.

Πιο σκοτεινά χαρακτηριστικά: ναρκισσιστικά, εγωιστικά ή καυχησιογόνα- θεατρινιστικά, απρόσεκτα και απερίσκεπτα- υλιστικά, καχύποπτα- παράλογες σκέψεις.

Χαρακτηριστικό μαγικό παιδί

Ο ενήλικας με το χαρακτηριστικό του "μαγικού παιδιού" βλέπει έναν κόσμο γεμάτο δυνατότητες. Είναι ανέμελοι και αναζητούν την ομορφιά και το θαύμα γύρω και μέσα σε όλα τα πράγματα και πιστεύουν ότι όλα είναι δυνατά. Είναι ονειροπόλοι, είναι περίεργοι, ιδεαλιστές και συχνά μυστικιστές.

Στη σκοτεινή πλευρά, μπορεί να γίνουν απαισιόδοξοι και καταθλιπτικοί. Μπορεί να αποσυρθούν σε έναν φανταστικό κόσμο, σε δραστηριότητες ρόλων, σε παιχνίδια, σε βιβλία ή σε ταινίες και να χάσουν την επαφή με την πραγματικότητα. Περνούν πολύ χρόνο ονειροπολώντας και αποστασιοποιούμενοι από την πραγματικότητα, απομακρύνονται από τους άλλους και απογοητεύουν όσους τους αγαπούν. Συνήθως δεν είναι κακόβουλοι, αλλά βλάπτουν τον εαυτό τους και τους αγαπημένους τους με το να μένουν συναισθηματικά στάσιμοι γύρω από τα ίδια εμπόδια, προβλήματα ή προκλήσεις. Είναι υπνωτισμένοι από παραμυθένιες ιστορίες και περιμένουν κάποιον να έρθει να τους σώσει. Μπορεί να πέσουν θύματα εθισμών.

Έχουν την τάση να κλείνονται στο καβούκι τους όταν έρχονται αντιμέτωποι με μια δυσμενή κατάσταση. Ψάχνουν τρόπους να αρνηθούν, να ξεφύγουν, να αποφύγουν ή να αποφύγουν τα προβλήματά τους και μπορεί ακόμη και να αποστασιοποιηθούν από την πραγματικότητα. Αντί να βλέπουν τα πράγματα όπως είναι, βλέπουν την πραγματικότητα όπως θέλουν ή επιθυμούν να είναι, με το κόστος της συνειδητής ή ασυνείδητης χειραγώγησης ή εξαπάτησης των άλλων.

Πιο σκοτεινά χαρακτηριστικά: Προδιάθεση για κατάθλιψη και ακραία απαισιοδοξία- δυσκολία να μείνουν στο παρόν- τελειομανία- συμπεριφορικός εθισμός όπως έρωτας, σεξ, ψώνια, τζόγος.

Έχουν τη δυνατότητα να μετατρέπουν τις προκλήσεις σε δημιουργίες και να επινοούν ασυνήθιστες, ευφυείς ιδέες για την επίλυση σύνθετων προβλημάτων. Η δημιουργικότητα και η φαντασία είναι τα μεγαλύτερα προσόντα.

Χαρακτηριστικό του θεϊκού παιδιού

Ο ενήλικας με το χαρακτηριστικό του "θεϊκού παιδιού" είναι αθώος, αγνός και συχνά συνδέεται βαθιά με το θείο. Πιστεύουν στην αναζωογόνηση. Μπορεί να φαίνονται μυστικιστές. Αντιπροσωπεύουν την ελπίδα, την αθωότητα, την αγνότητα, τη μεταμόρφωση και αναζητούν νέα ξεκινήματα. Μπορεί να παρουσιάζουν μια αρμονική ισορροπία μεταξύ ονειροπόλου και πράττοντος. Καθοδηγούνται από το ένστικτο και τη διάνοια και είναι ικανοί στην επικοινωνία των ιδεών τους. Η εξισορρόπηση της πραγματικότητας και του ορθολογισμού είναι ο τομέας τους. Είναι αφοσιωμένοι, ισχυρογνώμονες, ικανοί και δεν τα παρατάνε ποτέ.

Κατακλύζονται από την αρνητικότητα και νιώθουν ανίκανοι να υπερασπιστούν τον εαυτό τους. Μπορεί εύκολα να θυμώσουν και να μην μπορούν να ελέγξουν τον εαυτό τους σε αντίξοες καταστάσεις.

Μπορεί να έχουν την τάση να γίνονται ιδεαλιστές. Δυσκολεύονται να βοηθήσουν τους άλλους χωρίς να εσωτερικεύουν τα συναισθήματα των άλλων και να αναλαμβάνουν τα προβλήματα των άλλων ως δικά τους. Αισθάνονται την προσωπική ευθύνη να επιδεικνύουν δύναμη και θάρρος στις αντιξοότητες. Έχουν την τάση να σηκώνουν το βάρος του κόσμου στους ώμους τους και να υπερφορτώνουν τον εαυτό τους με αποτέλεσμα να οδηγούνται σε εξάντληση, εξουθένωση, νευρικότητα και άγχος.

Σκοτεινά χαρακτηριστικά: ευμετάβλητος θυμός- πεισματάρης- υπερβολικά ιδεαλιστής και τελειομανής- ευαίσθητος στην κριτική- κυμαινόμενη αυτοεκτίμηση- αυτοθυσία με κόστος την ικανοποίηση των ανθρώπων.

Φύση Χαρακτηριστικό του παιδιού

Ο ενήλικας με το χαρακτηριστικό "παιδί της φύσης" αισθάνεται βαθιά συνδεδεμένος με τη φύση και το περιβάλλον, με τα φυτά, τα ζώα και τη γη γύρω του. Αισθάνονται άνετα με τα κατοικίδια ζώα και αισθάνονται συνδεδεμένοι με θέματα διατήρησης της φύσης και έχουν περιβαλλοντική συνείδηση.

Στη σκοτεινή πλευρά, μπορεί να είναι καταχρηστικοί προς τους γύρω τους.

Τείνουν να είναι απρόβλεπτοι και παρορμητικοί. Είναι "ελεύθερες ψυχές" που βλέπουν τους κανόνες, τις κατευθυντήριες γραμμές και την πειθαρχία ως απειλές για την επιβίωσή τους. Οδηγούνται από τη φοβική προστασία του εαυτού τους και θα κάνουν τα πάντα για να επιβιώσουν.

Μπορεί να παρουσιάσουν πολικά αντίθετες καταστάσεις και να κακοποιήσουν ζώα, ανθρώπους ή το περιβάλλον. Πιο σκοτεινά χαρακτηριστικά: απρόσεκτοι, παρορμητικοί, ανταγωνιστικοί, εγωκεντρικοί, υπερευαίσθητοι, μανιακοί με εναλλαγές στη διάθεση.

Χαρακτηριστικό Ορφανό παιδί

Ο ενήλικας με το χαρακτηριστικό "ορφανό ή εγκαταλελειμμένο παιδί" έχει ιστορικό αίσθημα μοναξιάς, συναισθηματικής εγκατάλειψης ή ορφάνιας. Τείνουν να είναι ανεξάρτητοι σε όλη τους τη ζωή, μαθαίνουν πράγματα μόνοι τους, αποφεύγουν τις ομάδες και καταπολεμούν μόνοι τους τους φόβους τους. Απομονώνονται και δεν αφήνουν κανέναν να τους πλησιάσει, συμπεριλαμβανομένων των αγαπημένων τους προσώπων. Αντισταθμίζουν υπερβολικά αναζητώντας μια υποκατάστατη οικογένεια για να καλύψουν το συναισθηματικό κενό.

Προσκολλώνται στο παρελθόν. Απορρίπτουν και αποκλείουν όλο τον κόσμο. Κρατούν αναμνήσεις από την απόρριψη ή την εγκατάλειψη στην παιδική τους ηλικία. Χρειάζεται να συγχωρήσουν και να αφεθούν ελεύθεροι. Βρίσκονται πάντα σε μια κατάσταση "εγώ εναντίον του κόσμου", ένα αίσθημα απόκληρου. Δυσκολεύονται να οικοδομήσουν ισχυρές και υγιείς σχέσεις. Απομακρύνουν τους αγαπημένους τους και στη συνέχεια τους τραβούν πίσω, γεγονός που καθιστά τις σχέσεις τους θυελλώδεις. Το αίσθημα της παρεξηγησιμότητας είναι σύνηθες σε αυτούς.

Πιο σκοτεινά χαρακτηριστικά: κατάθλιψη- αντίληψη ότι είναι παρεξηγημένοι- φόβος απόρριψης και μοναξιάς- πεισματάρης

Χαρακτηριστικό τραυματισμένου παιδιού

Ο ενήλικας με το χαρακτηριστικό "πληγωμένο παιδί" έχει ιστορικό κακοποιητικού ή τραυματικού παρελθόντος. Έχουν μεγάλη συμπόνια για τους άλλους που υποφέρουν από παρόμοιες κακοποιήσεις και τείνουν να αναπτύσσουν το αίσθημα της συγχώρεσης.

Τις περισσότερες φορές, μπορεί να παραμείνουν εγκλωβισμένοι σε επαναλαμβανόμενα κακοποιητικά μοτίβα. Ζουν με τη νοοτροπία του "θύματος". Κλαίνε. Έχουν κατάθλιψη, θλίψη και θλίψη πάντα και μπορεί να καταφεύγουν σε αυτοτραυματισμούς και αυτοσαμποτάζ. Αισθάνονται απελπισμένοι και άχρηστοι. Η απόρριψη και η αποτυχία κυριαρχούν. Αισθάνονται εγκαταλελειμμένα, παρεξηγημένα, μη αγαπημένα και χωρίς φροντίδα.

Το μοτίβο του τραύματος και του πόνου επαναλαμβάνεται ξανά και ξανά μέχρι να επουλωθεί το τραύμα ή η πληγή. Αυτές είναι οι εμπειρίες του τύπου "αυτό μου συμβαίνει πάντα".

Τρέχουν να ξεφύγουν από το παρελθόν τους.

Αν οι γονείς μου με αγαπούσαν γι' αυτό που είμαι, θα μπορούσα να γίνω καλύτερος γονιός.

Αν με είχαν αγαπήσει, θα ήμουν πολύ καλύτερος.

Αν μόνο μου είχαν φερθεί με σεβασμό, δεν θα ήμουν τόσο θυμωμένος.

Νιώθουν παρεξηγημένοι και προσβάλλονται και πληγώνονται εύκολα. Παίρνουν τα πράγματα προσωπικά και εσωτερικεύουν καταστάσεις και σχέσεις. Θέλουν οι άλλοι να τους καταλάβουν και ταυτόχρονα νιώθουν ότι οι άλλοι δεν μπορούν ποτέ να τους καταλάβουν σωστά. Αυτό εκδηλώνεται με τη μορφή αυτολύπησης, απομόνωσης, θυμού, προσκόλλησης, συναισθηματισμού, ανορθολογισμού και εκδικητικότητας.

Εμπλέκονται υπερβολικά στον πόνο των άλλων για να κατανοήσουν τον πόνο τους, τον οποίο δεν μπορούν να αντιμετωπίσουν. Η ανάγκη να γίνουν κατανοητοί είναι τόσο ισχυρή που καταφεύγουν σε αυτοτραυματισμούς. Ο κόσμος μπορεί πλέον να "δει τον πόνο τους". Αυτό αποτελεί απόδειξη του πόνου τους. Με αυτόν τον τρόπο αναζητούν επιβεβαίωση, συμπάθεια και υποστήριξη από τους άλλους. Λαχταρούν να γίνουν γνωστοί για όσα έχουν υποφέρει. Ελπίζουν ότι οι άλλοι θα τους δουν και θα τους αναγνωρίσουν ή θα τους λυπηθούν. Μια άλλη κοινή εμπειρία είναι η κατάθλιψη. Η κατάθλιψη είναι απόδειξη της συντριβής, η οποία δημιουργεί ένα μοτίβο ντροπής.

Αναζητούν από τους άλλους να τους αγαπήσουν, αλλά στην πραγματικότητα αυτό που πραγματικά λαχταρούν είναι να δώσουν αγάπη στους άλλους. Συνήθως είναι ο "αξιόπιστος και αξιόλογος φίλος παντός καιρού" στον οποίο οι άλλοι απευθύνονται για κατανόηση και υποστήριξη. Έχουν έντονη επιθυμία να κατανοήσουν βαθιά τους άλλους και είναι μη επικριτικοί και ανοιχτόκαρδοι. Η κατανόηση των άλλων είναι το κλειδί για την κατανόηση του εαυτού τους. Το να δίνουν αγάπη τους επιτρέπει να αισθάνονται και να λαμβάνουν την αγάπη των άλλων.

Σκοτεινά χαρακτηριστικά: Αίσθημα παρεξηγημένου, άχρηστου, σπασμένου- κατάθλιψη- δυσκολία να αφεθούν.

Εξαρτημένο παιδί Χαρακτηριστικό

Ο ενήλικας με το χαρακτηριστικό "εξαρτημένο παιδί" έχει έντονο το αίσθημα ότι τίποτα δεν είναι ποτέ αρκετό και αναζητά πάντα να αντικαταστήσει κάτι που έχασε στην παιδική του ηλικία. Απαιτούν προσοχή και σύνδεση, η οποία προέρχεται από την έλλειψη αγάπης, επικύρωσης και έγκρισης ως παιδί. Έχουν την τάση να εξαντλούν συναισθηματικά και ενεργειακά τους γύρω τους λόγω της αδυναμίας τους να δουν τις ανάγκες των άλλων πριν από τις δικές τους. Μπορεί να συνεχίσουν να κατηγορούν, να χειραγωγούν ή να εκβιάζουν συναισθηματικά τους άλλους σκόπιμα ή ακούσια.

Συνειδητά ή ασυνείδητα, αναζητούν λόγους για να διαιωνίζουν τη θυματοποίησή τους, την αυτολύπηση, την αίσθηση του δικαιώματος και την αποφυγή των προσωπικών τους θεμάτων.

Σκοτεινά χαρακτηριστικά: χαμηλή συναισθηματική ωριμότητα- χαμηλή αυτοεκτίμηση- εγωκεντρική- έλλειψη ενσυναίσθησης- επικριτική.

"Το να είσαι καλός δεν σημαίνει απαραίτητα ότι είσαι αδύναμος. Μπορείς να είσαι καλός και να είσαι δυνατός ταυτόχρονα".

"Το πραγματικά μοναδικό γνώρισμα των "Sapiens" είναι η ικανότητά μας να δημιουργούμε και να πιστεύουμε μυθοπλασίες. Όλα τα άλλα ζώα χρησιμοποιούν το σύστημα επικοινωνίας τους για να περιγράψουν την πραγματικότητα. Εμείς χρησιμοποιούμε το επικοινωνιακό μας σύστημα για να δημιουργήσουμε νέες πραγματικότητες".

Διερεύνηση των μοτίβων μας

*"Μάθετε από το χθες, ζήστε για το σήμερα, ελπίστε για το αύριο.
Το σημαντικό είναι να μη σταματήσετε να αμφισβητείτε."*

– Albert Einstein

"Νομίζω ότι είναι πολύ σημαντικό να υπάρχει ένας κύκλος ανατροφοδότησης, όπου σκέφτεστε συνεχώς τι έχετε κάνει και πώς θα μπορούσατε να το κάνετε καλύτερα. Νομίζω ότι αυτή είναι η καλύτερη συμβουλή: να σκέφτεστε συνεχώς πώς θα μπορούσατε να κάνετε τα πράγματα καλύτερα και να αμφισβητείτε τον εαυτό σας."

– Elon Musk

Η ζώνη άνεσής μας είναι μια ψυχολογική κατάσταση στην οποία τα πράγματα μας φαίνονται οικεία και αισθανόμαστε άνετα ή τουλάχιστον νομίζουμε ότι αισθανόμαστε άνετα και στην οποία έχουμε τον έλεγχο του περιβάλλοντός μας, βιώνοντας χαμηλά επίπεδα άγχους και στρες. Πρόκειται για μια κατάσταση συμπεριφοράς όπου λειτουργούμε σε μια θέση ουδέτερη ως προς το άγχος.

Η ζώνη άνεσής μας είναι ένα επικίνδυνο μέρος. Μας εμποδίζει να βελτιωθούμε, μας εμποδίζει να πετύχουμε όλα όσα είμαστε ικανοί να πετύχουμε και μας κάνει δυστυχισμένους. Έτσι, αν αποφασίσουμε να επιφέρουμε μια αλλαγή στη ζωή μας, πρέπει να ταρακουνήσουμε τον εαυτό μας έξω από τη ζώνη άνεσής μας.

Και αυτό ξεκινά με το να θέσουμε στον εαυτό μας μερικές δύσκολες ερωτήσεις, ερωτήσεις που αρνούμαστε να αναγνωρίσουμε. Πρέπει να τις θέσουμε στον εαυτό μας και πρέπει να τις απαντήσουμε και στον εαυτό μας. Γιατί λοιπόν αντιστεκόμαστε; Αντιστεκόμαστε γιατί μας κάνει να μην είμαστε άνετοι. Κατανοήστε ότι η απλή πράξη του να ρωτάμε και να συντονιζόμαστε με τον εαυτό μας αρχίζει να γκρεμίζει το τείχος ανάμεσα σε εμάς και τα συναισθήματά μας. Ποτέ μην κρίνετε τον εαυτό σας για αυτό που νιώθετε. Αυτό που έχει σημασία είναι τι κάνουμε με ένα συναίσθημα. Κρίνετε τον εαυτό σας μόνο για τις πράξεις, όχι για τα συναισθήματα.

Το παρακάτω κείμενο έχει προσαρμοστεί και τροποποιηθεί από το Home Coming: Διεκδικώντας και προασπίζοντας το εσωτερικό σας παιδί, του John Bradshaw.

Ερωτηματολόγιο Εσωτερικού Παιδικού Μοτίβου

Όσο περισσότερο ταυτίζεστε με τις δηλώσεις εδώ, τόσο περισσότερο τις αντιλαμβάνεστε. Η συνειδητοποίηση με αποδοχή μας βοηθά να διαμορφώσουμε ένα σχέδιο δράσης για τον εαυτό μας.

ΤΑΥΤΟΤΗΤΑ

1. Στα βαθύτερα σημεία του κρυφού εαυτού μου, νιώθω ότι κάτι δεν πάει καλά μαζί μου.

2. Συγκρατώ τα συναισθήματα μέσα μου. Δυσκολεύομαι να αφήσω να φύγει οτιδήποτε.

3. Είμαι ένας άνθρωπος που ικανοποιεί τους άλλους και δεν έχω δική μου ταυτότητα.

4. Βιώνω άγχος και φόβο κάθε φορά που προβλέπω να κάνω κάτι καινούργιο.

5. Είμαι επαναστάτης. Αισθάνομαι ζωντανός όταν συγκρούομαι.

6. Αισθάνομαι ανεπαρκής ως άνδρας/γυναίκα.

7. Αισθάνομαι ένοχος όταν υπερασπίζομαι τον εαυτό μου και προτιμώ να ενδώσω στους άλλους.

8. Δυσκολεύομαι να ξεκινήσω πράγματα.

9. Δυσκολεύομαι να τελειώσω πράγματα.

10. Σπάνια έχω μια δική μου σκέψη.

11. Κριτικάρω συνεχώς τον εαυτό μου για το γεγονός ότι είμαι ανεπαρκής.

12. Θεωρώ τον εαυτό μου τρομερά αμαρτωλό και ότι κάνω είναι λάθος.

13. Είμαι άκαμπτος και τελειομανής.

14. Αισθάνομαι ότι ποτέ δεν ανταποκρίνομαι- ποτέ δεν κάνω τίποτα σωστά.

15. Αισθάνομαι ότι δεν ξέρω πραγματικά τι θέλω.

16. Έχω την τάση να είμαι ένας υπερ-επιτυχημένος.

17.   Φοβάμαι ότι θα με απορρίψουν και θα με εγκαταλείψουν σε οποιαδήποτε σχέση.

18.   Η ζωή μου είναι άδεια- νιώθω κατάθλιψη τις περισσότερες φορές.

19.   Δεν ξέρω πραγματικά ποιος είμαι.

20.   Δεν είμαι σίγουρος για το ποιες είναι οι αξίες μου ή τι σκέφτομαι για τα πράγματα.

ΚΟΙΝΩΝΙΚΟ

21.   Βασικά δεν εμπιστεύομαι τους πάντες, συμπεριλαμβανομένου και του εαυτού μου.

22.   Αισθάνομαι ότι πάντα καταλήγω να λέω ψέματα για τον εαυτό μου στους άλλους.

23.   Είμαι εμμονικός και ελεγκτικός στη σχέση μου.

24.   Είμαι εθισμένος.

25.   Είμαι απομονωμένος και φοβάμαι τους ανθρώπους, ιδίως τα πρόσωπα εξουσίας.

26.   Μισώ να είμαι μόνος και θα κάνω σχεδόν τα πάντα για να το αποφύγω.

27.   Βρίσκω τον εαυτό μου να κάνει αυτό που νομίζω ότι οι άλλοι περιμένουν από μένα.

28.   Αποφεύγω τις συγκρούσεις με κάθε κόστος.

29.   Σπάνια λέω όχι στις προτάσεις κάποιου άλλου και νιώθω ότι η πρόταση κάποιου άλλου είναι σχεδόν διαταγή που πρέπει να υπακούσω.

30.   Έχω μια υπεραναπτυγμένη αίσθηση ευθύνης. Μου είναι πιο εύκολο να ασχοληθώ με κάποιον άλλο παρά με τον εαυτό μου.

31.   Συχνά δεν λέω άμεσα όχι και στη συνέχεια αρνούμαι να κάνω αυτό που μου ζητούν οι άλλοι με διάφορους χειριστικούς, έμμεσους και παθητικούς τρόπους.

32.   Δεν ξέρω πώς να επιλύω τις συγκρούσεις με τους άλλους. Είτε εξουδετερώνω τον αντίπαλό μου είτε αποσύρομαι εντελώς από αυτόν.

33.   Σπάνια ζητώ διευκρινίσεις για δηλώσεις που δεν καταλαβαίνω.

34. Συχνά μαντεύω τι σημαίνει η δήλωση ενός άλλου και απαντώ σε αυτήν με βάση την εικασία μου.

35. Δεν ένιωσα ποτέ κοντά στον έναν ή και στους δύο γονείς μου.

36. Συγχέω την αγάπη με τον οίκτο και τείνω να αγαπώ τους ανθρώπους που μπορώ να λυπηθώ.

37. Γελοιοποιώ τον εαυτό μου και τους άλλους αν κάνουν κάποιο λάθος.

38. Υποχωρώ εύκολα και προσαρμόζομαι στην ομάδα.

39. Είμαι έντονα ανταγωνιστικός και κακός χαμένος.

40. Ο πιο βαθύς μου φόβος είναι ο φόβος της εγκατάλειψης και θα κάνω τα πάντα για να κρατηθώ σε μια σχέση.

Το Κουίζ για το Εσωτερικό Παιδί

Αυτό δημιουργήθηκε από την Oenone Crossley-Holland.

Για κάθε δήλωση που ακολουθεί, απαντήστε ...

Σχεδόν ποτέ

Μερικές φορές

Τις περισσότερες φορές

1. Έχω μια παιχνιδιάρικη πλευρά και ξέρω πώς να διασκεδάζω.

2. Οι παιδικές μου αναμνήσεις είναι έντονες και μπορώ να θυμηθώ πώς ένιωθα όταν ήμουν νέος.

3. Έχω ζωηρή φαντασία και μου αρέσουν οι δημιουργικές ασχολίες.

4. Από καιρό σε καιρό κοιτάζω παλιές φωτογραφίες μου.

5. Έχω μια υγιή σχέση με τα αδέλφια μου.

6. Οι άνθρωποι που με γνώριζαν ως παιδί λένε ότι δεν έχω αλλάξει πολύ

7. Νιώθω άνετα στο πετσί μου.

8. Σε όλες τις φιλίες και τις στενές μου σχέσεις, επιδιώκω ισότιμες

συνεργασίες.

9. Έχω βρει γαλήνη με την ανατροφή μου.

10. Οι μικρές απολαύσεις της ζωής με ευχαριστούν και συχνά δέχομαι με δέος τον κόσμο.

11. Έχω επίγνωση των πληγών της παιδικής μου ηλικίας.

12. Η συμπεριφορά μου αντικατοπτρίζει αυτό που είμαι μέσα μου.

13. Έχω χτίσει μια ζωή που με στηρίζει.

14. Το να είμαι μόνος δεν με ανησυχεί.

15. Ζω στο παρόν και έχω περιέργεια για τη ζωή.

16. Μερικές φορές, μπορώ να είμαι ανόητη και εκτιμώ το γέλιο.

17. Κάθε μέρα αφιερώνω χρόνο για να χαλαρώσω και να απενεργοποιηθώ.

18. Απολαμβάνω την παρέα των παιδιών και νιώθω ότι μπορώ να μάθω κάτι από αυτά.

19. Όταν πετάω τα παιχνίδια μου έξω από το καροτσάκι, μπορώ να το παραδεχτώ.

20. Αισθάνομαι μια αίσθηση ελευθερίας.

Εάν οι περισσότερες απαντήσεις ήταν "τις περισσότερες φορές…

Οι ενήλικες είμαστε σε συγχρονισμό με το παρόν και σε εσωτερική γαλήνη.

Τα "εσωτερικά παιδικά μας χαρακτηριστικά" και μοτίβα δεν επηρεάζουν τις σκέψεις, τις αντιλήψεις, τη συμπεριφορά και τις πράξεις μας. Κουβαλάμε την ενήλικη ευθύνη μας και δεν μας βαραίνει το παρελθόν μας. Αντί να είμαστε πλήρως εξαρτημένοι από τις σχέσεις στη ζωή μας ή πλήρως ανεξάρτητοι, έχουμε μάλλον βρει ένα μέρος ισορροπίας και αλληλεξάρτησης. Μπορούμε να ζητήσουμε βοήθεια όταν χρειάζεται.

Εάν οι περισσότερες απαντήσεις ήταν "μερικές φορές …

Το ενήλικο "εμείς" προσπαθεί να βρει μια ισορροπία ανάμεσα στα θέματα του παρελθόντος και στο παρόν. Υπάρχουν στιγμές που τα εσωτερικά παιδικά χαρακτηριστικά είναι αδρανή ή σε λανθάνουσα κατάσταση, όπου ο ενήλικας ζει στο έπακρο. Αλλά όταν ενεργοποιούνται, τα χαρακτηριστικά ενεργοποιούνται και τα εσωτερικά παιδικά μοτίβα αναπαράγονται.

Αν οι περισσότερες απαντήσεις ήταν "σχεδόν ποτέ ...

Τα πρότυπα του "εσωτερικού παιδιού" κυριαρχούν στην ενήλικη ύπαρξη. Το ενήλικο "εμείς" είναι "κολλημένο" και ανίκανο να αλλάξει την αντίληψη και να σπάσει το μοτίβο. Η συνειδητοποίηση ή η αποδοχή είναι δύσκολη ή η ανάληψη δράσης.

Διερεύνηση παιδικών εμπειριών

Ακολουθεί ένας κατάλογος πιθανών παιδικών εμπειριών. Ίσως να μην συνέβησαν ακριβώς όπως περιγράφονται εδώ, αλλά να ήταν παρόμοιες. Όπου η ερώτηση αναφέρεται στους γονείς, σκεφτείτε επίσης τους παππούδες, τους θετούς γονείς, τους θείους, τις θείες, τα αδέλφια, τις αδελφές, τα ξαδέλφια, τους δασκάλους και άλλους που υπήρξαν στη ζωή σας.

Το παρόν έχει προσαρμοστεί και τροποποιηθεί από τα έργα του Robert Elias Najemy.

Για κάθε εμπειρία, ανακαλύψτε -

'Τι συναισθήματα ένιωθα τότε ως παιδί;

'Ποιες πεποιθήσεις για τον εαυτό μου, τους άλλους και τη ζωή δημιουργήθηκαν στο μυαλό μου τότε ως παιδί;'

'Ποιες ήταν οι ανεκπλήρωτες ανάγκες μου εκείνη την εποχή;'

1. Υπήρξε κάποιος που θύμωσε μαζί σας, σας μάλωσε, σας απέρριψε ή σας κατηγόρησε; Ποιος και πότε;

2. Έχετε βιώσει ποτέ το αίσθημα της εγκατάλειψης; Σας άφησαν ποτέ μόνο σας ή νιώσατε ότι οι άλλοι δεν σας καταλαβαίνουν ή ότι δεν υπήρχε υποστήριξη; Πότε; Από ποιον; Πώς;

3. Νιώσατε ποτέ την ανάγκη για περισσότερη στοργή, τρυφερότητα ή έκφραση αγάπης; Από ποιον και πότε;

4. Υπήρχαν άτομα στο περιβάλλον σας που ήταν συχνά άρρωστα ή που μιλούσαν συχνά για ασθένεια; Ποιοι και πότε;

5. Είχατε ποτέ το αίσθημα της ταπείνωσης μπροστά σε άλλους ή σε σχέση με άλλους; Σε ποιες περιπτώσεις;

6. Συγκριθήκατε ποτέ με άλλους ως προς το αν ήσασταν λιγότερο ή περισσότερο ικανός ή άξιος; Με ποιον, σε ποιες περιπτώσεις και σε σχέση με

ποιες ικανότητες ή χαρακτηριστικά του χαρακτήρα σας;

7. Έχετε χάσει ποτέ κάποιο αγαπημένο σας πρόσωπο; Ποιος και πότε;

8. Δήλωσαν ποτέ οι γονείς σας ότι εσείς ήσασταν ο μόνος λόγος που συνέχισαν να μένουν μαζί και ότι αυτό ήταν μια μεγάλη θυσία από μέρους τους ή, σας είπαν ποτέ ότι θυσίασαν πολλά για χάρη σας και ότι τους είστε υπόχρεοι; Ποιος; Πότε; Για ποια θέματα; Τι ακριβώς τους χρωστάτε;

9. Σας κατηγόρησαν ποτέ ότι είστε η αιτία για τη δυστυχία, την ασθένεια ή τα προβλήματά τους; Ποιος σας κατηγόρησε και για τι ακριβώς; Τι εννοούσαν ότι φταίγαμε εμείς, τι σημαίνει αυτό το γεγονός για εσάς; Σύμφωνα με αυτούς τι θα έπρεπε να είχατε κάνει;

10. Σας είπαν ποτέ ότι δεν πρόκειται να πετύχετε τίποτα στη ζωή σας, ότι είστε τεμπέλης ή ανίκανος ή χαζός; Ποιος, πότε και σχετικά με ποια θέματα;

11. Μιλούσαν συχνά για ενοχή και τιμωρία, είτε από κάποιο πρόσωπο, είτε από τους γονείς, είτε από τον Θεό; Ποιος; Πότε; Για ποιους τύπους ενοχής και για ποιους τύπους τιμωρίας;

12. Σας έκανε κάποιος δάσκαλος να νιώσετε ταπεινωμένοι μπροστά στα άλλα παιδιά; Πότε; Πώς; Σχετικά με τι;

13. Σε παρέα με άλλα παιδιά, αισθανθήκατε ποτέ απόρριψη ή κατωτερότητα/από ποιον; Και μειονεκτικά με ποια κριτήρια;

14. Σας είπαν ποτέ ότι είστε υπεύθυνοι για τα αδέλφια σας ή για τους άλλους γενικά και ότι ό,τι τους συμβαίνει είναι δική σας ευθύνη; Ποιος σας το είπε; Σχετικά με ποιον; Σχετικά με ποια θέματα ήσασταν υπεύθυνος/η;

15. Σας έδωσαν ποτέ να καταλάβετε με κάποιο αρνητικό ή θετικό τρόπο ότι για να είναι κάποιος αποδεκτός και αξιαγάπητος, πρέπει να:

a. Να είσαι καλύτερος από τους άλλους;

b. Να είσαι πρώτος σε όλα;

c. Να είσαι τέλειος, χωρίς ελαττώματα;

d. Να είσαι ευφυής και έξυπνος;

e. Να είσαι όμορφος και ωραίος;

f. Να έχει τέλεια τάξη και καθαριότητα στο σπίτι;

g.	Να έχετε μεγάλη επιτυχία στην ερωτική σας ζωή;

h.	Έχετε οικονομική και κοινωνική επιτυχία;

i.	Να είστε αποδεκτοί από όλους;

j.	Να είναι δραστήριος με πολλούς τρόπους; Να επιτύχει πολλά πράγματα;

k.	Να ικανοποιείτε πάντα τις ανάγκες των άλλων;

l.	Να μην λέει ποτέ "όχι" στους άλλους;

m.	Να μην εκφράζετε τις ανάγκες σας;

16.	Σας έκαναν ποτέ να καταλάβετε με κάποιο τρόπο ότι δεν είστε σε θέση να σκέφτεστε, να παίρνετε αποφάσεις ή να πετυχαίνετε πράγματα μόνοι σας και ότι θα πρέπει πάντα να ακούτε συμβουλές και να εξαρτάστε από άλλους; Ποιος σας μετέδωσε αυτό το μήνυμα; Για ποια θέματα είστε υποτίθεται ανίκανοι να πάρετε αποφάσεις ή να τα χειριστείτε σωστά;

17.	Είχατε ποτέ πρότυπα - γονείς, μεγαλύτερα αδέλφια ή άλλα άτομα που ήταν ή εξακολουθούν να είναι πολύ δυναμικά και ικανά, ώστε να αισθάνεστε

a.	Η ανάγκη να τους μοιάσουμε;

b.	Η ανάγκη να αποδείξετε την αξία σας, να φτάσετε ή και να ξεπεράσετε αυτά τα πρότυπα;

c.	Απελπισία, αυτοαπόρριψη, εγκατάλειψη της προσπάθειας, ίσως αυτοκαταστροφικές τάσεις επειδή πιστεύατε ότι δεν θα μπορούσατε ποτέ να τους φτάσετε;

18.	Υπήρξε ποτέ στο περιβάλλον σας κάποιος με απροσδόκητη, απρόβλεπτη, νευρική ή ακόμη και σχιζοφρενική συμπεριφορά ή αλκοολικός ή ναρκομανής, ώστε να μην ξέρετε τι να περιμένετε από αυτόν ή αυτήν; Υπήρξε βίαιη συμπεριφορά; Από ποιον και πώς ήταν η συμπεριφορά;

19.	Έχετε νιώσει απόρριψη προς τον έναν ή και τους δύο γονείς σας ή ντροπή για αυτούς; Γιατί;

20.	Μιλούσαν πολύ συχνά για τον "Θεό τον τιμωρό";

21.	Νιώσατε ποτέ ότι άλλα σας έλεγαν και άλλα έκαναν, ότι δεν υπήρχε συνέπεια μεταξύ των λόγων και των πράξεών τους, ότι είχαν δύο μέτρα και δύο σταθμά, άλλα για τους εαυτούς τους και άλλα για τους άλλους, ή ότι ήταν υποκριτές, ψεύτικοι και όχι αληθινοί; Ποιος και πότε; Σχετικά με ποια θέματα;

22. Πάνω σε τι βασιζόταν η ασφάλεια των γονέων σας - στα χρήματα; Στη γνώμη των άλλων; Στην εκπαίδευση; Στην προσωπική σας δύναμη; Στην ενότητα της οικογένειας; Στην ιδιοκτησία; Σε έναν σύζυγο; Άλλο;

23. Ήσασταν ένα κακομαθημένο παιδί που είχε πάντα ό,τι ήθελε και στο οποίο κανείς δεν αρνήθηκε ποτέ μια χάρη; Αν ναι, τι επίδραση είχε αυτό σε εσάς;

24. Καταστέλλονταν η ελευθερία της κίνησης και της έκφρασης σας; Σας ανάγκαζαν να κάνετε πράγματα που δεν θέλατε να κάνετε; Σας απαγόρευσαν να κάνετε πράγματα που θέλατε να κάνετε; Τι αναγκαστήκατε να κάνετε ή τι σας απαγόρευσαν να κάνετε;

25. Σας έδωσαν με κάποιο τρόπο να καταλάβετε ότι εφόσον είστε κορίτσι:

a. Αξίζεις λιγότερο από έναν άνδρα;

b. Δεν είσαι ασφαλής χωρίς άντρα;

c. Το σεξ είναι βρώμικο, αμαρτία;

d. Για να είσαι κοινωνικά αποδεκτή, πρέπει να παντρευτείς;

e. Είσαι λιγότερο ικανή από τους άνδρες;

f. Η μόνη σας αποστολή είναι να υπηρετείτε τους άλλους;

g. Δεν πρέπει να εκφράζετε τις ανάγκες σας, τα συναισθήματά σας ή τις απόψεις σας;

h. Πρέπει να υποτάσσεσαι στον σύζυγό σου;

i. Πρέπει να είσαι όμορφη για να είσαι αποδεκτή;

26. Μήπως με κάποιο τρόπο σας έδωσαν να καταλάβετε ότι αφού είστε αγόρι:

a. Πρέπει να είσαι δυνατός;

b. Πρέπει να είστε ανώτερος, ικανότερος, ισχυρότερος και πιο έξυπνος από τη γυναίκα σας;

c. Η αξία σας μετριέται σύμφωνα με τη σεξουαλική σας ικανότητα;

d. Η αξία σας μετριέται σύμφωνα με την επαγγελματική και οικονομική σας επιτυχία;

e. Πρέπει να συγκρίνεις τον εαυτό σου με άλλους άνδρες;

Πιθανά λανθασμένα συμπεράσματα για την παιδική ηλικία

Παρακαλώ σημειώστε τις πεποιθήσεις ή τα συναισθήματα που έχετε παρατηρήσει στον εαυτό σας, ώστε να μπορέσετε να τα επεξεργαστείτε.

1. Πρέπει να είμαι σαν τους άλλους για να με αποδεχτούν.

2. Αν δεν με αγαπούν και δεν με αποδέχονται, δεν είμαι ασφαλής.

3. Αν οι άλλοι δεν με αποδέχονται, είμαι ανάξιος.

4. Πρέπει να είμαι "σωστός" για να είμαι άξιος και για να με αγαπούν.

5. Πρέπει να είμαι τέλειος για να με αποδέχονται οι άλλοι και να με αγαπούν.

6. Πρέπει να έχω_____για να είμαστε ασφαλείς.

7. Πρέπει να έχω_____για να θεωρηθεί άξιος.

8. Πρέπει να επιτύχω_____για να θεωρηθεί άξιος.

9. Για να νιώθω άξιος, πρέπει να είμαι ικανός και επιτυχημένος.

10. Η ευτυχία μου δεν είναι στα χέρια μου. Είμαι το θύμα εξωτερικών παραγόντων.

Η αυτοεκτίμησή μου εξαρτάται από (να προβληματιστείτε για κάθε σημείο και να κατανοήσετε την επιρροή και την έντασή του)

a. Τι σκέφτονται οι άλλοι για μένα.

b. Το αποτέλεσμα των προσπαθειών μου.

c. Η εμφάνισή μου.

d. Τα χρήματά μου.

e. Οι γνώσεις μου.

f. Πώς συγκρίνομαι με τους άλλους.

g. Η επαγγελματική μου θέση.

h. Άλλοι.

Ερωτηματολόγιο για να γνωρίσουμε το εσωτερικό μας παιδί

1. Ως παιδί άκουσα ότι το σημαντικότερο ελάττωμά μου ήταν _____.

2. Ως παιδί, ένιωσα ενοχές για/όταν _____.

3. Ένιωσα απόρριψη όταν _____.

4. Ένιωσα φόβο όταν _____.

5. Ένιωσα θυμό όταν _____.

6. Αισθάνθηκα μειονεκτικά όταν _____.

7. Αισθάνθηκα ασφάλεια όταν _____.

8. Ένιωθα γαλήνη όταν _____.

9. Ένιωσα να με αγαπούν όταν _____.

10. Ένιωσα ευτυχισμένος όταν _____.

"Ο Ισαάκ Νεύτων, ένας πραγματικός οραματιστής της εποχής του, ήταν ένας άνθρωπος που έψαχνε προς πολλές κατευθύνσεις για απαντήσεις σε ερωτήματα που οι περισσότεροι άνθρωποι δεν ήξεραν καν να θέτουν".

"Πώς ξέρετε τόσα πολλά για τα πάντα;" ρωτήθηκε ένας πολύ σοφός και ευφυής άνθρωπος και η απάντηση ήταν: "Με το να μη φοβάμαι ή να μην ντρέπομαι ποτέ να κάνω ερωτήσεις για οτιδήποτε για το οποίο δεν ήξερα".

"Η αυτομεταμόρφωση αρχίζει με μια περίοδο αυτοερωτήσεων. Οι ερωτήσεις οδηγούν σε περισσότερες ερωτήσεις, η σύγχυση οδηγεί σε ανακαλύψεις και η αυξανόμενη προσωπική επίγνωση οδηγεί σε μεταμόρφωση του τρόπου με τον οποίο ζει ένα άτομο. Η σκόπιμη τροποποίηση του εαυτού αρχίζει μόνο με την αναθεώρηση των εσωτερικών λειτουργιών του νου μας. Οι αναθεωρημένες εσωτερικές λειτουργίες αλλάζουν τελικά τον τρόπο με τον οποίο βλέπουμε το εξωτερικό μας περιβάλλον".

Τμήμα 3: Αλλάξτε το Αντίληψη, σπάστε το μοτίβο

Το Σύμπαν είναι μια Σκέψη!

"Κάθε σκέψη που σκεφτόμαστε δημιουργεί το μέλλον μας."

— Louise Hay

"Τίποτα δεν μπορεί να σας βλάψει τόσο πολύ όσο οι ίδιες σας οι σκέψεις χωρίς προστασία."

— Buddha

"Είμαστε αυτό που μας έκαναν οι σκέψεις μας- προσέξτε λοιπόν τι σκέφτεστε. Τα λόγια είναι δευτερεύοντα. Οι σκέψεις ζουν, ταξιδεύουν μακριά."

— Swami Vivekananda

"Αλλάξτε τις σκέψεις σας και αλλάξτε τον κόσμο σας."

— Norman Vincent Peale

"Ο καθένας είναι ένας ωκεανός μέσα του. Κάθε άτομο που περπατά στο δρόμο. Ο καθένας είναι ένα σύμπαν σκέψεων, εννοιών και συναισθημάτων.

Όμως κάθε άτομο σακατεύεται με τον δικό του τρόπο από την αδυναμία μας να παρουσιάσουμε πραγματικά τον εαυτό μας στον κόσμο."

— Khaled Hosseini

Δεν υπάρχει μεγαλύτερη δύναμη στο σύμπαν από τη σκέψη.

Τι είναι ο νους; Τίποτα άλλο παρά σκέψεις!

Ακόμα και το Σύμπαν είναι μια σκέψη.

"Είμαστε μέρος αυτού του σύμπαντος, βρισκόμαστε σε αυτό το σύμπαν, αλλά ίσως πιο σημαντικό και από τα δύο αυτά γεγονότα είναι ότι το σύμπαν βρίσκεται μέσα μας."

Μια σκέψη μπορεί να φαίνεται λεπτή, αλλά είναι μια πραγματική δύναμη, κάτι που είναι πολύ "πραγματικό" ως ύλη και ενέργεια. Περιβαλλόμαστε μόνιμα από έναν απέραντο ωκεανό σκέψεων που ρέει συνεχώς προς εμάς και μέσα από εμάς. Κάθε σκέψη είναι μια δονητική, πνευματική μορφή από μόνη της, που εξελίσσεται, αναπτύσσεται, διαμορφώνεται και διαμορφώνεται συνεχώς. Η σκέψη είναι μια συνεχής διαδικασία για εμάς όπως η αναπνοή. Κάθε σκέψη είναι μια νέα δημιουργία. Η σκέψη είναι αυτό που κάνουν τα μυαλά.

Οι σκέψεις είναι άπειρες και ανεξάντλητες. Οι σκέψεις ταξιδεύουν ταχύτερα, πιο γρήγορα από το φως. Στην έννοια των τσάκρας, το τσάκρα του στέμματος βρίσκεται πάνω από το τσάκρα του τρίτου ματιού. Οι σκέψεις δεν περιορίζονται από το χρόνο ή την απόσταση. Σκεφτείτε κάποιον που ζει στην άλλη άκρη του κόσμου. Πόση ώρα μας πήρε για να τον φέρουμε στο μυαλό μας; Σκεφτείτε κάτι που κάναμε πέρυσι. Σκεφτείτε τις επόμενες διακοπές των διακοπών. Η διαδικασία είναι σχεδόν ακαριαία.

"Οι σκέψεις, τα λόγια και οι πράξεις είναι στενά συνδεδεμένες μεταξύ τους, συνυφασμένες."

Το μυστικό της σκέψης είναι ότι είναι η πιο καθαρή ενέργεια από όλες. Αν ήταν δυνατόν να δούμε το σύμπαν από έξω, θα μέναμε έκπληκτοι από αυτό που θα βλέπαμε! *Ολόκληρο αυτό το απέραντο σύμπαν στο οποίο νομίζουμε ότι κατοικούμε είναι απλώς μια σκέψη μέσα σε ένα μυαλό, το οποίο από μόνο του δεν είναι παρά ένα σημείο χωρίς διαστάσεις.*

Αν μπορούσαμε να δούμε μέσα στη Μοναδικότητα, θα ανακαλύπταμε ότι είναι ένα σημείο φωτός. Αν μπορούσαμε να κοιτάξουμε μέσα στο φως, θα ανακαλύπταμε ότι είναι ένα απίστευτο, δυναμικό σύστημα δονήσεων και συχνοτήτων, που σχηματίζει ατελείωτα μοτίβα. Αν μπορούσαμε να μελετήσουμε αυτά τα μοτίβα λεπτομερώς, θα καταλαβαίναμε ότι όλα αυτά τα μοτίβα είναι αυτά που αποτελούν το σύμπαν μας από μυαλά και σώματα, που αλληλεπιδρούν μεταξύ τους.

Ας εξετάσουμε τέσσερα πράγματα και τέσσερα άτομα.

- Βομβάη.
- Χρήματα.
- Φιλία.
- Μαχάτμα Γκάντι.

Βομβάη

Για έναν Mumbaikar, η Βομβάη έχει μια διαφορετική εμπειρία, συναίσθημα, ανάμνηση και εντύπωση. Για κάποιον που δεν έχει επισκεφθεί ποτέ τη Βομβάη και έχει ακούσει και διαβάσει γι' αυτήν μέσω των μέσων κοινωνικής δικτύωσης, η αντίληψη της Βομβάης αλλάζει. Για έναν επισκέπτη, η εμπειρία και οι αναμνήσεις του από τη Βομβάη θα είναι διαφορετικές. Για κάποιον που έχει γίνει μάρτυρας της τρομοκρατικής επίθεσης, η Βομβάη αφήνει πίσω της μια διαφορετική εμπειρία, μνήμη, συναισθήματα και αισθήματα. Μπορούν δύο άνθρωποι σε αυτόν τον κόσμο να έχουν τις ίδιες αντιλήψεις, αναμνήσεις, προοπτικές, εμπειρίες, σκέψεις και συναισθήματα για τη Βομβάη; Πού υπάρχει λοιπόν η Βομβάη; Στον πλανήτη γη σε ένα συγκεκριμένο γεωγραφικό πλάτος ή μήκος; Υπάρχει μια διαφορετική Βομβάη στις σκέψεις αυτών των ανθρώπων. Για τον καθένα από αυτούς, η Βομβάη υπάρχει στις σκέψεις τους!

Χρήματα

Το χρήμα είναι οποιοδήποτε στοιχείο ή επαληθεύσιμη εγγραφή που είναι γενικά αποδεκτή ως πληρωμή για αγαθά και υπηρεσίες και εξόφληση χρεών, όπως φόροι, σε μια συγκεκριμένη χώρα ή κοινωνικοοικονομικό πλαίσιο. Λοιπόν, αυτό λέει η Βικιπαίδεια. Ρωτήστε κάποιον που δεν έχει τίποτα από αυτά, έναν ζητιάνο στο δρόμο. Τα χρήματα σημαίνουν διαφορετικά για κάποιον που δεν έχει αρκετά για να έχει το ψωμί της ημέρας. Τα ίδια χρήματα έχουν διαφορετικό ορισμό για ένα παιδί που εκτιμά τα παιχνίδια του περισσότερο από οτιδήποτε άλλο. Για κάποιον που ασχολείται με τον τζόγο, τα χρήματα έχουν διαφορετικό πρόσωπο. Και σημαίνει διαφορετικά για έναν απλό πολίτη που ξοδεύει ολόκληρη τη ζωή του ισορροπώντας και αποταμιεύοντας χρήματα. Τι είναι λοιπόν τα χρήματα; Είναι αυτό που ορίζεται από έναν οικονομολόγο; Το χρήμα έχει διαφορετική αντίληψη για τον καθένα. Μπορούν δύο άτομα σε αυτόν τον κόσμο να έχουν τις ίδιες αντιλήψεις, αναμνήσεις, προοπτικές, εμπειρίες, σκέψεις και συναισθήματα για τα χρήματα; Για τον καθένα από αυτούς, τα χρήματα υπάρχουν στις σκέψεις τους!

Φιλία

Η φιλία είναι μια σχέση αμοιβαίας αγάπης μεταξύ ανθρώπων. Γιορτάζουμε την ημέρα της φιλίας. Έχουμε βιβλία, ταινίες και περιγραφές για τη φιλία. Για κάποιον, που μόλις έχει πληγωθεί από την καλύτερή του φίλη, η φιλία είναι ο μεγαλύτερος πόνος. Ένας φίλος που έχει ανάγκη δεν είναι πράγματι απλώς ένας φίλος, αυτός ο φίλος είναι ένας μεταμφιεσμένος άγγελος. Ένας φίλος στα μέσα κοινωνικής δικτύωσης που του αρέσουν οι αναρτήσεις των μέσων ενημέρωσης είναι εντελώς διαφορετικού τύπου φίλος. Όταν μια μητέρα γίνεται η καλύτερη φίλη, αυτή η εμπειρία της φιλίας είναι διαφορετική. Ποια είναι λοιπόν η πραγματική κατανόηση της φιλίας; Μπορούν δύο ψυχές σε αυτόν τον κόσμο να έχουν τις ίδιες αντιλήψεις, αναμνήσεις, προοπτικές, εμπειρίες, σκέψεις και συναισθήματα σχετικά με τη φιλία; Για τον καθένα από αυτούς, η φιλία υπάρχει στις σκέψεις και τις εμπειρίες τους!

Μαχάτμα Γκάντι

Ποιος είναι ο Μαχάτμα Γκάντι; Για τους άρχοντες της Ινδίας πριν από την ανεξαρτησία, ο Γκάντι ήταν ένας διαφορετικός άνθρωπος. Για τους αγωνιστές της ελευθερίας, ο Γκάντιτζι ήταν ένα πρότυπο, ένας ήρωας. Για κάποιον σήμερα, μπορεί να είναι απλώς μια εικόνα στο χαρτονόμισμα. Και ο Γκάντιτζι ήταν διαφορετικός από την οπτική γωνία του γιου του. Ποιος είναι ο πραγματικός "Γκάντι"; Παραδόξως, ο Γκάντιτζι γίνεται αντιληπτός με διαφορετικό τρόπο από διαφορετικά άτομα, κάτι που είναι διαφορετικό από αυτό που πρέπει να αντιλαμβανόταν ο ίδιος για τον εαυτό του! Μπορούν να υπάρξουν δύο όντα, ζωντανά ή νεκρά, που να έχουν τις ίδιες αντιλήψεις, αναμνήσεις, προοπτικές, εμπειρίες, σκέψεις και συναισθήματα για τον Γκάντιτζι; Οπότε, πού υπάρχει; Υπάρχει στις σκέψεις μας!

Ποια αντίληψη για τη Βομβάη ή τα χρήματα ή τη φιλία ή τον Γκάντιτζι είναι ακριβής;

Δεν πρόκειται για το τι είναι σωστό και τι λάθος, δεν πρόκειται για το τι είναι καλό και τι είναι κακό και δεν πρόκειται για το τι είναι η πραγματικότητα και τι η φαντασία.

Είναι η Βομβάη μια γεωγραφική τοποθεσία;

Είναι το χρήμα ένα υλικό πράγμα;

Είναι η φιλία μια αφηρημένη σχέση;

Είναι ο Γκάντιτζι απλώς ένα ανθρώπινο ον που έζησε σε αυτόν τον πλανήτη κάποια στιγμή;

Για τον καθένα από εμάς, αυτά υπάρχουν στις σκέψεις μας. Η αντίληψή μας γι' αυτά είναι αυτή που γίνεται πραγματικότητα. Επεκτείνοντας αυτή την έννοια σε όλους τους τόπους, σε όλα τα υλικά και αφηρημένα πράγματα και σε όλα τα όντα που ζουν ή έχουν πεθάνει, υπάρχουν στις σκέψεις μας. Με απλά λόγια, αυτό που ονομάζουμε σύμπαν, τότε υπάρχει στις σκέψεις μας.

Είναι ότι είμαστε μέρος αυτού του Σύμπαντος;

Ή μήπως το Σύμπαν είναι μέρος των Σκέψεων;

Μπορούμε τώρα να πούμε - "Είμαι αυτό που είμαι και είμαι το Σύμπαν!!!"

Αν το σύμπαν μου είναι μέρος των σκέψεών μου, τότε όλα αυτά που ονομάζω "παρελθόν" ή "προβλήματα" ή "αντιλήψεις" και "μοτίβα", δεν υπάρχουν στις σκέψεις μου;

Τότε, η λύση στη ζωή μου, η μεταμόρφωση που επιθυμώ, δεν υπάρχει στις σκέψεις μου;

Τη στιγμή που έχουμε την επίγνωση, την αναγνώριση και την αποδοχή αυτού, ξεκινάει η διαδικασία του "Αλλάξτε την αντίληψη, σπάστε το μοτίβο".

Ο μετασχηματισμός δεν έγκειται στην αλλαγή του παρελθόντος ή στον έλεγχο του περιβάλλοντός μας. Βρίσκεται μέσα μας. Το τι μας συμβαίνει δεν είναι σημαντικό. Αυτό που συμβαίνει μέσα μας είναι σημαντικό. *Και όταν συνειδητοποιούμε το σύμπαν μέσα μας, αναγνωρίζουμε την ανισορροπία και αποδεχόμαστε τον εαυτό μας όπως είναι και όπως είναι τα πράγματα, τα παλιά μοτίβα καταρρέουν και αναδύεται μια νέα προεπιλεγμένη ρύθμιση της ζωής μας.*

Αν δεν μας αρέσει αυτό που βλέπουμε γύρω μας, τότε απλά πρέπει να αλλάξουμε τις σκέψεις μας. Μπορούμε πάντα να αλλάξουμε τις σκέψεις μας και έτσι είναι πάντα δυνατό να δημιουργήσουμε μια διαφορετική κατάσταση από κάθε στιγμή του τώρα. Πράγματι, αν συνεχίσουμε να κάνουμε τις ίδιες σκέψεις για μια κατάσταση, είναι εξαιρετικά απίθανο να αλλάξει χωρίς τη βοήθεια κάποιας εξωτερικής δύναμης.

Κάθε σκέψη είναι μια συχνότητα δόνησης. Μια σκέψη προσελκύει μια άλλη, η οποία προσελκύει μια άλλη, και μια άλλη, μαζί με την αύξηση της δύναμης, μέχρι τελικά, να εκδηλωθούν στη φυσική μας πραγματικότητα. Οι σκέψεις μπορούν να γίνουν αισθητές. Κάποιες σκέψεις τις αισθανόμαστε ελαφριές- άλλες τις αισθανόμαστε βαριές και μας βαραίνουν. Αισθανόμαστε ελαφρύτεροι ή βαρύτεροι μέσω της φύσης των επαναλαμβανόμενων μοτίβων σκέψης.

Κάθε πράγμα στο σύμπαν δονείται σε μια συγκεκριμένη συχνότητα. Οι σκέψεις και τα συναισθήματά μας, συμπεριλαμβανομένων όλων όσων βρίσκονται στο υποσυνείδητό μας, μεταδίδουν μια συγκεκριμένη δόνηση στο σύμπαν και αυτές οι δονήσεις διαμορφώνουν τη ζωή που ζούμε. Έτσι λειτουργεί το σύμπαν. Τα καλά νέα είναι ότι μόλις καταλάβουμε πώς λειτουργεί το σύμπαν, έχουμε τη δύναμη να κάνουμε το σύμπαν να δουλέψει για εμάς! Αν νιώθουμε κολλημένοι, ανικανοποίητοι ή δυσαρεστημένοι με τη ζωή μας, η απάντηση βρίσκεται στην αύξηση της δόνησής μας σε εκείνο το τέλειο επίπεδο όπου οι προθέσεις και οι επιθυμίες μας συντονίζονται με τις προθέσεις και τις επιθυμίες του σύμπαντος.

Αν τα πάντα στο σύμπαν είναι ενέργεια, τότε τα "πράγματα" που θέλουμε παύουν να είναι αντικείμενα και γίνονται περισσότερο σαν ρεύματα ενέργειας. Πρέπει τότε να ενδυναμώσουμε τους εαυτούς μας ανακατευθύνοντας αυτή την ενέργεια. Πώς κατευθύνουμε την ενέργεια; Δημιουργούμε πρόθεση. Και δημιουργούμε την πρόθεση μέσω των δονήσεων των επιθυμιών και των σκέψεών μας. Αυτό στο οποίο εστιάζουμε γίνεται η πραγματικότητά μας. Όπως λέει και το ρητό, όπου πηγαίνει η προσοχή, ρέει η ενέργεια.

Αυτός είναι ο "νόμος της έλξης". Αυτή η φιλοσοφία είναι αιώνια - από τον Βούδα και τον Λάο Τσε μέχρι το "Μυστικό", αυτή η διδασκαλία έχει γοητεύσει την ανθρώπινη φαντασία.

"Ό,τι μπορεί να συλλάβει και να πιστέψει ο νους του ανθρώπου, μπορεί να το πετύχει".

"Αλλάξτε το μυαλό σας, αλλάξτε τη ζωή σας."

"Οι σκέψεις γίνονται πράγματα."

"Είσαι αυτό που πιστεύεις ότι είσαι."

"Μόλις πάρεις μια απόφαση, το σύμπαν συνωμοτεί για να την πραγματοποιήσει."

"Αυτό που βάζεις έξω είναι αυτό που παίρνεις πίσω."

"Αν συνειδητοποιούσατε πόσο ισχυρές είναι οι σκέψεις σας, δεν θα σκεφτόσασταν ποτέ μια αρνητική σκέψη."

"Αυτό που καταναλώνει το μυαλό σας, ελέγχει τη ζωή σας".

"Έχετε τον έλεγχο μόνο σε τρία πράγματα στη ζωή σας, τις σκέψεις που σκέφτεστε, τις εικόνες που οραματίζεστε και τις ενέργειες που κάνετε".

Υπάρχει μόνο μια γωνιά του σύμπαντος που μπορείτε να είστε σίγουροι ότι θα βελτιώσετε, και αυτή είναι ο ίδιος σας ο εαυτός.

Το ταξίδι του μετασχηματισμού

"Αυτό που είναι απαραίτητο για να μεταμορφωθεί ένα άτομο είναι να αλλάξει η συνειδητοποίηση του εαυτού του".

"Ένα άτομο είναι ένα μοτίβο συμπεριφοράς, μιας ευρύτερης συνειδητοποίησης".

– Deepak Chopra

"Αντί να είστε οι σκέψεις και τα συναισθήματά σας, να είστε η επίγνωση πίσω από αυτά".

– Eckhart Tolle

Ο μετασχηματισμός δεν είναι ένα γεγονός. Είναι ένα ταξίδι. Δεν είναι μια συγκεκριμένη στιγμή στη ζωή μας. Είναι μια συνεχής διαδικασία ενδυναμωμένης ζωής. Το τέλος σε ένα ταξίδι μετασχηματισμού δεν επιτυγχάνεται ποτέ, αλλά κάθε βήμα της διαδικασίας μετασχηματισμού είναι ο στόχος για τον οποίο ξεκινήσαμε. Τα ταξίδια μετασχηματισμού ξεκινούν με ορισμένα κρίσιμα ερωτήματα. Για τις ερωτήσεις αυτές δεν υπάρχει σωστή απάντηση. Τα κρίσιμα ερωτήματα είναι

Θέλω πραγματικά να μετασχηματιστώ;

Είμαι έτοιμος για μετασχηματισμό;

Πιστεύω ότι ο μετασχηματισμός μου είναι εφικτός;

Εκείνη τη στιγμή που αποφασίζουμε να αλλάξουμε τις αντιλήψεις και να σπάσουμε τα μοτίβα, το ταξίδι μας αρχίζει ...

"Το ότι δεν ξέρουμε πώς να λύσουμε ένα πρόβλημα δεν σημαίνει ότι δεν μπορεί να λυθεί- σημαίνει ότι δεν μπορούμε να το λύσουμε αν παραμείνουμε όπως είμαστε."

Αυτομετασχηματισμός σημαίνει απλώς να ανοίξουμε το μυαλό μας σε κάτι που ήταν κλειστό. Ακόμη και αν δεν ξέρουμε πώς να μεταμορφωθούμε, η απλή πράξη του να κοιτάξουμε προς τα μέσα θα οδηγήσει σε εκδηλώσεις προς τα έξω.

Αυτό το ταξίδι του μετασχηματισμού διασχίζει τα τρία βήματα

Συνειδητοποίηση, Αποδοχή και Δράση!

Βήμα 1: Ευαισθητοποίηση

"Μέσω της επίγνωσης, αρχίζω να βλέπω τον εαυτό μου όπως πραγματικά είμαι, την ολότητα του εαυτού μου".

"Ας μην κοιτάμε πίσω με θυμό, ούτε μπροστά με φόβο, αλλά γύρω μας με επίγνωση".

"Η επίγνωση μας επιτρέπει να βγούμε έξω από το μυαλό μας και να το παρατηρήσουμε σε δράση".

Για να γίνουμε αυτό που θέλουμε να γίνουμε, για να μεταμορφωθούμε, πρέπει να έχουμε επίγνωση του εαυτού μας.

Η επίγνωση μας συνδέει συνειδητά με τον εαυτό μας. Η επίγνωση είναι η κατάσταση της συνείδησης των αντιλήψεών μας και της κατανόησης των μοτίβων των σκέψεων-συναισθημάτων-συμπεριφοράς μας. Είναι η κατανόηση και η αντανάκλαση με διαφάνεια. Η επίγνωση μπορεί να αναπτυχθεί με διάφορους τρόπους. Η ανάγνωση ενός εμπνευσμένου βιβλίου ή η παρακολούθηση μιας ταινίας που αγγίζει την ψυχή ή ένας στενός φίλος ή μέντορας μπορεί να αποτελέσει πηγή επίγνωσης. Κάποιοι συλλέγουν πληροφορίες ρωτώντας άλλους· κάποιοι άλλοι μπορούν να εσωτερικεύσουν και να αποκτήσουν ιδέες, φτάνοντας σε ένα νέο επίπεδο κατανόησης από μόνοι τους.

Δεν είμαστε οι σκέψεις μας, αλλά η οντότητα που παρατηρεί τις σκέψεις μας- είμαστε ο σκεπτόμενος, ξεχωριστά και ανεξάρτητα από τις σκέψεις μας. Όμως οι σκέψεις και οι πράξεις μας μας κάνουν αυτό που είμαστε. Μπορούμε να συνεχίσουμε να ζούμε χωρίς να δίνουμε στον εσωτερικό μας εαυτό καμία επιπλέον σκέψη, απλώς σκεπτόμενοι, νιώθοντας και ενεργώντας όπως θέλουμε- ωστόσο, μπορούμε να εστιάσουμε την προσοχή μας σε αυτόν τον εσωτερικό εαυτό, που ονομάζεται "αυτοαξιολόγηση". Όταν ασχολούμαστε με την αυτοαξιολόγηση, μπορούμε να σκεφτούμε αν σκεφτόμαστε, αισθανόμαστε και ενεργούμε όπως "πρέπει".

Προσοχή! Η αυτοαμφισβήτηση που συνεπάγεται η αυτογνωσία μπορεί να οδηγήσει σε ένα ατέλειωτο σπιράλ. Στρώμα πάνω σε στρώμα σαν φλούδα κρεμμυδιού. Και, πολλές φορές, πηγαίνοντας "βαθύτερα" στην επίγνωση μπορεί να μην διαφωτίσει τίποτα χρήσιμο, αλλά και μόνο η πράξη του ξεφλουδίσματος μπορεί να δημιουργήσει περισσότερο άγχος, στρες και αυτοκριτική. Πολλοί από εμάς παγιδευόμαστε στην παγίδα να κοιτάμε πάντα ένα επίπεδο βαθύτερα. Το να το κάνουμε αυτό αισθάνεται σημαντικό, αλλά η αλήθεια βρίσκεται πάντα πέρα από αυτό το συγκεκριμένο επίπεδο. Και η ίδια η πράξη του να κοιτάξουμε βαθύτερα δημιουργεί περισσότερα συναισθήματα απελπισίας από ό,τι ανακουφίζει.

"Όλοι θεωρούμε τους εαυτούς μας στοχαστές που συλλογίζονται με βάση γεγονότα και αποδείξεις, αλλά η αλήθεια είναι ότι ο εγκέφαλός μας ξοδεύει τον περισσότερο

χρόνο του για να δικαιολογήσει και να εξηγήσει αυτό που η καρδιά έχει ήδη δηλώσει και αποφασίσει."

Έχετε επίγνωση των μοτίβων.

Τι κάνω όταν θυμώνω; - Διαφωνώ, γίνομαι υβριστική και μετά κλαίω από ενοχές που θύμωσα.

Τι κάνω όταν λυπάμαι; Κλειδώνομαι στο δωμάτιο, κλαίω και καταριέμαι τον εαυτό μου που είμαι έτσι όπως είμαι, και στη συνέχεια απλά αφηνιάζω με το κινητό μου.

Πού πηγαίνει το μυαλό μας όταν είμαστε λυπημένοι; Πότε θυμώνουμε;

Ενοχές; Αγχωμένος;

Αναγνωρίστε τα προβλήματα που δημιουργούμε στον εαυτό μας. 'Το μεγαλύτερο πρόβλημά μου είναι ίσως το ότι δεν μπορώ να μιλήσω για το θυμό ή τη θλίψη μου. Είτε δραπετεύω ενδίδοντας στο κινητό μου, είτε γίνομαι παθητικά επιθετικός, χτυπώντας τους γύρω μου'.

Ποια είναι τα δυνατά και τα αδύναμα συναισθήματά μας; Σε ποια συναισθήματα αντιδρούμε άσχημα; Από πού προέρχονται οι μεγαλύτερες προκαταλήψεις και κρίσεις μας; Πώς μπορούμε να τις αμφισβητήσουμε ή να τις επανεκτιμήσουμε;

Έχω επίγνωση των αντιλήψεων και των μοτίβων μου;'

Βήμα 2: Αποδοχή

"Όλα όσα στη ζωή αποδεχόμαστε πραγματικά υφίστανται μια αλλαγή".

"Η αναγνώριση μιας και μόνο πιθανότητας μπορεί να αλλάξει τα πάντα".

Κάποιοι αντιλαμβάνονται την επίγνωση ως την ικανότητα να εξερευνούμε τον εσωτερικό μας κόσμο. Άλλοι την ονομάζουν προσωρινή κατάσταση αυτοσυνειδησίας. Άλλοι πάλι την περιγράφουν ως τη διαφορά μεταξύ του πώς βλέπουμε τον εαυτό μας και του πώς μας βλέπουν οι άλλοι.

Μόνο αν δεχτούμε και αναγνωρίσουμε αυτό που έχουμε επίγνωση και δεν παραμείνουμε σε μια κατάσταση άγνοιας και άρνησης, θα μπορέσουμε να παραμείνουμε στο μονοπάτι του μετασχηματισμού;

Η αποδοχή είναι: "Είμαι υπεύθυνος για τη ζωή μου και έχω επιλογές ως προς το πώς θα την οδηγήσω".

Αποδοχή δεν σημαίνει συμβιβασμός με τη μοίρα μας ή παραίτηση: "Θα πρέπει απλώς να παραιτηθώ γιατί δεν μπορώ να κάνω τίποτα και ό,τι κι αν κάνω δεν θα έχει καμία διαφορά".

Η αποδοχή δεν μπορεί να εξαναγκαστεί. Το ταξίδι της 'Αποδοχής' ξεκινά με το να μην μπορούμε να τα αποδεχτούμε και στη συνέχεια να βρούμε έναν τρόπο να τα αποδεχτούμε. Είναι σημαντικό γιατί αν δεν αποδεχτούμε τον εαυτό μας γι' αυτό που πραγματικά είμαστε, θα δημιουργήσουμε αρκετά προβλήματα στη ζωή μας. Κάποια από αυτά τα προβλήματα είναι εσωτερικά, επηρεάζοντας εμάς προσωπικά και κάποια άλλα θα επηρεάσουν τον τρόπο με τον οποίο μας αντιμετωπίζουν οι άλλοι. Πολλοί από εμάς πέφτουμε στην παγίδα να μην αποδεχόμαστε αυτό που είμαστε και στη συνέχεια να προσπαθούμε να μοιάσουμε σε κάποιον άλλο.

Όταν συμβαίνουν άσχημα πράγματα, λέμε "Δεν μπορώ να το πιστέψω" ή "Αυτό δεν μπορεί να συμβαίνει σε μένα". Αρχίζουμε να πιστεύουμε και να παρασυρόμαστε από αυτό που φανταζόμαστε, εξιδανικεύουμε ή περιμένουμε και δημιουργούμε μια φούσκα αυταπάτης. Τότε είναι που πρέπει να δούμε τα πράγματα όπως είναι. Αυτή είναι η αποδοχή.

Αποδοχή είναι η απομάκρυνση από τη φάση "Γιατί εγώ" στη φάση "Εντάξει, είμαι αυτό που είμαι και επιλέγω να μεταμορφωθώ σε αυτό που επιλέγω να είμαι".

Οι περισσότερες καταστάσεις που συναντάμε στην καθημερινή μας ζωή είναι ένα μείγμα καλών και κακών. Αναγνωρίζετε πάντα ότι από την αποδοχή προκύπτει κάτι καλό. Όσο περισσότερο αποδεχόμαστε, τόσο περισσότερα μαθαίνουμε για τον εαυτό μας. Μπορούμε να επιβιώσουμε στο ταξίδι του μετασχηματισμού μας, αν είμαστε πρόθυμοι να κάνουμε ένα βήμα τη φορά. Δεν είναι πάντα εύκολο να προσαρμοστείτε σε ό,τι είναι απίθανο, ασυνήθιστο και απροσδόκητο, αλλά είναι ακόμα δυνατό να γίνετε πιο χαλαροί γύρω από τα πράγματα και να αναπτύξετε μια πιο θετική στάση. *Όσο περισσότερο αγωνιζόμαστε να αποδεχτούμε τις καταστάσεις, τόσο χειρότερες φαίνεται να γίνονται.* Η αποδοχή είναι ένα ταξίδι που πρέπει να κάνουμε για χάρη της ευτυχίας και της ψυχικής μας γαλήνης.

Μόνο όταν αποδεχόμαστε το σημείο στο οποίο βρισκόμαστε αυτή τη στιγμή, δημιουργούμε ευθυγράμμιση με το μυαλό, το σώμα και την ενέργειά μας. Και μόνο τότε μπορούμε να προχωρήσουμε στη δράση. Όταν δεν αποδεχόμαστε το πού βρισκόμαστε αυτή τη στιγμή, όταν βρισκόμαστε σε άρνηση ή άγνοια, δεν θα μπορέσουμε να προχωρήσουμε μέσα ή πέρα από αυτό.

Είναι σημαντικό να θυμόμαστε ότι η αποδοχή δεν σημαίνει ότι συμφωνούμε με αυτό, απλώς ότι βρισκόμαστε εκεί που βρισκόμαστε. Η αποδοχή δεν είναι υποταγήείναι αναγνώριση των γεγονότων μιας κατάστασης. Στη συνέχεια, αποφασίζουμε τι θα κάνουμε γι' αυτό.

Πολλοί από εμάς κατηγορούμε, καθώς η επίρριψη ευθυνών απελευθερώνει την ένταση στο σώμα, αφού την επιρρίπτουμε σε κάτι ή σε κάποιον άλλο. Μόνο αν περάσουμε από το βήμα της αναγνώρισης και της αποδοχής μπορούμε να προχωρήσουμε στο επόμενο βήμα - τη δράση.

Μόλις συνειδητοποιήσουμε και αποδεχτούμε τις αντιλήψεις και τα μοτίβα μας, προετοιμαζόμαστε για δράση.

Η ενδοσκόπηση είναι μια διαδικασία που περιλαμβάνει το κοίταγμα προς τα μέσα για να εξετάσουμε τις σκέψεις και τα συναισθήματά μας, αλλά με πολύ πιο δομημένο και αυστηρό τρόπο. Θεωρείται ότι η ενδοσκόπηση - η εξέταση των αιτιών των σκέψεων, των συναισθημάτων και των συμπεριφορών μας - βελτιώνει την αυτογνωσία. Ένα εκπληκτικό εύρημα είναι ότι οι άνθρωποι που κάνουν ενδοσκόπηση έχουν λιγότερη αυτογνωσία.

Το πρόβλημα με την ενδοσκόπηση είναι ότι οι περισσότεροι άνθρωποι την κάνουν λανθασμένα. Η πιο συνηθισμένη ερώτηση ενδοσκόπησης είναι το "Γιατί;" Το ρωτάμε αυτό όταν προσπαθούμε να κατανοήσουμε τα συναισθήματά μας. Γιατί είμαι έτσι;

Στην πραγματικότητα, το "γιατί" είναι η πιο αναποτελεσματική ερώτηση αυτογνωσίας. Δεν έχουμε πρόσβαση στις υποσυνείδητες σκέψεις, τα συναισθήματα και τα κίνητρά μας. Έτσι, ρωτάμε τον εαυτό μας - Γιατί; Έχουμε την τάση να εφευρίσκουμε απαντήσεις που μας φαίνονται αληθινές αλλά συχνά είναι λανθασμένες. *Για παράδειγμα, μετά από ένα ξέσπασμα του πατέρα, ένας γιος μπορεί να βγάλει το συμπέρασμα ότι δεν είναι αρκετά καλός, ενώ ο πραγματικός λόγος ήταν ένας καυγάς μεταξύ των γονιών του.*

Το πρόβλημα με την ερώτηση "γιατί" δεν είναι μόνο το πόσο λάθος κάνουμε, αλλά και το πόσο σίγουροι είμαστε ότι έχουμε δίκιο. Το ανθρώπινο μυαλό λειτουργεί πολλές φορές παράλογα και οι κρίσεις μας σπάνια είναι απαλλαγμένες από προκαταλήψεις. Αποδεχόμαστε "τυφλά" τις όποιες "ιδέες" βρίσκουμε, χωρίς να αμφισβητούμε την εγκυρότητα ή την αξία τους, αγνοούμε τα αντιφατικά στοιχεία και αναγκάζουμε τις σκέψεις μας να συμμορφωθούν με τις αρχικές μας εξηγήσεις.

Μια αρνητική συνέπεια του να ρωτάμε το "γιατί" είναι ότι προσκαλεί μη παραγωγικές αρνητικές σκέψεις. Οι εσωστρεφείς άνθρωποι είναι πιο πιθανό να παγιδευτούν σε μοτίβα αναστοχασμού. *Για παράδειγμα, ο γιος θα εστιάζει πάντα στο ότι δεν είναι αρκετά καλός σε κάθε κατάσταση αντί για μια ορθολογική αξιολόγηση κάθε κατάστασης.* Ως εκ τούτου, οι συχνοί αυτοαναλυτές τείνουν να έχουν μεγαλύτερη κατάθλιψη και άγχος.

Αναποδογυρίστε τη φράση – Για να βελτιώσουμε την αυτογνωσία και την αυτοεπίγνωση, πρέπει να ρωτάμε τι, όχι γιατί. Οι ερωτήσεις "τι" μας βοηθούν να παραμένουμε αντικειμενικοί, εστιασμένοι στο μέλλον και εξουσιοδοτημένοι να δράσουμε με βάση τις νέες γνώσεις μας.

Γιατί είμαι έτσι; Αναποδογυρίστε τη φράση. Τι κάνω για να είμαι αυτό που επέλεξα να είμαι;

Η πρώτη ερώτηση έχει κενή απάντηση.

Η δεύτερη ερώτηση οδηγεί σε ένα σχέδιο δράσης

Βήμα 3: Δράση

"Τίποτα δεν συμβαίνει μέχρι να κινηθεί κάτι."

– Albert Einstein

"Θέλεις να μάθεις ποιος είσαι; Μη ρωτάς. Ενεργήστε! Η δράση θα σας οριοθετήσει και θα σας καθορίσει".

"Μια ιδέα που δεν συνδυάζεται με δράση δεν θα γίνει ποτέ μεγαλύτερη από το εγκεφαλικό κύτταρο που κατέλαβε".

Η δράση είναι το σημείο όπου επηρεάζουμε την αλλαγή.

Οι δράσεις είναι οι συμπεριφορές μας, τα πράγματα που κάνουμε και μας οδηγούν προς τους στόχους μας. Η ανάληψη δράσης είναι ένα σημαντικό βήμα προς την επίτευξη. Οι άνθρωποι μερικές φορές υποθέτουν ότι μόνο τα μεγάλα πράγματα μετράνε ως ανάληψη δράσης. Ωστόσο, συχνά είναι οι μικρές, σταθερές ενέργειες που συμβάλλουν στην επίτευξη των στόχων μας.

Το άλμα στη δράση χωρίς επίγνωση και αποδοχή γίνεται ένας δύσκολος αγώνας. Αν περάσουμε από μια διαδικασία κατανόησης, προβληματισμού, υποβολής ερωτήσεων και αποδοχής του "τι είναι" και στη συνέχεια προχωρήσουμε σε δράση, χτίζουμε ενέργεια γύρω από αυτό. Με την ορμή, η αλλαγή δεν είναι τόσο δύσκολη.

Όταν βρισκόμαστε στην επίγνωση, την αποδοχή και τη δράση, φέρνει το μυαλό, το σώμα και τα συναισθήματα μαζί για να κινηθούν στο μονοπάτι της μικρότερης αντίστασης.

Όταν βρισκόμαστε στο σημείο που πραγματικά "χρειαζόμαστε" μια μεταμόρφωση, η μεταμόρφωση αρχίζει να συμβαίνει. *Όταν η ανάγκη για μεταμόρφωση συνδυάζεται με την επιδίωξη της μεταμόρφωσης, συμβαίνει κάτι μαγικό.*

Μην ξοδεύετε χρόνο σε προβλήματα. Μην ξοδεύετε ενέργεια για την "επίλυση" των προβλημάτων. Αντ' αυτού, οραματιστείτε την επιθυμητή μεταμόρφωση και βυθιστείτε σε αυτήν. Μπορεί να μην είναι δυνατόν να κάνετε μια μεγάλη αλλαγή με τη μία. Αυτό δημιουργεί αντιπαραγωγικό στρες στο μυαλό και το σώμα. Ξεκινώντας απαλά, αναπτύξτε δυναμική.

Μερικές φορές μπορεί να μην είμαστε σε θέση να προσδιορίσουμε ποιο είναι το πρόβλημα. Δεν πειράζει. Αρκεί να αποδεχτούμε ότι "δεν είμαι καλά". Πρέπει απλώς να ρωτήσουμε τον εαυτό μας
- "Τι μπορώ να κάνω για να νιώσω πιο άνετα;". Μπορεί να νιώθουμε άβολα όταν βρισκόμαστε στη φάση της αποδοχής. Ρωτήστε - 'Θέλω να κάνω κάτι γι' αυτό;' Ναι, οπότε δράστε. Κάντε το επόμενο βήμα. Πάρτε λίγο χρόνο για να προβληματιστείτε. Αυτό θα σας ανοίξει νέες ιδέες.

Μια ενέργεια θα μπορούσε να είναι μερικές βαθιές αναπνοές. Αυτό απελευθερώνει την ένταση. Είμαστε υπεύθυνοι. Κανείς άλλος δεν πρόκειται να πάρει αυτές τις αναπνοές για εμάς.

Η 'Στάση'

Οι προθέσεις μας καθορίζουν τις πράξεις μας. Η ζωή μας είναι μια συσσώρευση των ενεργειών που έχουμε κάνει. Αν κάπου βαθιά μέσα μας δεν έχουμε γαλήνη, πρέπει να είμαστε πιο συνειδητοί ως προς τις προθέσεις μας. Η πράξη της προσοχής στις προθέσεις μας μας οδηγεί σε μια βαθύτερη κατανόηση του ποιοι είμαστε και γιατί κάνουμε τα πράγματα που κάνουμε. Όταν αναπτύσσουμε τη συνήθεια να παρατηρούμε τις προθέσεις μας, γίνεται πολύ πιο εύκολο να παίρνουμε αποφάσεις που συντονίζονται με τη ζωή που θέλουμε. Μπορούμε να επιλέξουμε να ενεργούμε με τρόπο που να ευθυγραμμίζεται με το ποιοι είμαστε και τι θέλουμε να πετύχουμε.

Η στάση ζωής είναι ένας από τους σημαντικότερους παράγοντες που μας βοηθά να ξεπεράσουμε τα σκαμπανεβάσματα της ζωής. Καθορίζει τον τρόπο με τον οποίο τα βγάζουμε πέρα. Οι προοπτικές μας επηρεάζουν τις επιδόσεις μας και τον τρόπο με τον οποίο χειριζόμαστε την απόρριψη. Η λανθασμένη στάση εμποδίζει τα επιτεύγματά μας. Αν οι αρνητικές πεποιθήσεις συνεχίζουν να συσσωρεύονται, αυτό έχει ως αποτέλεσμα ένα μη παραγωγικό αποτέλεσμα. Η αρνητική σκέψη μπορεί να συνίσταται σε συνεχή ανησυχία, σε σενάρια "τι θα γινόταν αν" ή στο να μην εμπιστευόμαστε τον εαυτό μας να διαχειριστεί και να αντιμετωπίσει.

Όταν υποθέτουμε το χειρότερο, είναι δύσκολο να σκεφτούμε και να ολοκληρώσουμε τα πράγματα. "Δεν θα μπορέσω ποτέ να το κάνω". Με τέτοιες σκέψεις, πόσο αποτελεσματικοί θα ήμασταν στην ολοκλήρωση της δουλειάς μας;

Η θετική στάση συμβάλλει στην πεποίθηση ότι μπορούμε να χειριστούμε τις καταστάσεις. Δεν σημαίνει ότι έχουμε μια "χαρούμενη, δεν μας νοιάζει καθόλου στάση", αλλά μάλλον όταν συμβαίνουν πράγματα, μπορούμε να τα αντιμετωπίσουμε.

Αν δυσκολευόμαστε ή αποφεύγουμε να πάρουμε αποφάσεις επειδή θέλουμε να είμαστε σίγουροι ότι κάνουμε το "σωστό", συχνά καταλήγουμε να μην κάνουμε τίποτα. Μπορεί επίσης να επιλέξουμε να μην κάνουμε τίποτα επειδή έχουμε αποφασίσει ότι είναι η σωστή απόφαση εκείνη τη στιγμή.

Ο στόχος της επίγνωσης είναι η αποδοχή και ο στόχος της αποδοχής είναι η δράση.

Αυτό είναι το ταξίδι της μεταμόρφωσης.

Ο Πλάτωνας είπε ότι κάθε κακό έχει τις ρίζες του στην άγνοια. Το ζήτημα δεν είναι ότι έχουμε ελαττώματα - το ζήτημα είναι ότι αρνούμαστε να παραδεχτούμε ότι έχουμε ελαττώματα. Όταν αρνούμαστε να αποδεχτούμε τον εαυτό μας όπως είναι, τότε επιστρέφουμε στη συνεχή ανάγκη για μούδιασμα και απόσπαση της προσοχής. Και ομοίως δεν θα μπορούμε να αποδεχτούμε τους άλλους όπως είναι, οπότε θα αναζητήσουμε τρόπους να τους χειραγωγήσουμε, να τους αλλάξουμε ή να τους πείσουμε να γίνουν το άτομο που δεν είναι. Οι σχέσεις μας θα γίνουν συναλλακτικές, εξαρτημένες και τελικά τοξικές και θα αποτύχουν.

Μακροπρόθεσμα, εδώ είναι τρεις απλοί κανόνες που πρέπει να λάβετε υπόψη σας:

1. Αν δεν κυνηγήσετε αυτό που θέλετε, δεν θα το αποκτήσετε ποτέ.

2. Αν δεν κάνετε ποτέ μια ερώτηση, η απάντηση είναι πάντα όχι.

3. Αν δεν κάνετε ένα βήμα μπροστά, θα παραμείνετε στην ίδια θέση.

"Αφήστε την απόδοσή σας να κάνει τη σκέψη."

"Η καλή εκτέλεση είναι καλύτερη από τα καλά λόγια".

"Η διαφορά μεταξύ αυτού που είμαστε και αυτού που θέλουμε να γίνουμε είναι αυτό που κάνουμε"

Σκανδάλες

"Οι εσωτερικές μας πεποιθήσεις πυροδοτούν την αποτυχία πριν αυτή συμβεί".

"Τα εναύσματα μπορεί να συμβούν όταν δεν τα περιμένουμε. Όταν νομίζουμε ότι όλες οι συναισθηματικές πληγές έχουν επουλωθεί, μπορεί να συμβεί κάτι που να μας θυμίζει ότι υπάρχει ακόμα μια ουλή".

"Οι άνθρωποι που μας προκαλούν αρνητικά συναισθήματα είναι αγγελιοφόροι. Είναι αγγελιοφόροι για τα ανεπούλωτα μέρη της ύπαρξής μας".

Τι είναι τα εναύσματα;

Το έναυσμα είναι κάτι που μας θυμίζει και μας κάνει να ξαναζήσουμε τραύματα του παρελθόντος. Μπορεί να οδηγήσει σε αναδρομές στο παρελθόν. Ένα flashback είναι μια ζωντανή, συχνά αρνητική ανάμνηση που μπορεί να εμφανιστεί χωρίς προειδοποίηση.

Ένα σκανδάλη μπορεί να είναι απλώς μια "σκέψη του σκανδάλου" στο μυαλό μας. Ή μπορεί να είναι άνθρωποι, λέξεις, απόψεις, γεγονότα ή περιβαλλοντικές καταστάσεις που προκαλούν έντονη συναισθηματική αντίδραση μέσα μας. Σχεδόν οτιδήποτε μπορεί να μας πυροδοτήσει, ανάλογα με τις πεποιθήσεις, τις αξίες και τις προηγούμενες εμπειρίες της ζωής μας, όπως ένας τόνος φωνής, ένας τύπος ανθρώπου, μια συγκεκριμένη άποψη, μια μόνο λέξη - οτιδήποτε μπορεί να αποτελέσει έναυσμα. Αυτά τα εναύσματα μπορούν να συμβούν οπουδήποτε, ανά πάσα στιγμή και οτιδήποτε μπορεί να ενεργοποιήσει ένα έναυσμα. Είναι μοναδικό για κάθε άτομο. Τις περισσότερες φορές, είτε εθελοτυφλούμε απέναντι τους είτε ενδεχομένως προσκολλούμαστε σε αυτά ακόμη και όταν νιώθουμε ότι "πυροδοτούνται".

Οι σκανδάλες μπορούν να οδηγήσουν σε διαλυμένες σχέσεις, κατάθλιψη και σε ορισμένες περιπτώσεις σε αυτοκτονία. Τα εναύσματα μπορεί να γίνουν πρόβλημα αν είναι συχνά και αν κάποιος δυσκολεύεται να τα χειριστεί. *Ένα παιδί που μεγάλωσε σε ένα βίαιο νοικοκυριό μπορεί να αισθάνεται άγχος όταν οι άνθρωποι διαφωνούν ή τσακώνονται*. Ανάλογα με την εμπλοκή μας σε μια σύγκρουση, μπορεί να νιώσουμε φόβο, να ξεσπάσουμε ως μηχανισμός άμυνας ή να αποστασιοποιηθούμε από τη σύγκρουση.

Τα εναύσματα είναι υπενθυμίσεις που μας βάζουν σε αγωνία, πόνο, θυμό, απογοήτευση, θλίψη, φόβο και μοναξιά και άλλα έντονα συναισθήματα. Όταν ενεργοποιούμαστε, μπορεί είτε να αποσυρθούμε συναισθηματικά και απλά να νιώσουμε πληγωμένοι ή θυμωμένοι είτε να αντιδράσουμε με επιθετικό τρόπο που πιθανόν να μετανιώσουμε αργότερα. Η αντίδραση μας είναι τόσο έντονη επειδή αμυνόμαστε απέναντι σε ένα επώδυνο συναίσθημα που έχει έρθει στην επιφάνεια.

Συναισθήματα όπως ο θυμός, η ενοχή, ο εκνευρισμός και η χαμηλή αυτοεκτίμηση μπορεί να βγουν στην επιφάνεια όταν τα άτομα πυροδοτούνται, οδηγώντας σε διάφορες συμπεριφορές και καταναγκασμούς. Δυστυχώς, η φύση των συναισθηματικών πυροδοτήσεων μπορεί να είναι πολύ βαθιά και μπορεί να είναι τραυματική. Ορισμένα μπορεί να ωθήσουν τα άτομα να υιοθετήσουν ανθυγιεινούς τρόπους αντιμετώπισης, όπως αυτοτραυματισμούς, βλάβες σε άλλους και κατάχρηση ουσιών.

'Σκανδαλισμός'

Όλοι γεννιόμαστε με τον ατομικό και ιδιαίτερο έμφυτο πυρήνα της φύσης και της προσωπικότητάς μας. Ο καθένας μας έχει τις δικές του "ευαισθησίες". Το "μεγάλωμα" μας και η ανατροφή μας από τους γονείς μπορεί επίσης να εξαρτήσει την ευαισθησία μας. *Αν είμαστε ευαίσθητοι στο "τι σκέφτονται οι άλλοι για εμάς", η γελοιοποίηση ή η κοροϊδία ή η επίπληξη μπροστά σε άλλους θα λειτουργήσει ως ισχυρό έναυσμα. Όταν ένα παιδί επιπλήττεται μπροστά σε καλεσμένους, δεν είναι η επίπληξη που έχει σημασία, αλλά η παρουσία των "άλλων" που εκδηλώνει μια αρνητική αντίδραση στο παιδί. Το ίδιο αναπτυσσόμενο παιδί στο σχολείο δέχεται επίπληξη από τον δάσκαλο, η οποία λειτουργεί ως σκανδάλη.* Έτσι, όταν οι έμφυτες ευαισθησίες μας ερεθίζονται, αυτές γίνονται οι πιθανές αφορμές για μελλοντικές αντιδράσεις.

Ο όρος "πυροδοτείται" μπορεί να αναχθεί σε δυσάρεστες εμπειρίες του παρελθόντος, που συχνά βίωναν οι στρατιώτες που επέστρεφαν από τον πόλεμο. Όταν ενεργοποιούμαστε λόγω παλαιότερων τραυματικών εμπειριών, η αντίδραση μας είναι συχνά ακραίος φόβος και πανικός. Σκανδαλιζόμαστε όταν βλέπουμε, ακούμε, γευόμαστε, αγγίζουμε ή μυρίζουμε κάτι που μας θυμίζει την προηγούμενη τραυματική περίσταση. Για παράδειγμα, ένα θύμα βιασμού μπορεί να πυροδοτείται όταν βλέπει άνδρες με γένια, επειδή ο θύτης της είχε επίσης γένια. Ένα κορίτσι που δέχτηκε επίθεση από τον αλκοολικό πατέρα της όταν ήταν παιδί μπορεί να ενεργοποιείται κάθε φορά που μυρίζει αλκοόλ.

Μια σκανδάλη κάνει τον εγκέφαλό μας να πιστεύει ότι βιώνουμε μια απειλή, ακόμη και αν είμαστε απολύτως ασφαλείς. Αυτό συμβαίνει επειδή έχουμε συναντήσει κάτι που μας θυμίζει ένα αρνητικό γεγονός στο παρελθόν μας. Το να πυροδοτείται κανείς είναι να βιώνει μια συναισθηματική αντίδραση σε κάτι που σχετίζεται με το προηγούμενο ιστορικό. *Αν έχουμε βιώσει ένα τραύμα, η αντιμετώπιση ενός σκανδάλου μπορεί να κάνει το σώμα μας να μπει σε κατάσταση μάχης και φυγής, σαν να βιώνουμε το τραύμα "τώρα και όχι στο παρελθόν".*

Όταν βρισκόμαστε σε μια κατάσταση "απειλής", αυτόματα ενεργοποιούμε την αντίδραση μάχης ή φυγής. Το σώμα δέχεται μια "ένεση αδρεναλίνης" και τίθεται σε κατάσταση ύψιστου συναγερμού, δίνοντας προτεραιότητα σε όλους τους πόρους του για να αντιδράσει στην κατάσταση. Λειτουργίες που δεν είναι απαραίτητες για την επιβίωση, όπως η πέψη, τίθενται σε αναμονή. Μία από τις λειτουργίες που παραμελούνται κατά τη διάρκεια μιας κατάστασης μάχης ή φυγής είναι ο σχηματισμός βραχυπρόθεσμης μνήμης. Σε ορισμένες καταστάσεις, ο εγκέφαλός μας μπορεί να μην τοποθετήσει ακριβώς ή σωστά το τραυματικό γεγονός στην αποθήκευση της μνήμης του. Αντί να αποθηκευτεί ως γεγονός του παρελθόντος, η κατάσταση χαρακτηρίζεται ως μια ακόμα παρούσα απειλή. Κατά τη διάρκεια του τραυματικού συμβάντος, ο εγκέφαλός μας εμπεδώνει τα αισθητηριακά ερεθίσματα στη μνήμη. Ακόμη και όταν συναντάμε τα ίδια ερεθίσματα σε άλλο πλαίσιο, συνδέουμε τα ερεθίσματα με το τραύμα. Σε ορισμένες περιπτώσεις, ένα αισθητηριακό έναυσμα μπορεί να προκαλέσει μια συναισθηματική αντίδραση πριν συνειδητοποιήσουμε γιατί είμαστε αναστατωμένοι.

Ο σχηματισμός συνηθειών παίζει επίσης ισχυρό ρόλο στην πυροδότηση. Έχουμε την τάση να κάνουμε τα ίδια πράγματα με τον ίδιο τρόπο. Ακολουθώντας τα ίδια μοτίβα γλιτώνουμε τον εγκέφαλο από το να χρειάζεται να πάρει αποφάσεις.

Παρακολούθηση σκανδάλου

Ο εντοπισμός των σκανδάλων μας είναι ζωτικής σημασίας για τη διαχείριση των σκανδάλων. Η "επίγνωση" μας προετοιμάζει για το χειρισμό των εκλυτικών παραγόντων αντί να χειραγωγούμαστε από αυτούς. Το να είμαστε θύμα των σκανδάλων και να αντιδρούμε παρορμητικά σε αυτούς μπορεί να προκαλέσει την ένταση των φιλικών μας σχέσεων, τη μετατροπή των σχέσεων σε τοξικές και την πολύ πιο επώδυνη ζωή μας.

Όσο μεγαλύτερη είναι η επίγνωση, τόσο περισσότερο είμαστε συνειδητά προετοιμασμένοι να το αντιμετωπίσουμε όταν μας προκαλούν και θα είμαστε σε θέση να χειριστούμε το έναυσμα και την αντίδραση με ενδυναμωμένο τρόπο. Δεν είναι τόσο δύσκολο να εξερευνήσουμε τα εναύσματα που μας προκαλούν. Το δυσκολότερο είναι στην πραγματικότητα να δεσμευτούμε στη διαδικασία.

Βήμα 1: Τα σημάδια του σώματος

Λοιπόν, κάθε σκανδάλη είναι μια ενέργεια που παράγει μια αντίδραση. Αυτή η αντίδραση μπορεί να βιωθεί στο φυσικό επίπεδο. Παρατηρήστε κάποιο από αυτά τα σημάδια του σώματος:

- Αίσθημα ζάλης ή ζαλάδας.
- Ξηρότητα του στόματος ή ναυτία.
- Τρέμουλο.
- Ένταση των μυών ή σφιγμένη γροθιά ή σφίξιμο των μυών της γνάθου.
- Αλλοιώσεις του λόγου - ακατάληπτη ή αδέξια ομιλία.
- Αίσθημα παλμών.
- Τροποποιημένα μοτίβα αναπνοής.
- Ιδρώτας ή εξάψεις από ζέστη ή κρύο.
- Αίσθημα πνιγμού.
- Αίσθημα μούδιασμα ή κενό ή απώλεια ή σύγχυση.

Ποια είναι η πρώτη αντίδραση του οργανισμού;

Υπάρχει κάποιο μοτίβο στις αντιδράσεις κάθε φορά;

Πόσο διαρκούν αυτά τα σημάδια του σώματος;

Σημειώστε νοερά αυτές τις αντιδράσεις και καταγράψτε τις σε ημερολόγιο.

Βήμα 2: Η προηγούμενη σκέψη και το επακόλουθο συναίσθημα

Εκείνη ακριβώς τη στιγμή που αρχίζουμε να έχουμε τα σημάδια του σώματος, ποιες είναι οι σκέψεις που έρχονται εκείνη ακριβώς τη στιγμή;

Ψάξτε για ακραίες, παράλογες, παράλογες, παράλογες, παράλογες σκέψεις με πολωμένες απόψεις - κάποιος ή κάτι είναι καλός ή κακός, σωστός ή λάθος. *Απλά να έχετε επίγνωση αυτών των σκέψεων χωρίς να αντιδράτε σε αυτές.* Πάρτε το στη συνειδητή κατάσταση του νου.

Ποια ιστορία δημιουργεί ο νους για το πρόσωπο ή την κατάσταση ή τον ίδιο τον εαυτό σας;

Δώστε ένα όνομα στα συναισθήματα που βιώνονται όταν ενεργοποιούνται.

Σημειώστε την επακόλουθη συμπεριφορά που σχετίζεται με το ενοχλητικό συναίσθημα.

Οι άνθρωποι γύρω μας που είναι κοντά μας είναι καλές πηγές πληροφοριών και μπορούν να βοηθήσουν στον καθορισμό της κατάστασής μας τη δεδομένη στιγμή.

• Έντονα συναισθήματα - μοναξιά, άγχος, φόβος, θυμός, απελπισία, μίσος, τρόμος, θλίψη, αίσθημα χαμηλού επιπέδου και εγκατάλειψης.

• Συμπεριφορές - φωνές, διαφωνίες, προσβολές, κρύψιμο, κλάμα, κλείδωμα του εαυτού ή υπερβολική αντίδραση.

•

Βήμα 3: Τι συνέβη προηγουμένως;

Συνήθως, δεν είμαστε σε θέση να κατανοήσουμε ορθολογικά την κατάσταση όταν βρισκόμαστε σε αυτήν. Μετά την αντίδραση, κοιτάμε πίσω στο σημείο απ' όπου ξεκίνησαν όλα. Θα μπορούσε να υπάρχει μια προδιαθεσική κατάσταση πριν από την ενεργοποίηση - μια αγχωτική μέρα στη δουλειά, κάτι διαφορετικό ή ασυνήθιστο από την καθημερινή μας ρουτίνα - οτιδήποτε θα μπορούσε να δημιουργήσει τις προϋποθέσεις για να ενεργοποιηθούμε αργότερα. Δείτε αν υπάρχει ένα μοτίβο κάθε φορά που συμβαίνει. Όταν εντοπίσουμε τους εκλυτικούς μας παράγοντες, μπορούμε να αποτρέψουμε τον εαυτό μας από το να ενεργοποιηθεί στο μέλλον, απλά επιβραδύνοντας την ταχύτητά μας, αφού έχουμε επίγνωση των προδιαθεσικών παραγόντων του εκλυτικού παράγοντα.

Βήμα 4: Οι βασικές μας ευαισθησίες

Η συναισθηματική ενεργοποίηση οφείλεται πάντα στο ότι δεν έχουμε ικανοποιήσει μία ή περισσότερες από τις βαθύτερες ανάγκες μας.

Τι είναι αυτό που μας τρυπάει μέσα μας;

Κατανοήστε τις αντιλήψεις. Αναλογιστείτε ποιες από τις ανάγκες ή τις επιθυμίες απειλούνται:

• Να μην γίνεσαι κατανοητός.

• Δεν αισθάνεστε ότι σας αγαπούν ή ότι σας συμπαθούν.

• Δεν είμαστε αποδεκτοί γι' αυτό που είμαστε.

• Δεν μας δίνουν σημασία.

• Δεν νιώθουμε ασφάλεια και σιγουριά.

• Δεν λαμβάνουμε τον απαιτούμενο σεβασμό.

- Δεν νιώθουμε ότι μας χρειάζονται ή ότι αξίζουμε ή ότι μας εκτιμούν.

- Δεν έχουμε δίκαιη μεταχείριση.

- Αισθάνεστε προσβεβλημένοι.

- Αισθάνομαι αδικημένος.

- Νιώθεις ότι απορρίπτεσαι ή αγνοείσαι.

- Να κατηγορείσαι ή να ντρέπεσαι.

- Κρίνονται.

- Ελέγχονται.

Ποια εσωτερικά συναισθήματα επανέρχονται στην επιφάνεια κάθε φορά που υπάρχει μια αντίδραση;

Βήμα 5: Προσδιορισμός του εναύσματος

Οι σκανδάλες αναγνωρίζονται από τον τρόπο που αντιδρούμε σε κάτι. Μόλις αντιληφθούμε τα σημάδια του σώματος και την επακόλουθη αλλαγή συναισθήματος και συμπεριφοράς, παρατηρούμε ποιος ή τι το προκάλεσε. *Traceback η ενέργεια που προηγείται της αντίδρασης.*

Μπορεί να ενεργοποιούμαστε όταν θυμόμαστε ένα γεγονός ή όταν συμβαίνει το δυσάρεστο γεγονός.

Θα μπορούσε να είναι ένα αντικείμενο, μια λέξη, μια μυρωδιά ή μια αισθητηριακή εντύπωση. Άλλες φορές, μπορεί να είναι μια συγκεκριμένη πεποίθηση, άποψη ή συνολική κατάσταση. Για παράδειγμα, το έναυσμα θα μπορούσε να κυμαίνεται από έναν δυνατό θόρυβο μέχρι ανθρώπους με συγκεκριμένη φυσική εμφάνιση ή σχεδόν οτιδήποτε άλλο κάτω από τον ήλιο. Σε ορισμένες περιπτώσεις θα μπορούσε να υπάρχει συνδυασμός εκλυτικών παραγόντων. Βάλτε το σε ημερολόγιο.

Πρέπει να έχουμε επίγνωση και να αποδεχτούμε ότι υπάρχουν κάποιες καταστάσεις, άνθρωποι και συζητήσεις στις οποίες μπορούμε να περιορίσουμε συνειδητά την έκθεση μας, ενώ άλλες είναι εντελώς εκτός του ελέγχου μας. Η συνειδητοποίηση των εναυσμάτων μας βοηθά να κατανοήσουμε τα μοτίβα μας και μπορεί να μας προειδοποιήσει για την κατάσταση του νου μας. Με περισσότερη επίγνωση, μπορούμε να αρχίσουμε να αναλαμβάνουμε την ευθύνη για τον τρόπο με τον οποίο διαχειριζόμαστε τα συναισθήματά μας, σε αντίθεση με τα συναισθήματά μας που μας ελέγχουν.

Καθώς μεγαλώναμε, βιώσαμε πόνο που δεν μπορούσαμε να αναγνωρίσουμε και να αντιμετωπίσουμε επαρκώς εκείνη τη στιγμή. Ως ενήλικες, ενεργοποιούμαστε από εμπειρίες που μας θυμίζουν αυτά τα παλιά οδυνηρά συναισθήματα.

Μόλις μάθουμε τα ερεθίσματα που μας πυροδοτούν, το πρώτο βήμα προς τη θεραπεία είναι να εξετάσουμε την προέλευσή τους.

Ρωτήστε – *Ποια από τα ερεθίσματα μπορεί να σχετίζονται με τις εμπειρίες της παιδικής μου ηλικίας;*

Αν μπορούμε να συσχετιστούμε με τα μοτίβα, ρωτήστε - πώς αισθάνομαι γι' αυτά; Θα συνειδητοποιήσουμε ότι ο πόνος δεν εξαφανίζεται μόνο και μόνο επειδή προσπαθούμε να τον αποφύγουμε, και μπορεί να καταλήξουμε ακόμη περισσότερο σε πόνο.

Το να σκεφτόμαστε με ειλικρίνεια για τα ερεθίσματα που μας προκαλούν είναι ο μόνος τρόπος για να τα θεραπεύσουμε.

Τύποι σκανδάλων

Τα εναύσματα μπορεί να είναι εσωτερικά και εξωτερικά. Και τα δύο μπορούν να μας επηρεάσουν έντονα.

Εξωτερικά εναύσματα - εναύσματα παντού

Όταν οι περισσότεροι άνθρωποι σκέφτονται τα εναύσματα, σκέφτονται τα εξωτερικά εναύσματα. Οτιδήποτε στο περιβάλλον μας μπορεί να αποτελέσει εξωτερικό σκανδάλη. Αυτά τείνουν να είναι πιο εμφανή και μπορεί να διαγνωστούν πιο εύκολα από τον εαυτό μας ή από άτομα που βρίσκονται κοντά μας.

Εσωτερικοί πυροκροτητές - πυροκροτητές στο κεφάλι μας

Οι εσωτερικοί πυροκροτητές είναι πράγματα που αισθανόμαστε μέσα μας - τα συναισθήματα ή τις σκέψεις μας.

Σε αντίθεση με τα εξωτερικά εναύσματα, αυτά είναι "εσωτερικά" γεγονότα που είναι προσωπικά και ατομικά για εμάς. Αυτά είναι πιο λεπτά και αόρατα και μπορεί να χρειαστεί πολύς χρόνος, μερικές φορές μια ολόκληρη ζωή για να τα κατανοήσουμε, να τα αποδεχτούμε και να τα διαχειριστούμε.

Οι συναρπαστικές αιτίες πυροδοτούν οξείες εκδηλώσεις.

Τα θεμελιώδη και προδιαθεσικά αίτια είναι υπεύθυνα για τα μοτίβα των χρόνιων συμβάντων.

Τα διατηρητικά αίτια και το περιβάλλον είναι υπεύθυνα για την επαναληπτικότητα των εμπειριών που ενισχύουν τις εμπειρίες των χρόνιων συμβάντων.

Μερικά παραδείγματα κοινών εκλυτικών παραγόντων είναι:

- τις επετειακές ημερομηνίες των απωλειών ή των τραυμάτων.
- τρομακτικά ειδησεογραφικά γεγονότα.
- πάρα πολλά να κάνετε, να αισθάνεστε καταβεβλημένοι.
- οικογενειακές προστριβές.
- το τέλος μιας σχέσης.
- το να περνάτε πολύ χρόνο μόνοι σας.
- να σας κρίνουν, να σας επικρίνουν, να σας πειράζουν ή να σας υποτιμούν.
- οικονομικά προβλήματα, να παίρνετε έναν μεγάλο λογαριασμό.
- σωματική ασθένεια.
- σεξουαλική παρενόχληση.
- να σας φωνάζουν.
- θόρυβοι που ακούγονται επιθετικά ή έκθεση σε οτιδήποτε μας κάνει να νιώθουμε άβολα.
- να βρισκόμαστε κοντά σε κάποιον που μας έχει φερθεί άσχημα.
- ορισμένες μυρωδιές, γεύσεις ή θορύβους.

Προκαλεί "Σχέδιο δράσης

Ο προσδιορισμός των εκλυτικών παραγόντων θα μας βοηθήσει με ένα σχέδιο δράσης. Μπορεί να μην είμαστε σε θέση να αποφύγουμε όλα τα συναισθηματικά εναύσματα, αλλά μπορούμε να λάβουμε εφαρμόσιμα μέτρα για τη φροντίδα του εαυτού μας, ώστε να μας βοηθήσουν να ξεπεράσουμε αυτές τις δυσάρεστες καταστάσεις. Όταν γνωρίζουμε τα συναισθηματικά μας εναύσματα, μπορούμε να επιλέξουμε να τα αντιμετωπίσουμε ενδυναμωμένοι. Δεν χρειάζεται να τρέχουμε μακριά από αυτές τις καταστάσεις.

Υπάρχουν πολλά πράγματα που μπορούμε να κάνουμε όταν είμαστε βαθιά θαμμένοι σε ακραία συναισθήματα όπως ο θυμός ή ο φόβος.

1. Αναπτύσσουμε ένα σχέδιο δράσης εκ των προτέρων για το τι μπορούμε να κάνουμε, αν εμφανιστεί ένα σκανδάλη, για να παρηγορηθούμε και να εμποδίσουμε τις αντιδράσεις να εξελιχθούν σε πιο σοβαρά

συμπτώματα.

2. Συμπεριλάβετε εργαλεία που έχουν λειτουργήσει στο παρελθόν, καθώς και ιδέες που μάθαμε από άλλους.

3. Συμπεριλάβετε πράγματα που πρέπει να γίνουν σε αυτές τις περιπτώσεις και πράγματα που μπορούν να γίνουν, αν πιστεύουμε ότι μπορεί να είναι χρήσιμα σε αυτή την κατάσταση.

Το σχέδιο δράσης μπορεί να περιλαμβάνει:

• *"Επιλέγω να σπάσω το μοτίβο και δεν θα χάσω την ελπίδα μου ακόμα και αν δεν τα καταφέρω απόλυτα".* Συνεχίστε να το επαναλαμβάνετε αυτό κάθε φορά που έρχεστε αντιμέτωποι με το έναυσμα και όταν αντιδράτε σε αυτό.

• Απομακρύνετε την προσοχή σας από το άτομο ή την κατάσταση και επικεντρωθείτε στην αναπνοή. Όσο είμαστε ζωντανοί, η αναπνοή μας είναι πάντα μαζί μας - είναι ένας εξαιρετικός τρόπος για να χαλαρώσουμε. Συνεχίστε να εστιάζετε στην εισπνοή και την εκπνοή για λίγα λεπτά. Αν η προσοχή επιστρέψει στο πρόσωπο ή την κατάσταση που σας προκαλεί, τραβήξτε την προσοχή πίσω στην αναπνοή.

• Αν είμαστε με κάποιον, καλό είναι να αποσυρθούμε για λίγο, να αποστασιοποιηθούμε και να επιστρέψουμε όταν νιώσουμε ότι ελέγχουμε περισσότερο τον εαυτό μας και είμαστε πιο ήρεμοι.

• *"Θα καλέσω τον φίλο μου στις 3 το πρωί", το άτομο που με στηρίζει και θα του ζητήσω να με ακούσει ενώ εγώ θα μιλάω για την κατάσταση".*

• Ποτέ μην παρακάμψετε τα συναισθήματα, αλλά μην τα εκδηλώνετε επίσης. Το να καταπιέζετε ή να προσπαθείτε να ελέγξετε τα συναισθήματα δεν είναι η απάντηση. Μπορούμε να επιλέξουμε να μετριάσουμε, να μειώσουμε την ένταση των συναισθημάτων που αντιμετωπίζουμε. Υπάρχει μια λεπτή γραμμή μεταξύ της άρνησης των συναισθημάτων, της άμβλυνσης των συναισθημάτων και της ασυνείδητης καταστολής τους. Ως εκ τούτου, είναι σημαντικό να εφαρμόζουμε συμβουλές αυτογνωσίας.

• Πρακτικές όπως η ενσυνειδητότητα μας επιτρέπουν να εστιάζουμε στο τώρα, τοποθετώντας τη νοοτροπία μας στην παρούσα στιγμή. Αυτό ενθαρρύνει την αποδέσμευση από επώδυνες ή δυσάρεστες εμπειρίες και μπορεί να μειώσει το στρες.

Ημερολόγιο

"Γράφω γιατί δεν ξέρω τι σκέφτομαι μέχρι να διαβάσω αυτά που λέω."

Ρωτήστε - Ποιο είναι το μοτίβο που με πυροδοτεί; Τα συναισθηματικά μας ερεθίσματα έχουν έναν τρόπο να μας τυφλώνουν, οπότε για να το εξουδετερώσετε αυτό, να είστε περίεργοι. Κατανοήστε - Τι συμβαίνει μέσα μου; Η κατανόηση του "τι συμβαίνει μέσα μου" θα μας βοηθήσει να ανακτήσουμε μια αίσθηση ηρεμίας, αυτογνωσίας και ελέγχου.

Καταγράψτε τις σκέψεις και τα συναισθήματα με βάση τα βήματα που εξηγήθηκαν, αναγνωρίζοντας την αντίδραση και ανατρέχοντας στην προέλευσή της.

Γράψτε το. Δεν χρειάζεται να γράφουμε όμορφα για να έχουμε τα οφέλη. Η απλή πράξη της οργάνωσης των σκέψεών μας σε χαρτί ή ψηφιακά είναι συχνά αρκετή για να μας δώσει μεγαλύτερη σαφήνεια σχετικά με τις σκέψεις και τα συναισθήματά μας από το να τα κρατάμε όλα κλεισμένα ανάμεσα στα αυτιά μας.

Σημειώστε:

• Τα σημάδια του σώματος.

• Η σκέψη που προηγείται και το συναίσθημα που ακολουθεί.

• Τι συνέβη πριν.

• Οι βασικές μας ευαισθησίες.

• Προσθέτουμε στη λίστα τους εκλυτικούς παράγοντες κάθε φορά που τους αντιλαμβανόμαστε. Γράψτε αυτά που είναι πιο πιθανά ή θα συμβούν ή που μπορεί να συμβαίνουν ήδη στη ζωή μας.

• Σημειώστε ημερολόγιο σχετικά με το πού προέκυψαν αυτά τα εναύσματα. Για παράδειγμα, έλεγαν οι γονείς μας ότι είμαστε άχρηστοι ή ενοχλητικοί ή αντιαισθητικοί; Μας είπε κάποιος δάσκαλος ότι είμαστε χαζοί και δεν μπορούμε ποτέ να πετύχουμε στη ζωή; Η μας παραμελούσαν, με αποτέλεσμα να μεγαλώνουμε νιώθοντας μοναξιά; Το να γνωρίζουμε από πού προέρχονται τα ερεθίσματά μας, μας επιτρέπει να γνωρίσουμε καλύτερα τον εαυτό μας.

• Αν μας πυροδοτούν και κάνουμε εκείνα τα πράγματα που είναι χρήσιμα, τότε, κρατήστε τα στη λίστα. Αν είναι εν μέρει βοηθητικά, μπορούμε να αναθεωρήσουμε το σχέδιο δράσης μας. Αν δεν είναι χρήσιμα, συνεχίζουμε να ψάχνουμε και να δοκιμάζουμε νέες ιδέες μέχρι να βρούμε την πιο χρήσιμη.

Όταν νιώθουμε να μας προκαλούν οι άνθρωποι και οι συζητήσεις τους, πρέπει να έχουμε κατά νου δύο πράγματα.

Η πρόθεση του άλλου ατόμου – το άλλο άτομο μπορεί να μην έχει καμία επίγνωση του πόνου που βιώνουμε. Παρόλο που θεωρούμε άβολο να διατηρήσουμε την επικοινωνία, θα πρέπει να διατηρήσουμε μια φρέσκια προοπτική για την πρόθεση του άλλου ατόμου. Είναι σημαντικό να είμαστε υπομονετικοί μαζί τους και να τους επικοινωνούμε αργά αλλά με αυτοπεποίθηση τα όριά μας.

Ο πόνος μας – Είναι σημαντικό να κατανοήσουμε ότι ό,τι αισθανόμαστε προκαλείται από την πραγματικότητα στη ζωή μας.

Ακριβώς όπως δεν γνωρίζουμε τι είδους προβλήματα μπορεί να περνούν οι άλλοι άνθρωποι, έτσι και οι άλλοι μπορεί να αγνοούν εντελώς τους δικούς μας αγώνες.

Τα συναισθηματικά ερεθίσματα θα συνεχίσουν να επαναλαμβάνουν μοτίβα ξανά και ξανά, αν δεν τα διαχειριστούμε και δεν τα θεραπεύσουμε. Τρέχουμε μακριά από αυτά και δεν κάνουμε ό,τι είναι απαραίτητο για να θεραπεύσουμε αυτά τα εναύσματα και να σπάσουμε τα μοτίβα. Θεραπεία σημαίνει απλώς να αποκτήσουμε επίγνωση και να υιοθετήσουμε έναν σταθερό νου, ο οποίος μας ενδυναμώνει.

"Τα συναισθηματικά μας ερεθίσματα είναι πληγές που πρέπει να επουλωθούν".

"Κάθε πρόθεση είναι ένα έναυσμα για μεταμόρφωση".

– Deepak Chopra

Γιατί δεν το κάνουμε

κάνουμε αυτό που θέλουμε να κάνουμε;

"Οι άνθρωποι τείνουν να σε τρομάζουν επισημαίνοντας τις ελλείψεις σου. Αν παραδεχτείτε οικειοθελώς τα ελαττώματά σας, τότε οι άνθρωποι δεν θα έχουν τίποτα να επισημάνουν".

– Anupam Kher

"Δεν είναι αυτό που είσαι που σε κρατάει πίσω, αλλά αυτό που νομίζεις ότι δεν είσαι".

– Henry Ford

"Ζούμε σε έναν ελεύθερο κόσμο παγιδευμένοι στις νοοτροπίες μας!"

"Γιατί δεν κάνουμε αυτό που θέλουμε να κάνουμε" δεν είναι μια απλή, γραμμική διαδικασία. Το σπάσιμο των μοτίβων και των προεπιλεγμένων ρυθμίσεών μας είναι περίπλοκο και πολύπλοκο, επειδή απαιτεί να διακόψουμε μια τρέχουσα συνήθεια και ταυτόχρονα να προωθήσουμε ένα νέο, άγνωστο, σύνολο ενεργειών. Παραδόξως μπορεί να συμβεί σε μια στιγμή ή μπορεί να χρειαστεί μια ολόκληρη ζωή και να εξακολουθήσουμε να μην είμαστε σε θέση να μεταμορφώσουμε τον εαυτό μας. Απλές αλλαγές, όπως το να σηκώνεστε εγκαίρως για να περπατήσετε τα 10000 βήματα ή απλά να εξασκηθείτε στην Pranayama ή να πίνετε ένα επιπλέον ποτήρι νερό την ημέρα, χρειάζονται χρόνο για να γίνουν ένα συνεπές, συνηθισμένο μοτίβο και συμπεριφορά.

Η επιτυχία μας στο να σπάσουμε τα μοτίβα και να διαμορφώσουμε νέα ενδυναμωμένα είναι ο τρόπος με τον οποίο διαχειριζόμαστε τις αναποδιές. Το παρορμητικό μας συμπέρασμα είναι ότι γινόμαστε αυτοκριτικοί και αντιλαμβανόμαστε ότι δεν είμαστε αρκετά ικανοί ή ότι δεν έχουμε αρκετή δύναμη θέλησης για να πετύχουμε τον στόχο μας.

Η μετατροπή των αποτυχιών σε επιτυχία απαιτεί αναστοχασμό, συμπόνια και συνέπεια στις προσπάθειες.

Ορισμένες αυτοκαταστροφικές, αυτοεμποδιστικές δικαιολογίες και συμπεράσματα που λέμε στον εαυτό μας:

Δεν ξέρω γιατί, αλλά δεν μπορώ να το κάνω.

Δεν μπορεί να γίνει. Είναι καλό μόνο στις σκέψεις.

Είμαι απελπισμένος από την κατάστασή μου.

Δεν έχω το χρόνο γι' αυτό αυτή τη στιγμή. Ίσως αργότερα.

Αυτός είναι ο τρόπος που το έκανα πάντα.

Έτσι ζουν όλοι.

Έχω πάρα πολλές υποχρεώσεις αυτή τη στιγμή.

Πρέπει να επικεντρωθώ στο παιδί μου, στους ηλικιωμένους γονείς, στα κέρδη και στο υψηλό μου σάκχαρο.

Δεν έχω χρόνο για άσκηση, γιόγκα, περπάτημα, υγιεινή διατροφή.

Βαριέμαι εύκολα.

Δεν λειτουργεί.

Ο φίλος μου προσπάθησε, αλλά δεν μπόρεσε να τα καταφέρει.

Υπάρχει κάποια σύντομη λύση;

Είμαι κουρασμένος.

Δεν θέλουμε να βγούμε από τη ζώνη άνεσής μας, ακόμα κι αν αυτό δεν μας βοηθάει.

Νιώθουμε ότι δεν έχουμε άλλη επιλογή.

Δεν μας αρέσει να αλλάζουμε.

Δεν αλλάζουμε τις συνήθειές μας.

Δεν αντιμετωπίζουμε το άγχος μας.

Φοβόμαστε να αντιμετωπίσουμε τα μεγαλύτερα ζητήματα.

Αγνοούμε τον πόνο και την εξάντληση.

Δεν αναγνωρίζουμε ότι το σώμα μας, το μυαλό μας και το πνεύμα μας χρειάζονται φροντίδα.

Δεν έχουμε χρόνο για αυτομεταμόρφωση.

Δεν επιτρέπουμε στον εαυτό μας να αποτύχει.

Δεν έχουμε χρόνο.

Τι μας κρατάει πίσω;

Τι μας κρατάει πίσω; Ο φόβος, η πεποίθηση ή η συνήθεια;

Έχουμε τη δυνατότητα να πετύχουμε περισσότερα από όσα νομίζουμε και αυτό απαιτεί να είμαστε παθιασμένοι και αποφασισμένοι για τους στόχους μας. Ωστόσο, δεν αρκεί αν ξεχνάμε να καταλάβουμε τα πράγματα που μας κρατούν πίσω στη ζωή. Όλοι μας περιβαλλόμαστε από τέτοια στοιχεία, αλλά συχνά περνούν απαρατήρητα, επηρεάζοντας τη συνολική παραγωγικότητά μας.

Έλλειψη εμπιστοσύνης

Η έλλειψη εμπιστοσύνης στον εαυτό μας και στη διαδικασία του μετασχηματισμού είναι ένα από τα μεγαλύτερα εμπόδια στο μετασχηματισμό. Προσπαθούμε. Αποτυγχάνουμε. Αυτό κάνει τη διαδικασία της νέας προσπάθειας ακόμα πιο δύσκολη. Αρχίζουμε να πιστεύουμε ότι απλά δεν μπορούμε να το κάνουμε. Αλλά δεν λειτουργεί έτσι.

Αυτο-αμφιβολία

"Δεν βλέπω λύση για τα προβλήματά μου".

"Δεν πιστεύω ότι έχω τη δυνατότητα να αλλάξω τη ζωή μου".

Αν αμφιβάλλουμε συνεχώς για τον εαυτό μας και αμφισβητούμε αν οι στόχοι μας είναι εφικτοί, τα απαισιόδοξα συναισθήματά μας θα γίνουν αυτοεκπληρούμενα. Δεν μπορούμε να πετύχουμε αν κρατάμε τον εαυτό μας πίσω. Αν πιστεύουμε στον εαυτό μας και οραματιζόμαστε την επιτυχία μας, είναι πολύ πιο πιθανό να πετύχουμε.

Νομίζοντας ότι τα πράγματα δεν θα αλλάξουν ποτέ

Πολλοί από εμάς είναι πεπεισμένοι ότι οι καταστάσεις στη ζωή μας δεν μπορούν ποτέ να αλλάξουν. Είμαστε έτσι σε όλη μας τη ζωή και αυτό μας εμποδίζει να εφαρμόσουμε την πραγματική αλλαγή. Είμαστε φυλακισμένοι μέσα στη νοοτροπία μας. Για τον βάτραχο στη λίμνη, ολόκληρος ο κόσμος είναι η λίμνη. Δεσμευτείτε σε πράξεις και τα βουνά θα μετακινηθούν.

Συγκρίνοντας τους εαυτούς μας με τους άλλους

Ένα από τα πιο δύσκολα πράγματα που πρέπει να κάνουμε είναι να σταματήσουμε να συγκρίνουμε τον εαυτό μας με τους άλλους, ειδικά όταν οι εποχές είναι ανταγωνιστικές και όλοι προσπαθούν να ξεπεράσουν ο ένας τον άλλον. Θα υποφέρουμε είτε από ζήλια είτε από εγωισμό. Και οι δύο αυτές καταστάσεις αναστέλλουν τη μεταμόρφωσή μας.

Αναμένοντας άμεσα αποτελέσματα

Ζούμε σε έναν κόσμο "στιγμιαίο" και "σε ένα λεπτό". Είναι ένας υπερτονισμένος κόσμος. Θέλουμε αποτελέσματα τώρα. Έχουμε γίνει ανυπόμονοι. Είμαστε μαθημένοι στο "λιγότερες εισροές - περισσότερες εκροές". Αποφασίζουμε να μεταμορφώσουμε τους εαυτούς μας. Σκεφτόμαστε και κάνουμε ένα σχέδιο. Και θέλουμε να δούμε αποτελέσματα τώρα. Και όταν δεν παίρνουμε αυτό που θέλουμε, κατηγορούμε την προσπάθεια και τη διαδικασία. Τα καλά πράγματα χρειάζονται χρόνο. Η σκληρή δουλειά βρίσκει πάντα την καρποφορία της.

Υποθέτοντας το αποτέλεσμα

Κάποιοι από εμάς πιστεύουμε ότι είμαστε έξυπνοι. "Δεν πρόκειται να πετύχει. Είναι βέβαιο ότι θα αποτύχει. Αυτό δεν μπορεί να συμβεί ποτέ". Δεν ξεκινάμε κάτι καινούργιο επειδή είμαστε σίγουροι για το πώς τα πράγματα πιθανότατα θα εξελιχθούν - άσχημα! Δεν υπάρχει κανένας τρόπος να γνωρίζουμε τι θα συμβεί στο μέλλον μας. Να είστε αισιόδοξοι και να αφήνετε τα αποτελέσματα στη ζωή.

Ζώντας στο παρελθόν

Κάνουμε τις απορρίψεις του χθες την ιστορία του σήμερα. Το παρελθόν δεν διαδραματίζεται στο παρόν. Συνέβη και ήταν. Αλλά, με το να σκεφτόμαστε το παρελθόν, κρατάμε τις σκέψεις του παρελθόντος ζωντανές στο παρόν. Αφήνουμε τις απορρίψεις του παρελθόντος να υπαγορεύουν κάθε κίνηση που κάνουμε στη συνέχεια. Κυριολεκτικά δεν ξέρουμε τον εαυτό μας να είναι καλύτερος. Η απόρριψη δεν σημαίνει ότι δεν είμαστε αρκετά καλοί. Σημαίνει ότι

έχουμε περισσότερο χρόνο για να βελτιωθούμε, να χτίσουμε πάνω στις ιδέες μας και να ενδώσουμε βαθύτερα σε αυτό που θέλουμε να κάνουμε.

Κρατώντας τις ενοχές του παρελθόντος

Η ενοχή είναι συχνά μια αυτοδημιούργητη υπενθύμιση όλων των πραγμάτων που θα θέλαμε να είχαμε κάνει διαφορετικά για τον εαυτό μας. Όλοι βιώνουμε ενοχές. Μπορεί να έχει πολλές μορφές, από το να κλέψουμε απλώς μια δίαιτα μέχρι να κάνουμε μια φοβερή επιλογή που επηρεάζει τη ζωή μας για πάντα. Η ενοχή μας ταλαιπωρεί, μας κάνει να επαναλαμβάνουμε τα λάθη μας και σπαταλά τεράστια ποσά της ενέργειάς μας, αναπαριστώντας το πώς θα μπορούσαμε να είχαμε κάνει κάτι διαφορετικά. Ένας λόγος για τον οποίο γίνεται δύσκολο να παραιτηθούμε και να αφήσουμε τις ενοχές είναι ότι νιώθουμε την ανάγκη να τιμωρήσουμε τον εαυτό μας. Η ενοχή δεν μας επιτρέπει να είμαστε πλήρως παρόντες στο "τώρα" μας και να δούμε όλα τα καλά που έχουμε στη ζωή μας. Η ενοχή μας οδηγεί βαθύτερα στη λειτουργία του "θύματος". Είναι ένα άσκοπο βάρος στην κορυφή της θλίψης μας.

Φόβος απογοήτευσης αγαπημένων προσώπων

Πολλοί από εμάς έχουμε άγχος να απογοητεύσουμε τους ανθρώπους, με αποτέλεσμα να αποφεύγουμε χρόνια καταστάσεις στις οποίες μπορεί να απογοητεύσουμε κάποιον άλλον. Αυτό συμβαίνει επειδή νιώθουμε ότι η γνώμη των άλλων είναι θεμελιώδης για την αυτοαντίληψή μας. Η γνώμη των αγαπημένων μας προσώπων τείνει να μας επηρεάζει. Φοβόμαστε πάρα πολύ μήπως δεν είμαστε στο ύψος των περιστάσεων. Στην περίπτωση των γονέων μας, αυτό γίνεται ακόμη πιο περίπλοκο. Είναι πολύ συνηθισμένο εμείς και οι γονείς μας να έχουμε διαφορετικές απόψεις, γούστα και χαρακτηριστικά προσωπικότητας. Είναι απολύτως φυσιολογικό να νοιαζόμαστε και να ανησυχούμε, αλλά μόλις επιτρέψουμε να μας κυριεύσει ο φόβος ότι θα απογοητεύσουμε τους άλλους, παραλύουμε τον εαυτό μας.

Παραμονή στη ζώνη άνεσής μας

"Η ζώνη άνεσης είναι ένα όμορφο μέρος, αλλά τίποτα δεν αναπτύσσεται εκεί."

Συνηθίζουμε το μοτίβο της ζωής μας, ακόμα κι αν δεν είμαστε σε ειρήνη μέσα μας. Μια αλλαγή είναι πάντα επώδυνη. Απορρίπτουμε τις ευκαιρίες για ανάπτυξη ή πρόοδο, επειδή αυτό σημαίνει ότι βγαίνουμε από τη ζώνη άνεσής μας και ανοίγουμε τον εαυτό μας στο να αποτύχουμε. Το να παίρνουμε ρίσκα είναι μια τρομακτική πρόταση για πολλούς. Εξάλλου, το να βγαίνουμε από τη ζώνη άνεσής μας σημαίνει ότι προσκαλούμε την πιθανότητα αποτυχίας. Όμως δεν θα μάθουμε ποτέ για τι είμαστε πραγματικά ικανοί αν δεν προσπαθήσουμε. Όλοι μας έχουμε αποτύχει κάποια στιγμή, αλλά θα πετύχουμε αν πιέσουμε τον εαυτό μας. Αυτή είναι η ιστορία όλων των μεγάλων ανδρών. Με το μεγάλο ρίσκο έρχεται η πιθανότητα μεγάλης ανταμοιβής. Το να βρισκόμαστε σε μια ζώνη άνεσης φαίνεται πραγματικά καλό, αλλά η ίδια ζώνη άνεσής μας εμποδίζει από την αυτοπραγμάτωση και τις εμπειρίες της πραγματικής ζωής.

Φόβος και αποτυχία

Το ταξίδι του μετασχηματισμού δεν είναι εύκολο. Φοβόμαστε. Φοβόμαστε την αβεβαιότητα, το μέλλον, την επανάληψη του παρελθόντος, τις αποτυχίες. Οι αποτυχίες συμβαίνουν στην πορεία. Ο φόβος της αποτυχίας μας κρατάει πίσω, γιατί όταν φοβόμαστε να αποτύχουμε, φοβόμαστε να ρισκάρουμε οτιδήποτε. Έτσι, παραμένουμε στον ίδιο ρόλο. Κάνουμε το ίδιο πράγμα επανειλημμένα, ακριβώς επειδή φοβόμαστε να αποτύχουμε αν αλλάξουμε ρόλο. Ονειροπολούμε και απλά πέφτουμε για ύπνο.

Αποτυχία σημαίνει ότι αυτό που κάναμε, δεν πέτυχε αυτή τη φορά, αλλά δεν σημαίνει ότι δεν θα ξαναπέσει. Ας μην μας βαραίνει η αποτυχία. Πήραμε ένα ρίσκο και δεν πέτυχε. Είναι ένα απαίσιο συναίσθημα, αλλά πρέπει να καταλάβουμε ότι είναι εντάξει. Κανείς δεν πετυχαίνει χωρίς να αποτύχει μερικές φορές. Αξιολογήστε τι πήγε στραβά. Πάρτε τα μαθήματα που πρέπει να πάρουμε, ώστε να μπορέσουμε να προχωρήσουμε μπροστά και να πάρουμε καλύτερες αποφάσεις την επόμενη φορά. Όσοι πετυχαίνουν έχουν μάθει από τις αποτυχίες τους, αντί να πέφτουν και να μένουν κάτω. Η αποτυχία δεν πρέπει να μας λυγίζει. Η αποτυχία θα πρέπει να μας κάνει πιο δυνατούς και να μας βοηθά να εξελιχθούμε. Η επιτυχία διαμορφώνεται από τον τρόπο με τον οποίο ανταποκρινόμαστε σε ό,τι μας συμβαίνει. Πρέπει να λύνουμε τα προβλήματα που είναι επιλύσιμα και να μάθουμε να ζούμε με τα προβλήματα που δεν μπορούμε να λύσουμε.

Δεν ξέρω πότε να το αφήσω

Έρχεται μια στιγμή που πρέπει να αφεθούμε. Ακόμα και ο καπετάνιος σε ένα πλοίο που βυθίζεται πρέπει να ξέρει πότε να αρπάξει τη σωσίβια λέμβο. Είναι δύσκολο να απομακρυνθούμε από κάτι με το οποίο είμαστε συναισθηματικά συνδεδεμένοι. Αλλά το να ξέρουμε πότε να προχωρήσουμε θα μας δώσει την ελευθερία και θα εκμεταλλευτούμε άλλες ευκαιρίες.

Δεν είμαστε σε αρμονία με τον ίδιο μας τον εαυτό

Όλοι μας αναπνέουμε, αλλά μόνο λίγοι από εμάς ζουν. Οι περισσότεροι από εμάς απλά περνούν την καθημερινή ρουτίνα της ζωής. Δεν σταματάμε και δεν προβληματιζόμαστε. Δεν έχουμε χρόνο να γίνουμε "παρατηρητές" του εαυτού μας. Δεν ξέρουμε τι μας συμβαίνει. Δεν έχουμε καν επίγνωση των αντιλήψεων και των μοτίβων μας. Δεν ξέρουμε τι είναι ο μετασχηματισμός και τι μπορεί να κάνει ο μετασχηματισμός. Δεν ξέρουμε τι πρέπει να ξέρουμε και τι πρέπει να κάνουμε. Αυτή η έλλειψη επίγνωσης, το ότι δεν είμαστε σε αρμονία με τον εαυτό μας, μας κρατάει πίσω.

Περιμένοντας την κατάλληλη στιγμή

Αν δεν ξεκινήσουμε ποτέ, δεν θα πετύχουμε ποτέ. Συνεχίζουμε να περιμένουμε και να περιμένουμε και να περιμένουμε την κατάλληλη στιγμή. Δεν μπορούμε να περιμένουμε την τέλεια στιγμή- δεν θα έρθει ποτέ. Αν αρνηθούμε να μπούμε στη μάχη μέχρι να νιώσουμε ότι είναι η "κατάλληλη" στιγμή, μπορεί να περάσουμε τη ζωή μας μέσα στην κουβέρτα. Σήμερα είναι η πρώτη μέρα μιας νέας αρχής - το πρώτο βήμα προς την αλλαγή. Πολλοί από εμάς κάνουμε ένα βήμα πίσω όταν έχουμε ένα πισωγύρισμα, όταν νιώθουμε αυτή την αίσθηση πεταλούδας στο στομάχι μας. Αγκαλιάστε αυτό το συναίσθημα. Μην περιμένουμε μέχρι να μην φοβόμαστε πια. Αυτό μπορεί να μη συμβεί ποτέ. Μέχρι τότε θα είναι πολύ αργά. Ξεκινήστε από τα μικρά. Ξεκινήστε κάτι.

Έλλειψη σχεδίου

Πολλοί από εμάς έχουμε μια ιδέα, μια ιδέα ή ένα όνειρο που θέλουμε να κάνουμε πραγματικότητα. Αλλά χωρίς ένα σταθερό σχέδιο και ένα ξεκάθαρο όραμα, δεν έχουμε τρόπο να πετύχουμε τίποτα. Ο καθορισμός των στόχων μας είναι το πρώτο βήμα προς την πραγματοποίησή τους. Πρόκειται για τη δημιουργία ενός οδικού χάρτη που θα μας καθοδηγήσει. Χωρίς σχέδιο, μπορούμε εύκολα να παρεκκλίνουμε από την πορεία μας χωρίς καν να το καταλάβουμε. Δημιουργήστε ένα σχέδιο για να πετύχετε αυτά τα πράγματα, ένα προς ένα. Ο προγραμματισμός δεν χρειάζεται να είναι μακρύς και κουραστικός. Κάντε μικρο-σχέδια και μακροπρόθεσμα σχέδια βήμα προς βήμα. Και απλά κάντε το.

Τελειομανία

Έχουμε μεγαλώσει με τη σκέψη ότι πρέπει να είμαστε τέλειοι, πρώτοι ή οι καλύτεροι. Κανείς δεν είναι τέλειος. Η συνεχής επιδίωξη της τελειότητας δημιουργεί μόνο δυσαρέσκεια. Υπάρχουν πράγματα στη ζωή στα οποία είμαστε καλοί και θα υπάρχουν πράγματα στα οποία θα δυσκολευόμαστε. Μάθετε να αντιλαμβάνεστε πότε η επιθυμία μας να κάνουμε κάτι τέλειο μας εμποδίζει να το κάνουμε. Η τελειομανία θα μας εξαντλήσει και θα μας εξαντλήσει. Σκεφτείτε τη διαφορά μεταξύ της επιμελούς προσπάθειας και της τελειομανίας. Μάθετε πότε το αρκετό είναι αρκετό. Αντί να θέτουμε ανέφικτες προσδοκίες για τον εαυτό μας, αποδεχτείτε ότι θα κάνουμε λάθη. Αν μαθαίνουμε από αυτά τα λάθη, θα γίνουμε πιο δυνατοί από αυτές τις εμπειρίες.

Ζητώντας έγκριση

"Ένα εκπληκτικό πράγμα συμβαίνει όταν σταματήσετε να αναζητάτε την έγκριση και την επικύρωση. Τη βρίσκεις."

Αυτό που μας κρατάει πίσω είναι η συνεχής ανάγκη μας να πάρουμε έγκριση για τις πράξεις μας. Οι γνώμες των άλλων έχουν μεγαλύτερη σημασία για εμάς από τα ένστικτα και τις σκέψεις μας. Και δεν παίρνουμε πάντα ενθαρρυντικά και θετικά κίνητρα από τους ανθρώπους γύρω μας. Περιστασιακά, το να δεχόμαστε τη γνώμη των άλλων είναι μια χαρά. Κανείς δεν μας γνωρίζει καλύτερα από τον εαυτό μας. Τελικά, πρέπει να σταθούμε στα δικά μας πόδια. Το να ακούμε τους άλλους για κάθε απόφαση που παίρνουμε είναι σαν να μην ακούμε τι θέλουμε μπροστά μας.

Να επηρεάζεσαι από άλλους

Πολλοί άνθρωποι αισθάνονται μια παράξενη ικανοποίηση και συγκίνηση όταν μας λένε γιατί κάτι δεν θα λειτουργήσει και θα μας πουν ευχαρίστως για κάποιον άλλον που προσπάθησε και απέτυχε. Θα μπορούσαμε να είμαστε εμείς εκείνοι που θα πετύχουμε! Ο μόνος τρόπος για να το μάθουμε είναι να δοκιμάσουμε! Αφήνουμε μερικούς αρνητικούς ανθρώπους να γεμίζουν το μυαλό μας με άχρηστες μη παραγωγικές συμβουλές. Μας δίνουν μια ντουζίνα λόγους για τους οποίους μπορεί να μην πετύχει. Είναι πιο εύκολο να είμαστε επικριτικοί παρά σωστοί. Αφιερώστε χρόνο και ακούστε εκείνους που ενθαρρύνουν και αναγνωρίζουν με σεβασμό.

Μετατόπιση ευθυνών - Αναζήτηση αιτιών

"Όταν κατηγορείτε τους άλλους, εγκαταλείπετε τη δύναμή σας να αλλάξετε."

Μέχρι τη στιγμή που δεν συνειδητοποιούμε ότι είμαστε υπεύθυνοι για αυτό που είμαστε και αποδίδουμε τις ελλείψεις μας σε κάποιον ή κάτι άλλο, δεν θα πάρουμε ποτέ αυτό που θέλουμε από τη ζωή. Είναι τόσο δελεαστικό να μεταθέτουμε τις ευθύνες. Είναι φυσικό να το θέλουμε. Να είστε υπεύθυνοι. Αναλάβετε την ευθύνη. Μην βρίσκετε δικαιολογίες. Αναλάβετε δράση. Σταματήστε να ψάχνετε για αιτίες και σκεφτείτε ποιες αλλαγές πρέπει να γίνουν για να διορθωθεί το πρόβλημα.

Υποτιμούμε τον εαυτό μας ή τους άλλους

Αν μιλάμε συνεχώς αρνητικά για τον εαυτό μας ή υποτιμούμε τους άλλους, το μόνο που κάνουμε είναι να προσκαλούμε την αρνητικότητα στη ζωή μας. Το να λέμε στον εαυτό μας "είμαι ηλίθιος" ή "δεν μπορώ να κάνω τίποτα σωστά" προκαλεί πληγές που μας κρατούν πίσω. Ομοίως, όταν το κάνουμε αυτό στους άλλους, τραβάμε όλους προς τα κάτω. Αντικαταστήστε τις αρνητικές συνήθειες με θετικές. Επικεντρωθείτε όχι σε ό,τι πήγε στραβά, αλλά σε ό,τι για το οποίο είμαστε περήφανοι. Αναζητήστε τρόπους για να ανεβάσουμε τον εαυτό μας και όλους τους άλλους.

Αδυναμία ανάληψης δράσης

Όποιος περιμένει να πέσει η πίτα από τον ουρανό, δεν θα ανέβει ποτέ πολύ ψηλά.

Κάποιοι από εμάς εμποδίζονται από την ανικανότητά μας να αναλάβουμε δράση! Έχουμε την τάση να κάνουμε πολλές εργασίες σε σημείο που δεν μας μένει ενέργεια για να αναλάβουμε πραγματική δράση σε θέματα που έχουν μεγαλύτερη σημασία. Κάποιοι από εμάς είναι απλά πολύ τεμπέληδες, πολύ χαλαροί. Επιλέγουμε να μην κάνουμε τίποτα. Η αναβλητικότητα είναι η βασική αιτία της αποτυχίας μας να κάνουμε οτιδήποτε. Αν θέλουμε να κάνουμε κάτι, τότε πρέπει να αρχίσουμε να αναλαμβάνουμε δράση. Δεν μπορούμε να καθόμαστε με σταυρωμένα τα χέρια και να ελπίζουμε ότι τα πράγματα θα εξελιχθούν υπέρ μας.

Θέλουμε και περιμένουμε τα πράγματα να είναι εύκολα

Δεν υπάρχουν δωρεάν γεύματα και εύκολοι στόχοι. Ένας στόχος απαιτεί προσπάθεια και αγώνα, σκληρή δουλειά και αφοσίωση. Αυτό που είναι εύκολο είναι απλά να στέκεσαι στο στόχο και να μην κάνεις τίποτα. Αλλά δεν κερδίζονται έτσι οι αγώνες. Μην κάνετε αυτό που είναι εύκολο, κάντε αυτό για το οποίο είστε ικανοί. Δεν αλλάζουμε τίποτα και περιμένουμε αποτελέσματα. Αν θέλουμε να βελτιωθούμε, πρέπει να δοκιμάζουμε πράγματα για να δούμε τι λειτουργεί και τι όχι. Κάποιοι άνθρωποι κάθονται και περιμένουν να έρθουν τα μαγικά φασόλια, ενώ οι υπόλοιποι από εμάς απλά σηκωνόμαστε και δουλεύουμε.

Αποφεύγουμε την αλήθεια

Συνεχίζουμε να λέμε στους εαυτούς μας τη λάθος ιστορία. Ο μετασχηματισμός δεν μπορεί να βασίζεται σε ένα ψέμα. Πρέπει να είμαστε ειλικρινείς με τον εαυτό μας. Δεν μπορούμε να ζούμε πίσω από μια βιτρίνα. Πρέπει να είμαστε αυθεντικοί. Και αυτό σημαίνει ότι πρέπει να αποδεχτούμε τον εαυτό μας όπως είναι. Και μετά να επιλέξουμε να μεταμορφωθούμε. Διαφορετικά, αυτό θα οδηγήσει σε θυμό και απογοήτευση. Το να αγνοούμε την αλήθεια δεν είναι μετασχηματισμός. Το να είμαστε ψεύτικοι για οποιαδήποτε πτυχή της ύπαρξής μας σκάβει ένα σκοτεινό κενό στην ψυχή μας. Η αλήθεια μπορεί να μην είναι πάντα εύκολο να αντιμετωπιστεί, αλλά η αντιμετώπιση της αλήθειας είναι ο μόνος δρόμος. Είμαστε εμείς, οι ίδιοι, που συνεχίζουμε να κρίνουμε τον εαυτό μας. Κρίνουμε τον εαυτό μας λέγοντας μια ιστορία μέσα στο κεφάλι μας.

Αφήστε να φύγει αυτό που δεν υπήρξε ποτέ στην πραγματικότητα. Ήταν απλώς μια ψευδαίσθηση που ποτέ δεν ήταν πραγματικά αυτό που νομίζαμε ότι ήταν. Το κλειδί είναι η συνειδητοποίηση, η αποδοχή, η αποδέσμευση και το επόμενο βήμα.

Αίσθημα αδικίας

Το να είμαστε ταπεινοί δεν είναι συνώνυμο με το να γινόμαστε μικροί. Πολλοί από εμάς όμως συνηθίζουμε να υποτιμούμε τον εαυτό μας. Αρχίζουμε να πιστεύουμε ότι είμαστε ανάξιοι για επαίνους, επαίνους και φιλοφρονήσεις. Όταν νιώθουμε ανάξιοι αυτών που μας δίνονται, αποφεύγουμε τις ευκαιρίες να κάνουμε περισσότερα και να γίνουμε περισσότερα. Σκεφτόμαστε πολύ λίγο για τον εαυτό μας. Είτε καταλήγουμε ικανοποιημένοι με το πού βρισκόμαστε σήμερα στη ζωή μας, είτε απλά νιώθουμε ότι είναι αδύνατο να πετύχουμε αυτό που επιθυμούμε. Έτσι, καταλήγουμε να είμαστε συνηθισμένοι.

Απόσπαση της προσοχής!

Δεν υπάρχει ποτέ έλλειψη περισπασμών. Αλλά όταν η προσοχή μας τραβιέται προς εκατομμύρια κατευθύνσεις, είναι δύσκολο να εστιάσουμε τις σκέψεις μας. Αν ζούμε μια αφηρημένη ζωή, οι στόχοι μας παραμερίζονται. Σταματήστε να τροφοδοτείτε τους περισπασμούς. Όταν πιάνουμε τον εαυτό μας να αναπηδά από τη μια εργασία στην άλλη, πάρτε μια βαθιά ανάσα. Επιβραδύνετε και ηρεμήστε το μυαλό σας.

Δικαιολογίες

Μπορούμε να επινοήσουμε γιατί πρέπει να κάνουμε κάτι ή να επινοήσουμε γιατί δεν πρέπει. Γιατί οι περισσότεροι από εμάς τείνουμε να πιστεύουμε το δεύτερο; Επειδή είναι ευκολότερο. Τίποτα για το οποίο να αξίζει να δουλέψουμε ή να έχουμε στη ζωή δεν ήταν ποτέ εύκολο για κανέναν. Τα επιτεύγματα και η απόκτηση των επιτυχιών μας δεν θα είναι ποτέ αποτέλεσμα του να λέμε όχι ή να αισθανόμαστε άσχημα για τον εαυτό μας επειδή πιστεύουμε ότι κάτι είναι ανέφικτο. Πάντα θα υπάρχουν δικαιολογίες για να μην κάνουμε κάτι. Για αλλαγή, βρείτε μια δικαιολογία για να κάνετε κάτι!

Μη λογοδοσία

Πρέπει να παραδεχτούμε τα λάθη μας, τις κακές επιλογές μας, τις κακές πράξεις μας. Να παραδεχτούμε και να αποδεχτούμε. Κανείς μας δεν είναι τέλειος και κανείς μας δεν είναι καλύτερος από τον άλλον. Είμαστε απλά διαφορετικοί. Έχουμε το δικό μας ταξίδι και τη δική μας εκδοχή του φυσιολογικού. Όποιες κι αν είναι οι πράξεις, οι εμπειρίες ή τα συναισθήματά μας, είμαστε υπεύθυνοι για τις επιλογές που κάνουμε

Κλείνουμε το μυαλό μας σε νέες ιδέες και προοπτικές

Ακόμη και αν γινόμαστε σοφότεροι με την ηλικία, θα παραμείνουμε μαθητές για μια ζωή. Οποιαδήποτε κατανόηση δεν είναι ποτέ απολύτως οριστική. Η επιτυχία στη ζωή δεν εξαρτάται από το αν έχουμε πάντα δίκιο. Για να σημειώσουμε πραγματική πρόοδο πρέπει να αφήσουμε την υπόθεση ότι έχουμε ήδη όλες τις απαντήσεις. Μπορούμε να ακούμε τους άλλους, να μαθαίνουμε από αυτούς και να συνεργαζόμαστε επιτυχώς μαζί τους, ακόμη και αν δεν συμφωνούμε με κάθε γνώμη τους. Όταν οι άνθρωποι συμφωνούν με σεβασμό να διαφωνούν, όλοι επωφελούνται από την ποικιλομορφία των προοπτικών.

"Πιο ισχυρό από τη θέληση να νικήσεις είναι το θάρρος να ξεκινήσεις".

Μέρος του προβλήματος είναι να ξέρετε από πού να ξεκινήσετε. Το άλλο μέρος είναι ο φόβος για το άγνωστο. Και τα δύο μπορούν να μας εμποδίσουν να κάνουμε το πρώτο βήμα. Η ουσία του ταξιδιού του μετασχηματισμού είναι να μείνουμε στην πορεία, να διανύσουμε την απόσταση, να πέσουμε και να ξανασηκωθούμε, να συνεχίσουμε προς τα εμπρός.

Σε τι έχουμε δεσμευτεί;

Δεσμευόμαστε λανθασμένα στο αποτέλεσμα χωρίς να δεσμευτούμε πρώτα στη διαδικασία.

Ονειρευόμαστε την επιτυχία πριν κάνουμε την προσπάθεια να κάνουμε το πρώτο βήμα. Δεσμευόμαστε στο αποτέλεσμα πριν δεσμευτούμε στη διαδικασία. Η διαδικασία είναι να κάνουμε το πρώτο βήμα και να είμαστε προετοιμασμένοι για το επόμενο. Αυτή είναι η δέσμευση.

Το αποτέλεσμα αφορά το "φτάνουμε εκεί". Βασίζεται στο εγώ. Έχει να κάνει με την κατάκτηση του βραβείου. Να κερδίσεις την αναγνώριση. Να δεχτείς τον έπαινο. Η διαδικασία έχει να κάνει με το "να είσαι εδώ". Είναι η πραγματικότητα. Συμβαίνει τώρα.

Όταν δεσμευόμαστε στη διαδικασία, τότε μπορούμε να ονειρευτούμε το αποτέλεσμα.

Πολλοί από εμάς ταλαντεύονται μεταξύ ελπίδας και απελπισίας. Αισθανόμαστε στάσιμοι, αισθανόμαστε σαν εκκρεμές.

Νιώθουμε ότι αποτυγχάνουμε στη δέσμευση που έχουμε αναλάβει απέναντι στον εαυτό μας. Αν δεν ξέρουμε σε τι έχουμε δεσμευτεί, δεν μπορούμε να προοδεύσουμε.

"Ποιο είναι το μόνο πράγμα που θα με στεναχωρούσε αν, στο τέλος της ζωής μου, δεν επιχειρούσα, δεν έκανα ή δεν ολοκλήρωνα;" Αν υπάρχει άμεση απάντηση, πρέπει να δεσμευτούμε σε αυτό. Αν δεν υπάρχει άμεση απάντηση, δεν πειράζει. Απλά αφήστε τη ζωή να κυλήσει. Η σωστή σκέψη θα παρουσιαστεί την κατάλληλη στιγμή στη ζωή. Μην την πιέζετε. Όταν η "απάντηση" ξεκαθαρίσει, αφήστε την να πάρει μορφή, να αποκτήσει δυναμική και να μεταμορφωθεί σε μια καταπληκτική δημιουργία. Το μόνο συστατικό που χρειάζεται είναι η δέσμευση.

Δεν μπορούμε να ονειρευόμαστε ότι θα κερδίσουμε τον αγώνα μέχρι να παίξουμε τον αγώνα. Πρέπει να αντιμετωπίσουμε το χτύπημα αντί να είμαστε σχολιαστές που μεταφέρουν απόψεις. Η δέσμευσή μας είναι να περάσουμε μέσα από τη διαδικασία, όχι να έχουμε το τέλειο αποτέλεσμα κάθε φορά.

Είμαστε πρόθυμοι; Είμαστε πρόθυμοι να παίξουμε το παιχνίδι; Είμαστε έτοιμοι να επιβληθούμε και να αντιμετωπίσουμε την μπάλα; Ακόμα και αν δεν είμαστε σίγουροι για τη νίκη ή την ήττα; Ακόμα και αν τρέμουν τα πόδια μας; Θα εμφανιστούμε; Θα το κάνουμε; Παρά τις αντιδράσεις έξω και μέσα;

Αυτή είναι η δέσμευση. Αυτό χρειάζεται για να γίνει κάτι.

Βάλτε το σωστό πόδι μπροστά. Αυτό είναι η Μύηση. Στη συνέχεια, βάλτε το αριστερό πόδι μπροστά. Αυτό είναι η επιμονή.

Βάλτε το ένα πόδι μπροστά από το άλλο και παραμείνετε στην πορεία. Ακόμα κι αν δεν ξέρουμε αν το κάνουμε σωστά. Ακόμα και αν δεν ξέρουμε αν θα φτάσουμε ποτέ εκεί.

Η απλή πράξη της δέσμευσης είναι ένας ισχυρός μαγνήτης για βοήθεια.

"Ο άνθρωπος που υποφέρει πριν να είναι απαραίτητο, υποφέρει περισσότερο από ό,τι είναι απαραίτητο."

Πρέπει να φτάσουμε σε ένα συναισθηματικό κατώφλι όπου θα πούμε στον εαυτό μας: "Αρκετά ανέχτηκα, ποτέ ξανά, αυτό πρέπει να αλλάξει τώρα!"

"Αυτό που μας εμποδίζει να ζήσουμε το όνειρό μας είναι η πεποίθησή μας ότι είναι μόνο ένα όνειρο".

"Ο,τι κι αν κάνεις, ποτέ μην γυρίσεις πίσω σε αυτό που σε κατέστρεψε". "Δεν μπορείς να ζήσεις μια θετική ζωή με αρνητικό μυαλό".

"Δεν μπορείτε να φτάσετε αυτό που είναι μπροστά σας μέχρι να αφήσετε αυτό που είναι πίσω σας".

Κρατηθείτε ... Αφήστε το

"Η αλήθεια είναι ότι αν δεν αφεθείτε, αν δεν συγχωρήσετε τον εαυτό σας, αν δεν συγχωρήσετε την κατάσταση, αν δεν συνειδητοποιήσετε ότι η κατάσταση είναι τελείωσε, δεν μπορείτε να προχωρήσετε μπροστά."

"Ξεχάστε αυτό που σας πλήγωσε, αλλά ποτέ μην ξεχνάτε αυτό που σας δίδαξε". "Κάποιοι από εμάς πιστεύουμε ότι το να κρατιόμαστε κάνει μας δυνατούς, αλλά μερικές φορές είναι σαν να αφήνουμε να φύγουμε."

"Όταν αφήνω αυτό που είμαι, γίνομαι αυτό που θα μπορούσα να είμαι. Όταν αφήνω αυτό που έχω, λαμβάνω αυτό που χρειάζομαι".

"Το να κρατιέσαι είναι να πιστεύεις ότι υπάρχει μόνο παρελθόν- το να αφήνεις να φύγει είναι να ξέρεις ότι υπάρχει μέλλον".

"Το να αφήνεις να φύγει σημαίνει να απελευθερώσεις τις εικόνες και τα συναισθήματα, τις μνησικακίες και τους φόβους, τις προσκολλήσεις και τις απογοητεύσεις του παρελθόντος που δεσμεύουν το πνεύμα μας".

"Υπάρχει μια σημαντική διαφορά ανάμεσα στο να παραιτηθείς και στο να αφεθείς".

Γιατί επιμένουμε στο παρελθόν μας;

Γιατί κρατάμε τα συναισθήματά μας;

Γιατί κρατάμε την αρνητικότητά μας;

Γιατί δεν μπορούμε να αφήσουμε πίσω μας πράγματα που μας επηρεάζουν βαθιά;

Γιατί δεν μπορούμε να αφήσουμε το σκοτάδι του παρελθόντος και το άγχος του μέλλοντος;

Γιατί δεν μπορούμε να αφήσουμε την ακαταστασία των σκέψεων και των συναισθημάτων στο χώρο του μυαλού μας;

Κρατήστε ένα κομμάτι χαρτί στο χέρι και κρατήστε το χέρι υψωμένο ευθεία μπροστά από το σώμα στο επίπεδο του σώματος, τεντωμένο.

Έχουμε κάποιο πρόβλημα να το κάνουμε αυτό; Όχι

Μας επιβαρύνει το βάρος του χαρτιού; Όχι

Τώρα κρατήστε το χέρι σηκωμένο για μια ώρα στην ίδια θέση, κρατώντας το χαρτί.

Τι αισθανόμαστε;

Έναν πόνο στο χέρι, μια δυσφορία. Συνεχίστε να κρατάτε το χέρι για δύο ώρες.

Τι αισθανόμαστε τώρα;

Πόνο. Πολλές ενοχλήσεις.

Κρατηθείτε για άλλη μια ώρα.

Τι γίνεται τώρα;

Τρομερό. Έντονος πόνος. Αίσθημα αδυναμίας. Μούδιασμα.

Τι θα γινόταν αν μας έλεγαν να αντέξουμε άλλη μια και άλλη μια ώρα;

Αποκλείεται. Θα νιώθουμε ανίσχυροι.

Και το χέρι μας θα πέσει κάτω νεκρό.

Τι συνέβη;

Ήταν το χαρτί πολύ βαρύ για να το κρατήσουμε;

Μήπως το χαρτί έγινε βαρύ καθώς το κρατούσαμε;

Γιατί περάσαμε από αισθήματα πόνου, δυσφορίας, πόνου, αδυναμίας, μουδιάσματος και πτώσης νεκρών;

Λοιπόν, το χαρτί παρέμεινε ως έχει.

Το πρόβλημα ήταν στο να "κρατηθούμε" από αυτό.

Όταν κρατήσαμε για πρώτη φορά το χαρτί, ήμασταν μια χαρά. Αυτό ήταν φυσιολογικό.

Αυτό συμβαίνει με τις φυσιολογικές σκέψεις, τα συναισθήματα και τη συμπεριφορά μας. στεναχωριόμαστε. Είναι εντάξει να το νιώθουμε.

Αλλά όταν κρατάμε το χαρτί, αρχίζει να μας πονάει, να μας κάνει να νιώθουμε άβολα. Αλλά το κρατάμε. Όσο περισσότερο το κρατάμε, τόσο περισσότερο βιώνουμε πόνο.

Όσο περισσότερο κρατιόμαστε, τόσο περισσότερο μουδιάζουμε. Μέχρι που φτάνουμε σε ένα σημείο, όπου απλά νιώθουμε ανίσχυροι και "τα παρατάμε".

Το χαρτί σηματοδοτεί το παρελθόν μας.

Το χαρτί σηματοδοτεί τα συναισθήματά μας.

Το χαρτί σηματοδοτεί την τοξική μας σχέση.

Το χαρτί σηματοδοτεί τις αντιλήψεις και τα μοτίβα μας.

Το να αφεθείς είναι τόσο δύσκολο. Κολλάμε στα ίδια μοτίβα σκέψης ξανά και ξανά.

Προσκολλούμαστε και επαναλαμβάνουμε το παρελθόν ξανά και ξανά στο μυαλό μας. Η απεγνωσμένη προσπάθεια να κρατηθούμε από πράγματα περιορίζει την ικανότητά μας να βιώνουμε την ευτυχία και τη χαρά στην παρούσα στιγμή. Η ζωή έχει να κάνει με τη συνεχή αλλαγή. Όσο σκληρά κι αν προσπαθούμε να κρατηθούμε από τα πράγματα, αργά ή γρήγορα θα έρθουμε αντιμέτωποι με αλλαγές, είτε μας αρέσει είτε όχι. Όσο νωρίτερα σταματήσουμε τις προσπάθειές μας να κατέχουμε και να ελέγχουμε το περιβάλλον στο οποίο ζούμε, τόσο πιο γρήγορα ανοίγουμε τον εαυτό μας σε νέες δυνατότητες.

Αυτός είναι ο λόγος για τον οποίο είναι τόσο σημαντικό να μπορούμε να αφεθούμε.

"Απλά αφήσου!" Πρέπει να υπενθυμίζουμε στον εαυτό μας επανειλημμένα. Πρέπει να το κάνουμε μάντρα μας, επαναλαμβάνοντάς το καθώς περνάμε τη μέρα μας.

Φυσικά, το να αφεθούμε είναι σημαντικό. Η αλλαγή είναι δύσκολη και η αποδέσμευση παρελθοντικών γεγονότων, σχέσεων, ελπίδων και επιθυμιών είναι ζωτικής σημασίας για να προχωρήσουμε στη ζωή μας. Αλλά συχνά αποτυγχάνουμε σε αυτό, βρίσκοντας τον εαυτό μας προσκολλημένο σε επώδυνα γεγονότα του παρελθόντος

Γιατί κρατιόμαστε;

Το δίλημμα! Συνέβη στο παρελθόν. Το βιώσαμε. Το παίζουμε ξανά και ξανά στο μυαλό μας. Πονάει. Θέλουμε και προσπαθούμε να ξεπεράσουμε το παρελθόν και κάνουμε ό,τι μπορούμε. Αλλά έχουμε κολλήσει. Και πονάει σαν κόλαση. Γιατί κρατιόμαστε αφού πονάει τόσο πολύ;

Έχουμε συνηθίσει τον πόνο μας και το παρελθόν μας

Έχουμε συνηθίσει και προσαρμοστεί στον πόνο μας. Ο πόνος που υποφέρουμε μας είναι οικείος. Όταν λειτουργούμε με έναν συγκεκριμένο τρόπο για κάποιο χρονικό διάστημα, νιώθουμε ότι έτσι ακριβώς είναι τα πράγματα.

Έχουμε την τάση να επιμένουμε σε αυτό που ξέρουμε, ακόμα κι αν αυτό προκαλεί πόνο. Το να αφεθούμε τότε μας κάνει να νιώθουμε άβολα. Δεδομένου ότι η ζωή είναι απρόβλεπτη, το να ξέρουμε τι να περιμένουμε είναι καθησυχαστικό. Τουλάχιστον με τον τωρινό πόνο, ξέρουμε τι να περιμένουμε.

Ασυνείδητα και εν αγνοία μας, συγχέουμε αυτό που είμαστε με το παρελθόν μας. Ο πόνος μας γίνεται η ταυτότητά μας. Το να αφήσουμε να φύγουμε σημαίνει ότι αφήνουμε την ταυτότητά μας.

Πιστεύουμε ότι ο πόνος μας μας προστατεύει

Αν κρατήσω την οδυνηρή εμπειρία, μπορώ να την αποτρέψω από το να ξανασυμβεί.

Δεν θέλουμε να επαναληφθεί το παρελθόν μας. Δεν θέλουμε να ξαναζήσουμε αυτές τις αναμνήσεις. Θα ήταν ανυπόφορο να τα ξανακάνουμε όλα από την αρχή. Έτσι, γινόμαστε ιδιαίτερα προσεκτικοί. Δεν θα συγχωρούσαμε ποτέ τον εαυτό μας αν συνέβαινε ξανά. Η παρακολούθηση για σημάδια μιας δυνητικά επώδυνης εμπειρίας μας δίνει την αίσθηση ότι έχουμε τον έλεγχο. Στην πραγματικότητα, μια ψευδή αίσθηση ελέγχου. Η εσωτερική μας φωνή χρησιμοποιεί τον πόνο του παρελθόντος για να κρατήσει μακριά τον πόνο του μέλλοντος. Λοιπόν, τίποτα από τα δύο δεν συμβαίνει. Απλά ζούμε με τον πόνο, στο παρόν.

Θέλουμε να τιμωρήσουμε αυτούς που μας πόνεσαν

Με πλήγωσες.

Πώς μπορώ να σε συγχωρήσω;

Το να σε συγχωρήσω θα σε διορθώσει.

Το να σε συγχωρήσω σημαίνει ότι έχω αποδεχτεί την ήττα.

Τιτ για τιτ. Πρέπει να νιώσεις τον ίδιο πόνο που ένιωσα κι εγώ.

Θέλω να καταλάβεις κι εσύ πώς νιώθω.

Δυστυχώς, το άτομο που μας πλήγωσε δεν φαίνεται να νοιάζεται για το πώς νιώθουμε. Μπορεί να μην το γνωρίζει καν. Μπορεί ακόμη και να αρνηθεί να παραδεχτεί τι έκανε ή να κατηγορήσει εμάς αντ' αυτού. Πώς θα μπορούσαν; Έτσι, προσπαθούμε να τους πληγώσουμε κι εμείς. Κάνουμε ακριβώς αυτό που μας έκαναν εκείνοι. Πιστεύουμε, ότι κάνοντας αυτό, θα διορθώσουμε το πρόβλημά μας.

Το να τιμωρούμε "αυτούς" μπορεί να αισθανόμαστε καλά αυτή τη στιγμή, αλλά μακροπρόθεσμα ενισχύει τον πόνο μας. Οφθαλμός αντί οφθαλμού κάνει τον κόσμο τυφλό. Καταλήγουμε να χαρίζουμε τη δύναμή μας και να κρατάμε τον εαυτό μας αλυσοδεμένο με πολύ περισσότερα να κρατάμε.

Εξακολουθούμε να επεξεργαζόμαστε το παρελθόν ως αποτυχία και όχι ως μέρος της διαδικασίας

Όταν οι σχέσεις τελειώνουν, το βλέπουμε σαν να "αποτυγχάνουμε" να συνεχίσουμε τα πράγματα. Επικεντρωνόμαστε στο πώς θα μπορούσαμε να είμαστε καλύτεροι και βλέπουμε το άλλο άτομο να έχει πάντα δίκιο. Όλοι μας είμαστε άνθρωποι. Δεν είμαστε αποτυχημένοι και δεν έχουμε αποτύχει μόνο και μόνο επειδή πρέπει να πούμε αντίο. Μερικές φορές οι καλοί άνθρωποι σταματούν να βλέπουν ο ένας τον άλλον- μερικές φορές είναι απλώς καιρός να το αφήσουμε να φύγει. Είναι απλώς ένα μέρος της διαδικασίας της ζωής.

'Μαθαίνουμε από την εμπειρία μας'

Μέρος αυτού που μένει σε πολλούς από εμάς είναι η ιδέα ότι πρέπει να "μαθαίνουμε από την εμπειρία μας". Η εφαρμογή των εμπειριών του παρελθόντος στις σημερινές καταστάσεις δεν λειτουργεί για δύο λόγους. Πρώτον, καμία τρέχουσα κατάσταση δεν είναι ποτέ ακριβώς ίδια με μια κατάσταση του παρελθόντος. Δεύτερον, το να βασιζόμαστε σε εμπειρίες του παρελθόντος μας εμποδίζει να λάβουμε κάτι καινούργιο. Κάθε φορά που βασιζόμαστε στις εμπειρίες μας, περιορίζουμε αυτό που μπορεί να εμφανιστεί μόνο σε αυτό που έχει ήδη εμφανιστεί στο παρελθόν μας. Κάνουμε το παρελθόν την πηγή όλης της μελλοντικής δημιουργίας. Τι θα γινόταν αν αυτό που βιώσαμε στο παρελθόν δεν είχε σημασία τώρα; Τι γίνεται αν το παρελθόν δεν έχει σημασία τώρα;

Πράγματα που κρατάμε ...

Οι σχέσεις μας

Οι ανησυχίες μας

Η εικόνα μας - Να φανούμε καλοί Η ζώνη άνεσής μας

Οι συνήθειές μας

Το παρελθόν μας

Υλική ακαταστασία

Σκέψεις

Αυτή είναι η συναισθηματική ακαταστασία.

Έτσι όπως είμαστε, προσελκύουμε ανθρώπους και σχέσεις στη ζωή. Αναζητούμε τον σκοπό της ζωής μας στους δεσμούς μας. Κρατιόμαστε από αυτούς και τραβάμε τόσο δυνατά τις χορδές των δεσμών μας, που αυτό τεντώνει τη σχέση. Οι σχέσεις είναι τα πιο δύσκολα πράγματα για εμάς να τις αφήσουμε, ακόμα και αν ο δεσμός γίνει τοξικός. Μπορεί να περάσουν μήνες ή και χρόνια μέχρι να σταματήσουμε πραγματικά να ασχολούμαστε με τα γεγονότα γύρω από τις σχέσεις μας.

Συνεχίζουμε να αναπολούμε τις ανησυχίες μας. Ο αναστοχασμός είναι η εστιασμένη προσοχή στα συμπτώματα της ανησυχίας μας και στις πιθανές αιτίες και συνέπειές της, σε αντίθεση με τις λύσεις της. Είναι κάτι που οι περισσότεροι από εμάς κάνουμε, ανατρέχοντας συνεχώς στην ανησυχία μας μέχρι να καλύψουμε και την παραμικρή λεπτομέρειά της. Μας κάνει να νιώθουμε καλά για λίγο, αλλά τελικά μας πονάει περισσότερο.

Το να ανησυχούμε για το πρόβλημα μας κάνει να αισθανόμαστε ότι κάνουμε κάτι για το πρόβλημα. Υπάρχει η ψευδαίσθηση ότι με κάποιον τρόπο, με όλη αυτή τη σκέψη, θα βρούμε μια λύση. Το πρόβλημα είναι ότι συχνά αναπολούμε άλυτα προβλήματα για τα οποία δεν μπορούμε να κάνουμε τίποτα. Αντί να αφεθούμε, συλλογιζόμαστε συνέχεια.

Ο αναστοχασμός αρχίζει να αποτελεί πρόβλημα όταν γινόμαστε εμμονικοί με τα πράγματα. Όταν αυτό το συνεχές στριφογύρισμα των σκέψεων στο κεφάλι μας δεν μας εξυπηρετεί πλέον, τότε είναι που πρέπει να το αφήσουμε να φύγει.

Ζούμε τη δυαδικότητα. Είμαστε αυτό που είμαστε. Αλλά θέλουμε οι άλλοι να μας βλέπουν όχι ακριβώς όπως είμαστε. Και συνεχίζουμε να κρατάμε αυτή τη δυαδικότητα της ύπαρξης και της εμφάνισης. Πρέπει να αφήσουμε το πώς θέλουμε να μας βλέπουν οι άλλοι. Δυστυχώς, τα μέσα κοινωνικής δικτύωσης, για πολλούς, έχουν γίνει ένα εργαλείο για να συνδεθούν με ανθρώπους, σπρώχνοντας στη μοναξιά. Συγκρίνουμε την "έλλειψη" μας με αυτό που βλέπουμε από την "ύπαρξη" των άλλων.

Η απελευθέρωση είναι το αντίθετο της προσκόλλησης. Το να αφήνουμε να φύγουμε σημαίνει να χαλαρώνουμε νοητικά τη λαβή μας από κάτι. Αυτή η απώλεια ελέγχου είναι ο λόγος που επιλέγουμε να μην αφήσουμε να φύγουμε. Όταν κρατιόμαστε από κάτι, εξακολουθούμε να έχουμε την ιδέα ότι δεν έχουμε τον έλεγχο της κατάστασης.

Μπορούμε να αφεθούμε όταν αποδεχτούμε το γεγονός ότι δεν έχουμε τον έλεγχο της κατάστασης. Αυτό ισχύει ιδιαίτερα για τα προβλήματα των σχέσεων, όπου μερικές φορές πρέπει να αφήσουμε το πρόβλημα και να το αφήσουμε να είναι αυτό που είναι

Έχουμε τη συνήθεια να κρατιόμαστε από υλικά πράγματα. Αυτό συμβαίνει επειδή συνδέουμε τα συναισθήματά μας με υλικά πράγματα - το δωμάτιό μας, τα παιχνίδια μας, την κουβέρτα μας, το αυτοκίνητό μας, τα δώρα μας. Τα πράγματά μας έχουν συναισθηματική αξία. Ο πιο συνηθισμένος λόγος για τον οποίο κρατάμε πράγματα είναι ότι είμαστε συναισθηματικά πλάσματα. Μερικές φορές, κρατάμε, επειδή ανησυχούμε, ότι μπορεί να χρειαστούμε ξανά αυτά τα πράγματα. Νιώθουμε ενοχές που ξεφορτωνόμαστε κάτι από κάποιον που αγαπάμε. Ή, νιώθουμε ενοχές για τα χρήματα που ξοδέψαμε. Συνδέουμε τα όνειρα και τις ελπίδες μας με τα υπάρχοντά μας.

Μερικές φορές, όταν αποχαιρετάμε κάτι, αποχαιρετάμε και την ελπίδα που αυτό το πράγμα αντιπροσωπεύει για εμάς. Το να αφήσουμε αυτά τα πράγματα μπορεί να νιώθουμε σαν αποτυχία ή σαν ντροπή. Μπορεί να νιώθουμε ότι εγκαταλείπουμε ένα όνειρο.

Τα πράγματα που αγωνιζόμαστε να ξεφορτωθούμε περισσότερο είναι πιθανότατα συνδεδεμένα με την αυτοεκτίμησή μας.

Σε έναν φαύλο κύκλο, η ακαταστασία που προκύπτει από μια αντίδραση σε συναισθήματα κενού, φόβου, ενοχής και άγχους στο παρελθόν μπορεί να μας κάνει να ακατασταθούμε περισσότερο και να επιδεινωθεί σε έναν αντιδραστικό συναισθηματικό πόνο περισσότερης ενοχής και ντροπής, φόβου, άγχους.

Ό,τι κρατάμε περισσότερο, καθορίζει την αυτοεκτίμησή μας. Για παράδειγμα, αν δίνουμε μεγάλη αξία στην επιτυχία, μπορεί να είναι δύσκολο να αποχωριστούμε τα πράγματα που περιλαμβάνουν απτές αποδείξεις των επιτευγμάτων μας, όπως βραβεία ή μεταγραφές κολεγίων. Το να πετάξουμε αυτά τα πράγματα μπορεί να μας κάνει να νιώσουμε λιγότερο επιτυχημένοι.

Ή, αν εκτιμούμε πάνω απ' όλα τις σχέσεις μας, μπορεί να είναι πιο δύσκολο να απαλλαγούμε από τα δώρα των ανθρώπων. Το πέταμα ανεπιθύμητων ή αχρησιμοποίητων δώρων μπορεί να μας κάνει να νιώθουμε ότι είμαστε άπιστοι απέναντι στον δωρητή. Αυτό μπορεί να ισχύει και για τις κάρτες γενεθλίων και τις ευχετήριες κάρτες, οι οποίες μπορούν να μας αντιπροσωπεύουν ότι μας αγαπούν και μας εκτιμούν, αποδεικνύοντας ότι σημαίνουμε κάτι για τους άλλους.

Η ακαταστασία δεν είναι μόνο μια αναπαράσταση των συναισθημάτων, των αναμνήσεων, της αξίας και της ταυτότητάς μας, αλλά μπορεί επίσης να είναι ένας αντιπερισπασμός από την αντιμετώπιση βαθύτερων θεμάτων - και ένα προστατευτικό από τον πόνο. "Όταν ακατασταλάζουμε τα πράγματα, δεν μπορούμε να δούμε γύρω μας, πράγμα που μας επιτρέπει να μην ασχολούμαστε με αυτό - είναι ένας τρόπος αντιμετώπισης".

Όσο περισσότερο αποσυμφορούμε, τόσο καλύτερα το καταφέρνουμε και τόσο πιο συνειδητοποιημένοι γινόμαστε στο να επιλέγουμε τι θα κρατήσουμε, τι θα πετάξουμε και τι θα αναζητήσουμε στη ζωή μας. Λίγο να αδειάσει ο χώρος βοηθά να δημιουργηθεί χώρος για έναν νέο τρόπο ζωής που επιτρέπει ισχυρότερες σχέσεις και έναν ισχυρότερο εαυτό μας μέσω της καλύτερης σωματικής και ψυχικής υγείας.

Αναμνήσεις και συναισθήματα

Συνεχίζουμε να ζούμε στο παρελθόν. Το παρελθόν έχει ήδη συμβεί. Αλλά κρατάμε τις σκέψεις του παρελθόντος ζωντανές στο παρόν. Το να κρατάμε το παρελθόν είναι σαν να το κάνουμε μέρος του παρόντος. Είναι σαν να το ξαναζούμε στο παρόν. Χρησιμοποιούμε τις εμπειρίες του παρελθόντος ως δικαιολογία για τις τρέχουσες πράξεις μας. Η προσκόλληση στο παρελθόν δεν μας επιτρέπει να προχωρήσουμε μπροστά. Γιατί κάθε κομμάτι ενέργειας που χρησιμοποιούμε για να κρατηθούμε στο παρελθόν είναι ένα κομμάτι ενέργειας που δεν έχουμε για να δημιουργήσουμε το παρόν και το μέλλον μας.

Κρατιόμαστε σε γεγονότα που είναι έντονα αρνητικά ή θετικά. Αυτά μπορεί να περιλαμβάνουν πληγές του παρελθόντος, προδοσίες, κακοποίηση καθώς και έντονα θετικές αναμνήσεις.

Κρατιόμαστε γιατί πιστεύουμε ότι η προσκόλληση δημιουργεί προστασία από μελλοντικές πληγές. Αν το κρατήσουμε στην κατάσταση "επίγνωσης", τότε δεν θα πληγωθούμε ξανά. Αν το αφήσουμε να φύγει, τότε θα είμαστε στο σκοτάδι.

Κάποιοι από εμάς κρατάμε τις πληγές του παρελθόντος επειδή μας αρέσει το δράμα του τραύματος. Θέλουμε κάποιον να κατηγορήσουμε για τη ζωή μας, πράγμα που μας κρατάει στη θέση του θύματος. Είναι ένας πολύ καλός τρόπος για να θυματοποιούμε και να χειραγωγούμε τους άλλους. Όχι μόνο ζούμε στο παρελθόν, αλλά το χρησιμοποιούμε πολύ εύκολα για να κάνουμε τους άλλους λάθος.

Η προσκόλληση στο παρελθόν είναι πάντα επιζήμια με τον ένα ή τον άλλο τρόπο. Απαιτεί κρίση και η κρίση είναι, από τη φύση της, καταστροφική.

Ακόμα και η προσκόλληση σε θετικά γεγονότα από το παρελθόν δημιουργεί τεράστιους περιορισμούς στη ζωή μας!

Όταν συνηθίζουμε να μιλάμε συνεχώς για τα επιτεύγματα και τις επιτυχίες του παρελθόντος, τις πιο ευτυχισμένες στιγμές μας, τείνουμε εν αγνοία μας να συγκρίνουμε το παρελθόν μας με το παρόν μας. Δεν είμαστε αυτό που ήμασταν πριν από 10 ή 20 χρόνια. Η ανάμνηση του θετικού παρελθόντος ενέχει τον κίνδυνο να νιώσουμε ότι το παρόν δεν είναι το ίδιο καλό και μπορεί να κάνει το παρόν δυστυχισμένο.

Είναι σημαντικό να κατανοήσετε ότι οι αναμνήσεις του παρελθόντος, καλές ή κακές, δεν μπορούν να διαγραφούν. Δεν έχει νόημα να "ξεχνάμε το παρελθόν". Πώς το αφήνουμε λοιπόν;

Δεν μπορούμε να σβήσουμε τη μνήμη. Μπορούμε να δουλέψουμε πάνω στα συναισθήματα που κολλάνε στις αναμνήσεις μας.

Η σκέψη του παρελθόντος είναι πάντα φορτισμένη θετικά ή αρνητικά με κάποια θετικά ή αρνητικά συναισθήματα και συγκινήσεις. Αν μπορούσαμε να εξασκηθούμε στη μετατροπή της θετικής ή αρνητικής φόρτισης σε ουδέτερη, τότε θα σταματήσουμε να είμαστε κολλημένοι στο παρελθόν. Έτσι, αυτό που θα παραμείνει τότε θα είναι μια ανάμνηση με ουδέτερη συναισθηματική φόρτιση. Έτσι, δεν χρειάζεται να διαγράψουμε τη μνήμη, γιατί μπορεί να μην το χρειαζόμαστε. Αν είναι άξια να τη θυμόμαστε, η ανάμνηση θα μείνει. Αλλιώς, θα ξεθωριάσει. Και με τους δύο τρόπους, είναι μια χαρά. Και καθώς εξουδετερώνουμε τα συναισθήματα των αναμνήσεών μας, σταματάμε να κρατιόμαστε, αφήνουμε να φύγει. Θα είμαστε τώρα πιο πλήρως στο παρόν, με πλήρη επίγνωση αυτών. Αυτή είναι η ενσυνειδητότητα.

Πώς να το αφήσετε να φύγει

Επιλέγοντας σκόπιμα να αφεθούμε, λέμε στο υποσυνείδητό μας ότι είμαστε έτοιμοι να θεραπευτούμε και να προχωρήσουμε. Η προσκόλλησή μας με την οδυνηρή εμπειρία του παρελθόντος αρχίζει να καταρρέει.

'Αφήνω να φύγει δεν σημαίνει ότι ξεφορτώνομαι. Αφήνω να φύγει σημαίνει αφήνω να υπάρξει. Όταν αφήνουμε να είναι με συμπόνια, τα πράγματα έρχονται και φεύγουν μόνα τους".

1.   Δράστε, χωρίς προσδοκίες. Κάνε, για να απολαμβάνεις το να κάνεις. Το να κάνετε με προσδοκίες οδηγεί σε απογοήτευση όταν οι προσδοκίες δεν εκπληρώνονται. Αυτό ισχύει και για τις σχέσεις.

2.   Μην προσκολλάστε τον εαυτό σας στο αποτέλεσμα. Δεσμευτείτε στο να κάνετε.

3.   Αφήστε την ιδέα ότι μπορούμε να ελέγξουμε τις πράξεις των άλλων. Έχουμε τον έλεγχο μόνο πάνω στον εαυτό μας και στον τρόπο που ενεργούμε.

4.   Αφήστε χώρο για λάθη.

5.   Αποδεχτείτε τα πράγματα που δεν μπορούμε να αλλάξουμε.

6.   Μάθετε μια νέα δεξιότητα.

7. Αλλάξτε την αντίληψη, δείτε τη βασική αιτία ως μια μεταμφιεσμένη ευλογία.

8. Κλάψτε το- το κλάμα των αρνητικών συναισθημάτων τα απελευθερώνει.

9. Διοχετεύστε τη δυσαρέσκεια σε άμεση θετική δράση.

10. Mindfulness ή Διαλογισμός ή Pranayama για να επιστρέψετε στην παρούσα στιγμή.

11. Φτιάξτε μια λίστα με επιτεύγματα, ακόμα και τα μικρά, όπως το να ξεκινήσετε τον καθημερινό περίπατο ή να δουλέψετε τη δίαιτα, και συμπληρώστε την καθημερινά.

12. Ασχοληθείτε με τη σωματική δραστηριότητα. Η άσκηση αυξάνει τις ενδορφίνες που βελτιώνουν την κατάσταση του νου.

13. Επικεντρώστε την ενέργειά σας σε κάτι που μπορούμε να ελέγξουμε αντί σε πράγματα που δεν μπορούμε.

14. Εκφράστε τα συναισθήματά σας δημιουργικά.

15. Εκτονώστε τα συναισθήματα με ασφάλεια.

16. Απομακρύνετε τον εαυτό σας από την αγχωτική κατάσταση, αλλάξτε την ή αποδεχτείτε την - αυτές οι πράξεις δημιουργούν ευτυχία- η διατήρηση της πικρίας δεν το κάνει ποτέ.

17. Προσδιορίστε τι μας δίδαξε η εμπειρία για να μας βοηθήσει να αναπτύξουμε μια αίσθηση κλεισίματος.

18. Σημειώστε τις σκέψεις σας σε ημερολόγιο. Πρόκειται για μια μορφή έκφρασης.

19. Επιβραβεύστε τον εαυτό σας για μικρές πράξεις αποδοχής.

20. Ελάτε σε επαφή με τη φύση. Μας συνδέει με τις "ρίζες" μας.

21. Βυθιστείτε σε μια ομαδική δραστηριότητα. Να βρίσκεστε με άγνωστους ανθρώπους. Απολαύστε τους ανθρώπους γύρω σας.

22. Απελευθερώστε το μεταφορικά. Γράψτε όλα τα άγχη και πετάξτε το χαρτί στην αποχέτευση. Ξεπλύνετε το. Πραγματικά λειτουργεί.

23. Μπείτε στη δημιουργική φαντασία. Κοιτάξτε το σε δέκα χρόνια από τώρα. Στη συνέχεια, κοιτάξτε το σε είκοσι χρόνια και στη συνέχεια σε

τριάντα. Πολλά από τα πράγματα για τα οποία ανησυχούσαμε στο παρελθόν και τώρα δεν θα έχουν σημασία στο μεγάλο σχέδιο των πραγμάτων.

24.   Γελάστε.

25.   Απλά κάντε το.

"Η ταλαιπωρία δεν σας κρατάει. Εσείς κρατάτε τον πόνο. Όταν γίνετε καλοί στην τέχνη του να αφήνετε τα βάσανα να φεύγουν, τότε θα συνειδητοποιήσετε πόσο περιττό ήταν να σέρνετε αυτά τα βάρη μαζί σας. Θα δείτε ότι κανείς άλλος εκτός από εσάς δεν ήταν υπεύθυνος. Η αλήθεια είναι ότι η ύπαρξη θέλει η ζωή σας να γίνει μια γιορτή".

"Ανανεωθείτε, απελευθερωθείτε, αφήστε το να φύγει. Το χθες έφυγε. Δεν μπορείς να κάνεις τίποτα για να το φέρεις πίσω. Δεν μπορείς να 'έπρεπε' να είχες κάνει κάτι. Μπορείς μόνο να ΚΑΝΕΙΣ κάτι. Ανανεώστε τον εαυτό σας. Απελευθερώστε αυτή την προσκόλληση. Σήμερα είναι μια νέα μέρα!"

Αναποδιές και εξουθένωση

"Η πρόκληση στη ζωή είναι αναπόφευκτη, η ήττα είναι προαιρετική". "Φυσικά, είναι δύσκολο. Υποτίθεται ότι είναι δύσκολο. Αν ήταν εύκολο, όλοι θα το έκαναν. Το δύσκολο είναι αυτό που το κάνει σπουδαίο".

– Michael Jordan

"Καθώς κοιτάζω πίσω στη ζωή μου, συνειδητοποιώ ότι κάθε φορά που νόμιζα ότι απορρίφθηκα από κάτι καλό, στην πραγματικότητα ανακατευθύνθηκα σε κάτι καλύτερο".

"Οι καταρρεύσεις μπορούν να δημιουργήσουν ανακαλύψεις. Τα πράγματα καταρρέουν για να μπορέσουν να ενωθούν".

Παρακίνησα τον εαυτό μου. Προσπάθησα.

Προσπάθησα. Απέτυχα.

Απέτυχα. Είμαι αποτυχημένος.

Πώς μπορώ να κινητοποιήσω τον εαυτό μου ξανά;

Τι θα γίνει αν αποτύχω ξανά;

Δεν έχω κανένα κίνητρο να ξαναπροσπαθήσω.

Δεν έχω ενέργεια να ξαναπροσπαθήσω.

Φοβάμαι να ξαναπροσπαθήσω.

Δεν ξέρω γιατί απέτυχα.

Δεν ξέρω πώς να ξαναπροσπαθήσω.

Όλοι βιώνουμε αναποδιές, καταρρεύσεις και υποτροπές στο ταξίδι της ζωής μας.

Μικρές αναποδιές μας αποπροσανατολίζουν για μικρό χρονικό διάστημα, αλλά άλλες μπορεί να μοιάζουν να εκτροχιάζουν ολόκληρη τη ζωή μας. Όλοι μας τα βιώνουμε κάποια στιγμή στη ζωή μας.

Ο τρόπος με τον οποίο χειριζόμαστε τις αναποδιές μας, καθορίζει το ταξίδι της ζωής μας. Κάποιοι από εμάς έχουν τη δύναμη να μαζέψουν τα κομμάτια τους και να συνεχίσουν. Άλλοι δυσκολεύονται να το αφήσουν να περάσει. Αντιμετωπίζοντας αναποδιές, καταρρεύσεις και υποτροπές, όλοι μας βιώνουμε απογοήτευση, απελπισία, θλίψη, απογοήτευση ή θυμό. Ο καθένας από εμάς το αντιμετωπίζει διαφορετικά. Κάποιοι επιλέγουν την άρνηση, κάποιοι τον θυμό, κάποιοι θρηνούν και κάποιοι αποφασίζουν να το βάλουν στα πόδια. Το τι κάνουμε με αυτά τα συναισθήματα μας διακρίνει ο ένας από τον άλλον. Πώς βγαίνουμε από αυτές τις δύσκολες στιγμές;

Δεν έχουμε όλοι μας τη δύναμη ή το κίνητρο να επιφέρουμε μια αλλαγή στη ζωή μας. Όσοι από εμάς εμπνέονται και παρακινούνται ... προσπαθούν. Μπορεί να υπάρχουν πολλοί λόγοι που μπορεί να μην καταφέρνουμε αυτό που επιθυμούμε. Αποτυγχάνουμε. Το θεωρούμε αυτό ως αποτυχία. Τα πισωγυρίσματα μας γυρίζουν πίσω. Το μεγαλύτερο πρόβλημα με ένα πισωγύρισμα είναι ότι απαιτεί περισσότερο από το προηγούμενο επίπεδο κινήτρων για να ξαναπροσπαθήσουμε. Προσπαθήσαμε με ένα συγκεκριμένο επίπεδο κινήτρων, αλλά δεν μπορέσαμε να τα καταφέρουμε. Την επόμενη φορά, απαιτείται περισσότερη αυτοπεποίθηση, περισσότερα κίνητρα, περισσότερες προσπάθειες, περισσότερες αυτοπεριοριστικές πεποιθήσεις που πρέπει να απεγκλωβιστούν, περισσότερες αμφιβολίες και ερωτήσεις που πρέπει να ξεπεραστούν, περισσότερα συναισθήματα που πρέπει να επεξεργαστούμε ... για να μπορέσουμε να ξαναμπούν στο ταξίδι της ζωής μας. Και γίνεται όλο και πιο δύσκολο, κάθε φορά που συναντάμε ένα εμπόδιο. Κουραζόμαστε ακόμα και να προσπαθούμε. Εξαντλούμαστε. Μέχρι τη στιγμή που οι αναποδιές γίνονται η ιστορία της ζωής μας. Έτσι αποφασίζουμε να προσδιορίσουμε τους εαυτούς μας.

Πώς μπορούμε να αναλογιστούμε τι συνέβη και να αποκτήσουμε μεγαλύτερη αυτογνωσία;

Ενώ οι αναποδιές και τα εμπόδια μπορούν να μας εκτροχιάσουν, είναι επίσης ευκαιρίες να δούμε τη ζωή μας από μια διαφορετική οπτική γωνία. Πολλές ανακαλύψεις επιτεύχθηκαν αφού οι άνθρωποι πήραν ένα ρίσκο, προσέκρουσαν σε ένα εμπόδιο, ανασυντάχθηκαν και προχώρησαν μπροστά.

"Μια αποτυχία συχνά μας οδηγεί σε έναν δρόμο που είναι ακόμη χειρότερος, αλλά οδηγεί σε έναν ακόμη καλύτερο προορισμό".

"Όσο πιο δύσκολη είναι η αποτυχία, τόσο καλύτερη είναι η επιστροφή".

"Ένα πισωγύρισμα είναι μια ευκαιρία να ξεκινήσουμε ξανά, αυτή τη φορά πιο έξυπνα"

Οι διάφοροι τύποι εμποδίων

Αν και οι αναποδιές, τα οδοφράγματα και οι ήττες είναι όλα εμπόδια που στέκονται ανάμεσα στο σημείο που βρισκόμαστε τώρα και στο σημείο που θέλουμε να φτάσουμε, το καθένα αντιπροσωπεύει ένα διαφορετικό επίπεδο πρόκλησης.

Οπισθοχωρήσεις είναι συνήθως σχετικά μικρά προβλήματα. Είναι σαν τα φρένα ταχύτητας, επειδή δεν μας σταματούν. Απλά μας επιβραδύνουν.

Υποτροπές είναι επιδείνωση μετά από μια περίοδο επιτυχίας. Είναι η επιστροφή στην προηγούμενη κατάσταση ύπαρξης μετά από μια περίοδο αλλαγής και μετασχηματισμού.

Οδοφράγματα είναι εμπόδια που κάνουν κάτι περισσότερο από το να μας καθυστερούν. Μας κάνουν να "κολλήσουμε". Όχι μόνο εμποδίζουν την πρόοδό μας, αλλά μας εμποδίζουν να πετύχουμε κάτι. Μπορεί να είμαστε σε θέση να 'περάσουμε πάνω από τα εμπόδια', αλλά χρειάζεται χρόνος και προσπάθεια.

Διακοπές είναι μια αποτυχία λειτουργίας, μια αποτυχία προόδου ή αποτελέσματος, μια κατάρρευση.

Νικάει το μεταδίδουν το αίσθημα του "νικημένου", το αίσθημα της αποθάρρυνσης και του ξεπεράσματος από τις αντιξοότητες. Είναι η μητέρα όλων των οπισθοδρομήσεων και των οδοφραγμάτων. Οι ήττες μπορεί να είναι σημαντικές αλλαγές στη ζωή μας που μπορούν να αλλάξουν τις αντιλήψεις της ζωής μας.

Πότε, λοιπόν, ονομάζουμε τα εμπόδια μας οπισθοδρόμηση, υποτροπή, οδόφραγμα, κατάρρευση ή ήττα; Η απάντηση δεν βρίσκεται στην αποτυχία ή στο εμπόδιο. *Εξαρτάται από την αντίληψή μας για το εμπόδιο και το πρότυπο αντίδρασής μας.* Είναι ο βαθμός και η ένταση με την οποία μας κατακλύζουν ή μας σπρώχνουν πίσω. *Εξαρτάται από την ελπίδα μας και τον τρόπο με τον οποίο το αντιμετωπίζουμε.* Αν τα παρατήσουμε εντελώς, πρόκειται για ήττα. Αν επιβραδύνουμε, αλλάξουμε την αντίληψή μας και προχωρήσουμε με ανανεωμένο σθένος, τότε ήταν απλώς μια οπισθοδρόμηση.

Καθώς αλλάζουμε τις αντιλήψεις μας και σπάμε τα μοτίβα μας, το ίδιο εμπόδιο που έμοιαζε με ήττα μπορεί να μετατραπεί σε μια μικρή αναποδιά.

Όταν συναντάμε ένα εμπόδιο πρόσωπο με πρόσωπο, κατηγορούμε. Κατηγορούμε την κατάσταση, κατηγορούμε τους ανθρώπους, κατηγορούμε το πεπρωμένο, τον Θεό, ακόμα και τον ίδιο μας τον εαυτό. Μια άλλη αντίδραση σε μια αναποδιά ή μια ήττα είναι ο θυμός. Θυμός, επειδή νιώθουμε απογοήτευση και θλίψη επειδή έχουμε απογοητεύσει τον εαυτό μας επειδή δεν είμαστε ακριβώς εκεί που θέλαμε να είμαστε σε αυτό το σημείο της ζωής μας. Είναι ο τρόπος με τον οποίο αντιδρούμε, που στην πραγματικότητα πληγώνουμε τον εαυτό μας.

Καμία από αυτές τις αρνητικές αντιδράσεις, συναισθήματα ή αντιδράσεις δεν θα μας βοηθήσει να φτάσουμε εκεί που θέλουμε να πάμε. Ακόμη χειρότερα, μας σταματούν στην πορεία μας. Παγιδευόμαστε στην απελπισία σαν τη σκόνη σε ένα ανεμοστρόβιλο, γυρνώντας γύρω-γύρω και γύρω-γύρω, χρησιμοποιώντας πολλή ενέργεια αλλά χωρίς να φτάνουμε πουθενά. Έτσι αισθανόμαστε. Σαν να γυρνάμε απλά σε κύκλους και να μην είμαστε σίγουροι πώς να βγούμε από την αναταραχή, ώστε να αρχίσουμε να προχωράμε και πάλι μπροστά.

Οπισθοδρόμηση σε Step-Up
Αναγνωρίστε το

Κανείς δεν έχει ανοσία στις αναποδιές. Όταν έρχεστε αντιμέτωποι με μια αναποδιά, αναγνωρίστε την και αναγνωρίστε την. Έτσι ξεκινάει η διαδικασία της αναδιαμόρφωσης. Στην άλλη πλευρά της αναποδιάς, δεν θα είμαστε το ίδιο άτομο που ήμασταν πριν.

Εξάλειψη των ευθυνών

Τα πράγματα συμβαίνουν χωρίς προφανή λόγο μερικές φορές. Η διερεύνηση του δρόμου προς τα εμπρός είναι πολύ πιο υγιής από το να προσπαθείτε να κατηγορήσετε ή να κατσουφιάσετε.

Πάρτε χρόνο

Οι σωματικές πληγές χρειάζονται χρόνο για να επουλωθούν. Οι συναισθηματικές πληγές χρειάζονται περισσότερο χρόνο. Προφανώς, πρέπει να δώσουμε στον εαυτό μας χρόνο για να ξεπεράσουμε τις αναποδιές μας. Η ανυπομονησία το κάνει πιο δύσκολο και πιο μακρύ. Πάντα βιαζόμαστε πολύ να διορθώσουμε τα προβλήματά μας και να προχωρήσουμε. Η ανυπομονησία έχει γίνει ένα μοτίβο που επηρεάζει και άλλους τομείς της ζωής μας. Επιτρέψτε στην κίνηση του χρόνου να μας ωθήσει να την ξεπεράσουμε. Ο χρόνος όντως θεραπεύει!

Ζήστε τα συναισθήματα

Αν αγνοήσουμε τα συναισθήματά μας, κάποια στιγμή θα βγουν στην επιφάνεια και συχνά με πιο επιζήμιους τρόπους. Αποφασίστε την προθεσμία - μια μέρα, μια εβδομάδα, ένα μήνα - για να βιώσετε μια συναισθηματική αντίδραση. Ενώ το κάνουμε αυτό, παρατηρήστε το συναίσθημα. Σημειώστε τις σκέψεις σε ημερολόγιο. Στη συνέχεια, σκουπίστε τα δάκρυα μια τελευταία φορά και ετοιμαστείτε να προχωρήσετε ξανά μπροστά

Αποδεχτείτε την πραγματικότητα

Ένας από τους καλύτερους τρόπους για να βγείτε από την αποτυχία είναι να αποδεχτείτε την πραγματικότητα, ακόμη και αν το αποτέλεσμα σας φαίνεται άδικο. Αυτό δεν έπρεπε να είχε συμβεί, λέμε στον εαυτό μας. Ίσως και να είναι έτσι. Ορισμένες αποφάσεις είναι πολύπλοκες και δεν μπορούμε πάντα να γνωρίζουμε ποιοι παράγοντες λειτούργησαν εναντίον μας. Θα μπορούσε να ήταν τόσο απλό όσο η κακή χρονική συγκυρία. Αυτή είναι μια ευκαιρία να απελευθερωθούμε από την αυτοαποκήρυξη. Μέχρι να αποδεχτούμε αυτό που συνέβη, θα μείνουμε κολλημένοι σε μια κατάσταση άρνησης όπου τα συναισθήματά μας κυριαρχούν.

Αλλάξτε την προοπτική: Επαναπροσδιορισμός προτεραιοτήτων - Επανεξέταση

Κανονικοποίηση. Όλοι αγωνίζονται. Εμείς απλά βλέπουμε επιτυχημένα προφίλ. Αγνοούμε τις ιστορίες που αγωνίζονται στο παρασκήνιο. Είναι φυσιολογικό να βιώνουμε αποτυχίες. Περιμένετε να αντιμετωπίσετε προκλήσεις και να απογοητευτείτε. Να ξέρετε ότι δεν είμαστε μόνοι.

Επαναπροσδιορίστε τις προτεραιότητες. Σε κλίμακα 1-10, πόσο μεγάλο ζήτημα ή εμπόδιο είναι αυτό; Έχουμε την τάση να υπερβάλλουμε. Η αναπροσαρμογή των προτεραιοτήτων μας δίνει μια ρεαλιστική προοπτική του εμποδίου.

Επαναπροσδιορίστε. Σκεφτείτε τα οφέλη που θα μπορούσαν να προκύψουν. Ποιο νέο νόημα θα μπορούσαμε να βρούμε από αυτό; Αναζητήστε έναν τρόπο να αναπλαισιώσετε αυτό που συνέβη με όρους που μπορούν να μας βοηθήσουν να οδηγηθούμε σε ένα θετικό αποτέλεσμα.

Μετακίνηση από το "όχι" στο "όχι ακόμα"

Το κλειδί είναι να περάσουμε από το να λέμε στον εαυτό μας "Όχι, απέτυχα" στο "Όχι ακόμα, αλλά θα το κάνω".

Δείτε την αποτυχία ως διαδικασία, όχι ως αυτοσκοπό. Αυτή η νοοτροπία θα βοηθήσει να ηρεμήσει η αρνητική φωνή στο κεφάλι μας που θέλει να τα παρατήσουμε όταν τα πράγματα δυσκολεύουν. Αν πιστεύουμε ότι μπορούμε να μάθουμε από την αποτυχία και ότι έχουμε τη δυνατότητα να πετύχουμε, βρίσκουμε τη δύναμη να προσπαθήσουμε ξανά.

Μείνετε στο παρόν

Όσο πιο πολύ έχουμε εμμονή με αυτό που συνέβη, θα το ξαναζήσουμε ξανά και ξανά στο μυαλό μας, τόσο περισσότερο ο φόβος μας ότι το ίδιο πράγμα θα ξανασυμβεί θα μας κρατήσει πίσω

Κάντε ένα διάλειμμα

Αναπνεύστε. Κάντε κάτι διασκεδαστικό. Κάντε ένα διάλειμμα στο μυαλό σας. Χρειαζόμαστε διαλείμματα για να σπάσουμε τα μοτίβα.

Αποσαφηνίστε ποιος ήταν ο στόχος

Όταν το σχέδιό μας αποτυγχάνει, το πρώτο πράγμα που πρέπει να κάνουμε είναι να ξεκαθαρίσουμε τι ακριβώς ελπίζαμε να πετύχουμε. Ο ρεαλισμός και η ακρίβεια είναι σημαντικές για να αποφύγουμε την υπερβολική αντίδραση.

Αποσαφηνίστε το αποτέλεσμα

Μόλις ξεκαθαρίσουμε τι προσπαθούμε να πετύχουμε, είναι σημαντικό να καταλάβουμε ότι ... πετύχαμε κάτι. Σίγουρα, όλα σπάνια πάνε στραβά. Προσδιορίστε τόσο τα θετικά όσο και τα αρνητικά. Ίσως χρειαστεί να κάνουμε αλλαγές χωρίς να αναιρέσουμε κάποια από την καλή δουλειά που έχει ήδη γίνει.

Καταγράψτε τα σωστά πράγματα και αυτά που πήγαν στραβά

Αυτή δεν είναι μια συνεδρία γκρίνιας. Δεν είναι παιχνίδι κατηγοριών. Συνειδητοποίηση και αποδοχή των λαθών. Καταγράψτε τα λάθη.

Χωρίστε τη λίστα στα 2

Πρέπει να χωρίσουμε τον κατάλογο σε δύο μέρη. Όταν ένα σχέδιο αποτυγχάνει, δεν θα είναι όλα όσα το προκάλεσαν να αποτύχει υπό τον έλεγχό μας. Ονομάστε τις λίστες - πράγματα υπό τον έλεγχό μου και πράγματα εκτός του ελέγχου μου. Επανεξετάστε κάθε στοιχείο της λίστας και κατηγοριοποιήστε το.

Ξεπλύνετε τον κατάλογο των πραγμάτων που δεν μπορούμε να αλλάξουμε

Όταν ένα σχέδιο αποτυγχάνει, καταριόμαστε και γκρινιάζουμε για τους παράγοντες που δεν μπορούμε να ελέγξουμε. Θα χτυπάμε το κεφάλι μας στον τοίχο. Αποδεχόμαστε ότι δεν μπορούσαμε να κάνουμε τίποτα γι' αυτά τα πράγματα. Ξεπλύνετε τη δεύτερη λίστα Όταν ένα σχέδιο αποτυγχάνει, καταριόμαστε και γκρινιάζουμε για τους παράγοντες που δεν μπορούμε να ελέγξουμε. Θα χτυπάμε το κεφάλι μας στον τοίχο. Αποδεχόμαστε ότι δεν μπορούσαμε να κάνουμε τίποτα γι' αυτά τα πράγματα. Ξεπλύνετε τη δεύτερη λίστα μακριά και επικεντρωθείτε ξανά στην πρώτη.

Καταρτίστε ένα σχέδιο δράσης

Επαναπροσδιορίστε τον στόχο. Δημιουργήστε διδάγματα για το μέλλον. Σκεφτείτε τα πιθανά εμπόδια που θα προκύψουν και σχεδιάστε τα. Πρέπει να προβλέψουμε ότι θα συναντήσουμε προβλήματα και να έχουμε έτοιμα σχέδια έκτακτης ανάγκης και δράσεις για όταν εμφανιστούν αυτά τα προβλήματα. Να είστε ευέλικτοι και ανοιχτόμυαλοι στη δοκιμή νέων προσεγγίσεων.

Αναλάβετε δράση

"Η γνώση δεν αρκεί- πρέπει να την εφαρμόσουμε. Η θέληση δεν είναι αρκετή- πρέπει να κάνουμε."
Bruce Lee

Δεν μπορούμε να αλλάξουμε αυτό που έχει γίνει, αλλά μπορούμε να επιλέξουμε να το αντιμετωπίσουμε.

Η αποτυχία έρχεται με δύο τρόπους: τις πράξεις μας και τις αδράνειές μας. Όταν αναλογιζόμαστε τις μεγαλύτερες τύψεις μας, ευχόμαστε να μπορούσαμε να ξανακάνουμε τις αδράνειες, όχι τις πράξεις! Όταν η ζωή μας ρίχνει κάτω, σηκωθείτε ξανά. Και όταν μας ρίχνει πάλι κάτω, ξανασηκωθείτε. Αυτός είναι ο μόνος τρόπος για να βγούμε από μια αναποδιά.

Το κάψιμο

Προσπαθούμε και ξαναπροσπαθούμε. Κουραζόμαστε να προσπαθούμε. Εξαντλούμαστε.

Η εξουθένωση είναι η κατάσταση του μυαλού που προέρχεται από το μακροχρόνιο, ανεπίλυτο άγχος. Η εξουθένωση είναι η απώλεια νοήματος στις προσπάθειες και τις προσπάθειές μας σε συνδυασμό με νοητική, συναισθηματική ή σωματική εξάντληση.

Η επαγγελματική εξουθένωση μπορεί να επηρεάσει οποιονδήποτε, ανά πάσα στιγμή.

Η φάση του μέλιτος

Όταν αρχίζουμε να δρούμε προς την κατεύθυνση της μεταμόρφωσής μας, ξεκινάμε με πολλή θετικότητα, δέσμευση και ενέργεια. Αυτή είναι η φάση του μήνα του μέλιτος - όλα είναι καλά, καλά ξεκίνησαν.

Το άγχος αρχίζει

Το δεύτερο στάδιο της επαγγελματικής εξουθένωσης αρχίζει με την επίγνωση ότι ορισμένες ημέρες είναι πιο δύσκολες από άλλες και οι προσπάθειες λιγότερο αποδοτικές. Η αισιοδοξία αρχίζει να χτυπιέται. Το άγχος αρχίζει να εκδηλώνεται σωματικά, συναισθηματικά και στις πράξεις μας.

Το άγχος συσσωρεύεται

Το τρίτο στάδιο της επαγγελματικής εξουθένωσης είναι το χρόνιο στρες. Αυτό που φαινόταν να είναι μια αναποδιά, σύντομα γίνεται εμπόδιο ή κατάρρευση.

Κάψιμο

Η είσοδος στο τέταρτο στάδιο της επαγγελματικής εξουθένωσης είναι το σημείο όπου τα συμπτώματα γίνονται κρίσιμα. Πρόκειται για την πραγματική εξουθένωση. Η συνέχιση της κανονικής λειτουργίας συχνά δεν είναι δυνατή. Οι καταρρεύσεις αρχίζουν να μοιάζουν με ήττες.

Η επαγγελματική εξουθένωση γίνεται μοτίβο

Η εξουθένωση γίνεται η ιστορία της ζωής μας, μια ιστορία πίσω από την οποία παραιτούμαστε. Απλά σταματήσαμε να προσπαθούμε. Δεν μας έχει απομείνει καμία ελπίδα για να τα καταφέρουμε.

"Ο φόβος της αποτυχίας δημιουργεί έναν φαύλο κύκλο που δημιουργεί αυτό που φοβόμαστε περισσότερο".

Έτσι θέλουμε να ζήσουμε το υπόλοιπο της ζωής μας;

Να μην κάνουμε όλα τα πράγματα που είμαστε απόλυτα ικανοί να κάνουμε επειδή απλά τα παρατήσαμε;

Ένα παιδί που μαθαίνει να στέκεται, να περπατάει, να πέφτει, να κλαίει και μετά να προσπαθεί.

Πέφτει ξανά. Αλλά αυτή τη φορά η προσπάθεια ήταν μεγαλύτερη από την πρώτη προσπάθεια. Προσπαθεί ξανά και ξανά. Και βήμα-βήμα, τα μικρά βήματα ωθούν το παιδί να προωθήσει το στόχο. Να τρέξει. Το παιδί χρειάστηκε χρόνο, χρειάστηκε προσπάθειες, αλλά φώναξε και προσπάθησε. Το παιδί το αποκαλεί οπισθοδρόμηση, κατάρρευση ή ήττα;

Είναι σημαντικό να είστε μερικές φορές σαν παιδί, αρκετά πεισματάρης ώστε να μην τα παρατάτε και να συνεχίζετε να απαιτείτε περισσότερα από τον εαυτό σας!

Ζούμε σε έναν κόσμο της στιγμής. Είμαστε μια ανυπόμονη γενιά. Πιστεύουμε ότι υπάρχει μια γρήγορη λύση για τα πάντα - Ένα χάπι για κάθε αρρώστια! Αλλά το χάπι δεν αντιμετωπίζει την αιτία ή τη γένεση της ασθένειας.

"Χρειάζεται μια ολόκληρη ζωή για να φτάσουμε στο χάλι που βρισκόμαστε. Δώστε στον εαυτό σας λίγο χρόνο για να βγείτε από αυτό".

Χρειάζεται κάτι περισσότερο από ένα καλό βιβλίο ή ένα κήρυγμα ή ένα σενάριο 6 βημάτων για να θεραπεύσουμε τον άρρωστο.

Είμαστε έτοιμοι γι' αυτό;

Ο μετασχηματισμός δεν είναι ένα εφάπαξ γεγονός. Δεν μπορεί κανείς απλώς να διαβάσει ένα βιβλίο ή ένα ιστολόγιο και να κάνει ένα μάθημα και να νομίζει ότι όλα τα ζητήματα θα λυθούν. Θα αποτύχουμε στη διαδικασία και θα αποτύχουμε και θα νιώσουμε χαμένοι. Αυτό δεν πειράζει! Δοκιμάστε ξανά. Μαθαίνουμε πολύ περισσότερα από την αποτυχία παρά ποτέ από την επιτυχία.

"Αν δεν αλλάξει τίποτα, τίποτα δεν αλλάζει".

"Μερικές φορές αυτό που πρέπει να κάνουμε περισσότερο είναι αυτό που φοβόμαστε περισσότερο".

"Στην πραγματικότητα χρειαζόμαστε τα σκαμπανεβάσματα στη ζωή. Τα πάνω μας θυμίζουν πού θέλουμε να πάμε, και τα κάτω μας ωθούν να φτάσουμε εκεί. Με την πάροδο του χρόνου, τα σκαμπανεβάσματα συνεχίζουν να γίνονται υψηλότερα και τα χαμηλά δεν είναι τόσο χαμηλά".

"Η ζωή είναι μια σειρά από εμπειρίες, κάθε μία από τις οποίες μας κάνει μεγαλύτερους, αν και μερικές φορές είναι δύσκολο να το συνειδητοποιήσουμε αυτό. Γιατί ο κόσμος χτίστηκε για να αναπτύσσει χαρακτήρα, και πρέπει να μάθουμε ότι οι αναποδιές και τα πένθη που υπομένουμε μας βοηθούν στην πορεία μας προς τα εμπρός". — Henry Ford

"Ξέρετε, όλοι έχουν αποτυχίες στη ζωή τους και όλοι υπολείπονται των στόχων που έχουν θέσει για τον εαυτό τους. Αυτό είναι μέρος της ζωής και του να συμβιβάζεσαι με το ποιος είσαι ως άτομο". — Hillary Clinton

"Η πρώτη εταιρεία που ξεκίνησα απέτυχε με πάταγο. Η δεύτερη απέτυχε λίγο λιγότερο, αλλά και πάλι απέτυχε. Η τρίτη, ξέρετε, απέτυχε κανονικά, αλλά ήταν κάπως εντάξει. Ανέκαμψα γρήγορα. Η τέταρτη σχεδόν δεν απέτυχε. Ακόμα δεν αισθάνθηκα καλά, αλλά τα πήγε καλά. Το νούμερο πέντε ήταν το PayPal". — Max Levchin, former PayPal CTO

Σπάζοντας μοτίβα

"Κανείς εκτός του εαυτού μας δεν μπορεί να μας κυβερνήσει εσωτερικά. Όταν το γνωρίζουμε αυτό, γινόμαστε ελεύθεροι."

— Buddha

"Είμαστε αυτό που κάνουμε επανειλημμένα. Η αριστεία, λοιπόν, δεν είναι μια πράξη αλλά μια συνήθεια."

— Aristotle

"Το να ξεφύγετε από όλα αυτά, πολλοί άνθρωποι το θέλουν αυτό, και φυσικά τελικά ο μόνος τρόπος για να ξεφύγετε από όλα αυτά είναι να πάτε μέσα σας, τώρα."

— Eckhart Tolle

"Η δημιουργικότητα περιλαμβάνει την έξοδο από τα καθιερωμένα μοτίβα για να δούμε τα πράγματα με διαφορετικό τρόπο."

— Edward de Bono

"Οι αλυσίδες των μοτίβων είναι πολύ ελαφριές για να τις αισθανθείς, μέχρι να γίνουν πολύ βαριές για να σπάσουν".

"Όλη η φαντασία - όλα όσα σκεφτόμαστε, αισθανόμαστε, αισθανόμαστε

- προέρχεται από τον ανθρώπινο εγκέφαλο. Και μόλις δημιουργήσουμε νέα μοτίβα σε αυτόν τον εγκέφαλο, μόλις διαμορφώσουμε τον εγκέφαλο με νέο τρόπο, δεν επιστρέφει ποτέ στο αρχικό του σχήμα".

"Η μετακίνηση είναι το πρώτο στάδιο για να απελευθερωθείτε από το παρελθόν, ενώ η το τελευταίο στάδιο είναι η απελευθέρωση".

"Το να απελευθερωθείς ή όχι, συνήθως καθορίζεται από το αν θέλεις να φτάσεις κάπου αργά ή πουθενά γρήγορα".

Ποια είναι η ζωή μας; Είναι το ταξίδι της ανακάλυψης του "Εγώ". Βρίσκουμε τους εαυτούς μας παγιδευμένους σε βρόχους στη ζωή. Οι ιστορίες είναι διαφορετικές, οι καταστάσεις είναι διαφορετικές, αλλά τα μοτίβα μας παραμένουν τα ίδια.

Όταν ερχόμαστε αντιμέτωποι με κάτι αρνητικό, το ξεπερνάμε ως ένα μεμονωμένο περιστατικό και αυτοκατηγορούμαστε ή κατηγορούμε το περιβάλλον. Και μετά το ξεχνάμε. Αλλά, κάθε φορά που συμβαίνει, αντιδρούμε και ξεχνάμε. Και δεν μαθαίνουμε τίποτα από αυτό. Κι όλα αυτά επειδή δεν είμαστε σε θέση να αναγνωρίσουμε τα μοτίβα. Έτσι, συνεχίζουμε να προσελκύουμε τέτοιες καταστάσεις στη ζωή μας και κατηγορούμε τον εαυτό μας, το περιβάλλον μας ή ακόμα και τον Θεό!

Οι περισσότερες από τις αποφάσεις που παίρνουμε γίνονται σε υποσυνείδητο επίπεδο που δεν έχουμε πλήρη επίγνωση. Αυτές οι υποβόσκουσες, σε κλάσματα του δευτερολέπτου επιλογές επηρεάζονται από τις "αντιλήψεις" και τις εσφαλμένες πεποιθήσεις μας από το παρελθόν. Βλέπουμε μοτίβα στη ζωή μας να επαναλαμβάνονται ξανά και ξανά και δεν ξέρουμε πώς να τα σταματήσουμε. Φαίνεται ότι είναι δύσκολο να σπάσουν, επειδή είναι βαθιά συνδεδεμένα, με συνεχή επανάληψη, με την ύπαρξή μας. Καθώς εμβαθύνουμε σε ορισμένα μοτίβα, διαπιστώνουμε ότι οι υποκείμενες αιτίες τους είναι οι ίδιες. Αντιμετωπίζοντας αυτή την αιτία, μπορούμε να απαλλαγούμε από πολλές ανεπιθύμητες συμπεριφορές στη ζωή μας.

Τα μοτίβα μπορεί να είναι αλληλένδετα με άλλα, κάποιες αιτίες μπορεί να είναι και οι ίδιες μοτίβα! Μπορεί να μην είναι εύκολο να εξαλείψουμε εντελώς τέτοια μοτίβα με τη μία. Συνεχίστε να εργάζεστε και να είστε συνεπείς. Στη συνέχεια, θα φτάσουμε σε ένα σημείο όπου οι βασικές αιτίες θα αντιμετωπιστούν σωστά και τα μοτίβα θα σπάσουν.

Πώς να σπάσετε τα μοτίβα

Τα πρότυπα προκύπτουν ως αποτέλεσμα των εσωτερικών, θεμελιωδών "προεπιλεγμένων ρυθμίσεων" του νου και του σώματός μας. Αυτές οι προεπιλεγμένες ρυθμίσεις "καθορίζονται" με βάση την έμφυτη βασική μας φύση, τις ευαισθησίες, τις εσωτερικές πεποιθήσεις και τις αξίες που έχουμε. Για να "σπάσουμε το μοτίβο", πρέπει να κοιτάξουμε προς τα μέσα, να εντοπίσουμε τα εναύσματα και τα μοτίβα και να τα επιλύσουμε. Το καλό είναι ότι τα μοτίβα μπορούν να 'επαναρυθμιστούν'.

"Η αλήθεια θα σας ελευθερώσει, αλλά πρώτα θα σας κάνει δυστυχισμένους."

Πώς μπορούμε λοιπόν να επαναφέρουμε τα μοτίβα μας;

Ορίστε τη συγκεκριμένη συμπεριφορά που πρέπει να αλλάξει ή να αναπτυχθεί. Προσδιορίστε τα εναύσματα.

Αντιμετωπίστε τα εναύσματα.

Αναπτύξτε ένα σχέδιο υποκατάστασης.

Αλλάξτε το ευρύτερο μοτίβο.

Χρησιμοποιήστε προτροπές και υπενθυμίσεις.

Αποκτήστε υποστήριξη.

Υποστηρίξτε και επιβραβεύστε τον ίδιο μας τον εαυτό.

Να είστε επίμονοι και υπομονετικοί.

Προετοιμάστε τη διαδικασία διακοπής της συνήθειας σκεπτόμενοι με όρους συγκεκριμένων, εφικτών συμπεριφορών.

Η καταγραφή των αρνητικών μοτίβων στη ζωή μας θα μας βοηθήσει να εντοπίσουμε και να επιλέξουμε τι θα σπάσουμε.

1. **Καταγράψτε τις τελευταίες φορές που βρεθήκαμε σε μια τέτοια κατάσταση.** Διαλέξτε ένα μοτίβο από το οποίο θέλουμε να ξεφύγουμε. Καταγράψτε μερικές προηγούμενες έντονες περιστάσεις με τις οποίες βρεθήκαμε αντιμέτωποι.

2. **Καταγράψτε τους παράγοντες για κάθε κατάσταση που οδήγησαν στο αποτέλεσμα.** Καταγράψτε όσο το δυνατόν περισσότερους παράγοντες που οδήγησαν σε κάθε περιστατικό. Ενδέχεται κάθε περιστατικό να έχει περισσότερα από ένα εναύσματα, γι' αυτό καταγράψτε όσο το δυνατόν περισσότερα εναύσματα.

3. **Προσδιορίστε τις ομοιότητες μεταξύ των παραγόντων.** Κοιτάξτε όλους τους παράγοντες που αναφέρονται. Παρατηρήστε τυχόν κοινά σημεία σε όλα τα περιστατικά. Θα υπήρχαν λίγες κυρίαρχες τάσεις σε όλους τους παράγοντες που απαριθμούνται.

4. **Εξετάστε την αιτία των παραγόντων.** Εξετάστε αυτούς τους κοινούς παράγοντες. Τι οδήγησε σε αυτούς τους παράγοντες; Για κάθε απάντηση, ψάξτε βαθύτερα για να εντοπίσετε την υποκείμενη αιτία. Είναι δυνατόν να υπάρχουν πολλές αιτίες πίσω από τους παράγοντες.

5. **Προσδιορίστε τα βήματα δράσης για την αντιμετώπιση της αιτίας.** Τι μπορώ να κάνω για να αντιμετωπίσω τις αιτίες; Καταρτίστε ένα σχέδιο δράσης. Καθώς καταλήγουμε στα βήματα, μπορεί να φαίνεται ότι δεν αντιμετωπίζουν άμεσα τα μοτίβα. Ωστόσο, επειδή αντιμετωπίζουν μία από τις αιτίες, μπορούν να βοηθήσουν στο να ξεφύγουμε από το μοτίβο.

Συνήθως, τα μοτίβα και η συμπεριφορά ρουτίνας μπορεί να είναι ευεργετικά για το σύστημά μας, επειδή βάζουν τον εγκέφαλό μας σε λειτουργία αυτόματου πιλότου. Η άλλη όψη αυτών των ρουτινικών μοτίβων έρχεται όταν αυτά τα μοτίβα προσγειώνονται περισσότερο στην κακή στήλη παρά στην καλή.

Υπάρχει πάντα ένα έναυσμα για να ξεκινήσει το μοτίβο. Τα εναύσματα μπορεί να είναι εσωτερικά ή εξωτερικά, συναισθηματικά ή καταστασιακά και περιβαλλοντικά. Μικρότερα μοτίβα μπορεί να ενσωματωθούν σε μεγαλύτερα μοτίβα. Αν ερευνήσουμε σωστά τα βαθύτερα αίτια, προσδιορίσουμε τα σωστά σχέδια δράσης και δράσουμε σύμφωνα με αυτά, τα μοτίβα θα αρχίσουν να διαλύονται.

Με το να εξετάζουμε και να αλλάζουμε το μεγαλύτερο μοτίβο, στην πραγματικότητα όχι μόνο διευκολύνουμε την αντιμετώπιση των βασικών μας συνηθειών, αλλά εξασκούμε την άσκηση της δύναμης της θέλησής μας σε μικρότερες, ευκολότερες συμπεριφορές που σπάνε τα μοτίβα. Αυτό προσθέτει στην αίσθηση της ενδυνάμωσής μας.

Είναι σημαντικό να κατανοήσουμε ότι θα χρειαστεί χρόνος για να σχηματιστούν νέες νευρικές οδοί, για να ξεθωριάσουν οι παλιές, για να αντικαταστήσουν οι νέες τις παλιές. Προσοχή! Μην το χρησιμοποιήσετε αυτό ως δικαιολογία για να τα παρατήσετε.

Ορισμένες δύσκολες ερωτήσεις

Παραδόξως, είμαστε απρόθυμοι να βουτήξουμε στο παρελθόν μας, συνειδητά, με θετικό σκοπό. Από την άλλη πλευρά, συνεχίζουμε να αναπολούμε τα κακά πράγματα χωρίς λόγο. Το να κοιτάξουμε πίσω και να καταλάβουμε γιατί τα πράγματα συνέβησαν με τον τρόπο που συνέβησαν μπορεί να είναι επώδυνο και απογοητευτικό. Αν δεν είμαστε σε θέση να εντοπίσουμε γιατί συμβαίνουν αυτά τα μοτίβα στη ζωή μας, δεν θα μπορέσουμε ποτέ να τα σταματήσουμε για να δημιουργήσουμε νέες εμπειρίες.

Κατανοήστε τον λόγο για τον οποίο πρέπει να σπάσουμε το μοτίβο και τι το κάνει ανθυγιεινό. Το πρώτο βήμα για τη διόρθωσή του είναι πάντα η κατανόηση του γιατί πρέπει να διορθωθεί. Με αυτόν τον τρόπο, θα δούμε το όφελος και θα έχουμε έναν στόχο προς τον οποίο θα εργαστούμε από την αρχή.

Είμαστε έτοιμοι να αντιμετωπίσουμε κάποια ερωτήματα, ειλικρινά;

Παύση και αναστοχασμός - Μήπως οι αποφάσεις στη ζωή μας πάρθηκαν:

Από απελπισία; Παρορμητικά;

Από φόβο μήπως χάσουμε μια μεγάλη ευκαιρία;

Από εγωισμό για να διατηρηθεί η εικόνα ή η φήμη;

Βασίστηκε η απόφαση στο πώς θα μας αντιλαμβάνονταν οι άλλοι άνθρωποι;

Για να αποδείξουμε την αξία μας σε κάποιον;

Στους γονείς; Σε φίλους; Σε οπαδούς των μέσων κοινωνικής δικτύωσης;

Για να ακολουθήσουμε την ασφαλέστερη δυνατή διαδρομή;

Εμπιστευόμενοι τυφλά τους άλλους;

Για να βλάψετε σκόπιμα τον εαυτό σας - αυτοσαμποτάζ;

Πού έχουν παιχτεί αυτού του είδους οι αποφάσεις σε άλλους τομείς της ζωής;

Από ποιον έμαθα να είμαι έτσι;

Ποιος ήταν έτσι στην παιδική μου ηλικία;

Τι παρατήρησα μεταξύ των γονέων μου;

Μήπως οι ανάγκες μου παραβλέπονταν τόσο πολύ ως παιδί, ώστε να πορεύομαι στη ζωή, αναζητώντας αγάπη, αλλά συνεχώς βρίσκω μόνο ανθρώπους που με εγκαταλείπουν;

Εγκαταλείπω τον εαυτό μου; Τους άλλους;

Μερικές ακόμη ερωτήσεις για αυτογνωσία:

Σε ποιους τομείς της ζωής μου υποφέρω;

Πώς νιώθω για τον εαυτό μου, στις σχέσεις μου ή στην καριέρα μου;

Τι συναισθήματα έχω γύρω από αυτό; Είναι θλίψη, ανησυχία, ενοχή ή θυμός;

Τι με εμποδίζει να γίνω το άτομο που θέλω να γίνω;

Πού στην οικογένειά μου έχω παρατηρήσει αυτόν τον τρόπο ύπαρξης ως παιδί;

Ποιες είναι οι συνέπειες σήμερα, στη ζωή μου, αν συνεχίσω να είμαι έτσι;

Γιατί και τι θέλω να αλλάξω;

Ποιο είναι το όραμά μου για τη ζωή μου με συγκεκριμένους όρους;

Πώς θα αισθάνομαι και πώς θα είμαι σε αυτό το όραμα;

Δεν είναι όλες οι μετασχηματιστικές αλλαγές που βιώνουμε άμεσα εμφανείς, πολλές είναι ανεπαίσθητες.

Πρόκειται για μια συνεχή διαδικασία και είναι σκληρή δουλειά. Αλλά πρέπει να γίνει, ώστε να μπορούμε να συνεχίσουμε να αναπτυσσόμαστε και να βελτιωνόμαστε και επομένως να καλλιεργούμε υγιέστερες σχέσεις με τον εαυτό μας και τους άλλους ανθρώπους.

Μπορεί να φαίνεται μνημειώδες, αδύνατο ή δύσκολο, είναι όμως απαραίτητο για την εσωτερική μας γαλήνη και ανάπτυξη. Ο εύκολος τρόπος είναι να αφήσουμε τα ανθυγιεινά μοτίβα να επιμείνουν με το να μην αναλάβουμε καθόλου δράση, αλλά τελικά θα συνειδητοποιήσουμε ότι δεν είμαστε πραγματικά ευτυχισμένοι και ότι χρειαζόμαστε κάτι περισσότερο. Αυτό είναι το σημείο στο οποίο έρχεται το σπάσιμο του μοτίβου. Θα μας βοηθήσει όχι μόνο να γίνουμε καλύτερες εκδοχές του εαυτού μας, αλλά θα προσελκύσει θετικούς ανθρώπους, υγιείς δεσμούς, ενδυναμωμένη ζωή και πράγματα που μας ταιριάζουν καλύτερα και πιο υγιεινά.

"Το μυστικό της αλλαγής είναι να εστιάσετε όλη σας την ενέργεια όχι στην καταπολέμηση του παλιού αλλά στην οικοδόμηση του νέου." — Socrates

"Δεν μπορείτε να αλλάξετε το μέλλον σας, αλλά μπορείτε να αλλάξετε τις συνήθειές σας, και σίγουρα οι συνήθειές σας... θα αλλάξουν το μέλλον σας." — Dr. Abdul Kalam

"Τίποτα δεν συμβαίνει μέχρι ο πόνος της παραμονής στα ίδια επίπεδα να ξεπεράσει τον πόνο της αλλαγής".

"Λέγοντας ΟΧΙ στα λάθος πράγματα δημιουργείται χώρος για να πούμε ΝΑΙ στα σωστά πράγματα".

"Ο μετασχηματισμός είναι κάτι πολύ περισσότερο από τη χρήση δεξιοτήτων, πόρων και τεχνολογίας. Όλα έχουν να κάνουν με τις συνήθειες του μυαλού".

"Ο πραγματικός μετασχηματισμός απαιτεί πραγματική ειλικρίνεια. Αν θέλετε να προχωρήσετε μπροστά - να είστε αληθινοί με τον εαυτό σας".

Απλά κάντε το ...

"Οι μικρές πράξεις που γίνονται είναι καλύτερες από τις μεγάλες πράξεις που σχεδιάζονται".

"Δεν χρειάζεται να είσαι σπουδαίος για να ξεκινήσεις, αλλά πρέπει να ξεκινήσεις για να γίνεις σπουδαίος".

– Zig Ziglar

"Η δράση είναι ένας σπουδαίος αποκαταστάτης και οικοδόμος εμπιστοσύνης. Η αδράνεια δεν είναι μόνο το αποτέλεσμα αλλά και η αιτία, του φόβου".

– Norman Vincent Peale

"Σημασία έχει η δράση, όχι ο καρπός της δράσης. Πρέπει να κάνεις το σωστό. Μπορεί να μην είναι στη δύναμή σας, μπορεί να μην είναι στο χρόνο σας, ότι θα υπάρξει οποιοσδήποτε καρπός. Αλλά αυτό δεν σημαίνει ότι πρέπει να σταματήσετε να κάνετε το σωστό. Μπορεί να μην ξέρετε ποτέ ποια αποτελέσματα θα προκύψουν από τη δράση σας. Αλλά αν δεν κάνετε τίποτα, δεν θα υπάρξει κανένα αποτέλεσμα".

– Mahatma Gandhi

"Το ταξίδι των χιλίων χιλιομέτρων αρχίζει με ένα μόνο βήμα".

– Lao Tzu

Απλά κάντε το!

Έχω επίγνωση.

Δέχομαι.

Επιλέγω να δράσω.

Επιλέγω να αποσυνδέσω το παρελθόν και το μέλλον από το παρόν.

Επιλέγω να αλλάξω την αντίληψη και να σπάσω το μοτίβο.

Μερικές φορές, το μόνο που χρειάζεται είναι να πάρω μια βαθιά ανάσα, να πειστώ και απλώς να δράσω. Τίποτα άλλο δεν χρειάζεται. Το Σύμπαν είναι μια σκέψη! Και είναι η σκέψη που μπορεί να μας ωθήσει σε δράση.

Να δράσουμε, όχι επειδή υποτίθεται ότι πρέπει να δράσουμε.

Ενεργούμε, όχι για να ευχαριστήσουμε κάποιον.

Να δράσουμε, όχι επειδή δεν υπάρχει άλλη επιλογή.

Ενεργώ επειδή επιλέγω να ενεργήσω.

Ενεργώ επειδή οδηγούμαι από μέσα μου να ενεργήσω.

Δεσμευτείτε στην πράξη, όχι στο αποτέλεσμα.

Η δράση είναι αυτό που επιφέρει την αλλαγή. Το να το σκεφτόμαστε στο μυαλό μας δεν έχει νόημα μέχρι να το κάνουμε. Δεν μπορούμε να βάλουμε γκολ όταν καθόμαστε στον πάγκο. Για να το πετύχουμε, πρέπει να ντυθούμε και να μπούμε στο παιχνίδι.

Ναι, πρέπει να έχουμε έναν στόχο. Τότε μόνο εμείς μπορούμε να πετύχουμε το γκολ.

Ο στόχος μπορεί να μην είναι πάντα η "επίλυση του προβλήματος". Διότι όσο περισσότερο προσπαθούμε να κατανοήσουμε το πρόβλημα, όσο περισσότερο προσπαθούμε να αναλύσουμε το πρόβλημα, τόσο περισσότερο θα κολλήσουμε στο πρόβλημα και τόσο περισσότερο η ζωή μας θα περιστρέφεται γύρω από το πρόβλημα.

Ο στόχος μας πρέπει να είναι πέρα από τα προβλήματά μας. Ρωτήστε -

Θα αποκτήσω ψυχική γαλήνη ή ικανοποίηση ή ενδυνάμωση ή ικανοποίηση μόνο με την επίλυση του προβλήματος;

Ή, θα οδηγηθώ από κάτι πέρα από αυτό, έστω κι αν δεν ξέρω πώς να το επιτύχω;

Κοιτάξτε πέρα από το να αλλάξουμε την αντίληψή μας για τον εαυτό μας και θα αλλάξουμε την αντίληψη του κόσμου γύρω μας.

Κοιτάξτε πέρα από το σπάσιμο των μοτίβων, ώστε να δημιουργήσουμε πιο ενδυναμωτικά μοτίβα ύπαρξης.

Τη στιγμή που δεσμευόμαστε στη διαδικασία της μεταμόρφωσης, αρχίζει η μεταμόρφωσή μας.

Τη στιγμή που η εσωτερική μας φωνή, οι σκέψεις μας, τα συναισθήματά μας, η στάση μας είναι σε ευθυγράμμιση, ο μετασχηματισμός έχει ήδη αρχίσει.

Μπορούμε να πετύχουμε ό,τι επιλέξουμε μόνο με την αποφασιστικότητα και την επιμονή μας, αλλά η ανάληψη "δράσης" μπορεί να είναι προγραμματισμένη, να αποφύγουμε τις παγίδες στην πορεία.

Οι δράσεις μπορούν απλώς να αναληφθούν. Ο σχεδιασμός δράσεων δεν θα λειτουργήσει μέχρι να αναλάβουμε δράση το σχέδιο.

Θέλουμε να αποφύγουμε να μπούμε σε παράλυση δράσης. Μπορεί να είμαστε συνειδητοποιημένοι και σε αποδοχή, αλλά δεν θέλουμε να χαθούμε 'αναλαμβάνοντας δράση'. Η ανάληψη δράσης μπορεί να φαίνεται ιδιαίτερα δύσκολη όταν βρισκόμαστε μπροστά σε μια μεγάλη απόφαση. Ενώ κάποια ποσότητα σχεδιασμού, προετοιμασίας και σκέψης είναι σημαντική, η πραγματικότητα είναι ότι η ανάληψη δράσης, ακόμη και μικρής, θα έχει ένα σύνθετο αποτέλεσμα που θα μας μεταφέρει προς τα εμπρός και μέσα από τις μεγάλες αποφάσεις.

Μερικές φορές η πραγματικότητα είναι ότι το "έτοιμο" είναι καλύτερο από το "τέλειο".

Μπορεί να είμαστε εξοπλισμένοι με τόνους γνώσεων. Μπορεί να έχουμε τις καλύτερες δεξιότητες, την πιο θετική στάση και τις πιο ισχυρές πεποιθήσεις. Αλλά αν περιμένουμε την κατάλληλη στιγμή και απλά συνεχίζουμε να σχεδιάζουμε, δεν πρόκειται να βγει τίποτα. Η δράση είναι η βάση κάθε επιτυχίας. Κάθε δράση μπορεί να μη δίνει επιτυχία, αλλά ταυτόχρονα, καμία επιτυχία δεν είναι δυνατή χωρίς δράση.

Οι στόχοι δίνουν νόημα και σκοπό στη ζωή. Οι στόχοι δεν είναι αυτοεκπληρούμενοι. Πρέπει να έχουμε ένα σχέδιο δράσης. Και τα σχέδια δράσης πρέπει να γίνονται πράξη. Μπορούμε να προπονηθούμε και να εκπαιδευτούμε, αλλά τα επιτεύγματα απαιτούν το παιχνίδι να παιχτεί.

Το σχέδιο δράσης

Η σκέψη ενός στόχου και η πραγματική υλοποίησή του είναι δύο διαφορετικά πράγματα. Ένα σχέδιο δράσης είναι ένας κατάλογος που περιγράφει λεπτομερώς όλα όσα πρέπει να πραγματοποιήσουμε για να ολοκληρώσουμε μια εργασία. Τα σχέδια δράσης είναι ο τρόπος με τον οποίο κάνουμε αυτούς τους στόχους πραγματικότητα.

Καθορίστε το "Τι"

Κάντε μια εσωτερική αλλαγή. Να είστε ενήμεροι και να αποδέχεστε. Σκεφτείτε. Καταιγισμός ιδεών. Αναλογιστείτε τους στόχους που έχουν τεθεί προηγουμένως. Σκεφτείτε τους στόχους που επιτεύχθηκαν νωρίτερα και εκείνους που δεν επιτεύχθηκαν. Εντοπίστε το μοτίβο.

Οι στόχοι που πετύχαμε είχαν κάποιο σκοπό. Εκείνοι οι στόχοι που δεν καταφέραμε να επιτύχουμε δεν είχαν. Αυτό είναι το πιο σημαντικό βήμα. Τι θέλουμε πραγματικά;

Σε λιγότερο από 30 δευτερόλεπτα, γράψτε γρήγορα τους τρεις πιο σημαντικούς στόχους στη ζωή, αυτή τη στιγμή. Όποιοι τρεις στόχοι καταφέρουμε να καταγράψουμε είναι πιθανότατα μια ακριβής εικόνα του τι θέλουμε στη ζωή μας. Όταν γράφουμε έναν στόχο, είναι σαν να τον προγραμματίζουμε στο υποσυνείδητό μας και να ενεργοποιούμε μια ολόκληρη σειρά από νοητικές δυνάμεις που θα μας επιτρέψουν να πετύχουμε περισσότερα από όσα ονειρευτήκαμε ποτέ.

Θα αρχίσουμε να προσελκύουμε στη ζωή μας ανθρώπους και καταστάσεις που συνάδουν με την επίτευξη του στόχου μας.

Μόλις κατανοήσουμε το Τι, θα είμαστε σε θέση να διατυπώσουμε τι μας κάνει να νιώθουμε ικανοποιημένοι και να κατανοήσουμε καλύτερα τι οδηγεί τη συμπεριφορά μας όταν βρισκόμαστε στη φυσική μας καλύτερη κατάσταση. Όταν μπορέσουμε να το κάνουμε αυτό, θα έχουμε ένα σημείο αναφοράς για ό,τι κάνουμε στο μέλλον.

Αυτό επιτρέπει τη λήψη καλύτερων αποφάσεων και σαφέστερων επιλογών.

Δηλώστε τον στόχο

Το μυαλό μας είναι ένας καλός χώρος. Αλλά έχει πολλή ακαταστασία. Βγάλτε τον στόχο από το μυαλό και βάλτε τον σε ένα κομμάτι χαρτί. Βάλτε τον σε ημερολόγιο. Δηλώστε τον. Όταν γράφουμε φυσικά τον στόχο μας, όταν τον δηλώνουμε, έχουμε πρόσβαση στην αριστερή πλευρά του εγκεφάλου, που είναι η λογική πλευρά. Αυτό δηλώνει, στον εγκέφαλό μας, τη δέσμευσή μας.

Ορίστε έναν στόχο SMART

Ο στόχος μας SMART πρέπει να είναι ρεαλιστικός και εφικτός. Διαφορετικά, θα μας οδηγεί επανειλημμένα σε αποτυχίες και εξουθένωση. Θέτοντας έναν στόχο SMART, μπορούμε να αρχίσουμε να κάνουμε καταιγισμό ιδεών για τα βήματα, τις εργασίες και τα εργαλεία που θα χρειαστούμε για να κάνουμε τις ενέργειές μας αποτελεσματικές.

Specific	Πρέπει να έχουμε συγκεκριμένες ιδέες για το τι θέλουμε να πετύχουμε. Για να ξεκινήσετε, απαντήστε στις ερωτήσεις "W": Ποιος, τι, πού, πότε και γιατί.
Measurable	Πρέπει να έχουμε μια μέθοδο με την οποία θα μπορούμε να γνωρίζουμε, πόσο από το στόχο έχουμε επιτύχει σε κάθε στάδιο, για να μετράμε την πρόοδό μας.
Attainable	Ο στόχος μας πρέπει να είναι εφικτός. Σκεφτείτε τα εργαλεία, τις δεξιότητες και τα βήματα που απαιτούνται για την επίτευξη του στόχου και τον τρόπο επίτευξής τους.

Relevant	Γιατί μας ενδιαφέρει ο στόχος; Ευθυγραμμίζεται με τη ζωή μας; Αυτές οι ερωτήσεις μπορούν να μας βοηθήσουν να προσδιορίσουμε τον πραγματικό στόχο και αν αξίζει να τον επιδιώξουμε.
Time-bound	Είτε πρόκειται για έναν ημερήσιο, εβδομαδιαίο ή μηνιαίο στόχο, οι προθεσμίες μπορούν να μας παρακινήσουν να αναλάβουμε δράση νωρίτερα παρά αργότερα.

Κάντε ένα βήμα τη φορά

Όταν κάνουμε ένα οδικό ταξίδι, χρησιμοποιούμε έναν χάρτη για να πλοηγηθούμε από την αφετηρία στον προορισμό μας. Η ίδια ιδέα μπορεί να εφαρμοστεί και σε ένα σχέδιο δράσης. Όπως ένας χάρτης, έτσι και το σχέδιο δράσης μας πρέπει να περιλαμβάνει οδηγίες βήμα προς βήμα για το πώς θα φτάσουμε στο στόχο μας. Με άλλα λόγια, πρόκειται για μίνι-στόχους που μας βοηθούν να φτάσουμε εκεί που πρέπει να πάμε.

Αυτό μπορεί να φαίνεται σαν πολύς προγραμματισμός, αλλά κάνει το σχέδιο δράσης μας να φαίνεται "πιο εφικτό" και πιο διαχειρίσιμο. Το πιο σημαντικό, μας βοηθά να καθορίσουμε τις συγκεκριμένες ενέργειες που πρέπει να κάνουμε σε κάθε στάδιο.

Ιεράρχηση των εργασιών

Με τα βήματα δράσης καθορισμένα, επανεξετάστε τον κατάλογο και τοποθετήστε τις εργασίες με τη σειρά που έχει περισσότερο νόημα. Ο πίνακας Eisenhower είναι ένα καλό εργαλείο για την ιεράρχηση προτεραιοτήτων.

	ΕΠΕΊΓΟΝ	ΔΕΝ ΕΊΝΑΙ ΕΠΕΊΓΟΝ
ΣΗΜΑΝΤΙΚΟ	Τεταρτημόριο 1 Επείγουσα και σημαντική "κρίση" Do - Βραχυπρόθεσμοι στόχοι	Τεταρτημόριο 2 Όχι επείγον, αλλά σημαντικό Σχέδιο "Στόχοι και προγραμματισμός" - Μακροπρόθεσμοι στόχοι

ΟΧΙ ΣΗΜΑΝΤΙΚΟ	Τεταρτημόριο 3	Τεταρτημόριο 4
	Επείγον, αλλά όχι σημαντικό	Δεν είναι επείγον και δεν είναι σημαντικό
	'Διακοπές'	'Αποσπάσεις της προσοχής'
	Ανάθεση/καθυστέρηση Μην χάνετε χρόνο	Εξαλείψτε το

Πριν χρησιμοποιήσουμε τον πίνακα Eisenhower, πρέπει να ξεκαθαρίσουμε τι είναι επείγον και τι είναι σημαντικό. Και αυτό προκύπτει από την κατανόηση των αντιλήψεων και των μοτίβων μας, από την επίγνωση του τι είμαστε και τι επιλέγουμε να είμαστε.

Μόλις ξεκαθαρίσουμε τις επείγουσες έναντι των σημαντικών εργασιών, η επόμενη προτεραιότητα είναι να επιδιώξουμε να περνάμε τον περισσότερο χρόνο μας στο τεταρτημόριο 2. Ο καλύτερος τρόπος για να το κάνουμε αυτό; Να μάθουμε να είμαστε διεκδικητικοί και να λέμε "όχι" στις εργασίες του τεταρτημορίου 3. Σπρώξτε πίσω τις εργασίες του τεταρτημορίου 4, κατά προτίμηση προς το τέλος.

Και το πιο σημαντικό, να περνάμε όσο περισσότερο χρόνο μπορούμε στο τεταρτημόριο 2. Κάνοντας τα σημαντικά πράγματα που είναι ευθυγραμμισμένα με το μακροπρόθεσμο όραμά μας. Κάνοντας το καλύτερο δυνατό για να φτάσουμε σε αυτά πριν γίνουν υπερβολικά επείγοντα!

Χρονοδιάγραμμα εργασιών

Το επόμενο βήμα είναι να ορίσετε μια προθεσμία.

Ο καθορισμός μιας προθεσμίας για τον στόχο μας είναι απαραίτητος- μας αποτρέπει από το να καθυστερήσουμε την έναρξη του σχεδίου δράσης μας. Το κλειδί είναι να είμαστε ρεαλιστές. Αναθέστε στα καθήκοντα μια ημερομηνία έναρξης και λήξης για κάθε βήμα δράσης που δημιουργείται, καθώς και ένα χρονοδιάγραμμα για το πότε θα ολοκληρώσουμε συγκεκριμένες εργασίες. Η προσθήκη τους στο χρονοδιάγραμμά μας διασφαλίζει ότι θα παραμείνουμε επικεντρωμένοι σε αυτές τις εργασίες όταν πρέπει να γίνουν, χωρίς να αφήνουμε οτιδήποτε άλλο να μας αποσπάσει την προσοχή.

Αν πρόκειται για έναν μεγάλο στόχο, ορίστε μια σειρά από επιμέρους προθεσμίες. Σπάστε τον τελικό στόχο σε ορόσημα.

Και τι γίνεται αν δεν πετύχουμε τον στόχο μας μέχρι την καταληκτική ημερομηνία; Ορίστε μια άλλη προθεσμία.

Να θυμάστε, η προθεσμία είναι μια εκτίμηση για το πότε θα τον πετύχουμε.

Μπορεί να πετύχουμε τον στόχο μας πολύ νωρίτερα ή να μας πάρει πολύ περισσότερο χρόνο από ό,τι περιμένουμε, αλλά πρέπει να έχουμε έναν χρόνο-στόχο πριν ξεκινήσουμε.

Μια προθεσμία λειτουργεί ως "σύστημα ώθησης" στο υποσυνείδητο μυαλό μας προς την κατεύθυνση της έγκαιρης επίτευξης του στόχου μας.

Ελέγξτε τα στοιχεία καθώς προχωράμε

Οι λίστες όχι μόνο βοηθούν να κάνουμε τους στόχους μας πραγματικότητα, αλλά διατηρούν επίσης το σχέδιο δράσης μας οργανωμένο και βοηθούν στην παρακολούθηση της προόδου μας. Οι λίστες παρέχουν δομή, μειώνουν το άγχος. Όταν διαγράφουμε μια εργασία στο σχέδιο δράσης μας, ο εγκέφαλός μας απελευθερώνει ντοπαμίνη. Αυτή η ανταμοιβή μας κάνει να αισθανόμαστε καλά.

Επανεξέταση Επαναφορά Βελτίωση Επανεκκίνηση Επανεπεξεργασία

Τα βήματα επίτευξης του στόχου είναι κυκλικά. Εάν επιτύχουμε τους στόχους μας, η διαδικασία ξεκινάει από την αρχή με έναν νέο στόχο. Αν υπάρχουν εμπόδια, πρέπει να γίνει αναθεώρηση ή επαναφορά ή βελτίωση, οπότε η διαδικασία ξεκινάει από την αρχή. Μπορούμε να επιτύχουμε τους στόχους μας μέσα σε λίγα λεπτά ή μπορεί να επεκταθεί σε χρόνια.

Η επίτευξη του στόχου μας είναι μια διαδικασία. Η διαδικασία απαιτεί χρόνο. Μπορεί να βιώσουμε πισωγυρίσματα, οδοφράγματα, υποτροπές, ήττες και εξουθένωση. Αντί να απογοητευόμαστε και να τα παρατάμε, προγραμματίστε συχνές ανασκοπήσεις, για να δούμε πώς προχωράμε. Μπορεί να μην ξέρουμε αν βρισκόμαστε στο σωστό δρόμο στην αρχή του ταξιδιού μας. Αν δεν είναι αυτό που θέλουμε, ίσως χρειαστεί να αλλάξουμε το σχέδιο δράσης μας. Να το ξαναδουλέψουμε.

Στόχοι ζωής

Οι στόχοι ζωής είναι αυτό που θέλουμε να επιτύχουμε και έχουν πολύ μεγαλύτερο νόημα από το "τι πρέπει να πετύχουμε για να επιβιώσουμε". Σε αντίθεση με τις καθημερινές ρουτίνες ή τους βραχυπρόθεσμους στόχους, καθοδηγούν τη συμπεριφορά μας μακροπρόθεσμα. Μας βοηθούν να καθορίσουμε τι θέλουμε να βιώσουμε σε σχέση με τις αξίες μας. Και επειδή είναι προσωπικές φιλοδοξίες, μπορούν να πάρουν πολλές διαφορετικές μορφές. Αλλά μας δίνουν μια αίσθηση κατεύθυνσης και μας καθιστούν υπεύθυνους καθώς αγωνιζόμαστε για ευτυχία και ευημερία - για την καλύτερη δυνατή ζωή μας.

Πολλοί από εμάς έχουμε όνειρα. Ξέρουμε τι μας κάνει ευτυχισμένους, τι θα θέλαμε πολύ να δοκιμάσουμε και ίσως έχουμε μια αόριστη ιδέα για το πώς θα το πραγματοποιήσουμε. Αλλά ο καθορισμός ξεκάθαρων στόχων μπορεί να είναι ωφέλιμος με διάφορους τρόπους, πέρα και πάνω από τον ευσεβή πόθο.

Ο καθορισμός στόχων μπορεί να αποσαφηνίσει τις συμπεριφορές μας

Η πράξη του καθορισμού των στόχων και η σκέψη που καταβάλλουμε για τη διαμόρφωσή τους στρέφει την προσοχή μας στο γιατί, στο πώς και στο τι των φιλοδοξιών μας. Ως εκ τούτου, μας δίνουν κάτι στο οποίο μπορούμε να επικεντρωθούμε και επηρεάζουν θετικά τα κίνητρά μας.

Οι στόχοι επιτρέπουν την ανατροφοδότηση

Αν και όταν γνωρίζουμε πού θέλουμε να φτάσουμε, μπορούμε να αξιολογήσουμε πού βρισκόμαστε τώρα και ουσιαστικά να καταγράψουμε την πρόοδό μας. Αυτή η ανατροφοδότηση μας βοηθά να προσαρμόσουμε τη συμπεριφορά μας ανάλογα. Επιτρέποντας την ανατροφοδότηση, οι στόχοι μας επιτρέπουν να ευθυγραμμίσουμε ή να επαναπροσδιορίσουμε τις συμπεριφορές μας, διατηρώντας μας στην πορεία μας.

Ο καθορισμός στόχων μπορεί να προάγει την ευτυχία

Όταν οι στόχοι μας βασίζονται στις αξίες μας, έχουν νόημα. Το νόημα, ο σκοπός και η προσπάθεια για κάτι "μεγαλύτερο" είναι το βασικό στοιχείο της ευτυχίας. Μαζί με το θετικό συναίσθημα, τις σχέσεις, τη δέσμευση και την επίτευξη, συνθέτουν αυτό που αντιλαμβανόμαστε ως "Η καλή ζωή". Οι στόχοι της ζωής αντιπροσωπεύουν κάτι πέρα από την καθημερινότητα. Μας επιτρέπουν να επιδιώκουμε τους αυθεντικούς στόχους των επιλογών μας και να απολαμβάνουμε το αίσθημα της επίτευξης όταν φτάνουμε εκεί. Ακόμα και το να προσπαθούμε να είμαστε οι καλύτεροι που μπορούμε μερικές φορές να οδηγήσουμε στην ευτυχία από μόνοι μας.

Μας ενθαρρύνουν να χρησιμοποιήσουμε τα δυνατά μας σημεία

Όταν σκεφτόμαστε τι έχει μεγαλύτερη σημασία για εμάς, μπορούμε να συντονιστούμε περισσότερο με τις εσωτερικές μας δυνάμεις καθώς και με τα πάθη μας. Το να χαράξουμε μια πορεία για τον εαυτό μας είναι ένα πράγμα, αλλά το να χρησιμοποιούμε τα δυνατά μας σημεία για να φτάσουμε εκεί έχει μια σειρά από άλλα οφέλη. Η γνώση και η αξιοποίηση των δυνατών μας σημείων μπορεί να αυξήσει την αυτοπεποίθησή μας και να προωθήσει ακόμη και αισθήματα καλής υγείας και ικανοποίησης από τη ζωή. Η χρήση τους για την επιδίωξη των στόχων μας, επομένως ακόμη και η ανακάλυψη του ποιες είναι αυτές, μπορεί να είναι κάτι καλό για την ευημερία μας.

Απλά κάντε το!

Η ζωή είναι πραγματικά απλή, αλλά εμείς επιμένουμε να την κάνουμε περίπλοκη.

Μερικές φορές, αν σκεφτούμε αρκετά βαθιά, οι σκέψεις μπορούν να μετατραπούν σε πράξεις απλά με το κούνημα ενός δακτύλου. Αυτή τη στιγμή. Με τη σωστή αλλαγή στις σκέψεις μας. Δεν χρειάζονται σχέδια. Τα σχέδια είναι για τον εγκέφαλο που πρέπει να τα φτιάξει και να τα εφαρμόσει. Τα σχέδια καθιστούν απλή την πράξη.

Το μόνο σχέδιο που χρειάζεται είναι η συνειδητοποίηση και η αποδοχή.

Χρειαζόμαστε σχέδιο;

Να αναπνέουμε, να ρυθμίζουμε την αναπνοή μας, να κάνουμε Pranayama

Να αποδεχτούμε τον εαυτό μας όπως είναι και να αποδεχτούμε τον κόσμο όπως είναι

Να παραμένουμε στο παρόν, να είμαστε προσεκτικοί

Να αγαπάμε τον εαυτό μας και τους άλλους και να μας αγαπούν, να σεβόμαστε τον εαυτό μας και τους άλλους και να μας σέβονται

Να συγχωρούμε τον εαυτό μας και τους άλλους

Να αρχίσουμε να μεγαλώνουμε και πάλι Απλά κάντε το!

[Για οτιδήποτε άλλο, καθορίστε τα σχέδια δράσης και τους στόχους!]

"Αν θέλετε να ζήσετε μια ευτυχισμένη ζωή, συνδέστε την με έναν στόχο, όχι με ανθρώπους ή πράγματα."

– Albert Einstein

"Το μόνο όριο στο ύψος των επιτευγμάτων σας είναι η εμβέλεια των ονείρων σας και η προθυμία σας να εργαστείτε γι' αυτά."

— Michelle Obama

"Δεν χρειάζεται να είσαι ένας φανταστικός ήρωας για να κάνεις ορισμένα πράγματα - για να ανταγωνιστείς. Μπορείς να είσαι ένας απλός άνθρωπος, με επαρκή κίνητρα για να πετύχεις απαιτητικούς στόχους."

— Edmund Hillary

"Αρχίστε να απελευθερώνεστε αμέσως κάνοντας ό,τι είναι δυνατόν με τα μέσα που διαθέτετε, και καθώς προχωράτε με αυτό το πνεύμα, ο δρόμος θα ανοίξει για να κάνετε περισσότερα".

"Αν περιμένετε, το μόνο που συμβαίνει είναι ότι γερνάτε".

"Δεν χρειαζόμαστε, και μάλιστα ποτέ δεν θα έχουμε, όλες τις απαντήσεις προτού δράσουμε... Συχνά είναι μέσα από την ανάληψη δράσης που μπορούμε να ανακαλύψουμε κάποιες από αυτές."

"Το όραμα πρέπει να ακολουθείται από το εγχείρημα. Δεν αρκεί να κοιτάμε τα σκαλοπάτια - πρέπει να ανεβούμε τις σκάλες".

Ηθοποιός - Παρατηρητής - Σκηνοθέτης - Παραγωγός

"Φως ημέρας. Πρέπει να περιμένω την ανατολή του ηλίου. Πρέπει να σκεφτώ μια νέα ζωή.

Και δεν πρέπει να ενδώσω. Όταν έρθει η αυγή, η σημερινή νύχτα θα είναι μια ανάμνηση. Και μια νέα μέρα θα ξεκινήσει."

Anupam Kher, Το καλύτερο πράγμα για σένα είσαι εσύ! "Ηθοποιία είναι να συμπεριφέρεσαι αληθινά κάτω από φανταστικές συνθήκες".

"Στη συνείδηση των ονείρων... κάνουμε τα πράγματα να συμβούν με το να τα ευχόμαστε, επειδή δεν είμαστε μόνο ο παρατηρητής αυτού που

που βιώνουμε αλλά και ο δημιουργός."

"Παρατηρήστε, και σε αυτή την παρατήρηση, δεν υπάρχει ούτε ο "παρατηρητής" ούτε ο "παρατηρούμενος" - υπάρχει μόνο η παρατήρηση που λαμβάνει χώρα."

– Jiddu Krishnamurti

Ο δράστης είναι ο συμμετέχων σε μια δράση ή διαδικασία. Ο εκτελεστής ή δράστης.

Ο παρατηρητής είναι ένα άτομο που παρακολουθεί ή παρατηρεί κάτι. Ο παρατηρητής της παράστασης.

Ο σκηνοθέτης είναι ένα άτομο που είναι υπεύθυνο για μια δραστηριότητα. Ο οδηγός του παρατηρητή.

Σε ένα κινηματογραφικό σκηνικό, ο ηθοποιός είναι το πρόσωπο που παίζει μπροστά στην κάμερα. Κατά την ερμηνεία του, ο ηθοποιός είναι ο δράστης που παίζει τον ρόλο που του δίνεται. Η ερμηνεία μπορεί να είναι ή να μην είναι σύμφωνη με τις προσδοκίες. Πώς κρίνει ο ηθοποιός;

Ο ηθοποιός πηγαίνει τώρα πίσω από την κάμερα για να παρατηρήσει το πλάνο ή την ερμηνεία του. Μόνο όταν γίνει παρατηρητής της ερμηνείας του, θα μπορέσει να κατανοήσει τις λεπτές αποχρώσεις που πρέπει να επεξεργαστεί στη σκηνή. Μπορεί να έχει υπερβάλει στο ρόλο ή να έχει υποδυθεί ή ο συγχρονισμός των αντανακλαστικών να ήταν λίγο νωρίς ή αργά ή να μην ήταν κατάλληλος για τη σκηνή. Αν ο ηθοποιός δεν γίνει παρατηρητής των πράξεών του, δεν θα μπορέσει να δουλέψει πάνω στις λεπτές αποχρώσεις που είναι απαραίτητες για την τελειότητα της ερμηνείας.

Έτσι, ο ηθοποιός πηγαίνει για άλλη μια λήψη! Έρχεται και πάλι μπροστά από την κάμερα και ξαναγυρίζει για το πλάνο. Συνειδητά, οι παρατηρούμενες αποχρώσεις είναι νωπές στο μυαλό του. Έτσι, ενώ ερμηνεύει, φέρνει στο επίκεντρο αυτό που παρατήρησε ότι ήταν ατελές και πηγαίνει για τη λήψη.

Πηγαίνει και πάλι πίσω, πίσω από την κάμερα, για να παρατηρήσει. Συνειδητοποιεί ότι φέρνοντας στο επίκεντρο τα λάθη, υπερβάλλει στη διόρθωση αυτών εις βάρος της ανάγκης της σκηνής. Έχοντας παρατηρήσει τις ατέλειες και τον τρόπο διόρθωσής τους, πηγαίνει για μια νέα λήψη.

Και, επαναληπτική λήψη μετά την επαναληπτική λήψη, ο ηθοποιός-παρατηρητής γίνεται ο σκηνοθέτης της λήψης του! Ο ηθοποιός, που δεν τον ενοχλούν οι επαναλαμβανόμενες παραστάσεις, είναι ικανοποιημένος μόνο μετά την επίτευξη αυτού που επιθυμούσε από τη σκηνή. Ο ηθοποιός βρίσκεται πλέον σε ένα στάδιο αυτοκαθοδήγησης. Αυτή η τελειότητα δεν μπορεί να επιτευχθεί με ένα μόνο πλάνο και απαιτεί συνεχείς, επίμονες, τακτικές και αφοσιωμένες προσπάθειες για να επιτευχθεί αυτό το αίσθημα πληρότητας.

Μόνο όταν ξυπνήσει ο σκηνοθέτης μέσα του, θα οδηγηθεί από την παρατήρηση των πράξεών του, ώστε να γίνει ο παραγωγός ενός επιτυχημένου πλάνα.

Τόσο κινηματογραφικό! Αλλά η κινηματογραφική παραγωγή δεν είναι μια αντανάκλαση της ζωής μας!

Απόσπασμα του Ουίλιαμ Σαίξπηρ "Όλος ο κόσμος είναι μια σκηνή", ένας μονόλογος από την ποιμενική κωμωδία του "Όπως σας αρέσει", που εκφωνείται από τον μελαγχολικό Jaques στην Πράξη ΙΙ Σκηνή VII Γραμμή 139. Ο λόγος συγκρίνει τον κόσμο με μια σκηνή και τη ζωή με ένα έργο και καταγράφει τα επτά στάδια της ζωής ενός ανθρώπου, που μερικές φορές αναφέρονται ως οι επτά ηλικίες του ανθρώπου.

Όλος ο κόσμος είναι μια σκηνή,

Και όλοι οι άνδρες και οι γυναίκες είναι απλώς παίκτες,

Έχουν τις εξόδους και τις εισόδους τους,

Και ένας άνθρωπος στην εποχή του παίζει πολλούς ρόλους,

Οι πράξεις του είναι επτά ηλικίες

Είμαστε άνθρωποι. Ζούμε τη ζωή. Κάθε στιγμή της ζωής μας είναι μια σκηνή σε δράση. Είμαστε οι πράττοντες. Μας αρέσει πάντα αυτό που κάνουμε; Είμαστε ικανοποιημένοι; Νιώθουμε ευτυχισμένοι μερικές φορές και μερικές φορές λυπημένοι; Ζούμε τη ζωή μας με ευχές και επιθυμίες αντί να βιώνουμε το "είναι". Κάθε φορά που κοιτάμε πίσω στη ζωή μας, μετανιώνουμε. Ευχηθήκαμε, μόνο αν ήταν κάτι διαφορετικό, κάτι καλύτερο.

Όλοι ευχόμαστε – *Θέλω να μεγαλώσω ξανά!*

Το 99% των ανθρώπων παραμένει στο στάδιο του ηθοποιού. Απλώς παίζουν τους ρόλους τους στο ταξίδι της ζωής τους, προσπαθούν απλώς να βγάλουν τα προς το ζην και λίγοι, προσπαθούν να φροντίσουν για την ύπαρξή τους.

Μόνο το 1% από εμάς μπαίνει στο στάδιο του παρατηρητή, του παρατηρητή των πράξεών μας. Και ναι, να είμαστε ένας οξυδερκής και αμερόληπτος παρατηρητής. *Πρέπει να βγούμε από τον εαυτό μας για να κοιτάξουμε προς τα μέσα.* Πρέπει να έχουμε επίγνωση του πού βρισκόμαστε και προς ποια κατεύθυνση πρέπει να κοιτάξουμε στη ζωή μας. Η επίγνωση πρέπει να ακολουθείται από την αποδοχή. Η επίγνωση και η αποδοχή οδηγούν τελικά στη δράση.

Η απλή παρατήρηση και η δράση μπορεί να μη μας δώσουν αυτό που θέλουμε στη ζωή.

Γιατί θα συμβούν αποτυχίες.

Η Ρώμη δεν χτίστηκε σε μια μέρα! ... λέει το ρητό. *Δοκιμάστε, δοκιμάστε, δοκιμάστε μέχρι να πετύχετε!*

Πρέπει να βρισκόμαστε σε μια συνεχή διαδικασία πράξης - παρατήρησης - πράξης - παρατήρησης - πράξης - παρατήρησης - πράξης - παρατήρησης - μέχρι να το κάνουμε με τον τρόπο που θέλουμε. Παραδόξως, πολλοί από εμάς κάνουμε πολλή αυτοκριτική και παρατήρηση, αλλά χάνουμε την ελπίδα, την κατεύθυνση και την ενέργεια. Χρειάζεται συνέπεια και επιμονή για να σχηματίσουμε ένα νέο μοτίβο και να σπάσουμε το παλιό, για να σχηματίσουμε μια νέα νευρική οδό. Τότε θα είμαστε σε θέση να κατευθύνουμε τη ζωή μας. Όταν θα μπορούμε να κατευθύνουμε τον εαυτό μας σε κάθε στάδιο της ζωής μας, θα είμαστε σε θέση να είμαστε ο παραγωγός μιας ικανοποιητικής ζωής!

Το φαινόμενο **Hawthorne** αναφέρεται σε έναν τύπο αντιδραστικότητας κατά τον οποίο τα άτομα τροποποιούν μια πτυχή της συμπεριφοράς τους ως απάντηση στην επίγνωση ότι παρατηρούνται.

Είμαστε ο παρατηρητής και είμαστε ο παρατηρούμενος

Έχουμε διαμορφώσει τις δικές μας "προεπιλεγμένες ρυθμίσεις" στη ζωή, ρυθμίσεις που μπορεί να θέλουμε να αλλάξουμε, αλλά κάτι μας κρατάει πίσω. Μια προεπιλογή είναι μια προεπιλεγμένη επιλογή που υιοθετείται. Ως ρύθμιση, η προεπιλογή είναι αυτόματη. Οι προεπιλεγμένες ρυθμίσεις είναι οι ενέργειες που κάνουμε χωρίς να σκεφτόμαστε. Είναι οι συνήθειες, οι ρουτίνες και οι καταναγκασμοί μας. Οι περισσότερες από τις καθημερινές μας ενέργειες ελέγχονται από τις προεπιλογές μας. Είναι ισχυρά εργαλεία για να βοηθήσουν ή να βλάψουν την παραγωγικότητά μας. Η αλήθεια είναι ότι, αν θέλουμε να αλλάξουμε τη ζωή μας και να γίνουμε πιο παραγωγικοί, πρέπει πρώτα να αλλάξουμε τα προκαθορισμένα μοτίβα μας.

Ποιες προεπιλογές λοιπόν βλάπτουν την παραγωγικότητά μας; Πώς μπορούμε να τις αντιμετωπίσουμε και να τις αλλάξουμε με έναν πραγματικά παραγωγικό, υγιή και μακροπρόθεσμο τρόπο;

Σκεφτείτε ένα άτομο που προκαλεί θυμό μέσα μας, μόνο και μόνο με την παρουσία του, τα λόγια του ή την πράξη του, επειδή έσπασε την εμπιστοσύνη μας. Τι κάνουμε; Θυμώνουμε. Ο θυμός μας γράφεται στο πρόσωπό μας, γίνεται αισθητός στον τόνο της φωνής μας, φαίνεται στη γλώσσα του σώματός μας και ξεσπά στην ομιλία μας. Δεν αποφασίζουμε να θυμώσουμε- απλά συμβαίνει. Είναι αυτόματο και δεν το ελέγχουμε. Και κάθε φορά που αυτό το άτομο που μας πυροδοτεί είναι ακριβώς μπροστά μας, το λογικό μας μυαλό θολώνει και θυμώνουμε ... ξανά και ξανά.

Επιλέγουμε τώρα να κοιτάξουμε μέσα μας για να παρατηρήσουμε το θυμό μας. Επιλέγουμε να αλλάξουμε την αντίληψη του ατόμου που πυροδοτεί και κατά συνέπεια την αντίδραση του θυμού μας.

Αυτό το άτομο δεν προκαλεί θυμό σε όλους γύρω του. Πρέπει να υπάρχει κάποιος που τον συμπαθεί! Μήπως το έναυσμα καθορίζει την αντίδραση; Το έναυσμα είναι το έναυσμα επειδή επιλέξαμε να αντιδράσουμε με θυμό. Η αντίδρασή μας θα μπορούσε να είναι θλίψη ή πληγή ή δάκρυα. Θα μπορούσαμε να νιώσουμε οίκτο για το άτομο αυτό για την κατάσταση στην οποία βρίσκεται. Ή θα μπορούσαμε απλώς να αγνοήσουμε την παρουσία του. Ή να αφήσουμε τον εγωισμό μας, όντας πιο ψύχραιμοι και θετικοί, μπορούμε να επιλέξουμε να είμαστε συμπονετικοί.

Αλλά το προεπιλεγμένο μοτίβο μας είναι αυτό του θυμού. Ο θυμός έχει γίνει η προεπιλεγμένη μας ρύθμιση. Τώρα επιλέγουμε να αλλάξουμε τη ρύθμιση και να γίνουμε συμπονετικοί.

Την επόμενη φορά, με την παρουσία του, η προεπιλεγμένη ρύθμισή μας θα εξακολουθεί να προκαλεί θυμό. Αλλά τώρα έχουμε επίγνωση. Θα εξακολουθήσουμε να θυμώνουμε. Αλλά, βρισκόμαστε τώρα στο στάδιο της αποδοχής όπου καταλαβαίνουμε ότι θυμώνουμε. Αλλά θα υπάρξει κάποια αλλαγή στο πρόσωπό μας, στον τόνο της φωνής μας, στη γλώσσα του σώματος και στην ομιλία μας. Συνειδητοποιούμε και αποδεχόμαστε.

Την επόμενη φορά πάλι, με την παρουσία του, έχουμε καλύτερο έλεγχο. Η διάρκεια και η ένταση της αντίδρασής μας είναι καλύτερη. Θυμώσαμε ξανά, αλλά ηρεμήσαμε πιο γρήγορα. Έχοντας επίγνωση και αποδεχόμενοι και πάλι.

Και αυτό συνεχίζεται, επαναλήψεις επί επαναλήψεων, κάθε φορά που η παρουσία του προκαλεί μια καλύτερη και πιο συγκροτημένη αντίδραση, μια αντίδραση που επιλέξαμε να έχουμε, μια ενδυναμωμένη και ικανοποιητική αντίδραση.

Τελικά, αφού είμαστε συνεπείς και επίμονοι, με επίγνωση και αποδοχή και δράση μετά από δράση, αλλάζουμε τις προεπιλεγμένες ρυθμίσεις μας να θυμώνουμε παρορμητικά για να είμαστε πιο συμπονετικοί με όλους. Τώρα, στην παρουσία του, είμαστε καλά, χαμογελάμε, νιώθουμε ενδυναμωμένοι. Η σκανδάλη έχει χάσει την "σκανδαλιστικότητά" της!!!

Κάθε αλλαγή που επιθυμούμε απαιτεί συνεχή μάθηση και επιδέξια εφαρμογή των όσων μαθαίνουμε, για να προσαρμόσουμε τους στόχους, τις στρατηγικές και τις συμπεριφορές μας. Αλλά η πιο σημαντική μάθηση που πρέπει να κάνουμε περιλαμβάνει τη μάθηση από τη δική μας εμπειρία. Αυτό απαιτεί ένα εντελώς διαφορετικό σύνολο δεξιοτήτων από αυτές που εμπλέκονται στην απορρόφηση όσων μπορούν να μας πουν άλλοι άνθρωποι.

Οι αρχαίοι Έλληνες είχαν μια λέξη γι' αυτό - πρακτική.

Η πρακτική είναι μια διαδικασία τεσσάρων σταδίων:

- Παρατηρώντας τις ενέργειές μας και τα αποτελέσματά τους.

- Αναλύοντας αυτά που παρατηρούμε.

- Στρατηγική ενός σχεδίου δράσης.

- Ανάληψη δράσης.

Στη συνέχεια, ξεκινάμε πάλι από την αρχή, παρατηρώντας τα αποτελέσματα των νέων μας ενεργειών. Κάθε ένα από αυτά τα τέσσερα στάδια της διαδικασίας της πρακτικής έχει τη βασική του δεξιότητα μάθησης.

Στο στάδιο της παρατήρησης, οι βασικές δεξιότητες είναι η αυτογνωσία και η αυτοπαρακολούθηση. Η μετατόπιση της εστίασής μας στους εσωτερικούς παράγοντες είναι ο μόνος τρόπος για να πάρουμε τις πληροφορίες που χρειαζόμαστε για να κάνουμε τις απαραίτητες αλλαγές.

Στο στάδιο της ανάλυσης, η βασική δεξιότητα είναι η κριτική σκέψη σχετικά με τον εαυτό μας και τη συμπεριφορά μας. Αυτό απαιτεί να υιοθετήσουμε μια ορισμένη στάση απέναντι στον εαυτό μας, παρόμοια με τη στάση που έχει ένας επιστήμονας απέναντι στο πείραμα που διεξάγει. Η στάση αυτή πρέπει να είναι ανοιχτή με την έννοια ότι είμαστε πρόθυμοι να δούμε ό,τι υπάρχει - όχι αυτό που θέλουμε να δούμε για να επιβεβαιώσουμε τις προϋπάρχουσες υποθέσεις μας. Και πρέπει να είναι μη επικριτική. Ο σκοπός είναι να ανακαλύψουμε τι μπορεί να συμβαίνει κάτω από την επιφάνεια.

Στο στάδιο της στρατηγικής, η βασική δεξιότητα είναι η δημιουργική σκέψη. Αν αποφασίσουμε ότι κάτι πρέπει να αλλάξει, ο πιο αποτελεσματικός τρόπος για να καθορίσουμε τι είδους αλλαγή θα λειτουργήσει είναι να φανταστούμε πώς θα είναι τα πράγματα αφού κάνουμε τις αλλαγές. Δουλέψτε προς τα πίσω από εκεί για να καταλάβετε τα συγκεκριμένα βήματα που πρέπει να κάνουμε για να

φτάσουμε από εκεί που ήμασταν σε αυτό το νέο φανταστικό μέρος.

Στο στάδιο της δράσης, η βασική δεξιότητα είναι η διαδικασία σκέψης. Η απόφαση για την αλλαγή που πρέπει να γίνει δεν είναι το ίδιο πράγμα με την επιτυχή πραγματοποίηση αυτής της αλλαγής. Για να την ακολουθήσουμε μπορεί να χρειαστεί να γνωρίζουμε πώς να βρούμε την επιπλέον προσπάθεια που απαιτείται, να σκάψουμε λίγο βαθύτερα για να βρούμε τα κίνητρα και την επιμονή για να ξεπεράσουμε τις ενοχλήσεις και να αλλάξουμε προτεραιότητες και αξίες, αν χρειαστεί. Η σκέψη της διαδικασίας έχει να κάνει με τη μετάβαση από τον ηθοποιό στον παρατηρητή στον σκηνοθέτη. Σημαίνει να γίνουμε ο καλύτερος παρακινητής, προπονητής, μαζορέτα και θαυμαστής του εαυτού μας, όλα μαζί.

Τα στάδια και ο κύκλος της αλλαγής

Το Διαθεωρητικό Μοντέλο ή το Μοντέλο των Σταδίων Αλλαγής βασίστηκε αρχικά σε αποτελέσματα ερευνών για τη διακοπή του καπνίσματος. Άτομα που σταμάτησαν το κάπνισμα τσιγάρων από μόνα τους πήραν συνεντεύξεις. Τα αποτελέσματα έδειξαν ότι χρειάστηκαν αρκετές προσπάθειες για τη διακοπή του καπνίσματος και ότι αυτές περνούσαν από έξι στάδια αλλαγής. Περαιτέρω έρευνα έδειξε ότι σχεδόν οποιοσδήποτε εμπλέκεται σε μια αλλαγή συμπεριφοράς θα περάσει κυκλικά από αυτά τα στάδια.

Οποιοσδήποτε από εμάς αποφασίσει να αλλάξει την αντίληψη και να σπάσει το μοτίβο θα αναπηδήσει μπρος-πίσω μεταξύ των σταδίων της δράσης, της υποτροπής και της περισυλλογής καθώς εργαζόμαστε προς την κατεύθυνση της αλλαγής. Όταν συμβαίνει μια οπισθοδρόμηση, θα πρέπει να έχουμε επίγνωση και να αποδεχόμαστε την οπισθοδρόμηση ως μέρος της διαδικασίας αλλαγής και να την αντιμετωπίζουμε ως ευκαιρία μάθησης στο πλαίσιο ενός μεγάλου πειράματος. Αυτό προάγει την ευελιξία και την αυτοσυμπόνια, η οποία διευκολύνει την επίλυση προβλημάτων και την ταχύτερη επιστροφή στο στάδιο της δράσης.

Τα στάδια της αλλαγής είναι:

1.   Προσυλλογισμός - Δεν έχει ακόμη αναγνωριστεί ότι υπάρχει

πρόβλημα που πρέπει να αλλάξει.

2.   Προβληματισμός - Αναγνώριση ότι υπάρχει πρόβλημα, αλλά δεν είναι ακόμη έτοιμο να θελήσει να κάνει μια αλλαγή.

3.   Προετοιμασία/αποφασιστικότητα - Ετοιμάζεται να αλλάξει.

4.   Δράση/Δυνατότητα - Αλλαγή της αντίληψης και σπάσιμο του μοτίβου.

5.   Συντήρηση - Διατήρηση της αλλαγής.

6.   Υποτροπή - Επιστροφή στις παλιές προεπιλεγμένες ρυθμίσεις και εγκατάλειψη των νέων αλλαγών.

Στάδιο Ένα: Προσυλλογισμός

Σε αυτό το στάδιο, οι άνθρωποι δεν σκέφτονται σοβαρά να αλλάξουν και δεν ενδιαφέρονται για οποιαδήποτε βοήθεια. Υπερασπίζονται τις τρέχουσες συνήθειές τους και δεν αισθάνονται ότι είναι πρόβλημα. Πρόκειται για ένα στάδιο άρνησης. Οι προ-σκέπτες χαρακτηρίζονται ως ανθεκτικοί ή μη κινητοποιημένοι και τείνουν να αποφεύγουν την πληροφόρηση ή τη συζήτηση.

Στάδιο δύο: Σκέψη

Σε αυτό το στάδιο, οι άνθρωποι έχουν μεγαλύτερη επίγνωση των προσωπικών συνεπειών της υφιστάμενης κατάστασης των αντιλήψεων και των προτύπων τους. Αν και μπορούν να εξετάσουν την πιθανότητα αλλαγής, τείνουν να είναι αμφίθυμοι ως προς αυτό. Σκέφτονται τις αρνητικές και θετικές πτυχές της αλλαγής, αλλά μπορεί να αμφιβάλλουν για τα μακροπρόθεσμα οφέλη που θα μπορούσαν να συμβούν. Μπορεί να χρειαστούν μόλις δύο εβδομάδες ή και μια ολόκληρη ζωή για να περάσουν το στάδιο του στοχασμού. Οι άνθρωποι που σκέφτονται και σκέφτονται και σκέφτονται και σκέφτονται και μπορεί να πεθάνουν δεν έχουν ξεπεράσει ποτέ αυτό το στάδιο. Μπορεί όμως να είναι πιο ανοιχτοί στο να δεχτούν βοήθεια και να λάβουν βοήθεια. Οι στοχαστές συχνά θεωρούνται ως αναβλητικοί.

Τρίτο στάδιο: Προετοιμασία/Καθορισμός

Σε αυτό το στάδιο, οι άνθρωποι έχουν δεσμευτεί να κάνουν μια αλλαγή. Τώρα κάνουν μικρά βήματα. Τώρα σερφάρουν στο διαδίκτυο, μιλούν με ανθρώπους και διαβάζουν βιβλία αυτοβοήθειας όπως αυτό εδώ, για να συγκεντρώσουν πληροφορίες σχετικά με το τι θα χρειαστούν για να κάνουν αυτή την αλλαγή. Πολύ συχνά, μέσα στη βιασύνη του ενθουσιασμού τους, οι άνθρωποι παραλείπουν αυτό το στάδιο και περνούν κατευθείαν από το στοχασμό στη δράση. Αποτυγχάνουν όμως επειδή δεν έχουν αποδεχτεί επαρκώς τι θα χρειαστεί για να κάνουν αυτή την αλλαγή. Το στάδιο αυτό θεωρείται μάλλον μεταβατικό παρά σταθερό στάδιο.

Τέταρτο στάδιο: Δράση / Δύναμη

Αυτό είναι το στάδιο στο οποίο οι άνθρωποι πιστεύουν ότι μπορούν να αλλάξουν τις αντιλήψεις και τα μοτίβα τους και συμμετέχουν ενεργά στη λήψη μέτρων για την αλλαγή. Ο χρόνος που περνούν οι άνθρωποι στη δράση ποικίλλει. Γενικά διαρκεί μήνες, αλλά μπορεί να είναι τόσο σύντομος όσο μια ώρα! Οι άνθρωποι εξαρτώνται από τη δύναμη της θέλησής τους και καταβάλλουν ειλικρινείς και πραγματικές προσπάθειες, αλλά διατρέχουν τον μεγαλύτερο κίνδυνο υποτροπής. Αναπτύσσουν σχέδια. Μπορεί να χρησιμοποιούν βραχυπρόθεσμες ανταμοιβές για να διατηρήσουν τα κίνητρά τους και αναλύουν τις προσπάθειες αλλαγής τους με τρόπο που ενισχύει την αυτοπεποίθησή τους. Οι άνθρωποι σε αυτό το στάδιο τείνουν επίσης να είναι ανοιχτοί στο να δέχονται βοήθεια και είναι επίσης πιθανό να αναζητήσουν υποστήριξη από άλλους.

Πέμπτο στάδιο: Συντήρηση

Η διατήρηση περιλαμβάνει την επιτυχή αποφυγή πειρασμών για επιστροφή στα προηγούμενα προκαθορισμένα πρότυπα. Ο στόχος του σταδίου της συντήρησης είναι η διατήρηση της νέας κατάστασης. Οι άνθρωποι σε αυτό το στάδιο τείνουν να υπενθυμίζουν στον εαυτό τους πόση πρόοδο έχουν κάνει. Αναδιαμορφώνουν συνεχώς τους κανόνες της ζωής τους και αποκτούν νέες δεξιότητες για την αντιμετώπιση της υποτροπής στη ζωή. Μπορούν να προβλέπουν καταστάσεις που τους κρατούν πίσω και να προετοιμάζουν εκ των προτέρων στρατηγικές αντιμετώπισης. Είναι υπομονετικοί με τον εαυτό τους και αναγνωρίζουν ότι συχνά χρειάζεται λίγος χρόνος για να αφήσουν τα παλιά πρότυπα και να εξασκηθούν σε νέα. Αντιστέκονται στον πειρασμό και παραμένουν σε καλό δρόμο. Ακόμη και μέσα σε μια μέρα, μπορεί να περάσουμε από πολλά διαφορετικά στάδια αλλαγής. Είναι φυσιολογικό και φυσικό να παλινδρομήσουμε, να επιτύχουμε ένα στάδιο μόνο και μόνο για να ξαναπέσουμε σε ένα προηγούμενο στάδιο. Αυτό είναι ένα φυσιολογικό μέρος της αλλαγής των αντιλήψεων και του σπασίματος των προτύπων.

Στάδιο έξι: Υποτροπή

Μπορεί να υποτροπιάσουμε στις προηγούμενες προεπιλεγμένες ρυθμίσεις μας και να μπούμε ξανά στον κύκλο από την αρχή. Μπορεί να κολλήσουμε σε οποιοδήποτε στάδιο.

Η επίγνωση και η αποδοχή της υποτροπής είναι ζωτικής σημασίας, βοηθάει να έχουμε μια προσέγγιση για τη διαχείρισή της. Ρωτήστε:

Τι έμαθα από αυτή την οπισθοδρόμηση;

Τι πρέπει να συμβεί για να επιστρέψω στη δράση;

Πώς θέλω να φέρομαι στον εαυτό μου ενώ εργάζομαι προς την κατεύθυνση της αλλαγής;

Είναι σημαντικό να αξιολογήσετε το έναυσμα της υποτροπής και να επανεκτιμήσετε τα κίνητρα για αλλαγή. Και μπορεί να επαναλάβουμε τον κύκλο της αλλαγής μέχρι να επιτύχουμε την αλλαγή.

"Η εξάσκηση κάνει έναν ηθοποιό να ξεχωρίζει. Είναι σαν την ποδηλασία και την οδήγηση. Είναι μια τέχνη, η οποία μπορεί να διδαχθεί και να εξασκηθεί."

– Anupam Kher

"Η υποκριτική δεν είναι κάτι που κάνεις. Αντί να το κάνεις, συμβαίνει".

"Η υποκριτική είναι μια μορφή αυτοέκφρασης, δεν είναι να γίνεσαι κάποιος άλλος και δεν είναι να παίζεις θέατρο- είναι να χρησιμοποιείς τη μυθοπλασία του να είσαι κάποιος άλλος για να εκφράσεις κάτι για τον εαυτό σου."

"Το σύμπαν όπως το γνωρίζουμε είναι ένα κοινό προϊόν του παρατηρητή και του παρατηρούμενου".

"Είμαστε από τη φύση μας παρατηρητές, και ως εκ τούτου μαθητές. Αυτή είναι η μόνιμη κατάστασή μας".

– Ralph Waldo Emerson

"Μόλις αποκτήσετε επίγνωση του σώματός σας και των κινήσεών του, θα εκπλαγείτε από το γεγονός ότι δεν είστε το σώμα σας. Αυτό είναι κάτι σαν βασική αρχή, ότι αν μπορείτε να παρακολουθήσετε κάτι, τότε δεν είστε αυτό. Είστε ο παρατηρητής, όχι ο παρατηρούμενος. Είστε ο παρατηρητής, όχι ο παρατηρούμενος. Πώς μπορείτε να είστε και τα δύο;"

Rajneesh

# Ενσυνειδητότητα: Η ζωή σε μια αναπνοή

"Να είστε ευτυχισμένοι αυτή τη στιγμή, αυτό είναι αρκετό. Κάθε στιγμή είναι το μόνο που χρειαζόμαστε, όχι περισσότερα."

– Mother Teresa

"Επικεντρώστε την προσοχή σας στο συναίσθημα μέσα σας. Να ξέρετε ότι είναι ο πόνος-σώμα. Αποδεχτείτε ότι είναι εκεί. Μην το σκέφτεστε - μην αφήσετε το συναίσθημα να μετατραπεί σε σκέψη. Μην κρίνετε και μην αναλύετε. Μην φτιάχνετε μια ταυτότητα για τον εαυτό σας από αυτό. Μείνετε παρόντες και συνεχίστε να είστε ο παρατηρητής αυτού που συμβαίνει μέσα σας. Να αποκτήσετε επίγνωση όχι μόνο του συναισθηματικού πόνου αλλά και "αυτού που παρατηρεί", του σιωπηλού παρατηρητή. Αυτή είναι η δύναμη του Τώρα, η δύναμη της συνειδητής σας παρουσίας. Στη συνέχεια, δείτε τι συμβαίνει".

– Eckhart Tolle

"Να είσαι στη στιγμή. Τελεία και παύλα. Απλά να είσαι εκεί.

Γιατί αν αρχίσεις να σκέφτεσαι, 'Ω, πρέπει να κάνω αυτό το μεγάλο πράγμα'.

Δεν λειτουργεί ποτέ. Απλά δεν δουλεύει. Απλά πρέπει να αφεθείς.

Αν συμβεί, θα συμβεί. Αν δεν συμβεί, δεν συμβαίνει. Ό,τι κι αν κάνεις είναι εντάξει, απλά να είσαι ειλικρινής, τίμιος, αληθινός και αυτό είναι το μόνο που μπορείς να ζητήσεις".

-Robert De Niro

"Η ενσυνειδητότητα είναι η επίγνωση που αναδύεται μέσω της προσοχής, με σκοπό, στην παρούσα στιγμή, χωρίς να κρίνει...

Πρόκειται για τη γνώση του τι έχουμε στο μυαλό μας"

-Jon Kabat-Zinn

Τι είναι η ενσυνειδητότητα

Η ενσυνειδητότητα είναι να ζεις στην παρούσα στιγμή. Είναι να είμαστε σκόπιμα πιο συνειδητοί και αφυπνισμένοι σε κάθε στιγμή και να συνδεόμαστε με ό,τι συμβαίνει στο περιβάλλον μας, με αποδοχή και χωρίς κριτική.

Είναι η πρακτική του να έχουμε επίγνωση του σώματος, του νου και του τι αισθανόμαστε στην παρούσα στιγμή, με σκοπό να δημιουργήσουμε ένα αίσθημα ηρεμίας.

Είναι μια επίγνωση της εμπειρίας μας από στιγμή σε στιγμή, χωρίς να την κρίνουμε.

Έτσι, η ενσυνειδητότητα είναι

- Ευαισθητοποίηση
- Προσοχή
- Σκόπιμα, με σκοπό
- Στο παρόν
- Χωρίς κρίση

Έτσι, όταν η πρόθεση και η προσοχή μας με πλήρη επίγνωση είναι στο τώρα, χωρίς να κρίνουμε την εμπειρία ως καλή ή κακή, σωστή ή λάθος, έπρεπε ή δεν έπρεπε, η κατάσταση που προκύπτει είναι απαλλαγμένη από την τοξικότητα του παρελθόντος και την προσμονή του μέλλοντος.

Η ενσυνειδητότητα είναι ενδυνάμωση του Τώρα!

Ζούμε επειδή αναπνέουμε.

Όταν εισπνέουμε αέρα, αυτό ονομάζεται έμπνευση. Εμπνέουμε με την αναπνοή μας.

Όταν εκπνέουμε αέρα, αυτό ονομάζεται Εξάντληση. Εκπνέουμε με το τέλος της αναπνοής.

Ολόκληρη η ζωή μας είναι σε μια ανάσα.

Εμπνεόμαστε με κάθε αναπνοή και εκπνέουμε με κάθε αναπνοή.

Με απλά λόγια, η Ενσυνειδητότητα είναι η ενδυνάμωση της αναπνοής μας, και ως εκ τούτου, της ζωής μας!

Πόσο παρόν είμαστε στο παρόν;

Αν ξοδεύουμε αυτή τη στιγμή αναπολώντας το παρελθόν ή φοβούμενοι το άγνωστο μέλλον, δεν αφήνουμε χώρο και χρόνο για το παρόν, στο παρόν. Είναι πολύ ανθρώπινο να αφήνουμε το μυαλό να περιπλανιέται, χάνουμε την επαφή με τον εαυτό μας, με το παρόν μας, και βυθιζόμαστε σε θέματα του παρελθόντος ή του μέλλοντος. Έχουμε εμμονή με το τι έχει ήδη συμβεί ή με το τι δεν έχει συμβεί ακόμα, αντί για το τι συμβαίνει στο τώρα. Ως εκ τούτου, η Mindfulness είναι το καλύτερο εργαλείο για να μας αγκυροβολήσει στην κατάσταση που βρισκόμαστε στο "τώρα".

Η ενσυνειδητότητα είναι το πιο απλό εργαλείο για να "αλλάξετε τις αντιλήψεις και να σπάσετε τα μοτίβα".

Η ενσυνειδητότητα είναι μια ανθρώπινη ιδιότητα και ικανότητα να είμαστε πλήρως παρόντες, να έχουμε επίγνωση του πού βρισκόμαστε και τι κάνουμε και να μην κατακλυζόμαστε από ό,τι συμβαίνει γύρω μας.

Οι τρεις πτυχές της ενσυνειδητότητας

Πρόθεση – Η πρόθεσή μας είναι αυτό που ελπίζουμε να αποκομίσουμε από την εξάσκηση της ενσυνειδητότητας. Μπορεί να θέλουμε μείωση του στρες, συναισθηματική σταθερότητα, ή να αλλάξουμε τις προεπιλεγμένες ρυθμίσεις της αντίληψης και των μοτίβων μας ή απλά να νιώσουμε πιο υγιείς. Η ισχύς της πρόθεσής μας βοηθά να μας παρακινήσει να εξασκούμε τακτικά την ενσυνειδητότητα και διαμορφώνει την ποιότητα της ενσυνείδητης επίγνωσής μας.

Προσοχή – Η ενσυνειδητότητα έχει να κάνει με την προσοχή στην εσωτερική ή εξωτερική μας εμπειρία, παρατηρώντας απλά τις σκέψεις, τα συναισθήματα και τις αισθήσεις όπως προκύπτουν.

Στάση – Η ενσυνειδητότητα περιλαμβάνει την προσοχή σε ορισμένες συμπεριφορές, όπως η περιέργεια, η αποδοχή, η ευγένεια και κυρίως η μη κριτική στάση.

Κατανόηση του Ενσυνειδητότητα

Η ενσυνειδητότητα είναι μια ιδιότητα που όλοι διαθέτουμε, απλά πρέπει να μάθουμε πώς να την προσεγγίζουμε. Όταν είμαστε ενσυνείδητοι, μειώνουμε το άγχος, βελτιώνουμε την απόδοση, αποκτούμε διορατικότητα και επίγνωση μέσω της παρατήρησης του νου μας και αυξάνουμε την προσοχή μας στην ευημερία των άλλων. Δεν είναι δύσκολο να το κατανοήσουμε και εφαρμόζεται στην πράξη εδώ και αιώνες.

Οι πρακτικές της ενσυνειδητότητας έχουν αποδειχθεί επιστημονικά ότι ωφελούν. Είναι βασισμένη σε αποδείξεις. Δεν χρειάζεται να πάρουμε την ενσυνειδητότητα με βάση την πίστη. Τόσο η επιστήμη όσο και η εμπειρία καταδεικνύουν τα θετικά της οφέλη για την υγεία, την ευτυχία, την εργασία και τις σχέσεις μας. Ο καθένας μπορεί να το κάνει.

Η πρακτική της ενσυνειδητότητας καλλιεργεί καθολικές ανθρώπινες ιδιότητες και δεν απαιτεί από κανέναν να αλλάξει τις πεποιθήσεις του. Όλοι μπορούν να επωφεληθούν και είναι εύκολο να την μάθουν. Είναι κάτι περισσότερο από μια απλή πρακτική. Φέρνει την επίγνωση και τη φροντίδα σε ό,τι κάνουμε και μειώνει το άσκοπο άγχος. Είναι ένας τρόπος ζωής.

Είναι δυναμική. Είναι η συνειδητή προσοχή στο "εδώ και τώρα". Πρόκειται για την εκπαίδευση του εαυτού μας να δίνουμε προσοχή με έναν συγκεκριμένο τρόπο. Όταν είμαστε προσεκτικοί, εμείς: (1) εστιάζουμε στην παρούσα στιγμή, (2) προσπαθούμε να μην σκεφτόμαστε τίποτα που συνέβη στο παρελθόν ή που μπορεί να προκύψει στο μέλλον, (3) επικεντρωνόμαστε σκόπιμα σε ό,τι συμβαίνει γύρω μας, (4) προσπαθούμε να μην κρίνουμε οτιδήποτε παρατηρούμε ή να μην χαρακτηρίζουμε τα πράγματα ως "καλά" ή "κακά".

Η ενσυνειδητότητα δεν έχει να κάνει μόνο με το να γνωρίζουμε ότι ακούμε κάτι, ότι βλέπουμε κάτι, ή ακόμη και να παρατηρούμε ότι έχουμε ένα συγκεκριμένο συναίσθημα. Είναι να το κάνουμε αυτό με ισορροπία και ψυχραιμία και χωρίς να κρίνουμε. Η ενσυνειδητότητα είναι η πρακτική της προσοχής με τρόπο που δημιουργεί χώρο για ενόραση. Η ενσυνειδητότητα μας δείχνει τι συμβαίνει στο σώμα μας, στα συναισθήματά μας, στο μυαλό μας και στον κόσμο.

Η ενσυνειδητότητα είναι η συνειδητή, ισορροπημένη αποδοχή της παρούσας εμπειρίας. Είναι το άνοιγμα ή η υποδοχή της παρούσας στιγμής, ευχάριστης ή δυσάρεστης, όπως ακριβώς είναι, χωρίς να προσκολλάται ή να την απορρίπτει.

Mindfulness σημαίνει επιστροφή στην παρούσα στιγμή.

Μια συνηθισμένη παρανόηση σχετικά με την ενσυνειδητότητα είναι ότι σημαίνει να μένουμε στην παρούσα στιγμή.

Αλλά η πραγματικότητα είναι ότι ο νους κανενός δεν παραμένει στην παρούσα στιγμή. Έχουμε όμως τον έλεγχο της επιστροφής. Μπορούμε πάντα να επιστρέψουμε το νου μας στην παρούσα στιγμή, να τον επιστρέφουμε στην αναπνοή μας ή στις αισθήσεις μας που μπορούν να βρεθούν στην παρούσα στιγμή.

Εξάσκηση της ενσυνειδητότητας

Το παρελθόν σου είναι παρελθόν για κάποιο λόγο

Εκεί υποτίθεται ότι πρέπει να μείνει

Αλλά αν δεν το αφήσεις να φύγει

Το παρελθόν σας θα φάει το μέλλον σας!

Μέχρι η ιστορία του παρόντος σας να γίνει

Το πρόσωπο που ήσουν κάποτε

Η κατήφεια, η μετάνοια, ο θυμός, η ενοχή

Μακάρι να μπορούσες να δεις τη "θολούρα"!

Δεν μπορείτε να αλλάξετε αυτό που συνέβη

Όσο σκληρά κι αν προσπαθήσεις

Όσο κι αν το σκέφτεσαι

Όσο κι αν κλαις!

Αυτό που συμβαίνει στο τώρα σου

Η πραγματικότητα ... που η αναπνοή σου μπορεί να ελέγξει

Ζήστε τη ζωή σας πλήρως σε αυτή την Αναπνοή

Θα νιώσετε ένα ολοκληρωμένο αρμονικό Όλον!

Επειδή το παρελθόν είναι παρελθόν για κάποιο λόγο Ήταν και τώρα έχει φύγει

Γι' αυτό σταματήστε να προσπαθείτε να σκεφτείτε τρόπους να το διορθώσετε

Έγινε, είναι αμετάβλητο, προχωρήστε παρακάτω

Μην αναλώνεστε στα αρνητικά.

Βρες γαλήνη μέσα σου και ξεκίνα να "ζεις".

Αλλάξτε την αντίληψη, σπάστε το μοτίβο

Η ζωή σας θα αποκτήσει ένα εντελώς νέο νόημα!

Αυτές είναι προτάσεις για το από πού να ξεκινήσετε. Μόλις μπούμε στη ροή, μπορούμε να εξασκούμε την ενσυνειδητότητα ανά πάσα στιγμή.

Ευφυής αναπνοή

Να σταματήσουμε αυτό που κάνουμε και να πάρουμε μια ανάσα. Αφιερώστε μια στιγμή για να παρατηρήσετε την αίσθηση της αναπνοής μας. Κάντε Pranayama. Νιώστε την αναπνοή να μπαίνει και να βγαίνει. Κάντε το όποτε είναι δυνατόν. Η εστίαση σε αυτή τη μία αναπνοή θα μας κρατήσει πιο ήρεμους καθ' όλη τη διάρκεια της ημέρας μας. Η προσεκτική αναπνοή μπορεί να είναι μια θαυμάσια πρακτική για τις στιγμές που αρχίζουμε να νιώθουμε λίγο αγχωμένοι ή επιβαρυμένοι.

Ευφυές ξύπνημα

Ο καθορισμός της πρόθεσης να φέρουμε την προσοχή στις πρώτες στιγμές της ημέρας μας είναι ένας ήπιος τρόπος να δώσουμε τον τόνο για τις επόμενες ώρες. Δώστε προσοχή: Αισθανόμαστε σε εγρήγορση ή κουρασμένοι; Είναι οι μύες μας σφιγμένοι; Τεντώστε αργά τα άκρα και την πλάτη, παρατηρώντας την αίσθηση κάθε κίνησης. Προσπαθήστε να παρατηρήσετε ποια σκέψη περνάει από το μυαλό σας τη στιγμή που ανοίγετε τα μάτια σας.

Ευσυνείδητη διατροφή

Η υπενθύμιση του εαυτού μας να επιστρέφουμε στη στιγμή κάθε φορά που τρώμε είναι ένας πολύ καλός τρόπος για να εισάγουμε την ενσυνειδητότητα στην ημέρα μας και θα μας βοηθήσει να είμαστε πιο συνειδητοποιημένοι σχετικά με το τι τροφή βάζουμε στο σώμα μας. Δώστε προσοχή στη - γεύση, την υφή, τη μυρωδιά. Υπάρχουν πάντα πολλά που πρέπει να προσέξουμε σε κάθε μπουκιά φαγητού. Απολαύστε τη σοκολάτα και απολαύστε τα φρούτα. Πάρτε μικρές μπουκιές και μασήστε αργά.

Ευφυής καθαρισμός

Το πλύσιμο των πιάτων, το σκούπισμα του δαπέδου ή το πλύσιμο των ρούχων, αυτές οι καθημερινές δουλειές αποτελούν ιδανική ευκαιρία για να φέρετε την ενσυνειδητότητα στην καθημερινή ζωή. Δώστε προσοχή - σε ό,τι κάνουν τα χέρια σας- παρατηρήστε την αφή και τη θερμοκρασία του νερού- την κίνηση του τριψίματος- αισθανθείτε τα διάφορα υφάσματα. Ενώ σκουπίζετε, παρατηρήστε την κίνηση των χεριών.

Ευφυές ντους

Αν και λέγεται ότι οι καλύτερες ιδέες μας έρχονται στο ντους, το πλύσιμο μπορεί επίσης να είναι μια στιγμή για να απομακρυνθούμε από την ασταμάτητη ροή σκέψεων που γεμίζει το μεγαλύτερο μέρος της ημέρας. Δώστε προσοχή στην αίσθηση του νερού. Παρατηρήστε τη θερμοκρασία και πώς αισθάνεστε κάθε σταγόνα καθώς έρχεται σε επαφή με το δέρμα και την αίσθηση του σαπουνιού καθώς τρίβει το δέρμα.

Ευφυές περπάτημα

Είτε πρόκειται για έναν μακρύ περίπατο προς τη δουλειά ή το σπίτι είτε για έναν σύντομο περίπατο μέσα στο σπίτι, κάθε βήμα φέρνει μαζί του την ευκαιρία να είστε προσεκτικοί. Δώστε προσοχή στα πόδια και τα πόδια. Παρατηρήστε πώς αισθάνεται κάθε πόδι καθώς αγγίζει το έδαφος, κυλάει και στη συνέχεια απομακρύνεται ξανά. Νιώστε την κάμψη κάθε ποδιού καθώς κινείται προς τα εμπρός, το τέντωμα των μυών της γάμπας και του μηρού. Νιώστε τον άνεμο στο πρόσωπο.

Ενσυνείδητη ακρόαση

Όταν ακούμε ένα άλλο άτομο, συχνά είμαστε εκεί με το σώμα μας, αλλά όχι πλήρως παρόντες. Πολύ συχνά, δεν επικεντρωνόμαστε στο να τους ακούσουμε- είμαστε απορροφημένοι από τη φλυαρία του μυαλού μας. Κρίνουμε αυτά που λένε, συμφωνώντας ή διαφωνώντας νοερά, ή σκεφτόμαστε τι θέλουμε να πούμε στη συνέχεια. Το να είμαστε πραγματικά μαζί με τους ανθρώπους γύρω μας είναι ένας από τους καλύτερους τρόπους για να συνδεθούμε και να εμβαθύνουμε τις σχέσεις μας - στο σπίτι και στη δουλειά. Δίνουμε προσοχή - σε όλα όσα αφορούν το άτομο με το οποίο συνομιλούμε και όχι μόνο στα λόγια του. Ακούστε, αλλά και παρατηρήστε τη γλώσσα του σώματός τους. Αντισταθείτε στην παρόρμηση να αρχίσετε να σκέφτεστε τι θα πείτε στη συνέχεια πριν ο άλλος ολοκληρώσει τη φράση του. Απλά ακούστε.

Ευφυής αναμονή

Το να φέρουμε την προσοχή στον χρόνο αναμονής μας μπορεί να μετατρέψει έναν αναστεναγμό σε χαμόγελο. Δώστε προσοχή - στην πρώτη σκέψη και σε όλη την εμπειρία. Νιώστε το συναίσθημα της ενόχλησης ή του θυμού. Παρατηρήστε κάθε μικροσκοπική κίνηση.

Ευφυείς κινήσεις

Υπάρχουν πολλοί τρόποι για να εξασκήσουμε την ενσυνειδητότητα με την κίνηση και μπορούμε να την κάνουμε όσο δραστήρια θέλουμε. Το τρέξιμο, ο χορός ή η άσκηση μπορεί να είναι η πρακτική της ενσυνειδητότητας. Εναλλακτικά, η πρακτική μας μπορεί να είναι τόσο απλή όσο το να δίνουμε προσοχή στην αίσθηση των ποδιών μας στο πάτωμα καθώς ανεβαίνουμε τις σκάλες. Περπατάμε ξυπόλητοι στο γρασίδι, απολαμβάνοντας την αίσθηση. Το θέμα δεν είναι σε τι εστιάζουμε την προσοχή μας, αλλά μάλλον στο να αφιερώνουμε χρόνο για να εξασκηθούμε σταθερά στο να κρατάμε την προσοχή μας σε ένα πράγμα και να παρατηρούμε τι προκύπτει.

Ένα λεπτό ενσυνειδητότητας

Μπορούμε να εισάγουμε μικρά "λεπτά ενσυνειδητότητας" κατά τη διάρκεια της ημέρας μας. Κατά τη διάρκεια αυτού του χρόνου, καθήκον μας είναι να εστιάσουμε την προσοχή μας στην αναπνοή μας και σε τίποτα άλλο. Μπορούμε να εξασκηθούμε με τα μάτια είτε ανοιχτά είτε κλειστά. Αν χάσουμε την επαφή με την αναπνοή μας και χαθούμε σε σκέψεις κατά τη διάρκεια αυτού του χρόνου, απλά αφήστε τη σκέψη και επαναφέρετε απαλά την προσοχή σας στην αναπνοή. Επιστρέφουμε την προσοχή όσες φορές χρειάζεται.

Παρακολουθήστε το μυαλό

Μέσω της αυτοπαρατήρησης, η ενσυνειδητότητα εισέρχεται αυτόματα στη ζωή μας. Τη στιγμή που συνειδητοποιούμε ότι δεν είμαστε προσεκτικοί - είμαστε προσεκτικοί! Τώρα παρακολουθούμε το νου αντί να παρασυρόμαστε από το ρεύμα του. Κάθε φορά που παρατηρούμε τις σκέψεις, είμαστε ενσυνείδητοι. Το κλειδί είναι - Μην πιστεύετε τις σκέψεις σας. Μην τις παίρνετε τόσο σοβαρά. Παρακολουθήστε τις, αμφισβητήστε τις. Με αυτόν τον τρόπο, οι σκέψεις και οι εξαρτημένοι, αντιδραστικοί τρόποι ζωής και σκέψης χάνουν την κυριαρχία τους πάνω μας. Δεν χρειάζεται πλέον να τις αναπαράγουμε.

Με αυτόν τον τρόπο, κάθε μικρή πράξη γίνεται μια ιερή τελετουργία. Μας κρατάει σε αρμονία με τη στιγμή, με τον εαυτό μας, το χώρο μας, ακόμα και με τον κόσμο γύρω μας, όλα λειτουργούν αρμονικά. Όταν "κάνουμε", απλά να είμαστε εκεί πλήρως, με όλη την προσοχή, για κάθε στιγμή της. Η ζωή δεν είναι μια λίστα με τις δουλειές που πρέπει να κάνουμε. Είναι για να την απολαμβάνουμε!

Πρακτική Mindfulness στις σχέσεις

Η ενσυνειδητότητα παίζει ρόλο στο να μας βοηθήσει να επικοινωνούμε αποτελεσματικά μεταξύ μας για τα συναισθήματά μας σε σχέσεις και διαπροσωπικές καταστάσεις.

• Δώστε περισσότερη προσοχή - αποκτώντας μεγαλύτερη επίγνωση των συναισθημάτων μας και μη αντιδρώντας ενστικτωδώς και δίνοντας μεγαλύτερη προσοχή σε αυτά που λένε οι άλλοι.

• Να εξασκηθούμε σε μεγαλύτερη αποδοχή - ειδικά όταν βρισκόμαστε σε σύγκρουση. Το να είμαστε πιο δεκτικοί αντί να αντιστεκόμαστε, μας βοηθάει να αυξήσουμε τις πιθανότητές μας για μια θετική, παραγωγική ανταπόκριση από τους άλλους.

• Εκτιμήστε τους άλλους - στις σχέσεις, γεγονός που έχει ως αποτέλεσμα την καλλιέργεια βαθύτερων δεσμών.

• Επιτρέπουμε - στον εαυτό μας να είναι αυτός που είναι, και επιτρέπουμε στους άλλους να κάνουν το ίδιο. Αυτό ενθαρρύνει τη μεγαλύτερη αυτοέκφραση.

Πώς το Ευαίσθημα είναι ευεργετικό για το σώμα και το μυαλό μας

1. Βελτιωμένη μνήμη εργασίας.

2. Μειώνει το άγχος.

3. Μειώνει το άγχος.

4. Βελτιώνει τη συναισθηματική σταθερότητα.

5. Καλύτερη διαχείριση του πόνου.

6. Κρατάει πιο εύκολα μακριά τις αρνητικές σκέψεις.

7. Αποσυμφορεί το χώρο του μυαλού μας.

8. Μας βοηθά να ακούμε καλύτερα, να εκτιμούμε περισσότερο τους άλλους και να τα πηγαίνουμε καλά στη δουλειά.

9. Μας βοηθά να ανταποκριθούμε αντί να αντιδράσουμε.

10 Βελτιώνει τον ύπνο.

Το παρελθόν συνεχίζει να μας στοιχειώνει. Ενοχή και μετάνοια. *Θα μπορούσα να έχω και δεν έκανα.* Κατηγορώ την ανατροφή και κατηγορώ τον εαυτό μου.

Το μέλλον συνεχίζει να μας ανησυχεί. Θα μπορέσω να το κάνω; Τι θα κάνω;

Πώς θα το κάνω;

Τόσο το παρελθόν όσο και το μέλλον τρώνε το παρόν μας.

Η ενσυνειδητότητα μας βάζει στο παρόν.

Η ύπαρξη στο παρόν δεν επιτρέπει το στοιχειωμένο παρελθόν και το ανησυχητικό μέλλον.

Όσο περισσότερο είμαστε ενσυνείδητοι, τόσο περισσότερο κρατάμε μακριά το παρελθόν και το μέλλον.

Η ενσυνειδητότητα είναι επομένως ο απλούστερος τρόπος για να αλλάξουμε την αντίληψη και να σπάσουμε το μοτίβο!

"Παραδοθείτε σε αυτό που είναι. Αφήστε αυτό που ήταν. Έχετε πίστη σε αυτό που θα γίνει."

"Δεν μπορούμε πάντα να αλλάξουμε τα γεγονότα που μας συμβαίνουν στη ζωή, αλλά μπορούμε να επιλέξουμε πώς θα ανταποκριθούμε σε αυτά".

"Κοιτάξτε πέρα από τις σκέψεις σας, ώστε να μπορέσετε να πιείτε το αγνό νέκταρ αυτής της στιγμής".

– Rumi

"Στη σημερινή βιασύνη, όλοι μας σκεφτόμαστε πάρα πολύ, επιδιώκουμε πάρα πολλά, θέλουμε πάρα πολλά και ξεχνάμε τη χαρά της απλής ύπαρξης".
Eckhart Tolle

"Δώστε την προσοχή σας στην εμπειρία της όρασης και όχι στο αντικείμενο που βλέπετε και θα βρεθείτε παντού".

Άλλαξε την αντίληψη και έσπασε το μοτίβο

Αυτή είναι η αληθινή αφήγηση της ζωής μιας νεαρής ενήλικης ... είναι η ιστορία της, τα λόγια της, οι αντιλήψεις και τα μοτίβα της ... είναι η ιστορία της μεταμόρφωσής της.

Η ιστορία μου

Γεια σας, είμαι ο ...

Είμαι αυτό που όλοι γνωρίζουμε ως "πολύ μεγάλος για να είμαι παιδί και πολύ νέος για να είμαι αρκετά μεγάλος". Ναι, σωστά μαντέψατε, είμαι αυτή η φάση της ζωής όλων *"Ο έφηβος που μπαίνει στην ενήλικη ζωή"*.

Εκτός από αυτό, αναγνωρίζω τον εαυτό μου ως τελειόφοιτο φοιτητή ιατρικής με πολλές ιστορίες και μαθήματα ζωής που θα μου κρατήσουν για την υπόλοιπη ζωή μου. Καθώς πρόκειται να μπω στον μεγάλο τολμηρό επαγγελματικό κόσμο σε περίπου ένα χρόνο, η ζωή αποφάσισε να μου δώσει ένα πολύ σημαντικό μάθημα και πώς! Επιτρέψτε μου να σας πάρω μαζί μου σε αυτό το ταξίδι.

Ως παιδί, είχα μια δερματική ασθένεια που ξεκίνησε νωρίς στη ζωή μου. Αρχικά δεν με ενοχλούσε πολύ, αλλά με τον καιρό τα πράγματα χειροτέρευαν τόσο σωματικά όσο και συναισθηματικά. Η ασθένεια εξαπλώθηκε, το δέρμα μου άλλαξε εμφάνιση και μαζί άλλαξαν οι απόψεις και οι αντιλήψεις των ανθρώπων για μένα. Από την αγάπη και τη στοργή, μετατράπηκε σε συμπάθεια και κάπως οίκτο. Μερικές φορές κλιμακώθηκε σε τέτοιο βαθμό που με αντιμετώπιζαν ως ανέγγιχτη. *Η καρδιά του μικρού μου παιδιού πληγώθηκε. Άρχισα να κατηγορώ τον εαυτό μου. Σκέφτηκα ότι αυτό είναι δικό μου λάθος, ότι είχα κάνει κάποιο λάθος που μου συμπεριφέρονταν διαφορετικά. Λαχταρούσα να είμαι φυσιολογική, να είμαι σαν όλους τους άλλους, να με συμπεριλαμβάνουν. Αλλά δεν είχα πια αυτοπεποίθηση, ένιωθα ότι δεν μπορούσα να είμαι ο εαυτός μου, μάλλον δεν ήξερα ποια ήμουν ο εαυτός μου πια.*

Εκείνη την εποχή, έτυχε να διαπρέψω στα ακαδημαϊκά μου μαθήματα και ως δια μαγείας, η συμπεριφορά όλων απέναντί μου άλλαξε.

Δεν ήμουν πλέον το "αξιολύπητο κορίτσι" ή "αυτό με το άσχημο δέρμα". Όλη αυτή η προσοχή, η εκτίμηση, αυτή η έκρηξη αδρεναλίνης... ήταν σαν ένα πραγματικό high. Ζούσα από αυτή την αδρεναλίνη. *Έβαλα τον εαυτό μου στον στόχο να είναι σε αυτή τη θέση κάθε φορά και όλα αυτά ήταν μόνο για αυτές τις λίγες στιγμές προσοχής.* Θέτω σημεία αναφοράς και στόχους για τον εαυτό μου. Οτιδήποτε υπολείπεται από αυτό, ακόμη και κατά 0,1%, δεν ήταν αποδεκτό για μένα, ήταν απλώς αποτυχία. Έβαλα τόση πίεση στον εαυτό μου που ένιωθα σαν να ζούσα μέσα σε μια ζωντανή χύτρα ταχύτητας. Έτρεχα πίσω από κάτι που δεν ήταν δικό μου αλλά αυτό που είχα συνηθίσει να είμαι. Το είχα κάνει το "μοτίβο" μου. Η αντίληψή μου για τον εαυτό μου είχε πάρει τέτοιο φόρο αίματος που άρχισα να πιστεύω ότι μόνο η ασθένειά μου και οι ακαδημαϊκές μου σπουδές ήταν το μόνο που είμαι και ότι χωρίς αυτά δεν υπάρχω.

Όλα αυτά συνεχίστηκαν και κατά τη διάρκεια των σχολικών μου χρόνων, ακόμη και στο κολέγιο. *Μεγάλωσα ως μια έξυπνη μαθήτρια, αλλά με πολύ χαμηλή αυτοεκτίμηση, με πολύ λίγη αυτοπεποίθηση και σχεδόν καθόλου γνώμη για τον εαυτό μου.* Είχα πολύ λίγους φίλους, καθώς δεν μπορούσα να ανακατευτώ εύκολα. Είχα περιφράξει τον εαυτό μου από τον κόσμο για να προστατεύσω τον εαυτό μου από το να πληγωθώ. Αλλά λαχταρούσα "να με συμπεριλάβουν". Υπέφερα από μια σοβαρή περίπτωση αυτού που εμείς οι millennials αποκαλούμε "FOMO - Fear Of Missing Out". Προσθέστε σε αυτό την πίεση των συνομηλίκων να έχουν μια "φωτισμένη" ζωή και ήταν το τέλειο μείγμα μιας μίζερης ζωής. *Δεν ήξερα ότι έβλεπα τον εαυτό μου από την οπτική γωνία που με έβλεπε η κοινωνία.*

Μπαίνοντας στην ιατρική σχολή, συνέχισα να αγωνίζομαι. Απαιτούσε να έχω αυτοπεποίθηση και φωνή και μου έλειπαν τα βασικά. Φοβόμουν να πάω στο κολέγιο, αμφισβητώντας το μόνο πράγμα για το οποίο νόμιζα ότι ήμουν σίγουρη "την επιλογή μου να γίνω γιατρός". Αποτέλεσμα αυτού ήταν ότι είχα μια αποτυχία στις πρώτες κιόλας εξετάσεις μου. Και δεν το πήρα καλά. Μετά από αυτό ξέσπασε η κόλαση. Μπήκα σε μια κατάσταση όπου ένιωθα ότι *"είμαι μια πλήρης αποτυχία, δεν είμαι καλή για τίποτα".*

"Δεν θα μπορέσετε ποτέ να πετύχετε τίποτα στη ζωή σας. Δεν θα αξίζεις τίποτα"

Αυτές ήταν οι σκέψεις που έκανα, φοβόμουν ότι θα χαρακτηριστώ ως "αποτυχημένος". Ένιωθα σαν να έπαψα να υπάρχω επειδή μου στέρησαν τα ακαδημαϊκά μου προσόντα. Είναι αστείο πώς έθετα τους στόχους μου με βάση τις απόψεις των ανθρώπων και έβλεπα τις αποτυχίες μου από τη δική μου οπτική γωνία και όχι από τη δική τους. Επειδή το έκανα, θα είχα συνειδητοποιήσει ότι δεν τους ένοιαζε καθόλου! Δεν το θυμόντουσαν καν στην αμέσως επόμενη περίπτωση.

Αυτό ήταν το συνηθισμένο μου μοτίβο. *Θέστε στόχους και σκοπούς και ακόμη και αν ξεφύγω λίγο, σταματήστε να πιστεύετε στον εαυτό σας.* Δεν θα σκεφτόμουν καν όλα τα προηγούμενα επιτεύγματα και τις νίκες μου. Μια αναποδιά ήταν ο νέος ορισμός μου για το ποιος έβλεπα τον εαυτό μου. Είχα γίνει ένα άλογο με περιορισμένη όραση, που έβλεπε τα πράγματα μόνο από μία και μόνη οπτική γωνία. Και ειλικρινά, δεν απολάμβανα καν τις επιτυχίες μου γιατί φοβόμουν μήπως αποτύχω το επόμενο λεπτό και ακόμη και η σκέψη τους έφερνε πίσω μνήμες πίεσης και αμφιβολιών.

Τότε ξεκίνησε ο κύκλος της ολοκληρωτικής αποστράγγισης του εαυτού μου στα βιβλία. Έπρεπε να ... μάλλον ... έπρεπε να επιστρέψω, να ξανασηκωθώ. Έπρεπε να ταυτιστώ ξανά με τον εαυτό μου.

Σιγά σιγά τα πράγματα άρχισαν να παίρνουν την ανηφόρα, απλά μάθαινα να αποκτώ την αυτοπεποίθησή μου. Άρχισα να μαθαίνω για τις σκέψεις μου και τη δύναμη του νου. Άρχισα να μαθαίνω να ζω με ειλικρίνεια και τότε ... ΜΠΑΜ!

Η ζωή αποφάσισε να μου παίξει ένα σκληρό αστείο. Αρρώστησα και διαγνώστηκα με κάτι που άλλαξε τη ζωή μου, μια σπάνια διαταραχή. Ακόμα θυμάμαι τη στιγμή που το έμαθα, ήμουν μουδιασμένη, σοκαρισμένη. Δεν ήξερα τι να πω, τι να αισθανθώ. Απλώς ανέπνεα, αλλά δεν ζούσα. Μόλις μάθαινα να ανοίγω τα φτερά μου, να μεγαλώνω και όλα ξεριζώθηκαν από τη βάση τους. Αυτό σήμαινε το τέλος του κόσμου για μένα.

Μετά από αυτό ήρθε το κύμα του κλάματος και της κατηγορίας. "Γιατί εγώ;" "Η ζωή δεν ήταν αρκετά σκληρή μαζί μου;" "ΓΙΑΤΙ ολόκληρο το σύμπαν ήταν εντελώς εναντίον μου όλη την ώρα;" "Εγώ είμαι μόνο η άτυχη και δεν μου αξίζει να είμαι ευτυχισμένη" "Εγώ πρέπει να το προκάλεσα αυτό στον εαυτό μου" Αυτές ήταν οι σκέψεις που περνούσαν από το μυαλό μου καθ' όλη τη διάρκεια της ημέρας. Ήμουν θυμωμένη, αναστατωμένη, απογοητευμένη και φοβισμένη ταυτόχρονα. Όλα τα υπόλοιπα πέρασαν σε δεύτερη μοίρα στη ζωή μου και άρχισα να περιστρέφομαι μόνο γύρω από αυτό. Φοβόμουν να γνωρίσω ανθρώπους επειδή έβλεπα τον εαυτό μου μέσα από τα δικά τους γυαλιά. *Επέστρεψα στην παλιά μου αντίληψη όπου ταυτιζόμουν μόνο με αυτό. Αυτό ήταν το "μοτίβο" μου*

Αλλά μετά από ένα σημείο, συνειδητοποίησα ότι δεν έκανα καλό στον εαυτό μου. Όλη αυτή η αρνητική διαδικασία σκέψης, η αρνητική εικόνα που είχα για μένα με κρατούσε πίσω. Φοβόμουν τόσο πολύ το μέλλον εξαιτίας του κακού παρελθόντος μου που δεν ήμουν εκεί στο παρόν μου.

Τότε ήταν που αποφάσισα ότι στο τέλος της ημέρας εγώ είμαι αυτός που μετράει περισσότερο και ότι τα πράγματα θα γυρίσουν μόνο όταν αποδεχτώ τον εαυτό μου, θα αποδεχτώ όλα μου τα αγαθά και τα ελαττώματα συμπεριλαμβανομένων.

Σε ποιον απέδειξα κάτι;

Στο τέλος, όλα ήταν δική μου αντίληψη και το μόνο που είχε σημασία ήταν οι απόψεις μου και το πώς έβλεπα τον εαυτό μου.

Έπρεπε να "αλλάξω την αντίληψή μου και να σπάσω το μοτίβο μου".

Πρέπει να αναγνωρίσω ότι 'δεν είμαι καλά τώρα ... αλλά μόνο θα βοηθήσω τον εαυτό μου να φτάσει εκεί σύντομα'.

Είμαι πολύ περισσότερο πέρα από τα προβλήματά μου και επίσης πολύ πάνω από τις ακαδημαϊκές μου σπουδές.

Έχω μάθει να αποδέχομαι ότι "Ναι, κάτι δυσμενές έχει συμβεί και πρέπει να το αντιμετωπίσω κατά μέτωπο και όχι να τρέχω σε άρνηση".

Το να κατηγορώ και να ασκώ κριτική, προσπαθώντας να βρω γιατί τα πράγματα είναι έτσι όπως είναι, δεν θα βοηθήσει ... αλλά αυτό που σίγουρα θα βοηθήσει είναι να το αναγνωρίσω και να το αποδεχτώ όπως είναι και να σχεδιάσω τις ενέργειές μου εδώ μπροστά.

Κάθε φορά που υποτροπίαζα γινόταν πολύ, πολύ δύσκολο να σηκωθώ. Ο κόσμος έμοιαζε με ένα σκοτεινό μέρος χωρίς ελπίδα. Απλά δεν είχα κανένα κίνητρο να ξεκινήσω μια μέρα ή να κάνω οτιδήποτε. Ήμουν σαν ένα λαχανικό στο σπίτι μου, απλά ξαπλωμένος γύρω μου. Φαινόταν ότι δεν είχα κανένα σκοπό. Μου έλειπε το ίδιο το νόημα της ζωής. Δεν ήταν εύκολο να βγω από όλα αυτά. Και κάθε φορά που χειροτέρευε, φαινόταν σαν να είχα εξαντλήσει όλες τις δυνατότητες και τις ικανότητές μου. Απλώς ένιωθα ότι δεν ήταν γραφτό να συμβεί για μένα ή ότι δεν ήμουν φτιαγμένος γι' αυτό. Δεν μπορούσα να κάνω τίποτε άλλο. Έμοιαζε με το ΤΕΛΟΣ!

Καμία ελπίδα, καμία προοπτική!

Αλλά τελικά, αυτές οι σκέψεις με έκαναν να θυμώσω με τον εαυτό μου. Άρχισα να σκέφτομαι "Τι έκανα; Μισούσα που δεν μπορούσα να υλοποιήσω τα σχέδιά μου και τώρα το έκανα αυτό εσκεμμένα. "Κοιτάζοντας πίσω, συνειδητοποίησα ότι ήμουν ανόητη, ήμουν ανώριμη και ανεύθυνη. Το να πενθήσω για κάποιο χρονικό διάστημα είναι εντάξει, αλλά το να το κρατάω και να το χρησιμοποιώ ως λόγο για να δικαιολογήσω την πράξη μου ήταν λάθος και πρέπει να αλλάξει τώρα!

Άρχισα να συνειδητοποιώ τις αντιλήψεις και τα μοτίβα μου. Είχα επίγνωση και άρχισα να αποδέχομαι.

Δεν θα πω ότι είμαι εντελώς εντάξει τώρα. Μάλλον απέχω πολύ από αυτό. Θα είναι ένας δύσκολος δρόμος με πολλά εμπόδια και πολλές αδύναμες στιγμές.

Αλλά ξέρω ότι αυτό είναι το ξεκίνημά μου.

Αυτό θα είναι το σημείο καμπής στη ζωή μου, γιατί εγώ επιλέγω να το κάνω έτσι. Το έμαθα αυτό με τον δύσκολο τρόπο, αλλά είναι αυτό που με κάνει, ΕΜΕΝΑ! Άρχισα να ανακαλύπτω ξανά τον εαυτό μου και να ξαναζώ τα πάθη μου. Άρχισα να κάνω πράγματα που μου δίνουν ευχαρίστηση, όπως το μαγείρεμα, η ζωγραφική, το διάβασμα. Αλλά πάνω απ' όλα. Άρχισα να γράφω ξανά, η συγγραφή ποιημάτων έγινε η δημιουργική μου διέξοδος, έγινε το συναισθηματικό μου ημερολόγιο και έγινε η παρηγοριά μου. Συνειδητοποίησα ότι αν έβλεπα τον εαυτό μου ευτυχισμένο και ικανοποιημένο, τότε ο ουρανός θα ήταν το οριό μου, ή μάλλον δεν υπήρχε όριο!

Μακάρι να το είχα μάθει αυτό νωρίτερα. Μακάρι να μπορούσα να μεγαλώσω και πάλι. Αλλά δεν είναι ακόμα πολύ αργά. Μπορείς να διαβάσεις χίλιες ομιλίες και αποφθέγματα με κίνητρα και να προσπαθήσεις να εμπνευστείς, αλλά αυτή η δανεική έμπνευση δεν θα διαρκέσει μέχρι να έρθει μια φωνή από μέσα σου που να λέει "Εσύ κάνεις εσένα".

Αποφάσισα την πορεία μου και αποφάσισα να πάρω το προβάδισμα, στην κατεύθυνση της ζωής μου.

Το ταξίδι που ξεκίνησα έγινε μόνο όταν αποφάσισα να αλλάξω την αντίληψη που είχα για τον εαυτό μου. Κάθε στάδιο της ζωής φέρνει προκλήσεις και σε δοκιμάζει με διαφορετικούς τρόπους. Δοκιμάζει την υπομονή σας και την αυτοπεποίθησή σας. Μπορεί να αρχίσετε να αμφιβάλλετε για τον εαυτό σας, όπως κάνατε εσείς μπροστά σε κάθε πρόκληση. *Αλλά μια πρόκληση συνεχίζει να είναι πρόκληση μόνο για όσο διάστημα την αντιλαμβάνεστε ως τέτοια*

Η αντίληψή μου για τον εαυτό μου περιστρεφόταν γύρω από την ασθένειά μου και γύρω από την επίδοσή μου στις εξετάσεις. Η αλλαγή συνέβη μόνο όταν αποφάσισα να δω τον εαυτό μου πέρα από αυτό. Είμαι μια νέα εκδοχή του εαυτού μου κάθε νέα στιγμή, αλλάζω και εξελίσσομαι διαρκώς και αυτό είναι τέλειο για μένα.

Αυτή η αποδοχή έφερε εκείνη τη δύναμη, εκείνη τη δύναμη που χρειαζόμουν για να βγω από το μοτίβο των αμφιβολιών, της αυτοκριτικής και της επιθυμίας να πιέζω τον εαυτό μου. Ο βρόγχος μου έσπασε μόνο αφού έκανα αυτό το πρώτο βήμα για να αναγνωρίσω και να αποδεχτώ ότι έχω μια συγκεκριμένη αντίληψη για τον εαυτό μου και αντιδρούσα στο σταθερό μοτίβο μου. Αυτά είναι μικρά βήματα που κάνω, αλλά αυτό μου δίνει τεράστια ικανοποίηση και δεν πέφτω για ύπνο με τη σκέψη πώς θα μπορούσα να είχα συμπεριφερθεί διαφορετικά καθ' όλη τη διάρκεια της ημέρας. Αντίθετα, πέφτω για ύπνο με χαμόγελο και ελπίδα για την επόμενη μέρα.

Η αλλαγή είναι δύσκολη στην αρχή.

Ακατάστατη στη διαδικασία της.

Αλλά πανέμορφη στο τέλος!

Και έτσι ξεκινάει η περιπέτειά μου, ελπίζω να σας συναντήσω στην άλλη άκρη σύντομα!

Άλλαξα την αντίληψή μου και έσπασα το μοτίβο μου.

Μεγαλώνω ... για άλλη μια φορά.

Είναι η σειρά σας τώρα.

Απομάκρυνση

Ονειρεύομαι να πετάξω μακριά και ψηλά

Οι φόβοι και οι αμφιβολίες με κρατούν ψέμα

Η ώρα μου είναι τώρα, να σηκωθώ και να λάμψω

Δεν έχει νόημα να κλαίω και να κλαψουρίζω

Κοίτα με πως σπάω τις αλυσίδες μου

Ελευθερώνομαι από αμφιβολίες και πόνους

Επιλέγω να γίνω ένα πουλί που δεν είναι φυλακισμένο

Η φωτιά μέσα μου τώρα οργισμένη

Πέφτω και σκοντάφτω στο δρόμο μου

Αυτή είναι η πτήση μου και είμαι στο αεροπλάνο

Δεν θα κρατηθώ πια πίσω

Θα είμαι το ουράνιο τόξο μου όταν όλα είναι μαύρα

Γιατί είμαι αυτός που αποφασίζω να είμαι

Κανείς δεν μπορεί να πει ότι δεν είμαι εγώ

Σε αυτές τις στιγμές αφήνω τον εαυτό μου ελεύθερο

Από όλες τις αμφιβολίες μου, τους φόβους μου και να είμαι "απλά εγώ

Όλα εντάξει!

Όλα είναι εντάξει ... μπαίνω στην αποδοχή και την εξέλιξη.
Επιλέγω να γίνω μάρτυρας του ταξιδιού της μεταμόρφωσής μου.
Όλα είναι εντάξει ... Είμαι ο οικοδόμος και ο δημιουργός της ζωής μου.
Επιλέγω να γίνω ο δικός μου παρατηρητής και σκηνοθέτης.
Όλα είναι εντάξει ... Είμαι το κέντρο του Σύμπαντός μου.
Επιλέγω να αφήσω τον πόνο και τη δυστυχία μου να διαλυθούν.
Όλα είναι εντάξει ... Είμαι πρόθυμος να αφεθώ και να ελευθερωθώ.
Επιλέγω να χαμογελάω με τις εμπειρίες που μου προσφέρει η ζωή
Όλα είναι εντάξει ... Είμαι έτοιμος να ζήσω τη στιγμή.
Επιλέγω να μάθω να αγαπώ τον εαυτό μου μέσα στην απόλαυση.
Όλα είναι εντάξει ... Θέτω τον στόχο μου.
Επιλέγω να αλλάξω την αντίληψή μου και να φορέσω την ψυχή μου.
Όλα είναι OK ... Είμαι πιο δυνατός άνθρωπος μέσα από την αντανάκλασή μου.
Επιλέγω να σπάσω το μοτίβο μου και να ζήσω τη μεταμόρφωση.
Όλα είναι εντάξει ... Είμαι τώρα στη σωστή λωρίδα.
Επιλέγω να θεραπευτώ και να μεγαλώσω ξανά.

Μια νέα αρχή

Θέλω να μεγαλώσω... για άλλη μια φορά!

Θέλω πραγματικά να μεγαλώσω... για άλλη μια φορά;

Το ήθελα ... όλη μου τη ζωή.

Αλλά τώρα ... νιώθω ότι ξαναγεννήθηκα!

Θέλω πραγματικά να γυρίσω στο παρελθόν και να διορθώσω τα πράγματα;

Στην πραγματικότητα όχι ... είμαι στο Τώρα ... και είναι φωτεινό!

Λένε ότι - Το να γερνάς είναι υποχρεωτικό, το να μεγαλώνεις είναι προαιρετικό.

Και η ενηλικίωση είναι η επιλογή που επιλέγω. Γιατί είναι μεταμορφωτική.

Μεγαλώνω γιατί τώρα εκτιμώ το πώς μεγάλωσα!

Μεγαλώνω για άλλη μια φορά, γιατί πιστεύω ότι κάθε στιγμή στη ζωή μου θα μπορούσε να είναι εκείνη η αποφασιστική στιγμή, από την οποία ξεκινούν νέα ξεκινήματα.

Γιορτάστε τα τέλη, γιατί προηγούνται των νέων αρχών.

Ξεκινήστε κάνοντας αυτό που είναι απαραίτητο- στη συνέχεια κάντε αυτό που είναι δυνατό, και ξαφνικά κάνετε το αδύνατο.

Πίσω σας, όλες οι αναμνήσεις σας. Μπροστά σας, όλα τα όνειρά σας. Γύρω σας, όλοι όσοι σας αγαπούν. Μέσα σας, ο νέος ενδυναμωμένος εαυτός σας.

Κάθε στιγμή στη ζωή μπορεί να είναι "happening". Μπορεί να συμβεί για να μας φτιάξει ή να μας διαλύσει. Η επιλογή είναι δική μας. Και κάθε συμβάν μας αλλάζει σε μια διαφορετική εκδοχή του εαυτού μας.

Ετοιμαστείτε για ένα νέο **"Εγώ ... έκδοση n.0"**

www.ingramcontent.com/pod-product-compliance
Lightning Source LLC
LaVergne TN
LVHW091630070526
838199LV00044B/1007